大　師　名　作　坊

MasterPiece 17

萬里任禪遊

羅勃・梅納德・波西格⊙著

李昆圳・羅若蘋⊙譯

ISBN 957-13-0668-1

目次

《萬里任禪遊》導讀

陳元音

當時報出版公司請我寫一篇《萬里任禪遊》的導讀以幫助讀者瞭解作者波西格(Robert M. Pirsig)的訊息時，心中起了一種疑問，爲什麼時報出版現在要翻譯這一本在美國出版已近二十年的老書?是不是因爲目前台灣的大街小巷擠滿了摩托車，或者是因爲習禪成了一種時尚，因而修禪者人口爆增?八年前我在明尼蘇達州曼卡度大學講學時，這本書仍然擺在書店的暢銷書架上。我正準備爲該大學人文研究所開一門「禪與現代美國文學」三個學分的課，此書當然列爲學生必讀的參考書之一。記得書店老闆告訴我此書從一九七四年出版到現在一直擺在暢銷書架上，直到兩年前爲止全國已銷售了兩百多萬本。可見此書在一九七四年起的十年間是何等地轟動。

要瞭解爲什麼此書當時能如此轟動而暢銷，我們必須先回顧一下當時的時代與文化背景。美國人自有史以來一直抱著「美國之夢」，然而此夢隨著時代而變質。一九六〇年代末最受歡迎的一本書是理查・瑞(Richard A. Reich)所寫的《綠化美國》(*The Greening of America*)。作者主要探討「美國之夢」的演變。他認爲在十九、二十世紀的美國經歷了三個層次「美國之夢」的演變。第一層次是指傳統的「美國之夢」，以靠自己努力成功爲理想指標，發明、機械化、生產和進步劃上等號，物質上的成功爲幸福之道，認爲大自然固然優美，但必須征服它，利用它。第二層次的演變來自工業化、資本化與企業化的社會力量影響，於是個人的力量變成渺小，必須將自己的命運寄託於企業機構。如此價值觀的演變直接導致美國自然主義思潮。第三層次的「美國之夢」是超越主義的新價值觀，認爲自己才是眞實的，因此個人的成功不在財富的累積，亦不在社會地位的高低，而在修得完整的自我人格上。理查・瑞的《綠化美國》也分析了一九六〇年代美國學潮的來龍去脈，認爲此次學潮便是第三層次「美國之夢」的表態，並且預言如此價值觀必定會迅速漫延，爲美國帶來更有人情味的社會，更和諧的人際關係，使人人瞭解自己，進而瞭解人與人、人與社會、人與大自然之間的關係。

以高度工業化的六〇年代美國而言，第三層次的「美國之夢」以它的超越主義理念，確爲美國人民帶來一種清涼劑，難怪可維提(John G. Cawelti)在一篇論文中說《綠化美國》一書是一本一九六〇年代愛默生的論著，而正當美國人被《綠化美國》著迷時，波西格的《萬里任禪遊》出版。波西格於是立刻被視爲七〇年代的梭羅。從此書的一直暢銷不衰以及其魅力，我們可認爲是一本檢視七〇年代新「美國之夢」價值觀的好教材。

《萬里任禪遊》的主題在探索已經在識覺上、心靈上，以及感情上支離破碎的文化有否整合之道。作者診斷了如此社會病態，爲心靈已被分離的現代人提供治療法。他認爲現代人已經爲事業，爲賺錢遠離了自己，變成機器，忘記自己是人。西方世界的二分法或二元論，如人文與科技、精神與物質、神祕主義與機械論、藝術與工業、心靈與機械、東方與西方等相對意識便是此書中所批評的基本問題。作者認爲西方文化強調的二分法源自於希臘大哲學家柏拉圖攻擊詭辯學者和蘇格拉底的分類與分化哲學，於是西方世界陷入基本人智的二次元——他稱之爲「古典的」和「浪漫的」——之間的衝突中而不得解脫。史諾(C. P. Snow)的「兩個文化」將此世界分爲人文與科技，隔行如隔山，顯然是柏拉圖和蘇格拉底的現代版。如此分隔的知識形態便是一種促進了西方科技空前猛進的原動力，以致現代文化嚴重陷入危機，人心惶惶，空空虛虛，因爲科技的進步畢竟並沒有使人更幸福，財富並沒有爲人帶來更多的喜樂。我們的文化以及我們每一個人已從自己的本來面目被隔離得很遠很遠。

波西格受梭羅的影響是很明顯的。他說此次騎摩托車橫過半個北美洲的旅程中，除攜帶更換衣物外只帶了一本書，那便是梭羅的《湖濱散記》。《萬里任禪遊》與《湖濱散記》均爲敍述心靈之旅的散記。所不同的是前書中敍述者與他的兒子克里斯騎機車出遊十七天，後書作者則是一個人在湖濱「隱居」兩年兩個月又兩天。在技巧上最大的不同是波西格塑造了敍述者的既是化身又是前世的菲德拉斯，於是讀者可將此書視爲既是自傳又是小說，但是不宜將作者、敍述者，和菲德拉斯視爲同一人。從菲德拉斯的出現與口述，讀者可多瞭解一點主角的生平。他曾經是學哲學的學生同時也是教修辭學的教師，但是由於哲學理念與文化的世界觀衝突，他的精神終於崩潰而住院，經過衝擊療法得以消除了許多以前的記憶與知覺，出院後成為電腦技術員。他藉騎機車萬里遊希望從狹窄而受限的自我解脫，一路經過複雜經驗與反省思考，面對自己的前世身，終於暫時恢復了自己靈性的完整與清靜。

和愛默生與梭羅一樣，波西格認為超越世俗，潛入內心深處，反璞歸眞，回歸自己的本來面目，遠比財富的累積、社會地位的高低來得崇高而有意義。因而一如他的前輩，他指望東方的神祕主義引導他走出西方文明的傳統。作者在《萬里任禪遊》中所使用的象徵是很特殊的。例如，他所騎的摩托車象徵心靈之旅的交通工具，菲德拉斯之瘋症象徵疏離感和尋求解脫之道。在《湖濱散記》中讀者亦可看到類似象徵手法，例如，梭羅獨自在湖邊散步象徵欲超越世俗的心路歷程，遠離世俗「隱居」於大自然中可視為象徵逃離文明的一種模式。梭羅與波西格均一面分析一面批評現代美國人的觀念與生活模式的病態，尋求心靈上的超越與眞正的生活方式。

與大自然、國家、傳統、家庭、朋友和自己的疏離感驅使波西格的主角走了一趟摩托車萬里遊，於是整本書的結構由思考反省與經驗並行而成。他對於藝術與科技、古典主義與浪漫主義、精神與物質等二分法的省思配合他們所經過的鄉村、露營、旅館、騎車的感覺、修護機車的心得，以及對於同行的兒子克里斯與約翰・沙德蘭夫妻錯綜複雜的感受等的描述。當他們騎至北美心臟地帶時，他的心靈之旅已潛入他的過去，開始瞭解自己的精神崩潰起因於現代美國文化。隨著他與克里斯進入加州西海岸，他的心靈之旅已引導他回歸自己，與他的兒子、朋友，和整個世界妥協，獲得心靈上的整合與平靜。

《萬里任禪遊》的原文書名是《禪與修護摩托車的藝術》（*Zen and the Art of Motorcycle Maintenance*）。無論是中譯本或原文本，其書名吸引讀者的地方必定是其中有個「禪」字。因此讀者一定好奇書中究竟有多少禪趣。淡江大學英文系有一位美籍教授傅杰思博士（Dr. Jess Fleming）說波西格有些地方很像他，雖然波西格的年紀比他大一些，但是他們都是熱中於哲學與禪學的英文教授。我請他重讀此書後跟他討論相互的看法。我們都同意如果讀者抱著太大的希望尋找書中的禪趣或者想學到一些修護摩托車的祕訣將會感到失望。書中最違背禪的地方是以過分複雜的邏輯推論實際與理論性的問題。但是我們也同意作者很淸楚的在有些地方很含蓄的表示了他對於禪學某程度的瞭解。以下是我們討論到的一些書中的禪趣。

故事一開始敍述者說騎摩托車旅遊和坐汽車旅行的感受完全不同。騎摩托車我們能體會與大自然打成一片的感覺，而這樣的旅行方法是爲旅遊而旅遊，不是爲抵達某目的地而旅遊。意思是說過程比抵達目的地重要。在第十七章中他描寫爬山經驗說，「每爬一步不是爲了爬上山頂……如果你只是爲要爬到山頂，這種目標是很膚淺的。維持爬山的活力是靠這些周遭的環境，而不單單只是山頂而已。」要掌握「此時此地」的感覺是他的重要訊息。「此時此地」根本就是禪學中的關鍵語（或曰「當下」）。我們打坐修禪應該是掌握此時此地，爲打坐而打坐而不是爲到達什麼目標，如開悟。在第一章中敍述者又跟克里斯談及紅翅烏鶇羣說道「但是實際的情形往往和一知半解的觀念大相逕庭。」然後他以一種類似日本俳句的語調說，「你看，那兒有一大羣紅翅烏鶇被我們的聲音嚇到了。」鳥從水燭裏的鳥巢飛了出來。他像禪師般，給克里斯一個當頭「棒喝」拍了拍他的膝蓋。接著他和克里斯都沒有說什麼，交換個眼神就懂得對方的心意，只是靜靜地四處望望。這正是所謂的「以心傳心」了。

第一章結尾他提到反科技的人被動的排斥科技，厭惡科技，而逃避到郊外去，這是一種自欺的行爲，因爲他說，「佛陀或是耶穌坐在電腦和變速器的齒輪旁邊修行就像坐在山頂和蓮花座上一樣自在。」這句話應該就是他這次騎摩托車做心靈之旅的主題。這一句話也回答了禪學中或老莊哲學中常問的問題：「佛（道）在哪裏？」莊子的回答是道在尿液中；波西格的回答是佛在摩托車的齒輪上就如在大自然中一般；佛在科技中也在任何東西中。在第七章，他提到一個一直存在的古典問題：「摩托車的哪一部分，沙堆中的哪一粒沙才是佛呢？」他認爲此問題不該問，因爲佛是無所不在的。佛獨立於任何分析的思考之外而存在的說法，他說，前人已經說得太多了，所以他要討論佛也存在於分析的思想之內，然後指引它方向，以避免分析之後失去其中之美。

在第十九章他指出禪是一種哲學的神祕主義，認爲眞理是不可言說的，它只能以非理性的方法去體會，而在第二十章菲德拉斯引述《道德經》第一章說明他創造的「良質」（Quality）一字的意義與《道德經》中的「道」一般是不可言說的。如此比喻顯然牽強，但確實能幫助讀者體會「良質」是什麼。他的「良質」和柏拉圖的「善」的比喻亦嫌牽強，但是如此比喻也幫助讀者瞭解「良質」的眞正意義。在學術上，以跨文化領域的特殊用字解說某一文化的某一意識形態是儘量避免的。

他將維修摩托車時所遭遇到的挫折或梗塞(Stuckness)比作修禪者苦思於師父教給他的「公案」而想不出答案時的尷尬心態（第二十四章）是可諒解的。在一九六〇、七〇年代的美國大學校園正流行著坐禪，禪中心如春筍般林立，有關坐禪、公案、禪學的書，本本暢銷，所以作者在書中引用公案應是很自然的事。他進一步引用了「只管打坐」說維修摩托車時我們也應該定下心來「只管維修」（第二十五章）。作者顯然參加過曹洞宗（禪宗的一支）道場的「禪七」或讀過曹洞宗修禪的方法。在明尼蘇達州政府所在地的明尼波里斯・聖・保羅市便有一所曹洞宗的禪中心（一九七〇、八〇年代由日本禪師片桐法師住持）。此次敍述者的騎摩托車心靈之旅是從此城出發的。値得注意的是他居然提及「無」的公案說根據禪學因爲任何答案都是錯的，所以不問是上策。他對於「無」的認識應該是透過鈴木大拙所寫的書或是直接受鈴木影響的亞蘭・華茲(Alan Watts)的書，因爲作者以日語發音的（無）(Mu)介紹此公案。

其他仍有許多地方作者引用有關禪的字言，但舉了以上這些例子應該足夠說明作者瞭解禪的程度以及多少禪趣在書中。第二十六章中述及修護摩托車時應具備的進取精神(gumptionology)，勸告吾人修車時不要扔掉舊零件，以免換錯新零件，但更重要的是修車時或做任何其他事時要全身全心投入，而在投入之前務必先定下心，恰如《易經》中的「靜而動」的忠言。如果不先靜下心才動，做任何事情都做不好。傅杰思教授認爲這是作者說過的最聰明的一句話。

八年後再讀一本二十年前在美國出版的《萬里任禪遊》是個難得的機緣。我可以回顧一下一九六〇年代至今三十多年來美國文化是如何變遷。記得一九七四年此書初版時正是越戰剛結束，嬉皮時代正達高潮，正流行著裸奔，年輕人忙著上街頭抗議質疑的時期。今日讀如此時代出版的書有它的意義，因爲艱難而煩心的問題每一時代均可重新提出再發問。以寓言式的心靈之旅爲架構的文類在英美文學中不勝枚舉，例如喬叟(Chaucer)、穗夫特(Swift)、梅爾維爾(Melville)、馬克吐溫(Mark Twain)的作品，但《萬里任禪遊》新鮮而不同。總而言之，這是一本好書，值得一讀再讀。

八十二年四月二十五日

附記：寫完導讀後一位美國朋友寄來一本波西格的續集《麗拉》(*Lila*, New York: Bantam Books, 一九九一，四六八頁)。或許又是一本好書。

（本文作者陳元音博士，現任淡江大學外語學院院長）

第一部

第一章

左手不用從車把上抬起，我就可以看見錶上的時間，現在是早上八點半。雖然車速高達六十哩，但是迎面而來的風給人的感覺依舊濕濕熱熱的。我在想一大早就已經這麼悶熱，到了下午又會是怎樣的光景。

我們現在的位置在中部大草原（the Central Plains），路旁的沼澤飄來刺鼻的氣味，四周滿佈著數以千計的沼澤可以獵鴨。而我們正由明州的雙子城朝西北達科他州（Minneapolis—the Dakotas）前進。目前走的是雙線的舊公路，自從幾年前有一條平行的四線幹道通車後，這條路上的車子就少多了。車子經過沼澤的時候空氣突然變得清涼起來，不一會兒過了沼澤又恢復原來的悶熱。

能騎摩托車來走一遭的確是件樂事，雖然這裏不是什麼名山大川，也沒有尋幽覽勝之處，但這正是它迷人的地方。行經此處，連緊繃的神經都會鬆弛，顛顛簸簸的水泥路兩邊是草坡和水燭❶，走著走著又出現長著水草的沼澤和更茂盛的水燭。有的時候四周又是一片開闊的水域，只要仔細瞧瞧就會眺見在水燭邊上棲息的野鴨。此外還有烏龜……你看，那兒有一隻紅翅烏鶇❷。

我拍了拍克里斯（Chris，作者十一歲大的兒子）的膝蓋，指給他看。

「什麼事？」他大聲嚷道。

「有一隻烏鶇！」

我沒有聽見他在說什麼，就大聲喊回去：「你說什麼？」

他一把掀開我頭盔的後半部就往裏喊：「我已經看過好多隻了，老爸。」

「喔！」我喊回去，然後點點頭，的確十一歲大的孩子對紅翅烏鶇是不會有什麼感覺的。

感覺這事兒需要年紀。對我而言其中參雜著許多他不曾有過的回憶。在好久以前寒風瑟瑟的早晨，沼澤中的水草都已經枯黃了，水燭在西北風的吹拂中搖曳，我們穿著高筒靴站在沼澤裏，等待日出，等待獵鴨的時候來到，而四周踩過的爛泥正散發出一股刺鼻的氣味。冬天的時候沼澤結冰了，我踩在冰上，四周是枯萎的水燭，眼目所及除了濛濛的天空，只剩下一片死寂和酷寒，這時候不會有烏鶇的蹤跡。然而現在是七月，牠們都回來了，處處顯得生機勃勃，沼澤裏面是一

---

❶水燭：正式學名爲香蒲。爲生於水邊的多年生草本植物，因莖的前端會生出圓柱狀的小花繁生，形似蠟燭，故通稱爲水燭。

❷烏鶇：又名百舌，爲一種生活於北美大草原的鳴禽。

片唧唧的蟲鳴和小鳥啁啾的歡鬧之聲，數百萬的生命正呈現出盎然的生意，兀自不斷的代代相傳。

騎摩托車旅遊和其他的方式感受完全不同。坐在汽車裏你被侷限在一個小空間之內，往往習慣而不自覺，從車窗向外看風景和看電視差不多，你只是個被動的觀衆，景物只能呆板的從框子裏飛馳而過。

騎摩托車就不同了，它根本沒有框子，你和大自然緊密的結合在一起，你就處在景致之中，不再是觀衆，而能感受到那種身臨其境的震撼。腳下五吋飛馳而過的是實實在在的水泥公路，和你步行其上的土地，沒有兩樣。它結結實實地躺在那兒，雖然因爲車速快而顯得模糊，但是你可以隨時停車讓腳著地，及時感受它的存在，而牢牢掌握住那份踏實感。

我和克里斯再加上那些騎在前面的朋友，正準備到蒙大拿州（Montana）一遊，或許還可以騎得更遠一點也說不定。我們刻意避免被固定的行程綁住，寧可隨心所欲的走走停停，因爲旅遊本身遠比趕赴某一個目的地來得重要。現在我們在度假想走支線，其中由石子鋪的鄉間小路是最好不過的了。然後才是州幹道，下下之選才是高速公路。我們打算好好欣賞一下沿途的風光景致，所以重點放在旅遊品質之精而非趕在一定時間之內玩幾個點。這樣一來心情整個爲之一變，崎嶇的山路雖然路途漫長，但是騎摩托車卻是一種享受，傾斜的身體可以順著山勢忽而左傾忽而右彎，不像在車廂裏被摔得東倒西歪。要是一路上車子少那就更好了，同時也比較安全。我認爲路邊的景色要是沒有廣告牌或是休息站的干擾一定更美；不論是路旁的樹叢，地上的小草或是園裏的果樹都長至齊肩的高度，沿途還有小孩向你揮手，也有大人從屋裏走到廊前看看是誰經過。一旦你停車問路或是想了解狀況，你得到的回答往往比你想要的豐富。他們會問你打哪兒來，已經騎了多久等等。

我們夫妻倆再加上一些老友開始迷上這種鄉間小路已經有好些年了，當初爲了調劑一下或是爲了通往另一條幹道而走捷徑，都不免要騎上一段。每次都讓我們驚訝景色的壯麗。騎回原路時便有一種輕鬆愉悅的感覺。我們經常這麼騎，後來才曉得道理很明白，這些鄉間小路和一般的幹道迥然不同，就連居住在沿線居民的生活步調和個性也不一樣。他們一直都沒有離開本地，所以可以很悠閒的向你寒暄問候談天說地，掌握住此時此地的感覺。反而是那些早就搬到城市的人和他們的子子孫孫迷失了，忘記了這種情懷。這的確是我一樁寶貴的發現。

我在想爲什麼我們這麼久之後才會著迷。我們早已看過卻沒有看見，或者說環境教我們視而不見，欺矇了我們，讓我們以爲眞正的生活是在大都會裏，而這裏只不過是落後的窮鄉僻壤。這的確是件教人迷惘的事，眞理已經在敲你的門，但是你卻說：「走開，我正在尋找眞理。」所以眞理掉頭就走了。這種現象的確讓人不解。

然而我們一旦迷上這種旅遊的方式，就再也忘不了那些風景宜人的小路以及消磨了多少個周末、夜晚和假日的美好時光。我們成了眞正的鄉野騎士迷，只要騎到那裏就會有值得一見的景物。

我們已經學會如何由地圖上目測出好的旅遊路線。比如說，如果地圖上路的線很曲折那就對了，因爲這表示可能有山丘在此。如果是由鄉鎮通往都市的幹道那就糟了。最好的路線是前不著村後不著店，而且有一條捷徑的副線。如果你出了一座大鎮預備往東北走，那麼一定不可能一出城就走上好長一段路，往往你會先朝北走一陣子，然後再往東走，之後再往北走，然後就到了當地人才認得的小路。

走鄉間小路主要的訣竅在於小心走迷了路。由於這些路往往只有當地人在走，所以他們都很熟悉路況，即使沒有路標也不會有人迷路。結果，就眞的很少設置路標。就算設了，也只是小小的一塊牌子躲在草叢中，毫不起眼。而且往往只標示一次，錯過了，就算自己倒楣。更過分的是幹線的地圖上所標示的小路經常出錯，你會發現自己原先騎在雙線道上，然後不久變成單線道，最後竟來到一片草原，而前面已經沒有路了；要不然你就被引到農家的後院子裏去。

所以我們得到的指引少之又少，只能靠著線索逐步推敲。爲了避免陰天時陽光起不了指引方向的作用，我就隨身攜帶一個羅盤，然後把地圖用特殊的包裝裹住，放在油箱上面。這樣一來我就能了解離上一個叉口有多遠，而前面的路又該怎麼走。有這些工具的輔助，再加上沒有目的地的壓力，我們一路行來頗爲順暢，沒有遇到難以解決的問題。我們可以說幾乎把整個美國大地攬入懷中了。

在勞工節(Labor Day)和陣亡將士紀念日(Memorial Day)的周末，我們騎在路上，不見其他車輛的蹤跡，及至路過一條州幹道，竟然看到車子一輛接著一輛，直接到天邊。車子裏的人愁眉苦臉，後座的孩子早已不耐煩的大哭起來。我眞希望能告訴他們一些事，但是他們只會苦著臉，一副十分匆忙的模樣，所以也就沒……。

我已經看過這些沼澤不知多少回了，但是對我來說每一次都是新鮮的。如果以爲沼澤一逕都是靜謐溫馴的，那你就錯了。你甚至可以說它們有些殘忍和冷酷，這些都算是它們的特質。但是實際的情形卻往往和一知半解的觀念大相逕庭。你看，那兒有一大羣紅翅烏鶇被我們的聲音嚇到了，從水燭裏的鳥巢飛了出來。我又拍了拍克里斯的膝蓋……然後才想起他已經看過了。

「什麼事？」他又嚷道。

「沒事。」

「究竟是什麼事？」

「只是看看你還在不在。」我回喊道，之後就不再說什麼了。

除非你很喜歡大聲喊叫，否則騎在路上很少說話。主要的精神都花在觀賞風景和沈思上面，想想自己看到了什麼，聽到了什麼，看看天色如何，或是回憶往事，偶爾也想想摩托車的狀況和我們來到的鄉野。就這樣隨興而想，忘掉時間，沒有人會催促你，也不會擔心浪費時間。

接下來我想要談談我的想法。我們常常太忙而沒有時間好好聊聊，結果日復一日地過著膚淺的生活，單調乏味的日子讓人幾年後想起來不禁懷疑，究竟自己是怎麼過的，而不得不遺憾時間已溜走了。現在我們的確空下來了，我想談一些頗爲重要的事。

我心裏想的是有一點類似肖托夸(Chautauqua)❸——這是我唯一想到的名稱——就像美國十九世紀末興起的暑期野外學校。就在我們現在所身處的美國，藉著一連串談古論今的表演寓教於樂，讓大家的生活更有深度，有更多的領悟。不過肖托夸因爲收音機、電影和電視的出現而沒落了，在我看來這種改變不見得是一種進步，雖然全美的思想交流更加快速，但也似乎變得更淺陋。原先的水道無法再承擔這樣的流量，它只有另覓新的出路。然而就在這個時候，它也爲兩岸帶來更多的災難和破壞。在這次肖托夸當中，我無意在思想上挖掘任何新的水道，只想把目前舊的通道疏濬一番，因爲它已經被腐敗發臭的思想和陳舊觀念堵塞。「有什麼新鮮事兒？」是一道人們最感興趣的問題，但是也最不著邊際，可以沒完沒了問下去，如果認眞探討它的答案，所得的只不過是一堆瑣碎的事物和跟風，也就是明日的淤泥。我寧可問這樣的問題：「什麼是最好的？」這個問題比較屬於疏濬河道而非拓寬它。在人類的歷史中有些時代河道挖鑿得太深，以致無法改

---

❸ Chautauqua：十九世紀末期美國的教育改革運動。起自於紐約的肖托夸一地。由衛理公會的牧師 Dr. John H. Vincent 及俄亥俄州的製造商 Lewis Miller 倡導，於暑期時在野外舉行教育集會，提供宗教和成人教育的課程方式，舉凡娛樂、演戲、音樂、討論、報告均有。每年約有五萬人參加。它的貢獻在於促進函授教育的發展和暑期學校的興起。一九二一年時曾擴增至一萬二千個社團，但與原發起組織無關。並有五百萬人參加過此一活動。後來因爲汽車、收音機、電影的崛起而消失。

道，因而無法出現任何新氣象，求好心反而變成了僵化的教條，這並非我們追求的目標。而目前一般的思想似乎早已淹過兩岸，喪失主要的目標和方向，淹沒了低窪地區，把高地孤立起來，切斷它和其他地區的連繫。除了顯出河水本身浪費精力的騷動外，到處竄流並沒有任何意義。所以目前似乎到了需要疏濬的時候了。

前面騎的是約翰·沙德蘭和他太太思薇雅，他們已經駛入路邊的野餐區。是該伸展一下身體了。我把車子停在他們旁邊，思薇雅正拿下頭盔，把頭髮甩開來，而約翰則在一旁拉起他那輛寶馬（BMW）的腳架。我們都沒說什麼，在一起旅遊這麼久了，已經熟悉到只要交換個眼神就懂得對方的心意。現在我們只是靜靜地四處望望。

一大早野餐區不見半個人影，只有我們在此，彷彿整個地區都是我們的了。約翰從草叢中走過，來到一座鐵鑄的幫浦前打水上來喝。克里斯則從樹下走過，越過一座長滿雜草的小土墩，來到小溪旁，而我則是四下眺望一番。

不一會兒思薇雅坐到野餐桌的木板凳上，伸直雙腿，慢慢地交替舉起來，但是卻低著頭。她一直沈默不語，似乎心情抑鬱，我替她說出來，她抬起頭又低下去。

「都是迎面而來的車子裏的人，」她說：「頭一個臉上的表情看起來這麼哀傷，第二個也是，然後一個接一個，每一個人都很不快樂。」

「他們只是開車去上班啊。」

她觀察得很仔細，但是這似乎也沒有什麼不對勁之處。「你知道，為了工作嘛。」我重複了一遍。「星期一早上總是睡眼惺忪的，有誰上班還會咧著嘴笑？」

「我是指他們看起來失魂落魄的，」她說，「好像全都是行屍走肉，像是一列出殯的隊伍。」說完便把兩腳放下，不動了。

我了解她的意思，但是她並沒有說出一番道理。人工作就是為了要活下去，原本就是這麼回事兒。「我正在看沼澤，」我說。

過了一會兒，她抬起頭來說：「你看到了什麼？」

「那兒有一大羣紅翅鶇鳥。我們經過的時候牠們突然全部飛起來了。」

「哦。」

「真高興又再看到牠們。牠們讓我回想起好多事情，你知道。」

她想了一會兒，身後是綠蔭深濃的樹，她綻開了笑容。她了解我的弦外之音，眞是善解人意的可人兒。

「的確，」她說，「牠們眞美。」

「多看看牠們。」我說

「一定。」

約翰回來了，他檢查了一下摩托車發動的情形，然後又調整車上綁東西的繩索，再打開隨車的行李袋，在裏面亂翻了一陣，他拿出一些工具放到地上，「你們如果要用繩子過來拿，別客氣，」他說。「老天，我帶的東西太多了，是我需要的五倍。」

「現在還不用，」我答道。

「火柴，」他一邊說一邊還在搜，「防曬油、梳子、鞋帶……鞋帶？我們要鞋帶做什麼？」

「先不提這個，」思薇雅說，他們面無表情的看了看對方，然後又一起朝我望來。

「鞋帶隨時會斷，」我一本正經的說，他們笑了，但是不是對著彼此笑。

克里斯很快就回來，大家該起程上路了。克里斯整裝就坐的時候，他們已經放下車子，思薇雅朝我們揮揮手，大家又騎上幹道，不一會兒，只見他們遠遠的騎在前頭。

讓這趟旅行帶有肖托夸的意味和他們兩位有關。就是在好幾個月以前，可能連我自己也不清楚，這一切是受了他們之間隱隱暗藏的摩擦所影響。

我想在任何婚姻裏摩擦都免不了，但是他們的情形比較不幸，不過這是對我而言。他們之間不是個性不合，而是別的，雙方都沒有錯，但是兩個人都沒有辦法解決，就連我也不確定有化解的方法，只有些個人的看法。

這些看法始自於我和約翰對一件小事有了不同的意見：一個人究竟應該保養車子到什麼程

度？對我來說，儘量使用買摩托車時附送的小工具箱和使用手冊，然後自己保養是一件再自然不過的事；但是約翰反對這麼做，他認為應該讓師傅負責修理和保養才不會出錯。這兩種看法都很平常，如果我們沒有騎摩托車一起旅行，沒有坐在鄉村路旁的野店一起喝啤酒，或是隨興閒聊，那麼這點意見的出入就不會擴大。只要我們談的內容是天氣、路況、民情、往事或是新聞，談話自然就很愉快。然而一提到車況，話就說不下去了。大家都保持緘默。就好像是兩個老友，一個是天主教徒，另一個是基督徒，兩人一起喝啤酒，享受人生，只要一談到節育，說話馬上中斷。

當然在你發現有這種狀況的時候，就好像發現自己補好的牙又剝落了，你絕對不會袖手不管的，你會到處尋找，找到了再塞進去，塞緊了還要好好想想是怎麼掉的。你會花這麼多時間，並不是因為這件事有趣，而是因為它縈繞在你心頭讓你放心不下。只要我一談到機車保養的問題，他就會坐立難安。這樣一來只會使我想更進一步的探索下去，並不是想故意激怒他，而是因為他的不安似乎象徵了某些隱而未顯的問題。

當你談到節育的時候，橫梗在中間的並不是人口多寡的問題，那只是表相，眞正起衝突的是信心。基督教看重的是實際的社會問題，而天主教徒則認為是褻瀆天主的權威。你可以滔滔不絕的辯解生育計劃的重要，一直到你自己都厭煩了，然而仍無法說服對方，因為他並不認為符合社會實際的需要有何好處，他自有比實用更重的價值觀。

約翰的情形就是這樣，我可以滔滔不絕的講說機車保養的實際效用，一直說到我喉嚨沙啞，但是約翰仍然無動於衷，只要一談到這方面，他就一臉茫然，不是改變話題就是看到別處去。他不想聽我說下去。

在這方面思薇雅倒是和他意見一致，反應甚至更激烈。在她比較體貼的時候，她會說：「這根本是風馬牛不相及的兩件事。」脾氣來的時候就說：「簡直是胡說八道。」他們根本不想了解，連聽都不想聽。我越想深入了解為什麼技術工作如此吸引我，而他們卻如此憎恨它，原因就變得越模糊不清。結果原本只是小小的歧見，最後卻演變成鴻溝一般深的成見。

很明顯的他們並不是能力不足，夫妻倆都屬於聰明之輩，只要他們肯花心思，在一個半鐘頭之內就學得會如何靠聽引擎的聲音修理車子，不但省下大量的時間和金錢，更不必時時刻刻擔心車子會出狀況。他們應該知道這一點，或許也可能不知道，我不清楚。我們從來沒有討論過這個問題，最好還是順其自然吧。

但是我記得有一次在明州的沙維奇(Savage)，當時天氣差點把我熱昏了，我們在酒吧裏待了大約一個鐘頭，出來的時候摩托車曬得幾乎沒法騎上去。我先發動好準備上路，但是約翰仍然在用腳踩發動器，我聞到一股油氣味，就像石油提煉廠傳出來的一樣，便告訴他，以為這樣足以提醒他引擎濕了，所以無法發動。

「對，我也聞到了。」他邊說邊繼續踩，不停地用力踩，有時還跳起來踩，我不知道該再說什麼，一直到他踩得氣喘如牛，汗流浹背，再也踩不動時，我就建議他不妨把火星塞拿出來晾乾，讓汽缸通通風，然後我們可以回去喝杯啤酒再出來。

喔，我的天，眞糟糕，他根本不拿工具處理。

「什麼工具？」

「就是把那一堆工具拿出來。」

「它沒有理由發動不起來。這一台是全新的，而且我也完全照手冊上的去做。你看我照他們說的把阻風門拉到底。」

「阻風門拉到底？」

「手冊上是這麼說的。」

「那是引擎冷的時候才這麼做！」

「我們至少進去了半個鐘頭。」他說。

我聽了暗吃一驚，「但是約翰你知道今天天氣有多熱。」我說，「即使是在大冷天也不止半個鐘頭才能散熱到可以發動的地步。」

他抓抓頭，「那爲什麼不在手冊裏說明呢？」他打開阻風門，再一踩就發動了。「這就對了。」他很高興地說。

就在第二天，我們仍在附近地區，同樣的情況又發生了一次。這回我決定什麼也不說，我太太催我過去助他一臂之力，但是我搖搖頭，我告訴她，除非他眞正感覺需要別人的幫助，否則別人的介入只會引起他的厭煩。所以我們就走到一旁坐在蔭涼的地方等。

在他發動不了的時候他對思薇雅特別的客氣，這就表示他已經憤怒到極點了，而思薇雅在一旁露出「天啊，又來了。」的表情。只要他問我一個問題，我一定會立刻上前幫助他，但是他並沒有這麼做。大約花了十五分鐘他才把車子發動。

後來我們在明尼東卡湖(Lake Minnetonka)畔喝啤酒的時候，大夥兒都圍著桌子喝酒，只有他一言不發，我看得出來他是爲剛才的事耿耿於懷，過了好一陣子，他的心情稍微放開了才說話：「你知道……剛才發動不了的時候還眞是……讓我火冒三丈，心想非把它發動起來不可。」一開口說話似乎讓他輕鬆一些。他又說：「他們店裏只剩下這一台破車。他們也不曉得該拿它怎麼辦，是退回工廠，還是隨便賣掉，結果看到我進店裏去，正巧我身上帶了一千八百元，就這樣做了他們的替死鬼。」

我幾乎用乞請求的聲音希望他試試聽引擎的聲音，結果他試得很辛苦，但是問題還是一樣，他乾脆再和大夥兒回去喝一杯，話題就到此爲止。

他並不是固執的人，心胸也不狹窄，既不懶惰也不愚蠢，所以這件事要解釋起來還挺不簡單的，有些神祕感，因爲在沒有解答的地方窮打轉是很荒謬的。

我曾經想過是不是我在這方面比較奇特，但是這個說法並不成立，大部分騎機車旅遊的人都知道如何調整引擎，開車的人比較不會去碰引擎，而且不論多小的城鎮都會有一間修理店，提供車主昂貴的、專門的工具和診斷用的設備，這些都是一般車主不會購買的。同時汽車的引擎比機車複雜多了，一般人也不易了解，所以不自備修理器具還有道理；但是約翰騎的是寶馬 R60，我敢打賭由這裏至鹽湖城不會有任何修理店，假如他的指針或是火星塞燒壞了，他就完了。我知道他沒有多預備一套，他根本連它是什麼也不知道，萬一在南達科他州或蒙大拿州用壞了，我眞不曉得他該怎麼辦。或許把車子賣給印第安人吧。現在我知道他在做什麼，他在小心謹愼的避免談起這方面的問題，他想寶馬的車子最有名的就是很少在路上產出機械方面的故障，這就是他的如意算盤。

原先我還認爲這只是他們對摩托車比較奇特的態度，但是後來才發現情形不僅如此……有一天我在他們家等著預備一起上路，我注意到水龍頭在滴水，我記得上次就已經在滴了，事實上已經滴好久了。我提醒他這件事，約翰告訴我他試過換新的皮圈但是還是會滴水，他說了這些就不再提了，也就是說事情到此爲止。如果你試過修理水龍頭，但是情況依舊，那就表示你命中注定有個會滴水的水龍頭。

我很驚訝水龍頭這樣日復一日，年復一年的滴滴答答的響，他們難道不會神經衰弱。然而我發現他們一點也都不會不安或是會去注意到這件事。所以我的結論是他們不怕被水龍頭打擾。有些人的確如此。

我不記得是什麼改變了這個結果……可能是思薇雅正要說話，而滴水聲又特別大，無意中引起她情緒上的變化。她的聲音一向很輕柔，有一天她想大聲說話壓過滴水聲，這時候孩子們走進來打斷她的話，她不禁發起脾氣來，彷彿是因爲滴水聲引起的。事實上是二件事引起的，而讓我驚訝的是她並沒有怪罪到水龍頭上，她甚至有意不去怪罪它。其實她早已注意到水龍頭的問題，只是刻意壓制自己的怒氣，那個該死的水龍頭幾乎要把她逼瘋了！但是她彷彿有隱情不肯承認這個問題有多嚴重。

我很奇怪爲什麼要對水龍頭壓抑自己的怒火？

我想起摩托車的問題，再加上我頭頂上方壞掉的燈泡，啊，事情不就明白了！問題不在摩托車，也不在水龍頭，問題在他們無法忍受高科技的產物，這樣一來，發生的各種狀況便明朗起來了，我知道是因爲科技的關係。思薇雅就曾經對一個朋友很感冒，因爲對方認爲電腦的程式設計是很有創意的東西。他們夫妻的繪畫和相片完全沒有科技方面的景物。當然，我想她還不至於會對水龍頭大發脾氣。通常你很容易對深爲厭惡的對象壓抑自己一時的怒氣。而約翰只要一碰到修理車子的問題就會沈默下來，即使他已經很明顯的在爲此受苦。你只要稍加注意就會明白，這些都是科技惹的禍。這就是爲什麼他們要騎著摩托車到鄉野去享受陽光和新鮮空氣。而我總是把他們不願意去面對的問題拉到枱面上來，因此使他們二人十分尷尬。只要我們一談到這方面的問題，談話就會中斷。

還有其他的事情也解釋得通。談到痛苦的字眼時，他們是用「它」或「它們」來代替，比如說：「避不了它的。」如果我問：「避開什麼？」他們就會回答我：「整個環境。」或是「整個組織架構。」甚至是「整個體系。」思薇雅有一次甚至帶著保護自己的口吻說：「當然，你知道如何駕馭它。」她這麼說讓我得意了一下，但是我有些不好意思的問她什麼是「它」，心裏有些困惑，我以爲是比科技更神祕的東西。但是現在我知道她所指的它雖不是全部，但也主要是指科技。然而這麼說也不完全對，它應該是指來自於科技的一股力量，沒有明確的定義，而且是缺乏人性、機械化的、了無生氣、一頭瞎了眼的怪獸，一股死氣沈沈的力量。他們夫妻倆因爲覺得很恐怖而儘量避開它，卻又明知那是不可能的。我的用詞嚴重了些，但是實際情況的確是如此。雖然總會有人了解它駕馭它，但那些人是工程師。他們在描述自己的工作時用的是非人性的語言，不論你聽過多少回，也無法了解其中的意義。而和科技有關的怪物正吞噬了大片的土地，污染了空氣和湖泊，既無法打擊它們，也無法逃避得了。

這種態度不難理解，在你經過大城市的工業區時，你就會看到整片所謂的科技區。在它們門前圍了高高的鐵絲網架，大門深鎖，告示牌上寫著「禁止跨越」。在一片污濁的空氣之後，你看到的是奇形怪狀而又醜陋的金屬物和磚塊，也不知用途爲何，它的主人你永遠也見不著，它爲什麼在那兒也沒有人知道，所以你所感受到的只是一股莫名的疏離感，彷彿你並不屬於那兒。它的主人和知其來由的人可不希望你在附近閒逛，所以說這些工廠讓你在自己的土地上竟有陌生的感覺。它特殊的形狀和外觀還有神祕感在在都叫你「滾開」。你知道這一切總有解釋，而且它們毫無疑問的對人類間接地有些益處，但是益處你沒看見，你只看見「禁止跨越」和「保持距離」的牌子，你只看見人們像螻蟻一樣爲這些龐然巨物做工。於是你想即使我是它們的一份子，也不過是另一隻做苦役的螻蟻罷了。這種感覺十分可怖，我想這就和他們夫妻倆無以名狀的態度有關。任何和活瓣、軸心、扳手沾上邊，就是屬於非人的世界，所以他們寧可不去想它，甚至不願和它有任何關連。

如果情形眞是如此，那麼他們並不是唯一有這種想法的人。毫無疑問的，他們是忠於自己的感覺，沒有刻意模倣別人。但是其他的人也是忠於自己的感覺，沒有模倣別人。所以如果你以記者的角度來看此事，就會發現有一股來自於無名的羣衆運動正在逐漸成形。他們打著反科技的名號，高喊：「科技滾蛋，搬到別處去。」然而在人們的腦海裏仍然殘存著一絲理智，沒有工廠就沒有工作，就沒有相當的生活水準。但是人們有太多的勢力勝過理智，只要憎恨科技的情緒超過它，那麼殘存的一絲理智便會瓦解。

有人就封這種反科技的人爲「披頭族」或是「嬉皮」，但是人並不會因爲這樣一句封號就產生歸屬感，約翰夫婦如此，大多數人也是如此。何況做這樣渺小的一份子正是他們所嫌惡的。科技正是矮化他們的幫兇，所以他們厭惡科技。截至目前爲止還僅只於被動的排斥，儘可能逃到郊外去，但是情況不一定非如此被動不可。

在機車維修方面我並不同意他們的看法，並不是我沒有同情心，而是我認爲他們的逃避和嫌惡只是一種自欺的行爲。佛陀或是耶穌坐在電腦和變速器的齒輪旁邊修行就會像坐在山頂和蓮花座上一樣自在。如果情形不是如此，那無異於褻瀆了佛陀——也就是褻瀆了你自己。這就是我想在這次肖托夸旅程當中討論的主題。

我們已經離開沼澤區了，但是空氣濕度仍然十分高。高到你可以直接看到太陽周圍黃色的光暈，好像有霧的天氣。但是我們現在是在鄉間的綠野，農舍顯得很乾淨、潔白又清新，並沒有出現任何霧氣。

第二章

行經的路曲折復曲折……偶爾停下來休息吃午餐，順便聊一聊，然後再專心騎下去，擺在眼前的是漫漫長路。到了下午開始有些倦意，正好可以平衡第一天早上的興奮。目前我們行進的速度不快也不慢。

迎面吹來的是西南風，我們的車子斜切進風裏，彷彿要感受一下風的威力。最近我覺得這條路有些怪異，總有些令我們擔心，好像有人在監視或跟蹤我們。然而前頭一輛車也沒有，後面只有遠遠落後的約翰夫婦。

我們尚未進入達科他州，但是遼闊的田野告訴我們近了。有些田裏種著亞麻，藍色的花朵隨風搖曳，遠遠望過去像是起伏的波浪。山丘的廣袤也是少見的，眼目所及除了大地就是浩浩的蒼天。遠處的農舍小到幾乎消失在視線之外，一路行來，越來越覺得天地開闊起來。

在中部大草原和大草原(the Great Plains)之間並沒有明顯的界限，就在你不知不覺中改變了，彷彿你由波濤拍岸的港口出發，不一會只覺得海浪深深的起伏著，回首一看，已經不見基地的蹤影。這一帶的樹也比較少，我忽然發現它們都是人工種植的，圍著房舍，成排的立在田野間用來防風。沒有種樹的地方只長草，有的時候還間雜著野花和野草，既沒有灌木也沒有小樹。現在我們來到草原了。

我有一種感覺，我們之間沒有人知道七月裏在草原待上四天會是個什麼情景。如果是開車旅行的話，腦海中只記得到處是一片平坦和空曠，極爲單調乏味，經過幾個小時的車程，仍然看不見要往何處去，一路上都是直線的道路，不禁令人懷疑究竟還要開多久才會有人煙。

約翰有些擔心思薇雅會不適應這種狀況，想要她搭飛機直接飛到蒙大拿的比林斯（Billings），但是思薇雅和我都勸他打消這個主意。我認爲只有在情緒不對的時候身體上的不適才顯得重要，那時你就會把不適的原因歸咎於環境。但是如果情緒很正常的話，身體上的不適就無關緊要了。看看思薇雅的情緒，我不覺得她有任何不快。

而且如果搭飛機抵達洛磯山，你會覺得景致很美，但是如果你是經過幾天辛苦的旅程，通過這一片大草原，那麼你會從另一個角度來看洛磯山，那裏彷彿是你的目標，是你的應許之地。如果約翰、克里斯和我到達的時候是這種感受，而思薇雅又是另外一種，那麼會引起摩擦，它比我們一路上從達科他州所感受的酷熱和單調還嚴重。反正我喜歡和她說話，我也是爲自己著想。

我這麼想，在我凝視這些草原的時候可以指點她一起看，我想她會接受的。希望她能感受到我已經放棄告訴別人的事，就是其他都不存在只有它存在它受到注意的事。她一向住在城裏，似乎常會因爲單調乏味的生活而很鬱悶，然而我希望她能接受這種來自大自然一望無際的草原和風的單調。就在這裏，而我無以名之。

現在我看到天邊一些別人沒有發現的東西。在遠遠的西南邊——你只能從這邊的山頂看得見——天際有一道黑邊。暴風雨要來了，或許一直在使我惴惴不安的就是這件事，我刻意不去想它，但是我早就知道在這種濕度和風速下，暴風雨極可能會來。眞糟糕，第一天上路就碰上惡劣的天氣。不過我以前提過，騎摩托車旅遊是身臨其境，而不是冷眼旁觀，暴風雨自是不可避免的一環。

如果只是雷雨雲或是狂風還可以騎一陣子，但是這次來的不是，那條黑長的雲前面沒有任何卷雲，所以是冷鋒。而冷鋒打從西南來的時候特別強烈，通常會伴有颶風，颶風一來，最好找地方避一下，等它過了再出來。它們來的時間不會很長，走了之後會帶來冷涼的空氣，騎起摩托車十分舒暢。

最糟糕的莫過於暖鋒，它們一來就好幾天。我記得幾年前克里斯和我騎車到加拿大一遊，走了一百三十哩的時候遇上了一道暖鋒，雖然事前有許多徵兆，但是我們當時並不明白。那次旅遊的情形眞可說是難以言喻而且十分悽慘。

當時我們騎的是六匹半馬力的摩托車，載著超重的行李，旅遊的常識又十分欠缺。車子只能跑四十五哩，而且迎著風走，再加上它不是專門旅遊用車，所以騎起來十分吃力。頭天晚上我們騎到北林（North Woods）的一座大湖邊，就在風雨交加的情形下搭起帳篷，而大雨下了一整晚。我忘了沿帳篷邊挖上一道溝，結果在凌晨二點的時候雨水湧了進來，浸濕了我們的睡袋。到了第二天早上，我們全身都濕透了，心情也很壞，加上睡眠不足，我以爲繼續上路之後不久雨就會停，結果並沒有這麼運氣，到了早上十點，天色暗到所有的車子都把車燈打開，然後又狠狠地下了一陣大雨。

我們穿的是斗篷，昨晚曾用來搭帳篷，現在它們被風吹得像船帆一樣，使車速慢到三十哩。路上的積水有二吋深，打雷和閃電就在我們身旁。我還記得有一輛車經過，坐在裏面有一位婦人吃驚的望著我們，不知道在這種天氣下我們還騎車做什麼。

車子慢下來了，先是二十五哩，然後是二十哩，一直到它開始出現劈哩啪啦的響聲，然後車速降到五、六哩。我們來到一座廢棄的加油站，旁邊是樹木早已被砍光的林場，趕忙進去躲雨。那個時候我就和約翰一樣，對摩托車的維修所知不多，我還記得我把斗篷舉到頭上，以防雨水滴到油箱中，然後用兩腿搖車子，裏面似乎還有汽油。我又檢查了一下火星塞，看看儀表和汽化器，然後再踩發動器，一直到我筋疲力盡。

進了加油站，裏面還有啤酒屋和餐廳，我們吃了一客全熟的牛排之後，出來再試著發動車子。克里斯在一旁不知輕重的一直問問題，問得我火冒三丈。最後我看發動不了就算了，結果衝他而來的怒氣也消了。我小心的告訴他玩完了，這次度假我們不準備騎車上路了。克里斯建議我檢查一下汽油的存量，這我已經做過了；或是去找修理師傅。但是附近根本沒有任何修理店，只有砍下來的松樹、灌木和大雨。

我們坐在路旁的草叢裏，沮喪極了，兩眼呆呆的望著一旁的樹和灌木，並且耐心的回答克里斯所有的問題，幸而他問得越來越少。最後他終於明白我們不可能再繼續騎下去因而大哭起來。我想那個時候他有八歲了。

我們搭便車回到城裏，租了一輛拖車聯結在我們的車子後面，回到原地把摩托車載回來，然後開汽車重新開始旅行。但是感受卻不一樣，而且也不能眞正享受旅遊的樂趣。

假期結束後兩個禮拜，有一天下班後，我又把汽化器拿出來研究，看看問題究竟在哪裏，但是仍然看不出所以然。爲了清洗汽化器，我打開備用油開關，竟然沒有半滴油流出來，我眞的不相信會發生這種事，到現在還是一樣。

爲了這個疏忽，我責怪自己不下一百次，我想到了最後我還是不會原諒自己的。很明顯的，我聽到油缸裏的聲音是備用油；我沒有小心檢查，因爲我以爲引擎熄火的問題是下雨造成的，那個時候我還不十分了解自己這樣驟下結論有多麼愚蠢，現在我們騎的是二十八匹馬力的摩托車，而我非常認眞的保養它。

約翰的車子突然超過我的，他的手掌向下擺動要我們停下來，於是我們把車速慢下來，然後在鋪了碎石子的路邊上找了一塊空地，預備把車子停下來，路邊的水泥很尖銳，而且石子也鋪得很鬆散，我很不高興他突來的舉動。

克里斯問：「我們停下來做什麼？」

約翰說：「我想我們錯過叉路了。」

我回頭看看，什麼也沒有看見，我說：「我沒有看見任何指標。」

約翰搖搖頭說：「和穀倉的門一樣大。」

「眞的？」

他和思薇雅都點點頭。

他靠過來，然後彎身研究我的地圖，指了指該轉彎的地方，還有經過上方的一條高速公路。

「我們已經過了這條高速公路。」他說，我知道他說的沒錯，因此我有些不好意思，我問：「究竟是要回頭呢，還是要繼續往前面走？」

他想了一下：「我想沒有理由走回頭路。好吧！我們繼續往前走，反正我們總會走到那兒。」

我跟在他們後面一邊想，爲什麼會發生這種事呢？我幾乎沒有注意到高速公路，而且剛才我忘了告訴他們暴風雨要來的事，事情有些被攪亂了。

暴風雨的雲帶現在更寬了，但是並不如我想像中發展的那麼快。這樣一來就更不妙了，因爲它們來的快也去的快。一旦發展的較慢，很可能我們被困住的時間會更長。

我用牙齒把一隻手套脫下來，用手去摸引擎旁邊上的鋁蓋。目前的溫度還算正常，雖然已經熱到無法把手停留在上面，但是還不至於把手燙傷，所以這一切都還算是正常。

像這種氣冷式引擎過熱會造成引擎的故障，這個引擎曾經出過一次……，事實上是三次的毛病，所以我經常檢查，就像檢查有心臟病的人一樣，雖然看起來目前仍然很正常。

出毛病的時候，活塞因爲過熱而膨脹，很容易就卡住汽缸壁，有的時候甚至會融化。由於卡住了引擎和後輪，所以會造成突然煞車。第一次毛病出現的時候，害得我整個人都衝到前輪的上方，後面的人幾乎是趴在我身上，經過三十分鐘之後，才又能正常運轉。但是我仍然在路邊停下來，看看究竟出了什麼問題。後面的人只會問：「你停下來做什麼？」

我聳了聳肩，和他一樣茫然的站在那兒，傻傻的看著別人的車子從身旁呼嘯而過。引擎目前非常熱，周圍的空氣都受影響而微微震顫起來。我們幾乎可以感覺到熱力所散發出來的光芒。如果我將手指沾濕放上去，它會像熱鐵一樣滋滋的響起來。這樣我們就只有慢慢地騎回家，而由引擎的聲音一聽就知道活塞出了問題，需要大修一番。

我把這輛車送進了修理店，我並不想捲入其中。因爲很可能要買其他的零組件或是專門的工具，然後再花上許多無謂的時間，我既然能在短時間之內讓別人做好，就不需要介入其中，這有些類似約翰的態度。

這間店和我以前去過的那一間不同，裏面的師傅和以前的也不同。以前的師傅看起來像是古代的戰士，而現在的這些看起來像小孩子。他們把收音機的音量開到最大，然後在四周蹦蹦跳跳的走來走去，一邊聊著天，似乎並沒有注意到我的存在。最後終於有一個人走過來，然後聽我說是活塞的問題，於是他就說：「哦！是梃桿出了問題嗎？」

梃桿出了問題嗎？那個時候我就應該知道會有怎樣的下場。

兩個禮拜以後我付了一百四十美元的帳，然後小心謹慎的以不同的低速行駛，騎了大約有一千哩之後才恢復正常，但是在騎到七十五哩的時候，毛病又出現了，三十哩的時候又恢復了正常，情形就像以前一樣。於是我就把車子送回店裏去修，但是他們反倒責怪我使用不當，爭論了一陣子之後，我們同意打開來檢查，這一次修理的結果，他們決定自己做一次高速的路試。

毛病再次出現。

在這次大修之後兩個月，他們更換了汽缸，然後換上較大的主汽化器噴嘴，然後使運轉的速度減慢，使引擎儘可能不會過熱，然後告訴我不要騎得太快。

引擎裏面有不少的油脂，而且無法發動。我發現火星塞與高壓電線鬆脫了，於是我把它們接上去，然後再啓動，結果現在眞的出現梃桿的雜音，他們並沒有幫我調整梃桿，我告訴他們這一點，然後修車的小夥子就拿了一把可調整的扳手，結果他使用錯誤，很快的就把鋁製的梃桿蓋子弄壞了。

他說：「我們倉庫裏還有存貨。」

我點點頭。

他拿了一把榔頭和鏨子，開始要把它們敲鬆，然而他的鏨子卻把鋁蓋鑿穿了，我可以看見鏨子直接撞到了引擎頭上，後來他的榔頭沒有打到鏨子上，結果把兩片散熱片給打破了。

我冷靜的說：「不要再敲了。」心裏覺得這簡直是一場惡夢：「請你給我一些新的蓋子，就讓它這樣好了。」

我趕快離開這個地方，現在車子冒出了梃桿的雜音，梃桿的蓋子也壞了，引擎裏又都是油脂，騎回去的時候，在騎到時速二十哩左右的時候，就會有強烈的震動。在路邊我發現四個引擎接合的螺釘，其中有兩個不見了，所以整個引擎的接合螺釘就只剩下一個了，而上蓋凸輪的鏈條鬆緊控制器的螺釘也不見了，這就表示說調整梃桿也沒有用了，這眞是一場惡夢。

我還沒有和約翰討論過他把自己的寶馬車子交給別人修理的問題，或許我應該和他談談。

幾個禮拜之後，我找到故障的原因，在內部供油系統上有一根二十五分的扣銷被剪斷了，以至於在高速的時候，油沒有辦法流進來。

爲什麼會發生這種事情呢？這個問題不斷在我腦海中出現，這就是我想要寫這本書的原因。爲什麼他們的動作這樣粗魯呢？他們不像約翰和思薇雅一樣害怕科技，他們都是專門人員，然而做起事來卻像猩猩一樣。沒有眞正的投入，其中似乎沒有明顯的原因，我試著回想那間修理店，就是讓我作惡夢的地方，想要找出問題的眞正答案。

那架收音機是一條線索，在你工作的時候一邊聽音樂是沒有辦法眞正思考的，或許他們並不認爲自己的工作需要任何的思考，只不過是玩弄幾把扳手罷了。如果你一邊工作一邊聽音樂或許會更愉快一些。

他們動作的速度是另外一條線索，他們把東西到處丟，而且也不記得丟在哪裏。如果你不深入檢討一番，你就不知道這樣做往往會浪費時間，而且成效不佳——也就是說需要花更多的錢。

但是最大的線索似乎是他們臉上的表情。然而實在很難解釋，雖然他們看起來很隨和、友善、輕鬆自在，但是卻沒有投入工作之中，他們就像旁觀者一樣，你覺得他們只是在那兒晃來晃去，然後接過別人遞給他們的扳手，他們對自己的工作沒有認同感，不會說：「我是師傅。」一旦到了下午五點，八個小時一滿，你就會知道他們會立刻放下手中的工作，即刻離開，然後儘可能的不去想他們的工作。在這一方面，他們與約翰和思薇雅一樣，雖然想運用科技的成果，但是卻不願和它發生任何關係。或者說是他們之間的確有關係，但是他們都沒有投身其中，而保持冷淡疏離的態度，他們有參與這方面的工作，但是卻沒有發生眞正的關心。

這些修理師傅沒有發現斷了的扣銷是前一個修理師傅在組合側蓋板的時候，不小心剪斷的，我記得以前的車主說過有一位修理員告訴他側蓋板很難蓋好，這就是原因了。一般機車手册中都會提到這一點，但是他太匆忙而疏忽了。

在我編輯電腦手册的時候，也在想這個問題，一年當中有十一個月我在編寫這方面的手册，我知道一般這方面的資料都充滿了錯誤，以至於解釋不清，而且省略了不少重要的資料。有的時候需要讀過六遍才略微了解它們的意思，但是讓我驚訝的是，編寫這些手冊的態度和這些修理人員的態度一樣，竟然都是旁觀者，所以它們可以稱爲旁觀者的手冊。在字裏行間，你隱約可以嗅到這樣的意味：「機器在這裏，它和周圍環境中的一切都沒有關係，和你也沒有關係，你和它沒有關係；你只要會操縱某些開關，維持電壓的強度，檢查某些毛病等等，」就這麼一回事。修理人員對這些機器的態度就和這些手冊所透露出來的態度是一樣的，都是保持旁觀者的角色。於是我想到市面上沒有一本手冊談到保養、維修摩托車究竟是怎麼一回事，這是最重要的一點。不要認爲關心你所做的事一點都不重要，或者對工作視爲理所當然。

在這次旅遊當中，我想應該注意這一點，更深入的研究，看看是否能了解究竟是什麼把人和人的工作分離開來，進而了解二十世紀的人究竟是出了什麼問題。我並不想要倉促行事，因爲倉促本身就是二十世紀中最要不得的態度，一旦你做某件事，想要求快就表示你再也不關心它，而想去做別的事，所以我想慢慢來，才能仔細而且透徹的進行這件事，用我找到被剪斷了扣銷的態度，就是因爲有這種態度才能發現原因，除此之外，別無他法。

我突然注意大地現在變得一片平坦，既沒有小丘也沒有任何凸起之處，這表示我們已經進入紅河谷，很快就會到達科他州了。

第三章

在我們出了紅河谷的時候，暴風雨的雲層似乎就在我們左右。

約翰和我在布萊肯利奇(Breckenridge)討論過決定繼續走下去，直到必須停下來爲止。時間不會太久了，太陽已經被遮住，迎面吹來的風很冷，我們籠罩在一片灰暗的雨雲當中。

暴風雨的雲層似乎非常厚實，雖然整個草原很遼闊，但是在頭上這一片正要襲來的雨雲卻教人更害怕。現在我們看它的臉色行駛。它什麼時候下來，我們無法掌握，所能做的只是看著它愈來愈接近。

剛才我們曾經看到有一個小鎮，中間有一些小的建築和一座水塔已經不見了。暴風雨隨時會來，現在四周再也看不到任何城鎮，所以我們必須加緊騎快些。

我騎近約翰旁邊，然後作出加速的手勢，於是他點點頭。我讓他騎在前面一些，然後緊緊的跟著他，車速由七十而八十而八十五。現在我們已經感受到大雨來前的強風了，我把頭低下來，迎著風向前去，車速已經到九十了，車速表上的指針不斷來回的振動著，但是轉速表仍然維持在九千，大約時速是九十五哩，我們就以這樣的速度往前衝去，現在因為騎得太快，沒有辦法騎在路肩上，於是我為了安全起見，就把車燈打開，反正天色也愈來愈暗了，事實上，也必須這麼做才行。

這個時候我們飛馳而過平坦的大地，四下看不見任何汽車，甚至連一棵樹也沒有。然而路面平直而且乾淨，引擎的轉速也一直保持在非常快的狀態下，這就表示還沒有出問題，天色愈來愈暗沈沈了。

突然之間，一道閃電，接著是一聲巨響，我不禁震動了一下。克里斯把頭抵著我的背，這時幾滴預警的雨落下來了，在這種速度之下，它們打在臉上好像針尖一樣。

第二次閃電和打雷又下來了，照得整個大地一片光亮。

然後速度降到七十哩、六十哩，然後五十五哩，之後就保持這個速度。

克里斯大叫道：「我們為什麼慢下來了呢？」

「太快了！」

「不快！」

我點點頭。

這時候房子和水塔從我們身旁掠過，然後出現了一條小下水道，旁邊有一個十字路口，一直通往天邊，沒錯，我想完全沒錯。

克里斯喊著說：「他們已經遠遠在前面了。騎快點兒吧！」

我搖搖頭。

他又叫著：「為什麼呢？」

「危險！」

「他們都不見了！」

「他們會等的。」

「騎快點嘛！」

「不行，」我搖搖頭，這只是一種感覺。這個時候你得信任車子，於是我就把速度保持在五十五哩。

雨開始下了，但是我看見前面有小鎮的燈光……我知道它就在那兒。

當我們到達的時候，約翰和思薇雅在路旁的第一棵樹下等我們。

「怎麼回事呢？」

「速度慢下來了。」

「我們知道，車子有什麼毛病嗎？」

「沒有，讓我們避開這場雨。」

約翰說在城的那一邊有一間汽車旅館，但是我告訴他，如果向右轉再過幾個路口，在一排白楊樹旁邊有一間更好的。

過了幾個路口之後，我們來到白楊樹邊，這裏的確有一間小型的汽車旅館。約翰在室內繞了一下說：「這裏的確很不錯，你以前是什麼時候來的？」

我說：「我不記得了。」

「那你怎麼知道這裏呢？」

「憑直覺。」

他看了看思薇雅搖搖頭。

思薇雅已經默默注意了我好一段時間，她看到我簽名的時候手有一些顫抖。她說：「你的臉色好蒼白，是不是閃電嚇著你了。」

「沒有。」

「你好像看到鬼一樣。」

約翰和克里斯都看著我，我轉開來向著門。外面仍然下著雨，我們跑進房間，車子蓋好了，我們要等暴風雨過去，再去騎它。在雨停了之後，天空亮了一點，但是從汽車旅館的院子裏我看到在白楊樹後，夜晚正逐漸來臨。我們走到城裏，用過晚餐。就在回城的路上，一整天下來的勞累侵襲而來，我們休息的時候，幾乎全身都動彈不得，坐在汽車旅館院子裏的鐵椅上，慢慢地啜飲約翰從冰箱裏拿出來混著其他飲料的威士忌酒，慢慢地喝倒也挺舒服的，路兩旁的白楊樹在晚風的吹襲下葉子沙沙作響。

克里斯在想接下來我們應該做什麼。他一點都不累，因爲汽車旅館的新鮮和陌生，讓他十分興奮，他希望我們就像他們在夏令營的時候一樣來唱歌。

約翰說：「我們不善於唱歌。」

克里斯說：「那麼我們來說故事。」他想了一下：「你知道有什麼好的鬼故事嗎？在我們小組的孩子，晚上都很會講鬼故事。」

約翰說：「那你先告訴我們一些鬼故事好了。」

於是克里斯開始說鬼故事，聽起來十分有趣，我在他這個年紀有一些鬼故事都還沒有聽過。我這樣告訴他，而克里斯希望聽我說一些鬼故事，但是我一點都不記得了，過了一會兒，他說：「你相信鬼嗎？」

我說：「不相信。」

「爲什麼？」

「因爲他們不科學。」

我回答的方式不禁讓約翰笑了起來，我接著說：「他們的存在不佔任何空間，也沒有能量，因此根據科學定律，他們只存在於人的心中。」

這個時候酒精、倦意和微風在我心中一起作用，我又說道：「當然，科學定律也不佔任何空間，也沒有能量，因此也只存在於人的心中，所以完全科學的態度就是既不相信鬼，也不相信科學，這樣你就安全了。然而這樣一來，你就沒有多少可以相信的了，但是唯有這樣才是科學的態度。」

克里斯說：「我不知道你在說些什麼？」

「我有點在開玩笑。」

我說話的時候克里斯有些消沈，但是我不認爲會傷害他。

「在青年會的夏令營裏面，有一個小孩子說他相信鬼。」

「他只是騙著你好玩罷了。」

「不是的，」他說：「一個人如果埋葬的方法不對，他的靈魂就會來騷擾活著的人，他眞的這樣相信。」

我又說：「他只是騙你罷了。」

思薇雅問他：「他叫什麼名字？」

「湯姆・白熊。」

約翰和我交換了一下眼色，突然之間，我們都了解了是怎麼一回事。

他說：「是印第安人嗎？」

我笑著說：「我想我得再補充一句，我所說的是歐洲的鬼。」

「有什麼不同呢？」

約翰大笑起來：「他盯上你了。」

我想了一下說：「印第安人對事情的看法通常和別人不同，我並不是說他全錯，但是他們並不認爲科學是印第安傳統的一部分。」

「湯姆・白熊說他父母叫他不要相信這些玩意兒。但是他說他祖母偷偷的告訴他這是眞的，所以他就信了。」

他這個時候面帶肯求的看著我，有的時候他的確想要知道一些事情，所以如果我繼續開玩笑下去，並不是個好父親該有的態度，於是我調整了一下自己的心態，「當然，我也相信有鬼的存在。」

這個時候，約翰和思薇雅用奇怪的眼神看著我。我了解這一次要脫身並不容易，勢必要作一番解釋。

「認爲歐洲人或是印第安人相信鬼的存在是無知的，這是非常自然的，從科學的角度來看，這樣的人仍然處在非常原始的狀態之中，所以今天有人表示，他相信鬼神的存在就會被別人認爲是無知，甚至是頭腦有問題，因爲很難想像有鬼存在的世界，究竟是怎樣的。」

約翰同意的點點頭，然後我又繼續說。

「我個人的看法是，其實現代人未必比以前人聰明，人的智商並沒有多大改變，那些印第安人和中古世紀的人跟我們都差不多，但是彼此所處的環境不同，在以前的環境下，他們認爲鬼神是存在的，就像現代人認爲原子、質子、光子和量子也是存在的。從這個角度來說，我相信有鬼，也就是說，現代人也有屬於他們的鬼神，你知道。」

「這是什麼意思？」

「比如說，物理定律、邏輯學……數的系統……幾何代數等等，這些都是所謂的鬼魂，我們因爲太相信，所以看起來就是眞的。」

約翰說：「我認爲它們是眞的。」

克里斯說：「我不明白吔！」

於是我又繼續說：「比如說，假設地心引力在牛頓之前就已經存在是一件非常自然的事，但是如果以爲地心引力直到了十七世紀才存在那就很愚蠢了。」

「當然。」

「所以這種定律是在何時開始存在的呢？它一直都存在的嗎？」

約翰皺了皺眉頭，不知道我要說什麼。

我說：「我的意思是在有地球之前，在日月星辰形成之前，在一切之初，地心引力就已經存在了。」

「當然。」

「地心引力也沒有自己的質量，沒有自己的能量，這時人尚未出現，所以也不存在於人的心靈之中。也不在空間裏，因爲也沒有空間存在，更不存在於任何地方——這個地心引力仍然存在嗎？」

現在約翰可就不那麼肯定了。

我說：「如果地心引力存在，那麼說實在的，我就不知道何謂非存在了。我認爲地心引力已經通過所有非存在的考驗，你想不出地心引力有何不具非存在的條件，或是科學上有證明其存在的證據。然而一般人仍然以爲它是存在的。」

約翰說：「我得好好地想一想。」

「我推測如果你繼續想下去，你只會一直的打轉，一直的打轉，直到你想出唯一合理有意義的結論，那就是在牛頓誕生之前，地心引力並不存在，不會有其他合理的結論。」

「我的意思是，」我在他打斷之前接著說，「就是地心引力定律只存在於人的心裏，這也是一種鬼魂！對於別人所相信的鬼魂，我們很容易無知而且自負的就攻擊，但是對我們自己心中的鬼魂卻非常無知而且盲目的信仰著。」

「那麼爲什麼所有的人都相信地心引力的確是存在的呢？」

「大家被催眠了，用比較正統的說法是，大家受了教育。」

「你的意思是老師把學生催眠了，讓他們相信地心引力的存在。」

「正是如此。」

「聽起來很荒謬。」

「在教室裏，你聽過視線接觸的重要嗎？每一位教育家都強調這一點，但是沒有人會向你解釋。」

約翰搖搖頭，然後又爲我倒了一杯，約翰用手遮著口，小聲的跟思薇雅說：「你知道他大部分的時間看起來是這麼正常。」

我回答他：「這是我幾個禮拜以來所說的第一件正常的事，其他的時候，我的腦海中和你一樣充滿了二十世紀的狂想，所以沒有注意到我自己的想法。

「但是我會再替你重複一遍。」我說：「我們相信牛頓的理論，早在他出生之前的幾十億年就已經存在於宇宙的混沌之中，而他奇蹟似地發現了這個理論。當初它就一直存在著，雖然沒有應用出來。於是逐漸這個理論成形了，而且爲人運用。事實上這些理論就形成了世界。約翰，這種說法太荒謬了。

「而科學家所面臨的矛盾是心。心既非物，也沒有能量，但是他們並不能否認心存在於他們所做的一切之中。邏輯存在於心中，數字也只有存在於心中。如果科學家認爲鬼也是存在於人的心裏，我不會反對這種說法。其中『只有』是一個關鍵，科學只存在於你的心裏，這種說法並沒有錯，鬼也是一樣。」

他們還是看著我，所以我繼續說：「自然的法則是人類發明的，就像鬼的存在一樣。理則學、數學也都是如此，所有值得讚美的事，也都是人類的發明。這個世界也是人類所想像出來的，整體來說也就是一種靈界的存在。在古代的時候，我們所居住的這個美妙的世界就被視爲如此，由鬼神所統領，我們之所以能看到這個世界，就是因爲鬼神讓我們看見，他們是摩西、耶穌基督、釋迦牟尼、柏拉圖、盧梭、傑佛遜、林肯等等，牛頓是非常好的一位，可算其中最好的一位，所以我們的常識就是由過去成千成百的鬼神所構成的，他們企圖在人的生命當中找到他們的地位。」

這個時候約翰正沈思不語，但是思薇雅非常興奮的說：「你這些念頭是哪兒來的？」她問我。

我想要回答他們，但是又說不出口，我覺得已經說完了，甚至說過了頭，是該結束的時候了。

過了一會兒，約翰說：「再去看山倒不錯。」

我很同意：「沒錯，的確如此，讓我們喝完這一杯吧！」

我們結束聊天，各自回房。

我看見克里斯在刷牙，答應讓他明天早上再洗澡。我以大人的身分決定睡在窗旁邊的床上。

熄燈之後，他說：「現在可以告訴我一個鬼的故事了吧！」

「我剛剛不是說過了嗎？」

「我是說一個眞正的鬼故事。」

「那是你聽過最眞實的鬼故事。」

「你知道我的意思，是另外一種的。」

我努力回想傳統的鬼故事：「克里斯，在我小的時候我聽過許多鬼故事，但是我都忘了。」我說，「現在是睡覺的時候了，明天還要早起呢。」

這個時候，大地一片寂靜，只有風吹動窗子的聲音。一想起來自於草原上的風習習吹來，就不禁讓我陶陶然。

風一時起，一時落，不斷的吹送過來……它們來自那麼遙遠的地方。

克里斯問我：「你見過鬼嗎？」

我已經快睡著了，我說：「克里斯，我曾經認識一個人，他花了一生的時間什麼事也不做，只是去追尋一個鬼魂，結果只是一場徒然，所以趕快去睡吧。」

我發現自己說錯的時候已經爲時太晚了。

「他找到了嗎？」

「他找到了，克里斯。」

我一直希望克里斯能夠聽聽風的聲音，不要再問問題了。

「那麼後來呢？」

「他把他給痛打了一頓。」

「然後呢？」

「然後他自己也變成了鬼，」我以爲這樣說會讓克里斯早點睡，但是卻使我精神愈來愈好。

「他叫什麼名字呢？」

「你都不認識。」

「究竟叫什麼呢？」

「那不重要。」

「究竟叫什麼呢？」

「克里斯，他的名字，這不重要嘛，你知道他叫菲德拉斯，你不知道的名字。」

「我們騎摩托車的時候遇上了暴風雨，你有沒有看見他？」

「你爲什麼會這麼說呢？」

「思薇雅說她以爲你看到了鬼。」

「那只是一種形容罷了。」

「爸爸？」

「克里斯，這是最後一個問題，要不然我就要生氣了。」

「我只是要說，你確定說和別人不同的話嗎？」

「克里斯，我知道，」我說，「這是個問題。現在睡吧！」

「爸爸，晚安。」

「晚安。」

半個鐘頭之後，他已經睡熟了，然而窗外的風依然十分強勁，而我卻再也睡不著了。就在窗外的夜色中，冷風穿過道路吹進樹林裏，月光也在微微震顫的葉子上閃爍著——毫無疑問的，菲德拉斯看到了這一切，我不知道他爲什麼在這裏，我也永遠不可能知道他爲什麼要用這種方式回來，但是是他引領我們走到這條奇怪的路上，他一直都與我們在一起，這是我們逃不了的。

我希望我不知道他爲什麼會在這裏，但是恐怕我必須承認我知道。剛才我提到有關科學、鬼神以及下午的時候說到有關關心和科技方面的事，都不是我自己的思想，我已經有許多年沒有新的思想了，這些都是從他那兒竊取來的，而他一直在旁觀看著這一切，這就是他爲什麼在這裏的原因。

經過這樣一番招認之後，我希望他讓我好好的睡一覺。

可憐的克里斯，他會問我：「你知道什麼鬼故事嗎？」我應該告訴他一個鬼故事，但是一想起這一點就不禁讓我悚然而慄。

我眞的該睡覺了。

第四章

每一位參加肖托夸的人都應該保有一張清單，上面列著重要的事項，以便將來之需或是記下靈感。要詳細的記載。現在趁別人還在酣睡，浪費了美麗的晨曦，我正好把它們列下來。

現在我有一張清單，上面寫著下次騎機車去達科他州旅遊時所該預備的東西。

天一亮我就已經醒了，克里斯仍然在熟睡，我原本想再多睡一會兒，但是聽到外面的雞啼，想到我們現在正在度假，實在沒有多睡的必要。我聽到隔壁約翰正在鋸木頭的聲音……除非是思薇雅……不會，聲音太大了，該死的鏈鋸，聽起來像是……

我已經很厭倦旅行的時候忘記帶東西，所以我列出這樣的單子，擺在家裏的檔案中，一旦要出發的時候就好派上用場。

大部分的東西都很普通不需要額外的說明，有一些就比較特別，需要進一步解釋，還有一些非常奇怪，需要更多的說明。這張單子分成四部分，包括衣服、個人的用品、炊具和露營的用具，以及有關摩托車的用品。

第一部分有關衣服的部分很簡單：

⑴兩套內衣。

⑵一件長的內衣。

⑶我們兩人各一套襯衫和褲子。我喜歡用軍人穿的工作服，因爲便宜、耐穿而且耐髒。我有一項列做「正式服裝」，而約翰在後面用鉛筆補上一句「半正式宴會裝」，其實我所想的只是在加油站之外可能想穿的衣服。

⑷毛衣和夾克各一件。

⑸手套，沒有內裏的皮手套最好，因爲不但能夠避免曬傷、吸汗，而且能夠使你的手部保持乾爽。如果你只是騎車出去一兩個鐘頭，皮手套就不重要，但是如果你日以繼夜的騎車就非常重要了。

⑹騎車專用的靴子。

⑺雨具。

⑻頭盔和遮陽帽。

⑼流線型的防風罩，這個帽子讓我覺得很悶，所以只有在下雨的時候才用，在高速度之下你會覺得雨打在臉上像針刺一樣。

⑽護目鏡，我不怎麼喜歡使用擋風玻璃，因爲也會阻礙我的視線。由英國製造的玻璃鏡片很

薄，這樣的護目鏡就相當不錯，能夠擋掉不少風，如果是塑膠製品，就會被風刮傷，視線也會扭曲。

下面是個人的用品：梳子、皮夾子、小刀子、小型隨身記事本、筆、菸和火柴、手電筒、肥皂和塑膠肥皂盒、牙刷、牙膏和剪刀、頭痛藥、驅蟲藥和除臭劑（騎了一整天車子，就連你的朋友不告訴你，你也會知道那有多麼臭）、防曬油（騎車的時候你不會注意到曬傷的問題，一停下來的時候就已經太晚了，所以儘早塗上它）、ＯＫ繃、衛生紙、毛巾（要放在塑膠盒裏面才不會把其他的東西弄濕）、面巾。

書，我不知道其他的人是否會帶書，因為十分佔空間，不過我會隨身帶三本，然後夾一些空白紙作記錄，三本書是：

⑴有關這部機車修理店的資料。

⑵一本普通摩托車問題指引，包括所有我記不住的資料，書名是——《邱爾頓摩托車問題指引》，由歐西·瑞奇所著，西爾斯·魯伯克公司出版。

⑶梭羅的《湖濱散記》……克里斯從來沒有聽過這本書，我可以讀上一百次也不覺得累。通常我會選一本他不懂的書，然後拿來作為我們以後對答之用，我先讀一兩個句子，然後等他一連串的發問，然後再回答他的問題，之後再讀一兩個句子，用這樣的方法讀古典作品很有用，它們一定是用這種方式寫成的，有的時候整個晚上我們都不斷在閱讀、討論，而往往只讀了兩、三頁，

這大約是一世紀以前的閱讀方式……當時肖托夸非常流行，除非你也這樣做，否則你就不知道究竟有多麼愉快。

我看克里斯睡熟了，一點也沒有平常不安的樣子，我想還不需要把他叫醒。

露營的用具包括：

⑴兩個睡袋。
⑵兩個斗篷和一張鋪在地上的布。這些可以組成一個帳篷，同時旅行的時候也可以擋雨防濕。
⑶繩子。
⑷美國哥代蒂克地圖（U. S. Geodetic Survey maps），上面有我們希望旅遊的地點。
⑸彎刀一把。
⑹指南針一個。
⑺行軍水壺一個。我們出發的時候沒有找到，我想大概是孩子把它丟到哪裏去了。
⑻兩個軍用雜物箱，其中放著刀叉和湯匙。
⑼可摺疊的司代諾牌的爐子，加上一個中型的司代諾罐子。我先買來試用，目前還沒用過，一旦下雨或是還沒有到達森林地，找木柴就會是個問題。
⑽一些鋁製易開罐的罐頭，可以裝豬油、鹽、牛油、麵粉、糖等。這是我們好幾年前，在一家登山店買的。

(11)清潔劑。

(12)兩個鋁架的背包。

摩托車用品。一般都有一個工具箱放在座位下，其中包括：一把可調整的大型扳手、專用榔頭、鏨子、一把錐狀打擊器、一對輪胎骨、補胎的用具、打氣筒、一罐潤滑鐵鏈用的二硫化鉬噴劑（這種噴劑可以深入每一個鏈環的內部，有非常良好的潤滑效果，一旦二硫化鉬乾掉之後，就應該補上SAE—30的機油）、撞擊起子、銼刀、探測用儀表、測試燈。

零件包括：火星塞、節流閥、離合器、煞車繩、指針、保險絲、頭燈和尾燈的燈泡、接合傳動鏈用的環扣與扣鉤、固定銷、打包繩、備用傳動鏈（這個鏈子是我換下來用舊的，如果目前所用的壞掉，換上以後還是足夠支撐到修理店）。

就是這麼多了，不包括鞋帶。

你很可能會懷疑我們車子究竟有多大，是否要像拖車一樣大才能裝下這些東西，但是其實並不像想像中的那麼多。

我怕這些傢伙如果讓他們繼續睡下去可能整天都起不來了。外面的天空是一片湛藍，我們這樣浪費時間實在是丟臉。

於是我還是去把克里斯搖醒，他睡眼惺忪的睜開了眼睛，然後不解的坐起來。

我說：「該沖洗了。」

我走到外面，空氣十分新鮮，事實上──天哪！──簡直有些冷颼颼的，我敲了敲約翰夫婦的門。

門裏面傳來約翰懶洋洋的聲音：「來了，來了。」

今天的天氣好似秋天，車上沾上了不少露珠，沒有下雨，但是很冷，大約只有攝氏十度左右。在等他們的時候，我檢查了一下齒輪箱的機油量、胎壓、螺絲和傳動鏈條的鬆緊。那兒有一點鬆了，我拿出工具箱來，然後把它旋緊，我已經迫不及待的準備要上路了。

我看克里斯穿得頗爲暖和，於是打包好就上路了。不過天氣的確很冷，不出幾分鐘，衣服內的暖氣就被風給吹光了，我不禁打了幾個大寒顫。

只要太陽出來久一點，就會比較暖和。大約半小時之後，我們就會在艾倫代爾(Ellendale)吃早點，今天的路都很直，所以可以走很遠。

要不是冷得要命，今天會有一段非常棒的旅程，朝陽照著田野上的露水，一閃一閃的，而且有一些晨霧。一路上只有我們行來，別人似乎都還沒有起來，現在是六點半，我手上戴的這副舊手套上似乎出現了一層霜，但是我想可能是昨天晚上水浸過的痕跡，這眞是一雙好手套，但是天氣實在是太冷，連皮手套也變硬了。硬得我幾乎沒有辦法把手伸直。

昨天我曾經談過關心，我關心這副皮手套，我微笑著看它們掛在車邊被風吹拂，因爲我已經用了這麼多年，它已經磨損老舊了，在我眼中對它們自有一份愉悅。整副手套都沾滿了油漬、汗水、灰塵，而且還有地方發霉了，現在我把它們放在桌上，即使天氣不冷，它們也沒有辦法平平的躺著，它們似乎有屬於自己的往事，雖然只值三塊美金，而且縫補到已經無法再縫補了，不過我仍然花了許多時間和精力去整理它，我不能想像換戴一副新手套的感覺，這種感覺似乎很不實際，但是有些事情並不需要實際。

我對這部摩托車也有同樣的感情，我已經騎了二萬七千哩，所以可算是一部舊車，雖然街上還有更老的機車在跑，但是我相信大部分的騎士都會同意，一旦這輛車陪伴過你許多時光，那麼對你來說它就是獨一無二的，那是別的車子無法取代的。有一位朋友和我使用同一廠牌、型號甚至同一年次的車子，有一次他騎來讓我修理，當我騎上它的時候，我很難相信這一部車子竟然和我的出自同一廠牌，你會發現車子已經擁有屬於它自己的聲音和節奏，完全與我的不同，不是比較差，而是不同。

我想你可以稱此爲個性，每一部摩托車都有它自己的個性，也可稱之爲你對這一部車子所有直覺的總和。這種個性常會改變，多會變得更糟。但常常也會變得出人意外的好。建立這種車子的個性正是維修保養的眞正目的。

新的車子就好像美麗的陌生人，按著它們所受的待遇，要不很快的退化成彆扭的人或是跛子，要不就變成健康、好脾氣、長久的朋友，而這一部車雖然遭受了那些所謂師傅的毒手，但是似乎已經完全修復了，而且愈來愈不需要修理。

艾倫代爾到了！

在晨曦中我們看見一座水塔，還有幾叢樹林和其中的建築物，我已經習慣一路上的冷風。這時候七點十五分。

幾分鐘之後，我們把車子停在一座老舊的磚房前，約翰和思薇雅停在我們後面，我轉身向他們說：「天氣好冷！」

他們只是呆呆的瞪著我。

「凍僵了？」我說，他們沒有回應。

我一直等到他們停好車，然後看見約翰準備卸下所有的行李，他有一個結打不開，最後乾脆放棄了，我們走向餐廳。我又試了一次，走到他們面前，現在我覺得自己騎得有一點兒神智不清。然後絞著手笑著說道：「思薇雅！說話啊！」但是她臉上毫無笑意。

我想他們眞是凍著了。

他們眼也不抬的叫了早點。

吃完早點後，我才又開口：「接下來該怎麼辦？」

約翰慢慢地故意說：「我們不打算離開這裏，除非天氣好轉。」他的口吻好像是小鎮上的警長，但是我想就這麼決定了。

於是約翰、思薇雅和克里斯就在餐廳旁邊飯店裏的大廳坐著取暖，而我走出去散散步。

我想他們在生我的氣，爲什麼要一大早就把他們挖起來趕路。一旦碰到這樣的問題，我就立刻感覺我們彼此不同的個性。我想起來了，我以前從來沒有在下午一、兩點鐘以前和他們一起騎上路，雖然我認爲一大早是一天中最適合騎的時間。

小鎮非常乾淨而且空氣清新，不像我們今天早上來的那個小鎮。街上有一些行人正打開店門說：「早啊！」然後一面談天氣有多麼冷，在街旁背對著陽光的地方有兩個溫度計，分別指的是攝氏五・五和七・七度，被太陽照到的那一個則是十八・五度。

經過了幾個路口之後，大街分成兩條泥濘的路通往田野。我經過一棟組合式的活動屋，裏面裝了一些農機和一些修理的工具，最後來到盡頭是一片田野，有一個人站在其中用懷疑的眼光看著我，不知道我要做什麼，或許是看我正在觀察活動屋內部的情形。我又回到街上找了一張冰冷的椅子坐下來，呆呆的望著摩托車，什麼事也不做。

雖然天氣很冷，但還不至於那麼冷，約翰和思薇雅是怎麼度過明尼蘇達寒冷的冬天呢？我不禁這樣懷疑。由這裏我們就可以發現明顯的矛盾，幾乎根本不需要想就明白，如果他們不能忍受生理上的不適，而同時又無法接受科技的成果，他們一定得做些讓步。他們一面需要科技，一面又要詛咒它。我相信他們很明白，而這就是他們嫌惡科技的原因。他們的思考有問題，嫌惡只是直覺上的反應而已。現在有三位農夫進城了，開了一輛全新的卡車，我敢打賭事情一定不是這樣，他們只是來炫耀一下這輛車子，還有拖車和那一台新的洗衣機。如果是機器出了問題，他們有工具去修理，而且他們知道如何使用工具，他們珍惜科技，然而他們卻是最不需要的一羣。如果明天所有的科技都消失了，這些人仍然可以活得好好的，日子可能不好過，但是他們可以活下來，而約翰、思薇雅、克里斯和我可能在一個禮拜之中就死了。這樣子詛咒科技是不敬的，但是情形就是如此。

如果有人不懂心存感激，而你當面告訴他，那麼你就等於是在罵他，這樣你什麼事都解決不了。

半個小時之後，旅店門口的溫度計顯示現在的溫度是十一．五度，我在空曠的餐廳中找到他們，看來一副睡眠不足的樣子，不過看上去比剛才要好，約翰也愉快的說：「我預備把所有的衣服都穿上，我相信就不會有問題了。」

他出去走到車子旁邊，然後又回來說：「我眞討厭卸下這些東西，但是我又不希望像剛才那樣繼續騎下去。」他說男廁所裏面冷死了。餐廳裏面一個人也沒有，他從我們坐的位子對面走過，這時我正和思薇雅在談天，我看見約翰穿了一套淡藍色長袖長褲腿的內衣，他不斷嘲笑自己這副模樣，我看他把眼鏡放在桌上，然後就跟思薇雅說：

「你知道我們剛剛坐在這裏才和克拉克．肯特說話……你看他的眼鏡還在這兒，突然之間……露易絲，你認爲是不是？」

約翰大吼一聲：「無敵超人來了！」

他像穿了溜冰鞋一樣滑過大廳的地板，翻了一個觔斗，然後又滑回來，他舉起一隻手，然後又縮回來，彷彿預備要飛向空中，「預備起！」然後他搖搖頭，「老天！我討厭衝破那麼好的天花板，但是我的X光眼告訴我有人有麻煩了。」克里斯在一旁咯吱的笑著。

思薇雅說：「如果你再不多穿一點衣服，我們都會有麻煩的。」

約翰笑著說：「我是暴露狂嗎？我是艾倫代爾的救星。」他又得意洋洋的走了一陣子，然後穿上外衣，他說：「哦！他們不會這樣做的，無敵超人和警察都有相當的默契，他們知道誰站在法律、眞理和秩序的這一邊。」

我們在上高速公路的時候，仍然感覺酷寒，但是已經好多了。我們又經過了幾個城鎭，幾乎在不知不覺中太陽溫暖起來了，而我的情緒也跟著上升，這時疲倦的感覺已經完全消失，風和太陽讓你覺得很舒服，讓這一切顯得很眞實。溫暖的太陽融和了馬路、綠草原的農莊，還有迎面而來的風。很快的就只剩下溫暖的風，速度和太陽，最後一絲的寒意已經被太陽驅走了。展現在眼前的是迎面而來的風，暖洋洋的太陽和平坦的大道。

今年的夏天是這樣的滿眼綠意，空氣特別清新。

在一排老籬笆前種了一些白色和黃色的雛菊，草地上漫步著幾隻牛，在遠處的草坡上有一些金黃色的東西，幾乎看不清楚究竟是什麼，反正我們也不需要知道。

這時候有一點上坡路，引擎聲音逐漸沈重起來。我們爬過了這個小坡，一片新的世界展現在眼前，路逐漸在下降，引擎的聲音也輕快許多，這裏有一大片草原，沈靜的躺在天地之間。

後來我們停下來的時候，思薇雅因爲眼睛被風吹得流淚了，她伸開雙手說道：「天啊！眞美！這麼空曠的一片大地。」

我告訴克里斯如何把夾克鋪在地上，然後將襯衫摺起來當枕頭，雖然他並不想睡，但是我告訴他先躺下來，他需要先休息一會兒。我把夾克打開，吸了更多的熱氣，約翰拿出他的照相機。

過了一會兒，他說：「這是天底下最難照的了。你需要三百六十度的廣角攝影機，你看這樣一片風景，然後看看地上的草，你說不上這是什麼，一旦你用框子框住，美感都不見了。」

我說：「我想這就是你在汽車裏面所見的吧！」

思薇雅說：「大約在我十歲的時候，有一次也是在路旁停下來，我差不多照了半卷的相片，後來洗出來的時候，我都哭起來了，裏面什麼都沒有。」

克里斯說：「我們什麼時候再繼續走？」

「你急什麼？」我問。

「我就是想再繼續走下去。」

「前面沒有比這裏更好的風景了。」

他皺著眉沈默不語，「我們今天晚上要紮營嗎？」他問，他們夫婦倆擔心我要怎麼回答。

他又說：「要露營嗎？」

我說：「再看看吧！」

「爲什麼還要再看看呢？」

「因爲我現在不曉得。」

「爲什麼你現在不曉得呢？」

「我就是不知道爲什麼我不曉得。」

約翰聳聳肩表示沒有關係。

我說：「這裏不是最適合露營的地方，這裏既沒有蔽蔭也沒有水源。」但是突然間我又說了一句：「好吧，我們晚上就找個地方紮營。」我們以前曾討論過這件事。

所以我們又繼續騎下去，我並不想佔有這些草原，或是把它們照下來，我也不想改變它們，甚至也不想停下來，或是繼續走下去。我們只是沿著空曠的路繼續騎下去。

第五章

平坦的草原逐漸變成起伏的大波浪，籬笆愈來愈少，而滿眼的綠意也變得蒼白起來，一切的改變都意味著我們已經接近高原地區。

我們在海格(Hague)停下來加油，順便問一問有沒有路可通過比斯馬克(Bismarck)和毛勃其(Mobridge)之間的米蘇里河。服務生並不清楚，而今天又十分炎熱，約翰和思薇雅到一邊把長袖內衣脫下來。摩托車需要換油，鏈條也要潤滑一下。我做的時候，克里斯都在旁邊看著，他有一點不耐煩，這不是個好現象。

他說：「我的眼睛痛。」

「爲什麼呢？」

「被風吹的關係。」

「我們去買護目鏡。」

我們走進一間店喝咖啡買麵包，這裏陳列的東西花樣繁複，所以我們忙著觀看，偶爾聽到有些人在談話，他們似乎都彼此認識，偶爾也會看看我們這些陌生人，之後，我們到街上買了一個溫度計放在袋子裏，再買了一副護目鏡給克里斯。

店主也不知道如何渡米蘇里河的方法，約翰和我一起研究地圖，我希望能夠找到私人的渡船，或者是行人橋，但是很明顯的那兒什麼也沒有，主要因爲河的對岸並不值得去，那兒整片都是印第安人的保留區，我們決定往南走到毛勃其，從那兒渡河。

往南走的路糟透了，不但起伏不定而且又很窄，一路上顛簸難行，迎面又吹來陣陣強風，騎在這些像雲霄飛車一樣的山坡路上，來到另一邊的時候會突然的向下俯衝，然後又得慢慢地往上爬。這樣一來我們就沒有辦法看得很遠，因而變得有些緊張，騎到第一個坡道的時候，我有一點恐慌，因爲我還沒有準備好。現在我緊緊的握住機車的把手迎上前去，一點危險也沒有，只是讓你大吃一驚。這時候天氣愈來愈熱，越來越乾燥。

在哈雷德(Herreid)的時候約翰獨自去喝一杯，而思薇雅、克里斯和我走到公園裏找蔭涼的地方想要休息一下，然而我覺得有些不安，因爲冥冥之中似乎有一些變化，這個小鎭的路非常寬，寬到超過他們的需要，而且在空中飄浮著灰塵，在建築物之間有許多空曠的土地，長了不少的野草，鐵皮做的遮陽板和水塔跟前面的鄉鎭一樣，但是分佈的範圍要大多了。這裏的一切感覺上像是已被人棄置而且外觀十分機械化，同時雜亂無章的四散著，我逐漸明白是什麼事不對勁了，這裏只是沒有人關心的保留區而已，土地也沒有多大的價值，我們已經置身在西部的小鎭中。

我們在毛勃其的餐廳裏吃過了漢堡和麥乳，然後慢慢地經過了一條繁忙的街道來到了山腳下，那兒就是米蘇里河。這裏的河水很奇怪，兩岸長滿了草，所以根本無法取到水，我轉身看看克里斯，但他似乎對這並不感興趣。

我們沿著河岸騎，找到了橋。在橋上，我們看河水很有節奏的流著，然後騎過橋去。

我們爬過了一條長長的山坡路，來到另外一個鄉鎮，這裏完全沒有籬笆，也沒有矮樹叢，更沒有樹木，放眼望去盡是平緩的山坡地。約翰的摩托車遠遠的看起來就像一隻小螞蟻在草地上慢慢爬行，在草坡的盡頭，有一些岩石突出在斷崖之上。

這裏的一切有一種自然的秩序，如果是已經荒廢的土地，應該有許多破敗之處，再加上不少老舊的建築，還有上過油漆的碎片、電線、野草……等等，然而這裏完全沒有這種景象，雖然保持的並不好，但是也並不雜亂，這就是保留區。

在岩石另外一邊沒有摩托車修理店，我在想我們準備妥當沒有，如果出了任何問題那可就麻煩了。

我用手去探引擎的溫度，沒有問題。我發動了一下，想要聽它慢下來的聲音，但是我聽到很有趣的聲響，於是又發動了一次。過了一陣子，我才明白那根本不是引擎的聲音。而是從山谷裏傳來的回聲。眞有意思，我又發動了二、三回，克里斯不知道出了什麼問題，我叫他聽回聲，但是他沒有說什麼。

這部舊車子的引擎有些金屬聲，彷彿裏面有許多鬆散的葉片劈啪作響，聽起來很難聽，其實是正常的閥的聲音，一旦你習慣這種聲音，就會期待它出現，你自然就會分別它和一般引擎的不同。如果你聽不出來，那最好。

我想要引起約翰對那個聲音的興趣，但是根本不成，他所聽到的只是噪音；他所看到的只是我手中拿著沾滿油污的工具和摩托車，此外別無他物。這樣當然引不起他的興趣。

他不了解發生了什麼事，而且也沒有興趣去研究。他對事情的表相比較感興趣，對於原因就不然了。這一點很重要，因爲這就是他看事的方法。我花了好長的時間才發現彼此這種不同，所以在這次旅程當中很重要的一部分就是要表明這二者的差異。

我被他的拒絕弄得有點不好意思，因而想不出任何辦法能引起他對機械的興趣。

我在想或許我應該等到他的摩托車出毛病的時候再幫他去修理，他才可能會感興趣，但是我把事情弄糟了，因爲我不了解他看事情的方法和我不同。

他的把手變鬆了，他認爲並不嚴重，只在用力扭轉的時候才有一點兒鬆，我提醒他在上緊螺絲的時候不要用可調整的扳手，因爲很可能是會傷到表面，然後會生銹，他答應用我的工具。

他把車子騎過來的時候我拿出扳手，但是發現再怎麼旋緊都沒有用。

我說：「你是不是用薄鐵片墊東西？」

「什麼薄鐵片？」

「就是一片扁平條狀的薄鐵片，把它塞在把手的縫隙內，這樣就會增加把手的緊度。通常在修理各種機器的時候都會利用到這種方法。」

他說：「喔，」他有點感興趣，「很好，那麼要到哪兒去買呢？」

「我這兒有，」我很高興的說，手裏拿起了一個啤酒罐。

他一時明白不過來，然後說：「什麼？就是這個啤酒罐？」

「沒錯，」我說：「世界上最好用的墊片。」

我自認爲這一點很聰明，省得他到處去找買墊片的地方，也節省了他的時間和金錢。

但是我很驚訝的是他竟然沒有發現它的妙用。事實上對這件事他的態度一直很傲慢，於是找各種理由來搪塞我，後來我才發現他眞正的態度。最後我們決定不修車把了。

據我所知把手仍然會鬆。不過我知道當時他的確很生氣，我竟然敢用啤酒罐的薄片去修理他花一千八百美金買來全新的寶馬車，這輛車代表的是半世紀以來德國人在機械上精良的水準。此後我們就很少提到維修摩托車的問題，現在回想起來，根本就沒有再談過了。

我應該這樣向他解釋，這個啤酒罐是鋁做的，不但材質很軟，而且附著性很好，就像金屬一樣，在這個情況當中最適合使用，而且它不會受潮氧化，說得更仔細一點，它在表面有一層氧化物，可以防止進一步的氧化。

換句話說，任何一位眞正優秀的德國技師，他們有半世紀以來機械方面精良的技術，都會認爲這個解決的辦法最好不過了。

後來我想了一下，我應該偷偷的走到工作枱，切下一部分啤酒罐，把上面的印刷除掉，然後回來告訴他，我們很運氣，只剩下一片了，這是由德國進口的。這樣就成了。它們是由德國巴倫・艾佛德・克魯普公司製造，以特價買到的。這樣他就搞不清楚究竟是怎麼一回事兒了。

這個念頭讓我高興了一陣子，但是我逐漸就發現，這樣仍然是行不通的。我又再一次有以前曾經提過的感覺，這件事所牽涉到的問題比表面上來得大，一旦你仔細研究彼此之間的小歧見，就會有重要的發現。這只是我的感覺，我要像以往一樣的繼續思考其中的因果關係，了解究竟是什麼造成約翰和我之間這樣大的差異。在從事機械方面的工作時，常常會有這種情況出現，一旦遇到瓶頸，你只好停下來，仔細思考一番，看看是否有新的需要，原先隱而未顯的原因就會浮現出來。

這種逐漸浮現出來的原因就是我從理智、知識的角度去看修理把手的問題，其中牽涉到金屬的所有科學上的特性。而約翰卻從直覺和眼前的角度去接觸。我是從基礎面著手，而他卻是從物的表相開始。我看到的是這個鋁片的意義，而他看到的卻是這個鋁片的外觀。所以如果你看到的是鋁片的外表，當然會沮喪，誰會喜歡在一台新買的機器上安裝廢鋁片呢。

我想我忘了提約翰是一名音樂工作者，他和城裏的樂手合作，負責打鼓的工作，所以收入相當不錯。我想他就是從打鼓的角度去看事情——也就是說他並沒有眞正的思考。他只是活在其中而已，他對用啤酒罐來修理摩托車的反應，就如同有人在他打鼓的時候脫了拍子後的反應一樣。對他而言，是一種拖累，所以他不希望有這種情況產生。

一開始，這種差異似乎並不起眼，但是它逐漸……逐漸……逐漸的擴大，一直到我開始注意爲什麼我會忽略它的存在。有些東西你忽略是因爲它們非常細微，但是有些卻是因爲過於龐大。我們兩個人討論相同的事，思考相同的事，然而他的出發點卻和我完全不同。

他的確關心科技，但是他的觀點已經被扭曲了，所以雖然他想要接近它，但是因爲沒有理性的思考，所以任他怎麼反覆運用，這一切對他來說只不過是一種咒詛。他想不透這個世界上竟然有這樣令人難以置信的事。

這就是他觀察事情的角度非常天眞。我一直都是從非常規矩的角度來談論一切有關機械的事物，因爲機械就是由各個部分組成的，它們彼此之間有某種關係存在，你要去分析或是組合這一切，才能夠想出事物的原委。它和此時此刻的關係不大。在人的思考中以爲是活在此時此刻中，實際上卻在十萬八千里之外，這就是我們之間基本的差異。

這也是六〇年代文化的根基，同時仍然在影響我國人民對事情的看法，而代溝就是由此而來。「披頭族」和「嬉皮」的名稱也來自於此。而現在事實證明，這種看法不只流行於一時，還會一直延續下去，這種看法之所以仍然存在，因爲它是非常嚴肅而且重要的，它和理性、秩序和責任無法並存，事實的確如此。現在我們已經接觸到事情的根本。

我的腿變得很僵硬，甚至有些痛起來，於是我伸出一條腿，儘可能向左右做最大幅度的擺動，雖然略有幫助，但是支持腿伸出來的肌肉又開始疲了。

在這裏我們看到對事實認定的衝突，你所看到現存的世界，就是你所謂的事實，不論科學家如何說。而約翰看到的就是如此。但是從科學的角度來觀察世界，這也是一種事實，不論它的表相如何，所以像約翰這樣的人必然會排斥科學的角度。如果約翰原先的看法不敷使用，他就會發現這一點。

這就是爲什麼那天他發動不了摩托車而生氣的原因，因爲這違背了他的觀念，如此一來他無法面對事實，這樣只會威脅到他整個的生活方式，他的經驗就好像學科學的人有的時候對抽象的藝術也有同樣的憤怒，因爲他們對藝術也不了解。

在這裏，你有兩種事實，一種是你立刻感受到的藝術表相，另外一種是隱藏其中的科學道理，因爲它們彼此不相融，所以彼此之間沒有多少的關聯。事實就是如此。所以你可以說，這裏有點問題。

在一條廢棄的路上，我們看見一間雜貨舖，在雜貨舖後面我們坐在一些包裝箱上喝罐裝的啤酒。

現在我覺得有些疲倦，背也開始疼了。我把箱子推到一根柱子旁邊，然後靠著坐。

我從克里斯的表情就知道他現在心情不好。這一天的確把我們給累壞了。我在明尼蘇達州的時候就告訴思薇雅在第二天或第三天的時候，精神會突然變得很差，沒想到現在就來了，明尼蘇達州——那是個什麼時候呢？

有一個喝得爛醉的女人下車來，想要替別人買啤酒，但不知道買哪一種牌子的，店主的太太等得火冒三丈，但是她還是沒辦法決定，結果她看到我們，就東倒西歪的走過來，問我們是不是摩托車的車主，我們點了點頭，然後她表示希望我們能夠載她一程。我走開讓約翰去處理這件事。

他很技巧把她給打發了，但是她又不斷回來請求我們能載她一程，還給約翰一塊錢。我跟約翰開了一些玩笑，但是並不好笑，只更增加了氣氛的凝重，我出了店來，又置身在枯黃的草坡和陽光之中。

在我們到達萊蒙(Lemmon)的時候已經累壞了。在小酒館裏，我們聽到往南方有一個可以露營的地方，約翰想在萊蒙公園裏露營這個建議很奇怪，讓克里斯十分氣惱。

我已經許久沒有這樣疲勞過了，其他的人也是一樣，但是我們仍然拖著疲憊的身軀到超級市場胡亂買東西，然後有些困難的放到車上。這時太陽幾乎已經下山了，天色在一個鐘頭之內就會完全暗下來，所以我們似乎無法再往前行，我想我們可能得在這兒停下來了。

我說：「克里斯，我們走。」

「不要對我吼，我已經好了。」

我們從萊蒙騎往一條鄉間小路，人已經累癱了，我們似乎騎了好久，但是其實不然，因爲太陽還沒有完全下山。露營的地方已經很久沒有人來過了，這倒不錯。但是太陽還不到半個鐘頭就會完全下山，而且我們的精力耗盡，這是最大的問題。

我用最快的速度把東西卸下來，但是在疲憊當中，我犯了一個大錯，我把所有的東西都卸在營地的旁邊。沒有注意這個地點有多麼糟糕。然後我發現這裏風太大，吹的是高原的風，似乎已經被人棄置許久，所有的東西都被燒過，而且十分乾燥，只有一個湖在我們下面，只能算是個大儲水池。風從天邊吹過湖面，正對著我們吹來，可以感覺到已經有一些寒意。在路旁二十碼之遠，有一些矮小的松樹，我要克里斯把東西都搬到那兒去。

他沒有照著做，他走到湖邊去了。我只好獨自搬行李。

這時候我看到思薇雅拖著疲憊的身子，很專心的在準備煮飯的用具。

太陽完全下山了。

約翰找來一些木材，但是都太大，而且風吹得這樣急，所以很難起火，需要劈開來才能點著火。我走到松樹叢邊，在星光下我摸索的找著我帶來的那把彎刀，樹林裏實在太暗了，我找不到。

於是我就走過去把摩托車騎過來，把頭燈打開，這樣就可以找到手電筒了。我一樣一樣的翻，花了許多時間才發現，我不需要手電筒，我需要的是彎刀，而彎刀就在我眼前。拿著彎刀回來的時候，約翰已經把火點好了，於是我就用刀劈了一些較大的木材。

克里斯又出現了，他手裏拿著手電筒。

他抱怨的說：「我們什麼時候才可以吃飯？」

我告訴他：「我們很快就會做好了。把手電筒放在這兒。」

他又不見了，隨身帶著手電筒。

風吹得火呼呼作響，但是仍然沒有辦法立刻做好牛排，我們從路旁找來大石頭，想要堆在火旁邊把風隔開，但是天色實在是太暗了，無法看清我們的動作，於是就把兩輛摩托車都騎過來，打開頭燈，照著火堆，這時候我們看到火堆裏冒出許多火花，然後就消失在風中。

在我們身後突然傳來一聲巨響，我聽到克里斯在一旁咯咯的笑著。

思薇雅很生氣。

克里斯說：「我找到一些鞭炮。」

我及時控制怒氣，然後很嚴肅的告訴他：「現在是吃飯的時候。」

「我要一些火柴。」

「坐下來吃。」

「先給我一些火柴。」

「坐下來吃。」

他坐下來了，我想要開始用軍用刀切牛排，但是牛排實在是太韌了，於是我就拿了一把獵刀來切。摩托車的燈向我直射，所以在陰影中完全看不見刀子的方向。

克里斯說他也沒有辦法切他的牛排，於是我就把我的刀子給他。正要拿給他的時候，他卻把所有的東西都打翻了。

沒有人吭氣。

我並不是氣他把東西給打翻了，我氣的是把用具都弄得油膩膩的，一直要忍耐到回家的時候。

「還有嗎？」他問。

我說：「把那個吃掉。它只是掉到桌上。」

「太髒了，」他說。

「就只有這些了。」

這時候大家都有些悶悶不樂，現在我只想去睡覺，但是克里斯生氣了，我想最好能夠當眾理論一下，我等著，很快就開始了。

他說：「我不喜歡這個味道。」

「沒錯，克里斯，味道不是很好。」

「我不喜歡吃這個。我也不喜歡在這裏露營。」

思薇雅說：「這是你出的主意，是你想要露營的啊！」

她不該這樣講的，但是她不知道原因。你一旦上了他的鉤，他就會再給你另外一個餌，然後又來一個，一直到最後你想打他，這才是他要的。

他說：「我不管。」

思薇雅說：「你應該要明白這一點。」

「我不要。」

火爆的場面就要爆發了，思薇雅和約翰看了看我，但是我仍然面無表情，對這種情形我很抱歉，但是我現在無能為力，任何爭執只會把事情弄得更糟。

克里斯接著說：「我不餓了。」

沒有人回答他。

「我的胃在痛，」他說。

克里斯的話鋒一轉，然後就走到林子裏去了，即將面臨的火爆場面因而平息下來。

用完餐之後，我幫思薇雅清理了一下，然後又坐了一會兒，我們把車子的燈關掉，節省電力。風小一些了，而且從火裏仍然有一些微光。過了一會兒，我的眼睛對這堆火也就習慣多了，剛才生的氣和吃的東西趕走了一部分的倦意。克里斯還沒有回來。

思薇雅問我：「你想他會不會是在和我們過不去？」

我說：「我想雖然聽起來不完全對，但是我很討厭這種兒童心理學的分析，就算他是一個討厭的傢伙吧。」

約翰笑了笑。

我說：「反正晚餐吃的不錯，我很抱歉，他的表現是這樣。」

「對他不會有害的。」

「你想他會不會在裏面迷路了呢？」

「不會，如果他迷路了會大聲喊。」

這個時候克里斯還沒有回來，我們也沒有別的事情可以做。我開始觀察四周的環境，周遭聽不到一點聲音，這還眞是一個孤寂的草原。

思薇雅說：「你認爲他眞的胃痛嗎？」

我很確定的說：「會。」我很不願意繼續討論這個問題，但是似乎需要我進一步解釋，因爲他們感覺到的比眼睛看到的多。最後我說：「我想他一定會痛，他曾經檢查過許多次，有一次甚至嚴重到我們以爲是盲腸炎……那個時候我記得我們正向北旅行，當時我正處理完一份五百萬機械方面的合約。那是一個完全的不同的情況，而我在一個禮拜之內就要趕出一份六百頁的資料，當時我眞想把三個人給殺了。所以我們想最好到森林裏走一遭。

「我記不得去了哪裏，當時腦海裏塞滿了工程方面的資料，而克里斯在一旁大聲哭嚎，後來我才發現必須儘快把他送到醫院，究竟是哪一所醫院我記不得了，但是他們什麼也沒有發現。」

「什麼都沒有發現嗎？」

「是啊，後來又有一次發生同樣的情形。」

「他們難道沒有人知道嗎？」思薇雅問我。

「今年春天的時候，他們診斷後認爲是精神疾病的開始症狀。」

「什麼？」約翰說。

現在天色已經完全暗下來了，看不見約翰和思薇雅的身影，甚至連山的線條也看不清，我想要聽遠方的聲音，但是什麼也聽不見，我不知道該怎麼回答，所以就沈默下來。

我費神觀察的時候，可以看到天上的星星，但是眼前的營火卻使它們不容易看清，夜色愈來愈濃了，菸已快抽完，所以乾脆就把它熄了。

思薇雅說：「我不知道有這麼回事，」她所有的怒氣都消了，「我們正覺得奇怪，你爲什麼不帶你太太來，而要帶他來。」她說：「還好你告訴我們這一點。」

約翰又拿了一些還沒有燒完的木頭丟到火裏。

思薇雅說：「你認爲原因是什麼呢？」

約翰想要打斷我們的談話，但是我回答：「我也不知道，因果似乎無法解釋他的狀況。因果是思想上的產物，我認爲精神疾病先於人的思想。」我想他們並不懂我所說的。對我來說，也是如此，現在我已經太累了，不想動腦筋，所以就任由它去吧。

約翰問我：「精神醫生怎麼說呢？」

「什麼也沒有說，我沒有讓他繼續治療。」

「沒有繼續治療？」

「是的。」

「這樣做好嗎？」

「我不知道，我沒有很充分的理由認定這樣做不好，只是我自己這樣想罷了。只是我自己想不通。我曾經想過，也試著找出所有應該治療的理由，然後計劃去拜訪那些醫生，甚至把他們的電話都找出來了，然後我又覺得有問題，就好像門關起來了一樣。」

「聽起來不對勁。」

「大家都這麼想，我想我不能永遠忍下去。」

「但是爲什麼？」思薇雅問。

「我不知道爲什麼……那只是……我不知道……他們不像自己人。」……我很驚訝，竟然用這個詞，我以前從來沒有用過，不像自己人……好像是窮人的說法……就是不親切……他們對他沒有眞正的關心，因爲不是自己人……就是這種感覺。

這個詞，現代人幾乎已經不用，經過這些世紀的變遷，現在每一個人都能也應該對別人很親切，除非你生在久遠的年代以前天生就具有這種能力，而不得不表現出來。而現在大部分的時候，這只是一種虛僞的態度，就像第一天上課的老師一樣。但是那些不是自己人的人，又怎麼會知道仁慈究竟是怎麼一回事兒呢？

這件事不斷的在我的腦海中出現。

我有一種很奇怪的感覺。

思薇雅問：「你在想什麼？」

「一首歌德寫的詩，大約是在二百年以前，我很久以前讀過，我不知道爲什麼現在我想起來了，除非……」這種很奇怪的感覺又回來了。

思薇雅問：「詩裏說了些什麼？」

我努力的去回想：「有一個人晚上的時候在海邊騎馬，迎面有風吹來。做父親的緊緊的把兒子抱在懷中，他問兒子爲什麼他看起來這樣蒼白，兒子回答他：『爸爸！你難道沒有看到鬼嗎？』爸爸儘量的安慰兒子他所看到的只是岸邊上的一層薄霧，他所聽到的是風中颯颯作響的樹葉，但是兒子仍然認爲有鬼。父親只好儘快的在黑夜中騎回去。」

「結局呢？」

「結果孩子死了，鬼贏了。」

風把炭火吹起來了，我看到思薇雅有一點兒吃驚的看著我。

我說：「但是這件事是發生在別的地方，而且是在很久以前。現在我們相信人死如燈滅，根本沒有鬼。我相信這一點。」說著我就望著一片黑暗的原野，「雖然我不知道究竟是怎麼一回事兒……這些天來，我對許多事情都有些不確定，或許這就是為什麼我話說得這麼多。」

炭火將要熄了，我們抽完最後一支菸，這時克里斯仍然在黑暗之中的某一個地方，不過我不打算把他找回來。約翰小心謹慎的保持沈默著，而思薇雅也是如此。突然之間，我們各自沈浸在自己的世界中，沒有任何交談。我們在火上澆水，把它弄熄了，然後走到林子裏面去找睡袋。

我發現在這一方小小的松林裏擺一個睡袋是對的，因為我們同時避開了狐狸和成千上萬的蚊子。驅蟲劑根本不管用，於是我爬進睡袋，只留一個小孔用來呼吸，當克里斯回來的時候，我幾乎已經睡著了。

他說：「那兒有一個大土堆，」說時還一邊用腳踩地上的松針。

我說：「好，快去睡覺。」

「你應該去看看，明天你要去看嗎？」

「我們不會有時間的。」

「明天早上我可以到那兒去玩嗎？」

「可以。」

他把衣服脫掉的時候弄出不少響聲才爬進睡袋裏。爬進去之後，他又滾了一下，然後沒有說話，又滾了一下說：「爸爸！」

「什麼事？」

「你小孩子的時候是怎麼樣的情形？」

「克里斯趕快睡！一個人聽話有限度。」

後來我聽到一陣啜泣的聲音，才知道他在哭，雖然我已筋疲力盡，但是睡不著，這個時候如果我說幾句安慰話，可能會有用。他只是想要對我表示友好，但是這些話因爲某些原因就是說不出來。對陌生人或是病人比較需要安慰的話，對自己人就不然了，像這樣小小的安慰，並不是他要的，我不知道他要些什麼，或是他在找什麼。

月亮沒有滿月，慢慢地從松樹梢頭升起，在它緩緩地行過天際時，我半醒半睡的想著事。我實在是太累了，這時候奇怪的夢夾雜著月亮和蚊子的聲音還有過去片段的回憶混成一片，在這個模糊的夢裏月亮十分皎潔，但是仍然有一層薄霧，我和克里斯正騎著一匹馬，牠跳過海邊的一條小溪，這條小溪流過沙灘，流到大海裏去了。然後夢斷了……然後又回來了。

在霧中似乎出現了一個人的身影，我仔細一看的時候他就不見了，當我把視線轉開的時候，他又忽然出現在我的眼角下，我想要跟他說話，叫他的名字，但是我並沒有這樣做，因爲我一旦用任何手勢或是行動去和他接觸，就等於把他給變得實在了。而他並沒有實體，但是我認識他，他就是菲德拉斯。

他是邪靈，已經發狂了，從一個無所謂生死的世界而來。

夢裏的人影逐漸消失，我的情緒也平緩下來……毫不急促地……讓他慢慢消逝……既不相信他，也不否定他……但是頭髮在後腦勺緩緩地飄著……他在叫克里斯嗎？……是嗎？……。

第六章

早上醒來的時候，看錶已經九點鐘了，天氣熱得無法再繼續睡下去。爬出睡袋，太陽已經高掛天空，早晨空氣十分清爽而乾燥。

由於晚上睡在地上，第二天醒來的時候眼皮有些浮腫，而且關節有些會疼。我的嘴很乾，而且有些裂了，臉上跟手上都被蚊子叮，昨天早上曬傷的地方也在痛。

在松樹林的另外一邊是曬乾的野草，還有一堆堆的沙土，看上去亮到你無法直視，四周的熱氣、沈寂和光禿禿的山坡地以及一望無雲的藍天，讓我覺得空氣好沈悶。天空沒有一絲雲朵，今天想必又是個大熱天了。

我走出松樹林來到草地上一塊光禿禿的沙地前，看了好一會兒，逕自沈思著。

我決定今天的肖托夸要先探討菲德拉斯的世界，我原只想重述他有關科技和價值觀的思想，而不想去談他這個人，但是昨天晚上我想到的卻讓我無法這麼做，不提他這個人似乎逃避不該逃避的事。

天剛亮的時候，我想起克里斯的印第安朋友，他祖母所提到的事澄清了我的一些思緒，她說一個人如果埋葬出了問題，他的鬼魂就會出現。這一點的確如此，菲德拉斯沒有得到安葬，這就是問題的根源。

後來我轉身看到約翰也起來了，滿臉狐疑的望著我，他還沒有完全清醒，一面繞著圈子走，想要讓腦子清醒一下。不久思薇雅也起來了，她的左眼也腫了。我問她是怎麼一回事，她說是被蚊子叮的。我開始收拾東西，預備裝上車，約翰也一樣。

收好了之後，我們又燒了一堆火，思薇雅打開一包包的火腿、蛋和麵包，準備做早餐。

吃完早餐後，我過去把克里斯搖醒，他不想起來，我又再叫了他一次，他還是不肯起來，於是我抓起睡袋的尾端，像抖桌布一樣的把他給抖了出來，結果他躺在松針上一直眨眼睛，花了好一會兒時間，他才知道究竟是怎麼一回事，而我已經開始把睡袋摺起來了。

他很不痛快的吃早餐，吃了一口，他就說不餓，他的胃還在痛。我指給他看下面的湖，在這兒出現這樣的湖是一件很奇怪的事，但是他一點也不感興趣，他還是照樣的抱怨著。我不管他，約翰和思薇雅也是一樣。我很高興他們已經知道克里斯的問題，不然會引起許多摩擦。

我們靜靜地吃完早餐，我有點出奇的安靜，大概與我決定談菲德拉斯有關。這個時候我們大約在湖的上坡一百呎之遠，望過去可以看到一片廣大無垠的西部地區，光禿禿的山坡地，既沒有人煙，也沒有一絲聲響。但是像這樣的地方，會略略的提起你的精神，讓你以爲情形會愈來愈好。

在我們把東西裝上車的時候，我突然發現後車輪胎已經磨損得非常厲害，像昨天那樣的車速，載那樣重的東西，地上又那麼熱，輪胎一定會這樣的。車鏈也鬆脫了，於是我拿出了工具來修理，然後我不禁叫了起來。

「怎麼回事？」約翰說。

「鏈條調整的螺紋鬆了。」

我把調整鏈條的螺絲旋下來檢查螺紋，「是我的錯，沒有鬆開車軸的螺帽就想一次調整好。螺絲還是好的。」我指給他看。「好像是裏面的螺紋鬆了。」

約翰盯著輪胎好一會兒。「你認爲可以騎到城裏嗎？」

「當然可以，你可以一直騎下去，只不過鏈條變得很難調整。」

他很仔細的看著我把後車軸的螺帽拿起來，然後用鎚子從旁邊敲，一直到調好鏈條的鬆緊。然後使出全身力氣鎖緊螺帽，以防日後會鬆脫。再換一根開尾栓。摩托車的車軸螺帽和汽車不同，這種不會影響軸承的緊度。

「你怎麼知道要這麼做？」他問。

「你就是要把它想出來。」

「我不知道要從哪裏開始想，」他說。

我想了一下，那的確是個問題，好吧！要從哪一個地方開始呢？為了要讓他明白我的想法，就必須向前追溯，愈往回追溯，你就愈需要繼續追溯下去，一直到原先只是溝通上的一個小問題，最後變成哲學上的大問題。我想這就是為什麼要有肖托夸的原因。

我把工具箱收拾好，然後合上側蓋。我想了一下，他還是值得我向他解釋的。

在上路之後，剛才工作的時候所流的一點汗被蒸發了，所以覺得很舒服。接下來就覺得天氣很炎熱，很可能有二十六・八度以上。

一路上沒有看到其他的車子，我們一路行來，這的確是出門旅行的好天氣。

但是現在我想開始盡一點責任，我想提出一個人，他已經沒有活在人世上了，但是他有一些理想曾經公諸於世，可是沒有人相信他，也沒有人眞正了解他，他已經被世人遺忘。我寧可他繼續被人遺忘，不過很快就會明白被遺忘的原因。而我別無選擇，我只有把他的思想公諸於世。

我並不曉得他的一生，不會有人知道的，除了菲德拉斯自己之外。但是他早已作古，我們可以從他的著作以及別人對他的談論、我片段的回憶，或許可以拼湊出他說的一些概要。由於這一次旅程的中心思想源自於他，所以我們會緊緊跟隨他的腳步。我們採用的方法比較容易讓人了解，而不是使用完全抽象的方法。我們的目的並不想為他辯解，當然，也不想歌誦他，我們主要的目的就是希望能讓他永遠的安息。

在明尼蘇達州的時候，我們經過一些沼澤地，我曾經提到約翰夫婦畏懼科技缺乏人性的一面，我現在要探討的是相反的方向，直接進入科技核心。這樣一來，我們也就是要進入菲德拉斯的世界，是他唯一熟知的世界，其中的一切都要從基本的形式去了解。

基本的形式是稀有的討論題材，因爲它本身就是一種討論的模式。比如說，你從事情的表相來討論，或是從它們基本的形式來討論，當你想要討論這些基本的模式時，你所要面臨的問題就是所謂的綱領的問題。因爲你討論事情必然要依循某一種模式。

前面我曾經提到他的世界是以基本的形式出現，或者最起碼從表相來說，就是所謂的科技。現在我想應該從科技本身來看他的世界，我想要談的是基本形式世界的基本形式。

在開始討論之初，最重要的就是先使用二分法，但是在我使用之初，我必須先說明它究竟是什麼和它的含意。這是一個很長的故事，而我現在只想先用二分法，然後再解釋。我想把人類的知識分成二種——古典的認知和浪漫的認知。從終極的眞理來看，這種二分法沒有多大的意義，但是如果我們想藉用古典的方式去研究基本形式的世界，勢必要用到這種方法，而菲德拉斯認爲古典和浪漫的意義如下：

古典的認知認爲這個世界是以基本的形式存在，而浪漫的認知則是從它的表相來觀察。如果你拿一部引擎或是機械圖，或是電子儀表給浪漫的人看，他一定不感興趣，因爲他所看到的只是表相，是枯燥的，列出一大堆複雜的專有名詞、線條和數字，沒有讓他覺得有趣的事，但是如果你把這些東西拿給一個偏向古典思想的人看，他會仔細的觀察，然後就會迷上了，因爲他看到在這些線條和符號之後是豐富的基本形式。

浪漫的模式主要是有豐富的靈感、想像力、創造力和直覺。最主要的是情感而非事實。和科學相對的藝術往往就是很浪漫的，它的存在不靠理性或是法則，它是依賴感情、直覺和美學。在北歐的文化當中，浪漫往往和女性有關，但這並不是必然的現象。

相對的，古典的思想往往依賴理性和法則——它們是思想和行爲的基本形式，在歐洲的文化當中主要與男性有關，同時在科學、法律、醫藥各方面都受古典思想的影響，因此對大部分的女性來說毫無吸引力。所以雖然騎機車旅行是很浪漫的事，但是要維修、保養摩托車卻全然是古典的行爲。修理車子的時候，必然會弄髒，而且全身是油污，這些基本的形式往往和浪漫的精神衝突，因而女性很不喜歡這個樣子。

雖然在古典的認知方式當中它的表相通常是醜陋的，但是這不是天生的。浪漫的人往往會忽略古典的美感，因爲它出現得非常微妙。古典的風格往往是直截了當而完全不加修飾，不會情緒化，簡潔而有嚴謹的比例，它的目的並不是要引發別人情緒上的波動，而是要從混亂中找出秩序，所以它的風格並不自由也不自然，反而要求的是規規矩矩，所有的一切都在控制之下，而它的價值標準在於控制技巧的高低。

對於一個浪漫的人來說，這種古典的方式往往顯得很沈悶、呆滯而且醜陋，就像保養車子一樣，車子的一切都可分解成零組件和彼此之間的關係。所有的一切都必須經過測量和實證，給人一種沈重的壓迫感，一種永無止盡的灰暗，這就是一股死亡的勢力。

然而在一個古典的人來說，浪漫的人就很輕浮而沒有理性，心情起伏不定，不值得信任，只對享樂感興趣，是一種膚淺的人，就像寄生蟲一樣沒有內涵，無法養活自己，是社會的負擔，由這裏我們就約略可以看出他們彼此之間的衝突了。

這就是問題的根源，人在思考和感覺的時候往往會偏向某一種形式，而且會誤解和看輕對方。然而沒有人會放棄自己所看到的眞理，就我所知，目前還沒有人可以眞正融合兩者之間的差異，因爲這兩者之間根本就找不到交會點。

所以在近代古典和浪漫的文化之間，產生了嚴重的衝突——這兩個世界逐漸分離，彼此互相仇視，所有的人都懷疑是否要繼續發展下去，沒有人希望如此——不論他的敵手如何想。

在這種情況之下菲德拉斯的思想和言論才顯得重要，然而在他的時代，沒有人會注意他的言論，只覺得他很古怪，不受歡迎，有一些瘋狂，有人認爲他完全是一個瘋子。毫無疑問的他的確是瘋了。但是我們由他當時所寫的著作明白，使他發瘋的正是這些對他充滿敵意的看法。所以古怪的行爲往往使他與人疏離，然而這樣一來就會造成他更古怪的行爲，因而惡性循環，一直到瀕臨某一點，而菲德拉斯到最後被法院所派來的警察逮捕，然後永遠與社會隔絕。

我們正預備左轉上US 12號道路，約翰停下來加油，我在他的旁邊停下來。在加油站門口的溫度計上顯示出現在是三十三．三度，我說：「今天又會很難熬了。」

油加好了之後，我們過街去喝咖啡。當然克里斯已經很餓了。我告訴他會等他進餐，他可以跟我們在一起，或者自己去進餐，我的口氣並沒有生氣，只是很平淡的在述說一件事，他雖然在抱怨，但是他自己知道該怎麼做。

我從思薇雅的臉上見她鬆了一口氣，很明顯的她認為這個問題還沒有結束。

當我們喝完咖啡出來的時候，外面的天氣非常酷熱，於是我們趕快騎摩托車離開。我們同樣覺得有一陣子涼爽，但是立刻就消失了。太陽照著枯草和沙地，一切都泛成了白色，我必須瞇著眼睛才不會覺得刺眼。這一條US 12號道路已經很老舊了，路況非常差，柏油鋪的路面已經四處都是坑洞，而且高低不平。我們看到路標知道前面必須繞道。在路的兩旁經常會出現一些破舊的房舍和木板屋，和路邊的小攤子。現在交通流量非常大，而我正很高興的想著菲德拉斯那個理智、分析的古典世界。

自古以來，他的這種理性就被用來把人從周遭煩悶的環境當中提昇起來，而我們很難觀察出來的原因就是一旦運用這種方法成功的擺脫這種環境，浪漫的人就想逃離這種環境，而他的世界不容易為人仔細觀察並不是因為它很古怪，反而是太平凡了。熟悉往往也會使一個人視而不見。

他看事情的方法可以稱之為是分析的，這可以說是古典的另一種特性，他是一個完全信奉古典精神的人。爲了要更完整的解釋古典，我想要更進一步的分析「分析」的本身。首先我要提出一個分析的例子，然後再作進一步的分析。摩托車就是一個最好的例子，因爲它就是由古典的人發明的，所以：

爲了古典、理性的分析，摩托車可以從它的組件以及功能來討論。

如果我們從它的組件來說分成兩種，其一是動力產生系統，其二是動力傳動系統。

動力產生系統可以分成引擎和動力傳送系統。首先我們來看引擎。

引擎包括動力鋼體結構、油氣系統、點火系統、自動控制系統和潤滑系統。

動力鋼體結構包括汽缸、活塞、連桿、曲軸和飛輪。

油氣系統是引擎的一部分，包括油箱、汽油濾清器、空氣濾清器、化油器、活塞和排氣管。

點火系統包括交流發電機、整流器、蓄電池、高壓線圈和火星塞。

自動控制系統包括凸輪鏈、凸輪軸、梃桿以及配電盤。

潤滑系統包括機油幫浦、通道——輸送機油到各個部位。

動力傳動系統可以輔助引擎，它包括離合器、變速器和鏈條。

支架結構系統包括骨架，其中有腳椿、座位和擋泥板。駕駛系統包括前後避震器和輪子、控制槓桿以及傳動鋼繩、車燈、喇叭、車速表以及里程表等等。

這是從組件來看一輛摩托車，要了解這些組件的作用，必須進一步的解釋它的功能。

摩托車可以分成一般引擎的運轉功能和特別控制功能，一般的運轉功能可以分成進氣行程、壓縮行程、動力行程和排氣行程。

我可以介紹這四個行程每一階段運作的方式，然後再介紹特別的控制運作的情形，但是也只能提綱挈領的介紹摩托車的基本形式，就像前面所介紹的一樣簡短和基本，幾乎任何一個組件都可以無限度的討論下去，我曾經看過一整本書專門討論觸點，它是配電盤中非常小而重要的一部分，而除了我們這裏所討論的單汽缸的奧圖引擎之外，還有二行程的引擎、多汽缸的引擎、柴油引擎、迴轉式引擎等等——但是這個例子已經夠了。

我們由介紹摩托車的組件就知道它的表相有哪些，以及它們如何運作，在這裏我們十分需要藉重摩托車圖表的解說，甚至解說機械運作的原理，但是我的目的並不是要詳細分析摩托車，而是作爲一個開始，提出一個認知上的模式，作爲我們分析的目標。

一開始聽到我剛剛的介紹並沒有什麼好奇怪的。就像求學在上的第一堂課，在讀教科書的開頭或者在工作時第一堂的介紹。而其中特別之處在於不用它作爲討論的模式，而是作爲討論的對象。其中就有一些値得我們玩味深思之處。

首先我們發現前面所敍述的這一段文字有一個特點，你必須先壓制住自己的看法，否則你就無法讀下去，它是一個比溝裏的死水還要沈悶的東西，你會讀到化油器、齒輪比、壓縮機等等，活塞、火星塞、進氣等等，如果從浪漫的角度來看就會覺得非常沈悶、醜陋而且十分笨拙，浪漫的人很少能突破這一點。

一旦你能控制最初的反應，就會繼續發現其他的內涵。

首先如果就上面這一段描述來說，你完全無法了解摩托車，除非你已經知道它怎樣運作，所以了解必要的印象既然已經消失，只有基本的形式仍然存在。

第二是其中不包括觀察者。我的描寫並沒有說，你要打開汽缸的上蓋，才能夠看到活塞。我並沒有提到你。甚至操控者就好像機器人一樣，它的操作完全機械化。在這一段描述當中完全沒有任何主觀的字眼，只有客觀的存在。

第三是其中完全沒有好與壞的價值判斷，只有事實。

第四是這裏有一把刀子在舞動，一把非常鋒利的刀子。它是知識的利器，利到有的時候你幾乎看不到它的運作。你認爲這些組件就是這樣的，而且各有命名，但是它們也可有完全不同的名字或是完全不同的功能，這就看如何運用這把刀子。

比如說，自動控制系統包括凸輪鏈、凸輪軸、梃桿和配電盤，之所以會這樣劃分，就是因爲這把分析的小刀。如果你到一間摩托車用品百貨店購買摩托車的自動控制系統，他們根本就不知道你在說什麼，因爲他們不是這樣分類的。沒有任何兩家製造商的分類完全相同，而每一位修理師傅所熟悉的問題和你的認知也是不同。

所以了解這把小刀是非常重要的，不要因爲它把摩托車劃分成某一類型，你就完全相信而受到愚弄，要集中在這把小刀子的本身才重要，後面我會繼續介紹如何有效的運用這把刀子，作爲解決古典和浪漫衝突的依據。

菲德拉斯就非常善於使用這把刀子，他不但使用得很靈巧，而且能夠產生莫大的能力。他根據自己的想法，把這個世界分成許多的部分，然後再把這些部分再細分下去，然後愈分愈細，一直分到他希望的程度。我們由古典和浪漫這兩個詞彙就了解他的功力有多高。

如果他的功夫僅止於分析，那麼我寧可不去介紹它，他最特殊的是，他用這把刀子很奇特，而且很有意義。沒有人了解這一點，我不相信他自己會明白，或許這是我的幻覺。但是他使用這把刀子就好像一名刺客，而不像差勁的外科醫生。但是我想這無關緊要。然而他看到了一種病象，所以他拿起這把刀子，一刀一刀的切下去，一直切到最深處。他一直在追尋一樣東西，那才重要。他有所追求而且用這把刀子，這是他唯一的工具，但是他太過深入，最後竟把自己給犧牲了。

第七章

現在到處都非常炎熱，我已經沒有辦法再無視於它的存在。迎面而來的風就像由火爐裏吹來的一樣。由於戴了護目鏡，所以眼睛才比臉上其他的部位覺得清涼一點，我的手倒不會覺得很熱，但手套的表面已經被汗水暈濕了好幾塊，而且上面還有許多條汗水乾掉了的白色痕跡。

在前面的路上有一隻烏鴉，正在拖著一塊腐爛的肉，就在我們逐漸騎近的時候，牠慢慢地飛了起來，看起來好像是一條蜥蜴，已經乾掉了，粘在瀝青上面。

在地平線上出現了建築物影子，遠遠看過去有些閃動，我看著地圖心想那一定是包曼(Bowman)，這讓我想起了冰水和冷氣。

在包曼的街道和行人道上，我們幾乎看不到人影，雖然路上停了許多車子，知道的確有人在這兒，但是大家都躲在屋子裏。我們把車子停好，然後車頭向外，方便離去的時候，只要騎上去就可以走了。有一位孤單老人戴著一頂寬邊的草帽，看我們把車子停好，然後脫掉頭盔和護目鏡。

他說：「很熱是不是，」他的臉上毫無表情。

約翰搖搖頭說：「天哪！熱死了。」

老人臉上的表情因爲有帽子遮陰，似乎想要擠出一絲笑容。

「現在是幾度？」約翰問。

「三十八·八度，這是我剛才看到的，可能會再升到四十度，」他說。

他問我們打多遠的地方來，我們告訴他，而他帶著讚賞的表情點點頭。他說這一趟不算短，然後他又問了車子的事情。

雖然我們很想趕快進去喝一杯，然後享受一下冷氣，但我們並沒有離開他，我們在三十八度的烈陽底下和他說話。他經營一家牧場，已經退休了。他告訴我們許多年以前他有一輛韓德森的摩托車。在這種大太陽底下，他竟然想談他的車子讓我很高興，我們談了一會兒，約翰、思薇雅和克里斯都愈來愈不耐煩，最後我們互道再見的時候，他說他很高興認識我們，但是仍然一無表情。我們覺得他說的是眞心話，在大太陽底下，他帶著凝重的步伐走開了。

在餐廳裏我想要提這件事，但是沒有人感興趣，約翰和思薇雅呆呆的坐在那兒吹冷氣，一動也不動，女侍過來問我們要點什麼，這才使他們恢復了一點生氣。但是他們還沒想好，她又走開了。

思薇雅說：「我不想離開這兒。」

我又想起外面那位戴寬邊帽子的老人，我說：「想想這裏還沒有冷氣的時候，是個什麼樣子。」

她說：「我會的。」

「路上這麼熱，然後我後面的輪胎又不行了，我們不能夠超過六十哩。」

他們沒有任何反應。

和他們比起來，克里斯似乎恢復了正常，機警而且四處觀望，吃的東西端上來的時候，他就狼吞虎嚥了一番，我們還沒有吃到一半，他就已經吃完了，於是我們又叫了一些，他還在吃的時候我們等他用完。

後來一路上的熱浪就更兇猛了，太陽眼鏡和護目鏡都不夠用，你需要戴銲接工所戴的面罩。高原成了被侵蝕過而有峽谷的山坡，看上去是一片淡褐色，遍地寸草不生，只有四處飛散的野草、岩石和沙地。在看黑色路面的高速公路時，對眼睛來說是一種鬆弛，所以我定睛看著它。我還看見左邊的排氣管冒出比以往還要藍的煙，我在手套的尖端吐了一點口水，一碰排氣管，竟然嘶嘶作響，這不是好現象。

這時候重要的是要學著忍耐，不要想去克服它……我在學習控制自己。

現在我應該談菲德拉斯的那把刀了，這樣對我們所談論的東西比較容易了解。

他用這把刀劃分這個世界架構自己的理念。幾乎每一個人都在使用自己的刀子。我們觀察周遭成千上萬的事物——這些不斷變化的形狀、被太陽照得灼熱的山坡、引擎的聲音、節流閥的運作，每一塊岩石、野草和籬笆，還有路旁的碎片——你知道有這些東西存在，但是你並沒有完全注意到它們，除非出現某些奇特或是我們容易觀察到的事物。所以我們幾乎不可能完全意識到這些東西，而把它們記住。這樣一來，我們的心裏就會充滿了太多無用的細微末節，因而無法思考。從這些觀察當中，我們必須加以選擇，而我們所選擇的和所觀察到的，永遠不一樣，因爲經由選擇而產生了變化。我們從所觀察到的事物當中選出一把沙子，然後稱這把沙子爲世界。

一旦我們手中握著這把沙子，也就是我們選擇出來認知的世界，接下來就要開始分辨。這就是那把刀子。我們把沙子分成許多部分，此地、彼岸；這裏、那裏；黑、白；現在、過去；也就是把我們所認知的宇宙劃分成許多部分。但是我們看得愈久，就愈會發現它的不同。沒有兩粒沙是一樣的，有一些在某些方面相同，有一些在另外一方面相似，而我們可以根據彼此之間的類似和差異，堆成不同的沙堆。我們也可以按照不同的顏色，顆粒不同的大小，不同的形狀或者是否透明來分。你認爲劃分的方法一定有盡頭，但是事實卻不然，你可以一直分下去。

古典的認知法就是根據這個沙堆以及分類法還有彼此之間的關係。而浪漫的認知則是針對分類之前的沙堆。它們彼此互不相容，但是都是觀察世界的方法。

現在有一件很重要的事，就是如何把這兩者融合爲一，卻不傷害到彼此，這種認知法不但不會拒絕分類，也不會拒絕不分類。這種認知法就是直接把重點放在沙子的來源，也就是無窮的景致之中，這就是我們這位悲慘的醫生菲德拉斯想做的。

想要了解他究竟做的是什麼，就需要觀察風景當中的那一位，他無法從整個風景中分割出來，他把沙分成不同的沙堆。要看風景而沒有看到他，那簡直就等於沒有看到風景。要排除分析摩托車時具有的佛性，就等於完全排除了佛性。然而有一個一直存在的古典問題，就是摩托車的哪一部分，沙堆中的哪一粒沙才是佛陀呢？很明顯的問這個問題是找錯了方向，因爲佛是無所不在的；但是同樣很明顯的，問這種問題也沒錯，因爲佛是無所不在的。人們對於佛獨立於任何分析的思考之外而存在，前人已經說得很多了——有些人說得太多了，所以我懷疑還需要再多說什麼。但是有關佛存在於分析的思想之內然後指引它方向，很顯然的，還沒有人討論過。其中有歷史的因素在內。但是歷史不斷的在演進，在這方面進一步的研究，似乎對我們的歷史寶藏並沒有什麼壞處，反而有些好處。

一旦我們把這種分析的思考，也就是那把刀應用到生活中，總會消失掉一些東西。我們都明白這一點。最起碼在藝術當中是如此。這使我想起馬克吐溫的經驗，馬克吐溫在精通如何通過密西西比河的方法之後，他發現這條河已經失去了它的美麗。總會消失一些東西。但是在藝術當中比較不受重視的東西——同時也被創造出來了。讓我們不要再注意消失了什麼，而要注意獲得了什麼。讓我們把這種過程當作再生的方式，既不好，也不壞，事實就是如此。

我們經過了一座馬麻斯（Marmarth）城，約翰不肯停下來休息，所以我們繼續往前騎，酷熱依舊當頭，我們騎進了一段很惡劣的地區，經過了州界，我們進入了蒙大拿州，路旁有標示。

思薇雅上下揮動手臂，我按喇叭回應她，但是一當我看到標示，一點也不高興，因爲它給我深深地震撼，而他們毫無感覺，因爲他們不曉得我們現在是在菲德拉斯曾經住過的地方。

我們經由討論古典和浪漫的認知來介紹菲德拉斯，似乎是很奇怪的方法，但這是唯一的，如果描寫他的長相，或是他生活的種種情狀，似乎太過膚淺。而直接去面對他，那更是一場災難。

他是一個瘋子，如果你直接面對瘋子，你所了解的就是他瘋了，這一點等於是根本不了解他。要了解他，你就必須從他的角度看事情；如果你想要從瘋子的角度來看事情，那麼崎嶇的路是唯一了解他的路。不然你自己的看法會阻擋了你的視線。所以我認爲只有一條路可以通到他那裏，而且我們尙且還有這一條路可以走。

我一直在談論這些分析、定義還有體系，並不是爲了它們本身的緣故，而是爲了解菲德拉斯而做鋪路的工作。

我曾經告訴克里斯，菲德拉斯花費了一生的時間探索鬼魂的事，這是千眞萬確的。他所探索的就隱身在一切科技的背後，在所有現代科學、所有西方思想背後的鬼魂，也就是理性本身。我告訴克里斯他找到了，而且當他找到的時候狠狠的把他給痛打了一頓。我們從比喻的角度來看，這麼說沒有錯。我想要提出討論的就是他的發現，這個時代或許終究有一些人會發現其中的價值。過去沒有人看見菲德拉斯追尋的鬼魂，但是現在我想有愈來愈多的人看見了，或者在人生低潮的時候瞥見了它，它就是所謂的理性。它的表相很可能並不連貫而且毫無意義，更使得每天最平常的舉止因爲和其他的一切疏離而顯得有些不正常。這就是日常存在的鬼魂，認爲人生最終的目的就是活著是一件不可能的事，然而畢竟活著就是人生最終的目的。他認爲人不可能把求生當作生命的最終目的，所以偉大的人物就努力醫治別人，希望人可以活得長一點，而只有瘋子才會追問生命的意義。一個人追求長壽，就是爲了活得更久，沒有別的目的，這就是菲德拉斯探索的鬼魂所說的。

我們在貝克(Baker)停下來，在有樹蔭的地方溫度計上是四十二・二度，我把手套脫下，但是油箱熱到我的手根本不能碰它，而引擎因爲過熱，出現了有問題的聲音，情況非常糟，後車輪已經嚴重磨損，我用手去摸，它幾乎和油箱一樣熱。

我說：「我們一定得慢下來。」

「什麼?」

「我們不應該超過五十哩。」我說。

約翰看了看思薇雅，她也看了看他。他們已經談過我慢下來的情形。

約翰說：「我們只想趕快到達那兒，」於是他們兩個就走到一間餐廳去了。

鏈條也十分燙手，而且很乾澀，我在右邊的行李袋中找出一罐潤滑劑，然後啓動引擎，把潤滑劑噴在鏈條上。鏈條非常熱，一旦噴上去潤滑劑立刻就蒸發掉了，於是我就把一點機油塗上去，讓它運轉一會兒，然後再關掉引擎。克里斯在旁邊耐心的等候，然後跟我走進了餐廳。

「我記得你說過第二天情緒會很低落，」思薇雅在我們走近攤子的時候跟我講。

「第二天或第三天，」我說。

「還是第四、第五天？」

「都有可能。」

她和約翰彼此又互相的看了一眼，和先前的表情一樣，似乎在說他們想要趕快上路，然後在前面的小鎮等我。我自己也這麼希望，但是他們騎得太快很可能不是在小鎮等我，而是在路邊。

思薇雅說：「我眞不知道這裏的人怎麼能夠忍受這一切。」

我有一點不耐煩的說：「這裏的確是很熱，在他們來之前就已經知道這裏很熱了，所以他們應該是有備而來的。」

我又說：「如果一個人老是抱怨，只會讓別人更難過。他們很有活力，知道怎樣活下去。」

約翰和思薇雅沒有說什麼，約翰很快喝完了他的可樂，又去喝一大杯啤酒。我出來再檢查車子的行李，才發現剛綁好的行李有一些鬆脫，於是就重新再綁一次。

克里斯在大太陽下指著一個溫度計，我們看到已經超過了四十八・八度。

在我們離開小鎮之前我又開始流汗了，涼快乾爽的時間不超過半分鐘。

我們幾乎被這一片熱浪迎面襲來，即使戴著墨鏡，我仍然得把眼睛瞇成一條縫。一路上只有炙熱的沙土和白亮亮的天空，所以根本沒有東西可看，到處是一片白熱，就像地獄一樣。

約翰在前面騎得愈來愈快，我放棄跟上他的速度，然後放慢到時速五十五哩，除非你存心自找麻煩，否則在這種天氣之下，你是不會騎到八十五哩，因爲很容易就爆胎。

我想他們或許會認爲我剛剛說的有點在責怪他們，其實我的意思並不是這樣。我和他們一樣在這麼炎熱的天氣裏也很難過，但是實在沒有必要繼續討論下去。我整天都在想著說著菲德拉斯，而他們則一直在想這樣的天氣眞難過，我想這才是眞正使他們疲憊不堪的原因，就是那些不快的思想。

至於菲德拉斯個人方面，也有一些事值得一提：他研究邏輯，這是古典系統中的系統，主要是講述系統思想的法則和過程，依靠邏輯才能架構分析的知識，研究彼此之間的關係。他在分析方面的智商高達一百七十，在五萬人當中只有一個人。

他是一個很講求系統的人，如果我們說他的思想和行爲像機器一樣，那就是誤解他了。它不像活塞、輪子還有齒輪一樣整體的運作，彼此互相支援。我想到的反而是雷射光，它的能量強到足以照射到月球，然後再折返回地球。菲德拉斯並沒有把他的精力用在啓發大衆的思想上，他選定一個遙遠的目標，先瞄準了然後再射出去。而啓發大衆的工作卻留給我來做。

就和他的智慧一樣，他非常孤獨。我們從各項記載看來，他沒有親密的朋友，總是一個人去旅遊，即使有別人在場，他也常落單，所以別人總覺得被他排斥，因此不喜歡他。然而別人的厭惡對他來說一點也不重要。

他太太和家庭受到的創痛最深，他太太說那些想要打破他孤獨的人，最後會發現他們終將面對一片空白。我的印象中他們極渴望得到親情，但是菲德拉斯從來不曾給與過。

沒有人眞正的了解他，這就是他想要的結果。而事實上也是如此，或許他的聰明智慧造成了他的孤獨，或者是他的孤獨是原因。這兩者總是互相影響，在那種不可思議的孤獨中醞釀出來了智慧。

然而這樣描述他仍然不夠完全，因爲由雷射光的比喻會讓人以爲他十分冷酷，沒有感情。然而實情並非如此，在他探訪我所謂理性的鬼魂之中，他也是一個熱中此道的獵人。

太陽已經下山半個鐘頭了，天上出現了些微星光，遠遠的望去，原本是藍色、黑色、灰色、褐色的樹和岩石顏色都加深了。這裏讓我想起一段往事。菲德拉斯曾經待在那兒三天沒有進食，他的糧食已經吃完了，但是他爲了沈思、觀察而不願意離開。他離回去的路並不遠，但是他不趕時間。

在黃昏幽暗的天色當中他看到一條小路，然後有晃動的影子，似乎是一條狗走過來，那是一隻非常大的牧羊犬，或者像愛斯基摩狗一樣，他很奇怪爲什麼一隻這樣的狗在這個時候來到這裏。

他不喜歡狗，但是這條狗的動作還不至於使他厭惡。這條狗似乎在監視他、論斷他，菲德拉斯定睛的看著牠的眼睛好長一段時間，有一陣子，似乎覺得有一點熟悉，然後這條狗就不見了。

很久後他才知道這是一隻狼，這件事在他腦海中徘徊了好久，我想必然是如此，因爲他在狼身上看到了自己的影子。

我們由一張照片上看到當時一剎那靜止的情景，而我也可以由鏡子中看到瞬間的動作，但是我想他在山上所看到的影像完全是另一種，沒有實體，根本在時空中不存在。這就是他爲什麼會覺得有一些熟悉。然而昨天晚上，我從菲德拉斯的角度去看，我又看到他了，所以對於我來說，印象畢竟是非常的鮮明了。

他和山上的那匹狼一樣，有一種屬於動物的神氣，他自顧自的走自己的路，也不計較結果，即使有的時候結果讓別人大吃一驚，而我現在聽到這樣的事，也是同樣的反應。我發現他也不會經常搖擺不定，這種勇氣並不是來自於任何追求理想的自我犧牲，而是因爲他過於熱切追求，所以也無所謂有何高貴的情操。

我想他之所以會這樣熱切追求理性，因爲他想要在理性身上洩恨，因爲他覺得自己就是由理性塑造出來的。他也想要把自己從這樣的形象當中解放出來，因此他要把理性給毀了。他用很奇怪的方式達到了他的目標。

他這種行徑聽起來似乎很脫俗，但是最奇怪的還不僅如此，就是我自己與他的關係，雖然早就存在，但是一直到現在必須提出來。

我由推論許多年以前的事而發現了他。有一個禮拜五我去上班，那天我完成了許多工作所以心情很愉快。下班以後就去參加一個派對，由於跟大家話說得太多，太大聲，酒也喝得太多，於是我就到後面的房間裏面躺了一會兒。

當我醒過來的時候，我發現我已經睡了一個晚上，因爲天已經亮了。所以我想，「天哪！我甚至連主人的名字都不知道！」這是多麼窘的事情。然而這個房間並不像我休息的那一間，而我進來的時候，四周一片黑暗，我想當時我一定喝得爛醉。

我站起身來，看見我身上的衣服都已經換過了，這並不是昨天晚上我穿的那一套。我走出來，但是嚇了一跳，外面不是通往其他的房間，而是一條長廊。

當我走過這條長廊的時候，發現每一個人都在看著我，有三次一個陌生人要我停下來，問我覺得如何，我想他們在注意我喝醉的情形，就回答他我沒有宿醉，這時其中一個人笑出聲來，然而立刻止住了。

在走廊的盡頭有一個房間，我看到裏面桌上正在進行某一種活動，於是我進去在旁邊坐下來，希望沒有人會注意我，然後我就可以想出究竟這是怎麼一回事。但是有一個穿白色衣服的女人朝我走來，問我是否知道她的名字，我看到她的襯衫上有一個小小的名牌就照著唸，她並不知道這一點，所以很驚訝的趕忙的就走開了。

當她回來的時候，帶了一個人來，他一直瞪著我看，然後在我的旁邊坐下來，問我是否知道他的名字，我也照著告訴他，但是他們很驚訝我竟然知道。

他說：「這是很早期的症狀。」

我說：「這裏好像是醫院。」

他們點點頭。

「我怎麼會來這兒呢？」我問道，因而想到昨天晚上的那個派對。這個人什麼也沒有說，而那個女的低下頭來，沒有再解釋什麼。

幾乎花了我一個多禮拜才從周圍的事情推論出，在我醒來之前發生的都是一場夢，醒來之後所發生的才是事實，我無從判斷兩者之間的差異，只能從不斷新發生的事觀察到和喝醉酒的印象相衝突。有一些小事，像是門上鎖了，外面是我從來沒看過的景色；而由監護庭來的一張條子告訴我有人瘋了，他們是在說我嗎？

最後有人告訴我：「現在你擁有一個全新的自己。」然而這種解釋等於沒有解釋，因爲使我比以前更困惑了，我不記得以前的那個我，如果他們說，你現在是個新人了，這樣似乎有意義得多。他們錯以爲人格是一種物品，就好像一套衣服，可以讓人換穿，但是除了一個人的人格之外，還有什麼呢？有一些骨和肉罷了，或許還有一些統計數字等等，但是肯定沒有人在其中，因此人格所穿上的只是骨肉和一些統計數字罷了，而不是別的。

但誰又是那個以前的我呢，那個他們認識，而且認爲是我的前身？這是我許多年前第一次微微覺得菲德拉斯的存在，在往後的歲月裏，我又知道得更多。

他已經死了，他被法院的判決給毀了，讓他從腦部導入交流高壓電。大約連續二十八次，每次0.5到1.5秒，用的大約是0.8安培的電力，就這樣在科學儀器❹的使用下，完全不著痕跡的把他給消滅了，從此也產生了我們之間的關係。我從來沒見過他，永遠不可能見到了。

然而有一些他記憶中的小狀況突然出現了，比如說，這條路、還有岩石、白熱的沙地，我們周圍的一切，讓我知道他也看過這些，他曾經在這裏，否則我不會知道的。他必定來過這裏，由於看到這些突然發生的巧合，又想起一些奇怪的片段，這些片段的由來我也不知道，我好像有超自然的能力，像靈媒一樣能夠接收另外一個世界的信息，情形就是這樣，我用自己的眼睛觀察事情，我也用他的眼睛觀察，那是他曾經擁有過的。

這些眼睛！恐怖就在這裏，那些我正在看的，載了手套的雙手，駕駛著摩托車一路行來，曾經是他的。如果你能夠了解我這種感覺，你就能了解眞正的恐懼是什麼——恐懼你知道無處可逃。

我們進入了一個邊緣很低的峽谷，路邊出現了我期待的休息站，它有幾張椅子、一棟小屋和

---

❹ Annihilation ECS：電氣痙攣休克電療法。

幾株翠綠的小樹，旁邊有幾條澆水的管子。約翰正在另外一個出口，準備騎車上公路。

我自顧自的在小屋前停下來，克里斯跳下來，我們拉起車子的腳架，引擎散出一股熱氣，好像著了火一樣，使得旁邊的事物看上去都變了形。我從眼角看到另外一輛車子騎回來了，他們兩個人都看著我。

思薇雅說：「我們只是很……生氣！」

我聳了聳肩，走到飲水機旁邊。

約翰說：「你跟我們說的精力都跑到哪兒去了！」

我看了他一下，知道他是眞的生氣了，「我想你太認眞了，」我說，然後就走開了。我喝了一口水，覺得很鹹，好像肥皂水一樣，不過還是得喝下去。

約翰走進屋裏把衣服弄濕，我檢查了一下油表，油箱的蓋子幾乎燙到我的手，雖然我戴了手套。引擎還有不少油，後輪又磨損了一些，但是仍然可以用。而鏈條仍然很緊，但是有一點乾澀，所以爲了保險起見，我就又塗了一點油上去，而重要部位的螺釘，仍然上得很緊。

約翰身上滴著水走過來說：「這一次讓你走前面，我們走後面。」

我說：「我不會騎得很快。」

他說：「沒有關係，我們還是會到的。」

於是我走前面，但是我們慢慢地騎。峽谷裏的路並不直，而且出乎我們的意料，它開始向上盤旋。

路開始迂迴而上，然後與我們所走的方向相反而上，之後又轉了回來，很快又升高了一些，然後又升得更高。我們行進的方向成Z字型，每一次都有些些上升。

然後又出現了一些矮樹叢，之後便是小樹。然後是圍著籬笆的草地。

在頭頂上出現了一小朵雲，或許會下雨吧？有可能，有草地就有雨，而這些草地裏還有花朵，這一切改變得多麼奇怪，在地圖上完全看不到。回憶也消失了，菲德拉斯一定沒有來過這裏，但是又沒有其他的路，眞奇怪。路還是繼續不斷的向上走。

這個時候太陽和雲之間成了一個斜角，雲已經下降到我們上方的地平線，在我們四周有樹、有松樹、還有陣陣的冷風，夾雜著松樹的氣味。草地上的花在風中搖曳，車身有一些傾斜，這個時候我們突然覺得涼爽起來。

我看了看克里斯，他對我微笑，於是我也就笑了一下。

然後大雨下來了，地面上浮起了一陣泥土的氣息，彷彿已經等了太久。而路旁的泥土被剛打下來的雨滴，弄出許多的麻點。

這一切都來得那麼新鮮而且正是時候，這是一場新雨。我的衣服濕了，護目鏡上也濺了一些水，我覺得一絲寒意，但是滋味滿甜美的。雲從太陽底下經過，松樹林和草地上的雨珠，經太陽一照而閃閃發亮。

我們到達山頂，空氣又乾燥了，但是現在已經很涼爽，所以就停下來了，腳下是一片大峽谷和河流。

「我想我們已經到了。」約翰說。

思薇雅和克里斯走到松樹下面草地上的花堆裏，從那兒我可以看到山下遠遠的山谷。

現在我想我是一個開拓的人，正望著應許之地。

第二部

第八章

這個時候大約是早上十點鐘，我坐在車子旁邊一塊冰涼而有樹蔭遮陽的石頭上。這裏是蒙大拿州麥爾的一間飯店後面，而思薇雅帶克里斯到出租洗衣店裏去替我們一行人洗衣服；約翰出去找一種鴨嘴獸的雕刻，好放在頭盔上。他認爲昨天我們到城裏的時候，在一間修理店看到一隻，而我則要去調整一下引擎。

現在我們覺得很舒服，昨天來到這裏的時候是下午了，於是就好好的睡了一覺。停下來是對的，我們眞笨，竟然不知道自己究竟有多累，約翰甚至累到訂房間的時候都不記得我的名字，櫃枱小姐問外面那些很帥氣的摩托車是否是我們的；我們兩個不禁大笑了起來，她奇怪不知自己說錯了些什麼，其實只是因爲我們實在是太累了，所以想藉著大笑提神。

於是我們去洗了一個痛快的澡，在浴室的大理石地上有一個非常精緻的舊浴缸，它上面有上釉，並且蹲成獅子的形狀，洗在身上的水是這樣滑潤，好像所擦的肥皀還沒有洗淨，後來我們又在街道上散步，像是一家人一樣。

我已經修理過這台車不知道多少次了，所以每次修理的時候幾乎變成一種儀式，不再需要用多少腦筋，只要檢查一下哪裏不對勁。引擎出現了一些雜音，好像是梃桿鬆了。但是也可能是更嚴重的問題。所以我現在就要處理，看是否能夠解決這個問題。要調整梃桿必須等引擎冷卻下來，這就表示你一旦晚上停下來，第二天早上才能修理它。這也就是爲什麼我要坐在飯店後面樹蔭下的石頭上的緣故。現在樹蔭下面已經十分涼爽了，大約還有一個鐘頭左右太陽就會落到樹邊，這時正適合修理車子。有一件事情很重要就是不可以在大太陽底下直接修理車子，或者在你累了一整天下來腦筋不清楚的時候修理，因爲即使你已經修理過千百遍，你也應該在修理的時候保持機警的頭腦，找出其中的問題。

並不是每一個人都了解修理車子是一種多麼理智的過程，他們認爲這只需要熟練的技術，或者對機械的偏好。他們這麼說也對，但是熟練的技術往往也是一連串推理的過程，而大部分的問題往往是像以前的廣播員所稱的「在兩耳之間短路了」所產生的。所謂在兩耳之間的短路也就是無法正常思考。摩托車的運作完全依照推理的過程，研究維修摩托車的藝術，簡直就是研究理性藝術的縮影。那天我說過菲德拉斯追求的就是理性，因而導致他的瘋狂，但是想要深入了解之前，最重要的是先要有理性的例子，這樣才不會迷失在沒有人能了解的抽象之中。要想談論理性，非常容易讓人迷惑，除非你能夠舉出融合了理性的例子。

現在我們來到古典和浪漫的分界，在一邊我們看到車子的外觀，這是一種重要的觀察方式；然而在另外一邊，我們就好像修理師傅一樣，從它的基本形式去看，這也是一種重要的觀察方式。比如說：這些工具就有某一種浪漫的美在其中，然而它的功用卻是全然的古典，因爲它的目的就是要來改變車子的基本形式。

在第一個火星塞內的內緣磁已經非常髒了。從古典和浪漫的角度來說，這都是很糟糕的現象，因爲這表示汽缸裏的汽油太多，空氣不足，汽油裏的碳分子沒有足夠的氧分子和它結合，因而只能堆積在火星塞上。昨天進城的時候，引擎的運轉已經變慢了，就表示有這個問題。

爲了要看看是否只有一個汽缸有積碳，我又檢查另外一個汽缸，兩個都一樣，於是我就拿出一把小刀，把刀子後面暗溝裏隱藏著的一根小棒子拿出來，然後把它的尖端削薄了，用來消除積碳。然後一面想究竟是什麼原因，不可能是連桿或是活瓣造成的。主噴嘴的口徑太大，在高速的時候總會造成這種積碳的現象，然而以前也是同樣的噴嘴，爲什麼火星塞卻乾淨得多了呢。這眞是一件奇怪的事，你總會碰到這種現象，如果你想要把它們一次解決，你永遠沒有辦法修好機器。由於一時找不到答案，我只好讓問題懸著。

第一個梃桿沒有問題，不需要任何調整，所以我就去看第二個梃桿，太陽落到樹後還有許久……在我修理的時候，我總覺得像在教堂裏，這份工作就好像一幅神像，而我正在進行一場神聖的儀式。它需要測量精準的儀器，從古典的角度來看，這麼形容意義深長。

在摩托車來說保持這種精準並不是爲了任何浪漫或是追求完美的理由，只是因爲車子內部所產生的熱能和爆炸性的壓力，必須經由這樣精確儀器的控制才能啓動。當每一個燃燒爆炸之後，就會推動連桿和曲軸，它的壓力達到每平方吋好幾噸。如果由連桿到曲軸的動作很精確，燃燒爆炸的力量就會傳送得很均勻，機件也就承受得起這樣的爆炸，但是如果其中有千分之一吋的誤差，那麼就會傳送得很突兀，像榔頭的捶擊一樣，而連桿、軸承和曲軸裏面都會受損，因而聽起來的雜音剛開始很像鬆掉的梃桿。這就是爲什麼現在我要檢查一下的原因，如果是連桿鬆動，而我卻又硬要騎上山，而不用拖的，那麼聲音就會愈來愈大，最後連連桿都會斷裂，而撞擊到運轉的曲軸上，把整個引擎都給毀了。有的時候斷裂的軸桿會打穿曲軸箱，讓油漏出來，這個時候你就只能用走的了。

而要避免千分之一吋的誤差只有靠高度精密的儀器測量了，那也就是古典美的所在——不是你眼睛能看見的，而是它們所代表的意義——也就是它們能夠控制基本形式的能力。

第二個梃桿是好的，我又檢查引擎的另外一邊，然後看看另外一個汽缸。

精確的儀器是爲了表達一種理念而設計的，如果你想要在空間上達到完美的境界是不可能的。因爲摩托車沒有任何一部分能夠達到完美，但是如果你愈接近完美，就會發生令你驚訝的事，因爲它可以在極限之內，奇妙地飛馳過鄉村田野。所以最基本的就是要了解這種理念。約翰看到摩托車的時候，他只看到各種不同的結構，於是就會厭惡它，然後拒絕進一步的接觸。但是在我的眼睛裏，我卻看到設計者的理念，而約翰認爲我接觸的是各種零件，所以我面對的是各種觀念。

昨天我曾經談到這些觀念，我說一輛摩托車可以根據它的組件和功能分成兩大部分，當我這麼說的時候，我就是在列下面的表：

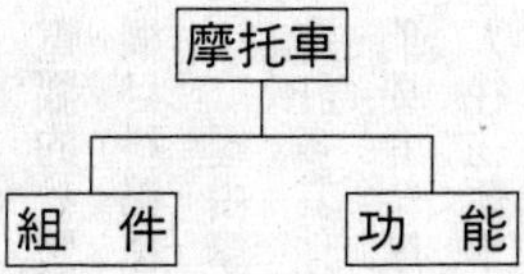

然後我提到組件又可以細分爲動力產生系統和動力傳動系統，這個表就變成這樣：

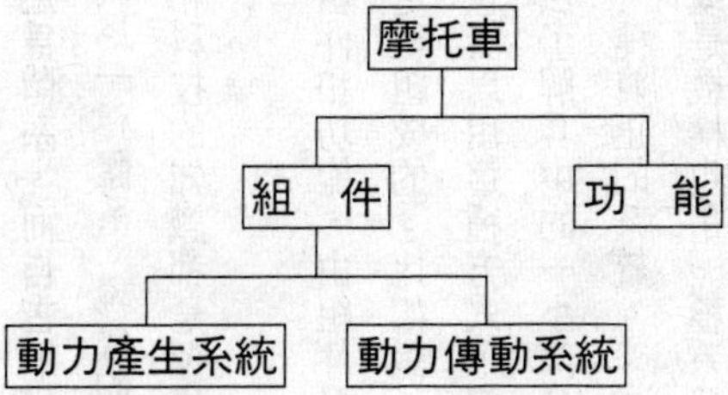

——這樣你就會明白，我每劃分一次，就會產生更多的支節，最後變成一座巨大的金字塔。然後你看到我劃分的愈來愈細，就好像在建立一種架構。

這種觀念的結構稱之爲體系，而自古即爲所有西方知識的基本架構。王國、帝國、教會、軍隊，所有這一切都曾經成爲一種體系。現代的企業也是一種架構。參考資料的內容、機械的組合、電腦的軟體、所有科學和科技的知識都是運用這種架構，所以像生物這一類的知識就產生了界門綱目科屬種的體系。

經由摩托車下分爲組件和功能，由組件又下分爲動力產生系統和動力傳動系統等等，然而還有許多其他的結構也是這樣組成的。比如說：A在最上面，A分出B，B分出C，C分出D。我們要介紹摩托車的功能也可以用這種方式，這些架構之間，彼此互相牽動，其中複雜的程度一個人往往窮畢生之力也無法了解其中的一小部分。所有互相牽動的架構之間，整體的稱之爲系統。摩托車也是一種系統，一種眞正的系統。

如果我們認爲政府或是機構也是一種系統，這樣說是正確的，因爲這些組織的架構就如同摩托車一樣，即使他們已經喪失了其他的意義和目標，仍然維持這樣的架構。人們從早上八點到下午五點，到工廠做一些完全沒有意義的事，也不去問爲什麼，因爲這就是整個架構的要求。沒有任何流氓或是壞蛋要他們這樣。而整個架構就是如此，它所要求的就是這樣，沒有人願意因爲它沒有意義就承擔改革整個組織的沈重工作。

但是要拆毀一座工廠或是改革政府，或是避免去修理摩托車，就是因爲它們有系統的話，那只是攻擊它的結果而非它的原因。如果只觸及到問題的結果，而不知道原因在何處，是不可能有任何改變的。所以整個體系是依照理性產生的，如果把整個工廠拆毀了，而架構它的理性仍然存在，那麼靠著這個理性很容易就可以建造另一座工廠。如果革命能夠摧毀一個政府，但是政府背後的理性仍然完整的保存著，那麼很快的又可以再建立同樣的政府。我們談論了這麼多有關系統的事，然而了解的仍然不夠。

這就是所謂的摩托車，它是由一組鋼鐵所製的零件所組成的觀念體系，其中任何一部分，任何一種形狀都是由人所設計出來的……第三個梃桿也沒有問題。還剩下一個，最好也沒有問題……我注意到從來沒有接觸過機器的人，對這一點可能不甚了解——那就是摩托車基本上是精神上的產物，他們把金屬製成各種形狀——管子、桿子、桁樑、工具、組件——把這一切都組合起來，但不能違背它運作的理論，然後讓它們以實體來運作。然而從事機械鑄造、打鐵或是銲接的人則不認爲鋼有任何形狀，如果你有很好的技巧，鋼就能變造出任何形狀，或者如果你技巧不夠的話，就做不出來了。如果你想做成梃桿，就必須有這種技巧，而它的形狀是你所設計的。這一點很重要。至於鋼鐵也是人所設計出來的，因爲在自然界之中並沒有鋼鐵的存在，在遠古的銅器時代，就有人能告訴你這件事。自然界所有的，只是可以做鋼鐵的原料。但是什麼又是原料呢？同樣的這也是人所想出來的……鬼魂！

這正是菲德拉斯所說的這一切都存在於人的心中，如果你沒有舉出像引擎這樣的例子來，聽起來好像是瘋言瘋語，一旦你能夠舉出實際的例子，就不會覺得我的想法很古怪了。這樣一來，你就明白他也說過一些重要的事情。

第四個梃桿太鬆了，這正是我希望看到的，於是我把它調整好，並且檢查一下運作的時間，然後看見它仍然固定得好好的。梃桿的雜音不見了，但是這並不意味著什麼，因爲汽油仍然沒有熱起來，於是我讓它空轉了一會兒。我把工具收好，我又騎上車去找修理店，在街上有一位騎士告訴我們，在哪兒可以買到鏈條扣和腳椿的橡皮。克里斯的雙腳一定很不安分，否則腳椿的橡皮不會這樣容易磨損。

又走了好幾個路口，仍然沒有聽到梃桿的雜音，這樣就對了，我想毛病總算修好了，不過除非我們騎了三十哩以上，否則我不會下任何判斷。但是在此之前，現在頭頂上正是白花花的太陽，空氣十分涼爽，我的頭腦也很清醒，眼前正是嶄新的一天。我們也預備爬上山去，這一天值得好好享用。你之所以會有這種感覺，那是因爲你爬得愈高，空氣就愈稀薄造成的。

高度的改變！這就是爲什麼引擎會積碳的原因了，當然，這一定就是原因。現在我們已經在八百多公尺的高度，我最好切換到標準噴嘴，只要花幾分鐘的時間，就可以將惰轉的速度調快，這樣就不容易熄火，而可以爬得更高。

在樹蔭底下，我們找到比爾的機車店，但是比爾並不在店裏。有一位路人告訴我們說：「他很可能去釣魚了。」而大門仍然敞開著，我們的確是在西部了，在芝加哥和紐約不可能有人這樣敞開店門而人不在店裏。

他店裏我看到他畢業於具有照相般功力的機械學校，所有的東西都四散放置，扳手、起子、舊零件、舊的摩托車、新組件、新的摩托車、目錄、管子，亂放的程度使你幾乎看不見工作枱在哪裏。我沒有過目不忘的能力，所以沒有辦法在這樣的環境之下工作，而比爾在這麼雜亂的情況之下，他連想都不必想就可以順手拿起他所需要的工具。我也看過這樣的師傅，你在旁邊看了會覺得不可思議，但是他們卻一樣能把工作做好，有的時候甚至更快。如果你曾經稍微移動過他的工具，那麼他要花上好幾天才能找得到。

比爾笑著走進來的時候帶了一樣東西，他替我拿一些噴嘴，但是我必須等一會兒。他得先在後院專賣哈雷零件的部門把東西賣給別人，我跟他一起走到後面看他賣除了骨架之外整套哈雷的舊零件，因爲顧客已經有了。他總共才收一百二十五塊美金，相當便宜的價格。

到前面來的時候，我提到：「他要把這些零件組合起來，一定對摩托車有相當的了解。」

比爾笑著說：「這也是最好的學習方式。」

他有賣噴嘴和腳椿的橡皮但是沒有賣連接扣。我把橡皮和噴嘴裝好之後，慢慢地騎回飯店。回到飯店之後，思薇雅、約翰和克里斯正帶著他們的東西走下樓，從他們臉上的表情我知道他們的心情也不錯。我們來到大街上找了一間餐館吃牛排。

約翰說：「這個城實在不錯，眞的相當的不錯，我很驚訝竟然會有這樣的城市存在。一早我四處窮逛，他們有專門給牧人的酒吧，有賣高筒靴，還有賣像銀元一樣的皮帶扣，許許多多有意思的東西……這些都是貨眞價實的，不只是商會販賣的商品……在路口有一間酒吧，今天早上他們跟我說話的時候，好像我一直都住在這裏。」

我們叫了不少的啤酒。我從牆上的馬蹄標誌知道，我們正在奧林匹亞的啤酒區，所以才會點啤酒。

約翰繼續說：「他們一定認爲我的牧場正在放假。有一個老人告訴我，他不準備留給他兒子任何東西，我實在很喜歡這種談話。他準備把牧場留給女兒。因爲該死的兒子把每一分錢都花掉了。」約翰大聲的笑了起來，「於是他又覺得自己不應該養他們等等，我以爲這種情形早在三十年前就已經沒有了，但是在這裏仍然存在。」

女服務生端上了牛排，我們立刻就用刀切了起來，修理摩托車的工作讓我的胃口奇佳。

約翰又說：「還有一些事情會引起你的興趣。他們在酒吧裏還談到波斯曼，就是我們要去的地方。他們說蒙大拿州的州長有一張波斯曼學院激進教授的黑名單，他預備要解僱他們，結果他卻在一次空難當中身亡。」

我回答：「那是許久以前的事了。」這些牛排吃起來滋味眞不錯。

「我不知道他們在這個州裏有這麼多的激進份子。」

我說：「在這裏有各種人，但是屬於右翼份子。」

約翰自己倒了一點鹽，他又說：「有一家華盛頓報紙的專欄作家來這裏，然後在昨天的專欄裏寫到蒙大拿，所以他們才在談論這件事。校長也證實了這件事。」

「他們把名單印出來了嗎？」

「我不知道。你認識他們嗎？」

我說：「如果有五十個人，那麼我一定是其中的一個。」

他們有點驚訝的看著我，事實上我知道得並不多。當然會有他的名字。而我覺得這種說法有點不正確，於是我又解釋在蒙大拿加拉汀郡(Gallatin County)所謂的激進和別的地方意義不同。我告訴他們說：「這所院校連美國總統夫人都被唾棄，因爲她有太多可議的成分。」

「是哪一位？」

「伊蓮娜．羅斯福。」

約翰笑著說：「天哪！他們有沒有搞錯。」

他們還想再多聽一點，但是沒有什麼可說的了。然後我想起了一件事：「在這種情況下一個眞正的激進份子，其實有非常堅強的立場，幾乎沒有任何敵手，而且不會受制於它，因爲他的對手已經讓自己顯得很愚蠢，所以不論他說什麼，敵手只會反襯出他的優秀。」

出城的時候經過了一座公園，我昨天晚上就注意到它，它讓我突然又想起一些事。那時我抬頭看到一些樹，菲德拉斯曾經在去波斯曼的路上，在公園的椅子上睡過一晚。這就是爲什麼昨天我認不出這個林子，因爲他是晚上去波斯曼經過這裏。

第九章

現在我們沿著蒙大拿州的黃石谷往前行，一路上一會兒出現西部才有的山艾樹，一會兒又出現中西部才有的玉米田，然後反反覆覆的交替出現，這要看是否有河水灌溉，有的時候我們也會經過沒有灌溉的岩石區，但是通常我們都是沿著河岸前行。這時我們看到路旁寫著露易絲和克拉克(Lewis and Clark)的牌子，其中之一就出現在往西北走廊❺的某一條叉路上。

聽起來挺不錯的，正符合我們這一趟肖托夸的旅程，因爲我們旅程的方向就好似在西北走廊上。之後，我們又經過了不少的田野和沙漠，日子也就這樣過去了。

我現在想要追尋菲德拉斯曾經追尋過的鬼魂，也就是一般人所謂枯燥、複雜，而且有基本形式的古典鬼魂。

今天早上我談過思想的體系，現在我想談談如何在這些體系當中找到自己的路——那就是邏

❺ Northwest Passage：西北走廊，沿著北美大陸北極海岸，從大西洋到太平洋的航線。

輯。

在這裏要提到邏輯的兩種方法，歸納法和演繹法。歸納法是從觀察摩托車開始，然後得到普遍性的結論。比如說，如果摩托車在路上碰到坑洞，引擎就熄火了。然後又碰到了一次，引擎又熄了。然後再碰到一次，引擎仍然熄了。之後，行在平坦的路上，就沒有熄火的情形，然後再碰到一次，引擎又熄火了。那麼這個人就可以合理的推斷，引擎熄火是坑洞造成的，這就是所謂的歸納法，由個別的經驗歸納出普遍的原則。

演繹法正好相反，它是從一般的原則推論出特定的結果。比如說，我們知道摩托車有一定的結構、體系，修理人員知道喇叭是受電池的控制，所以一旦電池用完了，喇叭自然也就不會響了，這就是演繹法。

要解決摩托車的問題就要從你的觀察和手冊當中所提供的架構，不斷交替運用歸納和演繹方法才成，這就是所謂的科學方法。

事實上，我沒有看過任何摩托車的問題會使用到全部的科學方法。一般需要修理的問題並沒有這麼困難。當我一想到這些科學方法，心裏就會出現了一個影像，那就是一座巨大的推土機——它的行動緩慢，它的工作枯燥乏味，走起來聲音轟隆直響，而且動作十分笨拙，但是它所做的沒有人能比。它需要的技巧很可能是非正規修理的兩倍、五倍甚至十二倍，但是你知道最終必能得到成功。沒有任何摩托車的問題能把它難倒，一旦你遇到眞正的難題，試過了所有的辦法，絞盡了腦汁仍然沒有任何進展，這樣你就知道這一回你眞的和老天爺卯上了。「好吧！老天爺，我所能做的就是這些了。」於是你只好祭出正統的科學方法。

你先拿出一本筆記簿，把所有的狀況都寫下來，這樣你就知道情況如何，問題要怎麼解決。在科學和電子技術的領域當中需要這樣做。不然的話，問題會複雜到讓你摸不著頭腦，然後忘記該如何解決，最後只得放棄。在維修摩托車的時候問題並沒有那麼複雜，但是一旦有混淆的狀況，最好的方法就是把它寫下來，往往就在你寫下來的時候，解決的方法就浮現出來了。

要把問題確實寫下來，起碼要兼顧到六方面：

(1)問題是什麼。
(2)假設問題的原因。
(3)證實每個問題的假設。
(4)預測實驗的結果。
(5)觀察實驗的結果。
(6)由實驗做結論。

這和許多學校，甚至高中的實驗作業所提到的方法並沒有不同，我們不是僅僅把它當作作業而已，我們最主要的就是要求準確的思考，否則的話，很容易就會失敗。

科學方法最主要的目的就是讓你能確實知道事情的眞相，而不會誤入歧途，每一個維修人員、科學家或是工程師都曾經因爲沒有準確的思考而大傷腦筋。這就是爲什麼大部分科學和機械方面的研究總是顯得非常沈悶而小心謹慎，如果你草率或者面對科學材料的時候懷有浪漫的想法，那麼你很快就會被它蒙蔽。即使你不給它這樣的機會，仍然有可能會發生。所以在研究科學的時候，一個人必須非常的謹慎，而且嚴守邏輯的法則：不要在邏輯上面滑跤，那麼整個科學架構很快就會垮下來。只要你的推論稍有差錯，你就會陷入無底的深淵當中。

在科學式的思考當中，第一步就是要把問題寫下來，其中主要的技巧就是把你確實知道的東西才寫下來，寫的方式最好如下：

問題：你的摩托車爲什麼發動不了？這麼問聽起來似乎很呆板，但是卻是正確的。它要比這樣寫來得好：電路系統有什麼問題？因爲你尙不清楚眞正的問題是否出現在電路系統，所以你應該先說摩托車出了什麼問題？然後再進行第二個步驟：

假設一：問題出在電路系統，把你所能想出的假設都寫下來，以後再運用實驗測量出哪些是正確的，哪些又是錯誤的。

一開始就小心謹愼的記錄下來，就能節省你不少時間，也不至於完全走迷了路。所以科學問題從表面上看來往往非常枯燥，爲的就是避免將來可能產生的錯誤。

第三個步驟是實驗，在浪漫的人的眼中往往以爲實驗就等於科學，因爲這是眼睛所看到的。他們看到不少的試管和奇怪的設備。研究人員走來走去，看研究的結果。他們看不到實驗原本只是廣大體系的一部分，因而他們把實驗和展示混爲一談。一個人如果在操作價值五萬美金的福蘭克斯坦儀器用來表演，如果他還沒有結束實驗就知道結果，那麼他的作法一點也不科學。然而修理摩托車的人如果爲了檢查電池是否仍然有電就按喇叭的話，那麼這也是一種科學實驗，因爲他用實際的動作去證實他的假設。研究電視的科學家如果很悲哀的說：「這個實驗失敗了，我們沒有達到預期的結果。」這麼說其實是報導人員的錯誤，因爲一個實驗並不會因爲沒有達到其中預期的結果就被稱爲失敗，只有它的結果無法測出假設的眞假時才會稱爲失敗。

所以實驗當中使用到的技巧只是證明假設而已，既不可以使用多一點也不可使用少一點。如果喇叭響了修理人員就認爲整個電路系統就沒有問題，那麼他的問題可就大了，因爲他的推論不合理，喇叭會響只表示電池並沒有問題。爲了要設計適當的實驗，他必須仔細想出原因究竟是什麼？可以從它的結構了解這一點，喇叭並不會使摩托車前進，電池也不會。除非使用非常間接的方法。電路系統直接點火的部位就在火星塞，如果你不檢查這個部分的電路系統，你就永遠不知道是否是因爲它才出了問題。

爲了能適當地做檢查，修理人員將火星塞拔起，放到和引擎相反方向的位置上去，火星塞的底部就因此佈滿了電流，隨後即牽動內燃機的槓桿，遂在火星塞的橫溝中爆出一簇藍火。他將會做出以下的兩點結論：(A)電路有問題。(B)他的實驗很差勁。如果他很有經驗，他就會多試幾次，檢查一下接點，想盡辦法使火星塞點燃，如果無法點燃，他才會認爲電路系統出了問題，實驗就到此結束。這樣他就證明自己的假設是正確的了。

最後一部分就是做結論。做結論的時候最重要的就是把實驗的結果寫下來，既不可多寫也不可少寫。實驗並沒有證明他修好電路系統的時候摩托車必然能發動，因爲還有其他的部位可能出了問題。他所知道的就是已經把電路系統修好，摩托車就可能發動得了。所以他的問題是：電路系統出了什麼問題呢？

於是他又寫下假設，然後進行實驗。所以問題要問對，也要選擇對的實驗，然後才能得到正確的結論。修理人員就藉著這個方法，在摩托車的整個架構當中來回穿梭，直到他找出眞正的原因，一旦把機器的問題修好了，摩托車才能夠繼續行駛。一名沒有受過訓練的旁觀者只看到修理人員所付出的勞力，就以爲他最主要的工作在於勞力。事實上，這正是他最輕鬆也是工作上最小的一部分，他最重要的工作就在於仔細觀察和精確的思考，這就是爲什麼技術人員往往顯得沈默寡言，甚至在作實驗的時候有些畏縮。他們不喜歡在作實驗的時候你和他們講話；這樣一來，就無法專心的思考問題了。他們藉著實驗推論出問題的架構，然後與心裏正常的運作架構相比較，所以他們看到的是基本的形式。

一輛後面連著拖車的汽車駛進了我們的車道想要超我們的車，然而又無法回到他的車道，我一直閃頭燈，要確定他看到我們。他雖然看到，但是還是無法轉回去，這條路肩非常窄，而且高低不平，我們讓他超車一定會把自己給逼出車道。我一邊煞車、按喇叭、打燈號，天哪，他緊張的朝我們的側面駛來！我只好緊緊的靠在路邊，結果在最後一刻他駛回自己的車道，和我們之間只相距幾吋而已。

在我們前面有一個紙箱子掉到地上，我們接近之前看了好一陣子，很明顯的是從別人的卡車上掉下來的。

我們從旁邊閃開了。如果我們是開車子一定會撞個滿懷，或是滾到水溝裏去了。

我們來到愛荷華州(Iowa)中間的一座小鎮，四周種的玉米已經長得很高了，而且聞到很濃的肥料味。我們從停車的地方來到一間很老舊，天花板很高的餐廳。這一次爲了配啤酒我叫了他們賣的所有點心，我們這才共進一頓逾時已久的午餐，有：花生醬、爆米花、扭花脆餅、洋芋片、小魚乾、有小骨刺的燻魚……啤酒花生、火腿臘腸麵包、炸豬皮肉，以及幾塊芝麻餅乾（裏面還攙了一些我分不出味道的佐料）。

思薇雅說：「我還是覺得很虛弱。」

或許她覺得我們的摩托車就好像那個紙箱子一樣，在高速公路上一直不斷的翻滾著。

第十章

出來以後，我們仍然在峽谷中繼續前進，頭上的天空因爲河岸兩壁岩石的夾峙而變窄了，可是要比今天早上離我們近多了。峽谷愈來愈窄，我們溯源前進。

這就好像我們正準備探討菲德拉斯如何離開理性思想的主流，而去追尋理性的鬼魂。他曾經反覆的對自己講這段話是這樣子的：

在科學的殿堂裏有許多深宅大院……有各種人住在其中，而他們住在這兒的動機也是形形色色，五花八門。

有些人傾心於科學是因爲有優越的智力，科學成了他們獨有的活動，在其中他們得到生動的經驗，也滿足了他們的野心。有一些人則完全爲了實用的目的，將自己思考的產物獻在祭壇上。如果上主派來的天使將上面兩種人從殿裏驅逐出去，那麼殿裏很顯然會空曠許多，但是裏面仍然會住著一批古今人物……如果殿裏只住著前述兩種人，那麼現在殿堂就好像一座空木屋，只剩下四處攀爬的蔓草……而那些獲得天使青睞的人……則有些古怪、沈默和孤獨，除了他們同是不受歡迎的人之外，彼此之間少有相似之處。

是什麼把他們帶進殿堂的……答案不一而足……逃避平凡生活的蕪雜和無可救藥的厭倦；或是自己慾望的束縛。一個脾氣好的人想要逃離喧鬧令人緊張的環境，而來寂靜的高山，在這裏你可以放眼望去盡是清新的空氣，而能愉快的描摹永恆寧靜的山色。

這段話是年輕的科學家愛因斯坦在一九一八年的演講。

菲德拉斯曾經在十五歲的時候，就已經讀完大一的科學課程，他主要研究的是生化學，而他想要專攻生物和無生物之間的界面，現在被稱爲分子生物學。他並未把這個當作自己進步的手段，當時他仍然很年輕，所以是一種高貴的理想。

一個人會做這樣的工作，必然有接近教徒和愛人的奉獻情操，他每天的努力不是靠刻意的籌劃而是來自於內心的動力。

如果菲德拉斯研究科學爲的是自己的野心，或是實用的目的，那麼他就永遠都不會去研究科學的假設是否是一種實體。然而他的確是跨入了這個領域，但是卻對其中的答案不滿意。

在所有的科學方法裏面最神祕的就是假設的形成。沒有人知道它們的來處。一個人坐在那兒沈思，突然之間——一閃而過——他頓悟了。一直到經過實驗，才能夠證明假設的眞假。然而實驗並不是它的源頭，它的源頭在別的地方。

愛因斯坦曾經說過：

人類用最適合自己的方式，描繪了一幅最簡潔，最容易了解的世界圖像。然後試著用經驗取代某種層次的世界，然後克服它……他創造了這個宇宙和他感情生活的支柱，這樣才能由其中找到安寧，而這安寧是無法由個人狹窄的經驗當中獲得的……最崇高的工作……就是要建立這些宇宙基本的法則，由這些法則經過演繹就能創造出現今的世界。而要通往這些法則沒有合乎邏輯的路；只有靠著直覺、和對經驗的體諒才能進入其中……

直覺？體諒？用來形容科學的源頭是很奇怪的字眼。

一位沒有愛因斯坦那麼重要的科學家認爲：「科學知識來自於自然，而自然也提供了假設。」但是愛因斯坦知道自然並沒有提供假設，自然只提供了實驗的材料。

一位功力較差的科學家可能會認爲：那麼是人想出來的假設；但是愛因斯坦仍然不認爲如此。他說：「任何眞正進入其中的人都不會否認，事實上唯獨現象界決定了理論的系統，雖然在現象和理論之間並沒有一條合乎理論的橋。」

菲德拉斯開始對假設的本身就是一種實體非常感興趣，他已經有實驗的基礎，在工作中他注意到，一般認爲假設可說是科學工作中最難的一部分，但是他卻認爲是最簡單的很正規的把一切都精確的記下來就是一種提示。在他實驗假設一是否正確的時候，其他的假設又不斷的湧現出來；以後在進行其他的實驗時，又會湧現更多的假設。在他繼續研究下去的時候，仍然會湧現出更多的假設，直到最後他才非常痛苦的發現，在他作了這許多研究之後不論是否定或是肯定原先的假設，假設並沒有減少，反而不斷在增加。

一開始的時候他覺得很有趣，所以他就模倣巴金森定律一樣，另外寫了一個定律：能夠解釋任何既有現象的理性假設，有無窮個。於是在他研究工作似乎到了盡頭時，他知道，如果他坐下來好好的思考一番，那麼另外一個假設就會出現。而這樣屢試不爽，就在他寫下這條定律之後幾個月，他開始對他的幽默和好處懷疑了起來。

如果這條定律屬實，那麼它在科學的思維上就不只是一個小瑕疵了，這條定律完全摧毀一切，因爲它否認所有科學方法的效用。

如果科學方法的目的就是要從一大堆的假設當中選出正確的，然而假設出現的速度遠超過實驗所能處理的速度，那麼很明顯的就來不及證明所有的假設，如果不能夠證明所有的假設，那麼任何實驗的結果都變得很不可靠。這樣一來，整個科學的方法就沒有辦法建立實證知識的目標。

關於這一點愛因斯坦認爲：「根據進化所顯示的，在歷史上任何一刻，所有可想見的存在總有一個會證明它比其他的一切要優越。」這個答案在菲德拉斯看來脆弱無比，然而「在任何一刻」倒給他深深地震撼。難道愛因斯坦認爲眞理是一種時間的功能？這種論點會把所有科學的最基本假定都毀掉。

但是我們由整個科學的歷史來看，你會發現過去的事實不斷被新的解釋取代，每一項研究的時效也長短不一，完全沒有規律，有些科學眞理似乎能夠持續幾個世紀，有些甚至不到一年，科學眞理不像教義一樣，能永遠存在，它像所有的一切一樣可以被研究。

他研究科學眞理之後，對它們出現一瞬間就消失的情況很懊惱，因爲科學眞理存留的時間和他所付出的努力正好相反，所以在二十世紀科學的研究成果，壽命似乎比十九世紀要短得多，就是因爲科學研究的規模現在大多了。如果下一個世紀科學研究的速度是現在的十倍，那麼任何科學研究成果的壽命，很可能只有現在的十分之一。是什麼縮短了它的壽命？最主要的就是假設的增加，假設的愈多，研究成果的壽命就愈短。近幾十年來假設大量增加的原因似乎來自於科學方法的本身。你看得愈多，知道得就愈多。你不是從一大羣假設當中篩選出一項眞理，你是不斷的提供大量的假設。這也就是說，你想要藉著科學方法接近眞理，實際上你根本沒有任何進展，甚至離它愈來愈遠，這就是因爲你所運用的科學方法所造成的。

菲德拉斯所看到的只是個人之見，但是卻反應出科學最眞實的特性。許多年來它被人忽視，人們期望從科學研究當中得到的結果和實際上所得到的結果，在這裏正好互相衝突。然而似乎沒有多少人正視這個問題。運用科學方法的目的，就是要從許多假設當中找出正確的一個，這就是科學的目的。然而我們從科學的歷史看來事實正好相反。各種資料、史料、理論和假設不斷大量的增加，科學把人從唯一絕對的眞理，引向多元、搖擺不定、相對的世界，是造成社會混亂、思想價值混淆的主要元兇。而這一切現象原本是科學要消滅的。在許多年前，菲德拉斯在實驗室當中已經覺察到的結果，現在我們能在這個科學世界中到處都看到這種現象。科學反而製造出反科學的混亂。

讓我們再回過頭來看爲什麼研究這個人這麼重要以及我們前面提過古典和浪漫的差異，和兩者之間的衝突。心存浪漫的人認爲科學和科技使得人的心靈更加混亂，而菲德拉斯和他們不同，他受過嚴密的科學訓練，他所能做的不僅僅只是愁眉苦臉的搓著手或者逃避，要不就是在旁邊詛咒這種現象，而提不出任何解決的方法。

我曾經提過，他最後的確提出一些解決的方法，然而由於問題非常的深沈而且複雜，沒有人眞正了解他解決這個問題的重要性，所以不了解他甚至誤解他所說的。他認爲引起我們目前社會種種危機的原因是理性天生的一種缺憾。除非這種缺憾能得到彌補，否則危機仍然存在。我們目前所謂的理性並沒有把社會帶向更美好的世界，反而離它愈來愈遠。自從文藝復興以來，這種思考的形式就一直存在，只要人們主要的需求在於食物和衣服以及居住，這種需要就存在，它們就會繼續的運作。但是對現在大部分的人來說，這些基本的需要不再是主要的問題，因而從古代流傳下來的理性架構已經不符合所需，因而顯露出它眞正的面目——情感上是空虛的，在美學上沒有任何表現。而在靈性上更是一片空白。這就是它今日的現象，而且它還會不斷的持續好長一段的時間。

看到這種持續不斷擴大的社會危機，沒有人了解究竟有多麼嚴重，更不要說有任何解決之道了。要我看到像約翰以及思薇雅這樣的人，在整個文明的理性架構下，活得很盲目而且很疏離，想要從這個架構之外尋找答案，但是卻找不到持久而令人滿意的答案。於是我就想到菲德拉斯和他在實驗室裏獨自想出來的解決方法——雖然關心的是同樣的危機，但是卻從不同的觀點出發，而且是朝著相反的方向——我在這裏所做的就是想要把它統合起來。問題非常的龐雜——這就是爲什麼我有時候會有些失去方向。

菲德拉斯從來沒有遇到一個人能夠眞正的關心這個困擾他的問題，他們似乎都這樣說：「我們知道科學方法很有效，爲什麼要這樣問呢？」

菲德拉斯不了解這種態度，也不知道該怎麼辦。由於他研究科學並不是爲了個人或是實用的目的，所以使他完全停頓下來。這就彷佛他在觀賞愛因斯坦曾經描述的那座澄靜的山色，突然在山與山之間裂了一道山溝，裏面什麼也沒有。然後你得慢慢地、十分困難的解釋它的由來，原先這些山嶺看起來好像會存到永遠，其實可能卻是別的東西，很可能只是他自己的幻想，所以他停下來了。

因此，在十五歲的時候就已經讀完了大一課程的菲德拉斯，在十七歲的時候，卻因爲不及格而被退學了。他們認爲他很不成熟，而且上課不專心。

別人都無能爲力，既沒有辦法避免它發生，也沒有辦法協助他改變，除非學校修改校規，否則他一定得退學。

在這種情況之下，菲德拉斯覺得很震驚，於是開始一連串心靈上的流浪和探索，最後他仍然回到學校，就是我們現在所依循的路，明天我們會試著開始走這條路。

在羅萊爾(Laurel)我們終於看到山了，於是我們就留在那兒過夜。晚風吹來頗爲涼爽，因爲它是從山上積雪的地方吹下來的，即使太陽已經在一個鐘頭之前就西沈了，天空仍然殘留著一線光亮。

思薇雅、約翰和我以及克里斯在逐漸沈重的暮靄當中，走在那條長長的大街上，我們可以感覺到雖然在談論其他的事情，山依然存在。我很高興再來到這裏，但也有一點哀傷。有的時候踏上旅途比到達目的地的感覺還要好。

第十一章

我醒來的時候在想我自己是否因爲回憶或是空氣裏某些東西的關係，知道自己已經靠近山了。我們住在飯店裏一間美麗的老木造房裏，太陽透過百葉窗照射在黑漆漆的木頭上，雖然有百葉窗遮著，我仍然可以感覺出，我們已經離山不遠了。因爲在房裏可以嗅到山的氣息，那是一種很清爽、有霧氣而且帶著芳香的空氣。

我深吸了一口氣，接著又吸進了另外一口，然後又接著一口，一直到我吸足了跳下床，拉起百葉窗讓所有的陽光——那些燦爛、清涼、明亮、耀眼的陽光都照進來。

我有一種衝動想去把克里斯挖起來，要他起來看看這種光景。但是或許是出於我很尊重他，我讓他再繼續睡了一會兒，我拿起了刮鬍刀和香皀，走到長廊盡頭一間同樣是木板搭建的盥洗室。一路走來，地板嘎嘎作響。浴室裏的水非常熱，幾乎不適合刮鬍子，但是混合冷水之後就好多了。

透過鏡子後面的窗戶，我看到有一個玄關，於是等我梳洗好之後就走出去站在那兒，玄關的高度就像飯店四周種的樹頂端一般齊，它們和我一樣在迎接早晨清新的空氣。樹枝和葉子輕輕地搖擺著，似乎也在期盼這一刻的來臨。

克里斯很快就起來了，思薇雅從房裏出來說她和約翰已經吃過早餐了，約翰到外面去散步，但是她會陪我們去吃早餐。

今天早上我們愛上了周遭的一切，去餐廳的一路上也都談著美好的事物，連早餐的蛋、煎餅和咖啡也好像從天而降的一般。思薇雅和克里斯親密的談著他的學校、朋友和個人的事，而我在一旁靜靜地聽著，然後透過餐廳前面大型的玻璃窗，看看外面路上發生的事。所看到的和在南達科他州的那個孤寂的夜晚所看到的是多麼不同，在這些建築之外，就是綿延不斷的山脈和雪地。

思薇雅說約翰已經在城裏和別人談過有另外一條路可以去波斯曼，從南邊經黃石公園。

「南邊？」我說，「你的意思是說，雷德羅齊(Red Lodge)？」

「我想是吧！」

於是我想起來，那兒的六月依然是一片皚皚的白雪，「那條路的高度遠在雪線之上。」

思薇雅問：「有那麼糟嗎？」

「一定會很冷的，」在我心裏出現我們騎著摩托車經過雪地的情形，「但是一定非常壯觀。」

我和約翰碰頭，然後就把事情決定了。很快的，我們經過了一條立體交叉鐵道的地下道路，然後上了一條彎曲的柏油路，直往前面的山前進。這是菲德拉斯一直非常熟悉的路，從這裏我到處可以看見他的影子，而前面橫亙的是黑色的阿布沙羅卡山脈(Absaroka Range)。

沿著一條溪水往源頭前進，溪水在一個鐘頭之前可能還是白雪，綠色的田野和岩石之間是溪水和小路，它們不斷的往上攀升。在這樣的陽光之下，周遭的一切顏色顯得非常強烈，黑色的影子、耀眼的陽光、湛藍的天空，太陽照到的時候，陽光非常刺眼而且酷熱，一旦來到樹蔭底下就突然變冷了。

晚上我們和一輛藍色的寶時捷車子比賽，超過他們的時候我們吹口哨，被超過的時候，也吹口哨，於是就這樣競爭了好幾次，而四周是白楊、青青的綠草還有樹叢。這一切我仍然記得。

他也是走這一條路到高山上去的，然後從這條路走了三至四五天下來，再運一些東西上去，然後再繼續往前行，他幾乎從生理上產生對這座山脈的需要。他抽象的思路已經變得這樣綿長，必須要非常安靜的地方，才能夠保持思路的清晰。稍有分心或是有其他的思想或是有責任在身就很可能破壞思想的進展。在他發瘋之前，他和別人的思考方式也非常不同，在他的思想之中，所有的一切都不斷迅速的改變，而社會的價值標準和理論也都消失了，只剩下自我的精神在鼓舞著他不斷前進。早期的失敗使他不覺得需要按照一般的社會標準去思考，他的思想早已很少人能明白，他認爲像學校、教會、政府和政治的組織這種機構，都是想要爲了某種特定的目標而非眞理引導別人的思考，爲了使他們的機構能夠繼續存活下去，爲了控制別人能繼續爲這些機構服務。因而他認爲早年的失敗，其實對他是一種福氣，在偶然之間就從爲他所設下的陷阱中逃了出來。在他的下半輩子，他對於這些機構所謂的眞理警戒心都變得非常高，然而一開始，他並沒有這樣想，只是後來逐漸演變成的。

一開始菲德拉斯所追尋的眞理是屬於側面的眞理，不再是科學正面的眞理。想要研究這些正面的眞理，必須受過相當的訓練，但是如果是從側面去了解的眞理，就要從你的眼角去觀察。在實驗室當中，一旦你的研究開始混亂，所有的一切都不對勁，而且你掌握不住重心，甚至被意料之外的結果困住，這個時候你覺得沒有任何的進展，只能開始從側面的角度去思考。

從外表來看，他似乎是在飄浮，事實上也是如此。你想要從側面了解眞理的時候，你只有飄浮。而沒有辦法從任何已知的方法和過程當中去了解眞相，因爲一開始，他就被這些方法侷限住了，所以他只有任憑自己四處飄蕩，他所能做的也就只有這些了。

他飄到了軍隊裏，軍隊把他送往韓國，這在他的記憶裏是很美妙的一段，就好像從船首透過海港裏層層的濃霧，彷彿看到一面牆閃爍著光芒，彷彿是天國的門。他一定很珍惜這些片段的回憶，因而反複思想了許久，雖然它和其他的並不相配，但是令他印象十分深刻，深刻到我自己也回憶了許多次，它似乎象徵了某些非常重要的事，可以算是一個關鍵點。

他在韓國時所寫的信函和他早期的完全不同，就表示這也是個關鍵，信散發出濃烈的情感，他把觀察到的事物都鉅細靡遺的寫了下來：包括菜市場、玻璃門會滑動的商家、石板瓦的屋頂、馬路、用稻草鋪的小屋，還有他所看到的一切，有的時候又充滿了狂野的熱情，有的時候又十分的沮喪，有的時候又十分的憤怒，有的時候甚至有些幽默。他就像有些人或者是動物，從他自己也不知道的囚籠中找到了出口，然後在田野間四處遊蕩，狼吞虎嚥所看到的一切。

後來他和一些韓國工人做朋友，這些人會說一些英語，但是想學更多去當翻譯員。下班之後，他就和這些人在一起耗，周末的時候他們帶著他去遊玩，或是穿過山野回家去看看他們的朋友和親人，然後告訴他韓國的文化和思考方式。

他坐在美麗的山腳下，眺望著遠遠的黃海，山腳下的梯田種的稻米已經成熟了，黃澄澄的。他的朋友和他一起看海，看見離岸邊很遠的地方有一些小島。他們吃過午餐之後，彼此聊了一會兒，他們談的內容是象形文字和世界的關係，他認爲宇宙的一切事物能夠藉著他們的二十六個文字描述是很不可思議的事，然後那位朋友點點頭微笑著，然後吃他們自己帶來的罐頭食物，然後很高興的說不。

他往往被他們點頭表示拒絕搞混了，這就是這一段回憶的終點。但是就像剛才那一面牆一樣，他曾經回憶過許多次了。

最後一個讓他值得回憶的是軍艦上的一個房間，當時他正在回家的路上，這個房間還沒有人住過，他一個人躺在床鋪上，床鋪是帆布做的，然後縫在一個鋼架上，就好像馬戲團的跳床一樣。總共有五層，整個房間都是床鋪。

這個房間在船的最前面，當船起伏的時候，床的帆布因此也起伏不定，隨之而來的是，他覺得胃裏的東西在翻攪。他沈思著，四周的鋼板突然發出一陣沈重的巨響，這時他才了解整個的房間隨著海浪忽上忽下，他以爲是因爲這些起伏使他無法專心閱讀手中的書，但是後來才知道是書太艱深了。這是一本有關東方哲學的書，是他讀過最難的一本，他很高興獨自一個人在空曠的船艙裏讀這一本書，否則他永遠不可能讀進去。

這本書提到西方人認爲理論上人的存在通常可以分成好幾個部分（這就等於菲德拉斯過去在實驗室當中的經歷），然而東方人的看法比較偏重於美感的成分（這相當於菲德拉斯在韓國的經驗）。而這兩者似乎不曾碰過面，他所用的理論上和美感上的字眼與菲德拉斯後來稱爲古典和浪漫的用法相當，這些理論和美感的用法似乎在暗中影響菲德拉斯日後使用古典和浪漫的用詞，兩者主要的差異在於古典的事實主要是理論的，但是也有它自己的美學。而浪漫的事實主要是美感的，但是也有它自己的美學。理論的和美感的是在一個世界之中的分歧現象，而古典的和浪漫的則是分屬兩個不同的世界。

菲德拉斯不明白這些道理，回到西雅圖之後，他從軍隊裏退伍，坐在飯店的房間裏整整兩個禮拜，啃著碩大的華盛頓蘋果不斷的思考，然後再吃些蘋果繼續思考。最後思考的結果是他想回到學校裏去讀哲學，他飄蕩不定的時期結束了，他現在很積極的追尋著某個目標。

一陣冷風帶著松香不斷向我們吹來，在我們接近雷德羅齊的時候吹得我幾乎發抖了。

在雷德羅齊馬路幾乎延伸到山腳下，而山龐大的身影，幾乎遮住了街道兩端盡頭的屋頂。我們停好了車子，把沈重的行李卸下來，以減輕車子所受的熱氣。我經過一間滑雪店走進餐廳，在餐廳的牆上我們看到有一大張照片，上面有我們要走的山路。山路一直盤旋向上，直到超過世界上鋪好的最高的一段路，我有些擔心，我知道這種不安沒有來由，所以就想藉著和別人談路況把它忘掉。一路上不必害怕會墜落山谷。對摩托車來說，不會有任何危險，你只要記得有些地方你可以停下來丟石頭，然後石頭會掉到幾千呎下的山谷當中，然後你很自然的就會把那個石頭和摩托車以及騎士聯想在一起。

喝完咖啡之後，我們又穿上厚重的衣服，然後再把行李安置好，然後很快的就開始騎往上爬升的彎道。

柏油路比印象中的要寬而且也安全許多，坐在摩托車上你會有各種額外的空間，約翰和思薇雅順著U型的山路騎去，等到騎回來的時候，已經在我們的上方面對著我們，和我們微笑打招呼。不一會兒，我們也到了他們的位置，然後看到了他的後背。之後又到了另外一個轉彎，我們又再度相逢，彼此都哈哈大笑起來。如果要事先想像這種情況並不容易，但是如果你去做，就會變得很容易了。

我曾提到菲德拉斯的飄蕩時期，最後他開始接受哲學思想的訓練。他認爲哲學是所有知識裏面最高級的，在哲學家當中，大家都這麼相信，所以它幾乎已經變成了一種陳腔濫調。但是對他而言卻是一種啓示，他才發現曾經一度以爲世界上唯一的知識——科學，其實只是哲學的一支，哲學比科學寬廣許多，甚至更基本。他所問有關無限假設的問題科學家並不感興趣，因爲這不是科學問題。科學沒有辦法在研究科學方法的時候，而不落入會摧毀它所有答案的陷阱。所以他問的問題比科學的層次還要高，於是菲德拉斯在哲學當中發現科學無法回答他的問題所延伸出來的世界。這一切究竟意味著什麼呢？這一切的目的又是什麼？

我們在路邊停下來，拍了一些照作紀念，然後從小徑走到懸崖邊，在我們這一條路的正下方有一輛摩托車，車子小得幾乎都快看不見了。我們把自己裹得更緊，抵擋迎面而來的寒風，然後繼續向上騎。

闊葉林早已消失了，只剩下一些小松樹，它們的枝幹扭曲，形狀怪異。

不久這樣的松樹林也完全消失了，我們置身在一片高山的草原上，四下完全沒有一棵樹，只有一些粉紅色、藍色和白點的小花，哇！到處都是野花，只有這些小野花、野草、苔蘚和地衣才能在這裏繼續生存下去，我們已經到達雪線之上了。

我回過頭去看了最後一眼峽谷，就好像看到海底一樣。有些人一輩子都生活在山底下，從來不知道有這樣高的地方存在。

路轉到向陽的地方，我們離開了峽谷，進入了雪地區。

引擎因爲缺氧而逆燃，這表示摩托車隨時會熄火但是一直沒有發生。現在我們兩邊都是雪牆，看起來就像早春融解過後留下來的，到處都有淙淙流水四處奔竄，弄得地上變成一攤爛泥，要不就流入才長一個禮拜的草裏，或是流入小野花裏，這些小小粉紅色、藍色、黃色和白色的野花，在黑色的陰影之下，閃爍著太陽一樣的光芒。到處都是這樣的光景。一束小小彩色的光向我射來，而它的背景卻是一片沈鬱的綠色和黑色。現在天也黑了，而且十分寒冷，只有陽光照的地方例外。我的手臂、腿和夾克在有陽光照射的地方很熱，一旦沒有照到就非常冷。

現在雪變厚了，我們從地下的深溝知道除雪機曾經開到這裏，雪堆起來的高度幾乎有四呎高，然後是六呎，然後是十二呎，我們在兩邊雪牆之間前進，幾乎可以說是用雪堆成的隧道。我們在隧道的上方看到天空是一片陰暗，直到我們鑽出來的時候，才發現已經到山頂了。

在山的那一邊是另外一個城鎮，我們的腳下是高山湖、松樹還有雪地。在它們之上和之外，我們所看到的是更遠的山脈，複蓋著終年的積雪。這就是高山區的景象。我們停下來，把車停在一個轉角上，那兒有一些觀光客在照相。我們四下看了看風景和對方，約翰從他的背包裏拿出相機，而我則把工具箱拿出來，在椅墊上攤開來，拿出起子，發動引擎，然後調整汽化器，一直到惰轉的聲音由非常緩慢的速度逐漸加快，我實在很驚訝這一路上它不斷的出現許多逆燃的聲音，還會劈啪作響，每一次我都以爲它會熄火，但是一直都沒有發生。我沒有去調整它，想知道在一萬一千呎的高度會如何，而現在我也沒有多做修理，那是因爲我們往黃石公園前進，高度多少都會下降。

當我們到達高度比較低的地區時，這些聲音逐漸就消失了，我們周圍又是一片森林，我們在岩石、湖泊和樹林之間前進，不時來一個很美妙的轉彎。

我現在想要談談思想上的高山區，最起碼對我而言，和到這裏的感覺很近，所以稱它爲心靈的高山地帶。

如果人類所有已知的知識是一個巨大的體系，那麼心靈的高山地帶就出現在這個體系的最高處，它是所有思想當中最抽象也是最普遍的。

很少有人到此一遊，因爲你沒有辦法從這一趟旅程當中，獲得任何實質上的利益。或許就像我們周遭的這一片高山區，它有它自己莊嚴的美感，所以對某些人來說，即使費盡九牛二虎之力到此一遊也是值得的。

來到心靈的高山地帶，一個人必須習慣不穩定的稀薄空氣，還有大量的問題以及各種假設的答案。這種情形會不斷的擴大，一直到這個人幾乎無法控制，因而遲疑是否要接近它，因爲害怕很可能會在其中迷失，而永遠找不到出路。

而眞理究竟是什麼？你怎樣知道自己擁有它？我們究竟如何能有眞實的認知呢？是由一個我或者是靈魂去認知的嗎？而這個靈魂等於另外一種感官……基本上現實不斷在改變嗎？或者是永

遠不變？……當你說這個東西就表示這個東西的時候，這又是怎樣的意思呢？

自從開天闢地以來，在這座高山上已經有許多前人所走過的路徑，而又被世人遺忘了，雖然他們都聲稱自己的答案是永存的，而且放諸四海皆準，然而文化上的差異，使我們對於同樣的問題，有截然不同的答案。這些答案在他們自己的體系之內可說是正確的。即使在同樣的文化之內，舊的思想仍然會被新的思想取代。

所以有人認爲人類並沒有任何進步，因爲在文明交替的時候，大量的人口在戰爭中死亡，大地和海洋被大量的碎片污染，人們的自尊被剝奪了，要他們接受奴隸的生活，這種生存方式比史前時代的漁獵和農牧時期不見得進步多少。這種看法較爲浪漫，但是並不能成立。因爲原始的部落給與個人的自由遠較現代人爲少。古代人爲道德而戰的情況也遠不如現代人。現代科技雖然製造不少廢物，但是它仍然有辦法處置這些廢物而不至於造成生態的污染。在不文明的時代學校裏的教科書常常會省略生活中的痛苦、疾病、饑荒，維持生存所費的勞力。所以我們可以很冷靜的說，以前爲了生存而要承受不少痛苦，現代人與之相比，可以說有進步，而帶動這種進步的力量，最主要來自於理性。

我們可以看到多少世紀以來，在假設、實驗、結論各方面不斷出現新的材料，同時也建立起它的思想體系，因而消除古人生存不利的因素。從某個角度來看，浪漫的人對於理性的詛咒，主要是來自於理性把人類從原始的狀態當中提昇起來，它是這樣有力而又主宰了一切，因而排除其他所有的一切，完全控制了人自己，這就是抱怨的來由。

菲德拉斯一開始在這高山地區上流浪，起初沒有任何的目標，只要有路就去探索，有時候他反省起來，的確是有些進步，然而展望前程，卻沒有人告訴他該走哪一條路。

在面對現實和知識堆積如山的問題當中，曾經出現幾位偉大的人物，比如像蘇格拉底、亞里士多德、牛頓和愛因斯坦，雖然每一個人都知道他們，但是還有更多偉大的人不爲人所知。有許多他從來沒有聽過的名字，他對這些人的思想和整個思考的方式非常著迷，他小心謹愼的跟隨他們的腳步，一直到他們逐漸喪失活力才放棄。這個時候他寫的東西只能算符合學院的標準，這並不表示他沒有工作或是思考，而是因爲他殫精竭慮的思考。在這思想的高原地帶，你想得愈奮力，走得就愈慢。他以科學的方法來閱讀，不只讀字面的意思，而且把每個句子都拿來實驗，同時記下問題，以待日後解決。而我的運氣不錯，我有他大量的筆記。

最讓人震驚的是在許多年之後，他所提出的言論，在當年早已說過了。所以看到他的言論完全不受當時人的重視，實在是一件很可惜的事。就好像你看到有一個人手上拿著一片片的拼圖，你知道拼湊的方法，你想要告訴他這一塊放在這裏，那一塊放在那裏，但是你不能說，你只能看著他胡亂的拼湊。當他拼錯的時候，你不禁會咬牙切齒，直到他拼對的時候，才鬆了一口氣。有的時候他自己也會很氣憤，但是你想要告訴他，不要擔心，繼續拼下去。但是他實在不是一個好的學習者，他一定是老師同情他才能夠通過所有的課程，他對於所研究的每一位哲學家都有成見，往往把自己的看法強加在他所研究的材料上，這是非常不公平的。他十分的偏心，他想要每一位哲學家按著他的方式走，一旦結果不如他的期望，他就會非常憤怒。

我想起來有一天早上三、四點鐘的時候，他坐在房間裏看康德❻最著名的一本書《純粹理性的批判》，他就像下棋的人研究對手下的初步棋一樣，他要用自己的方法考驗其中的每一個句子，找出裏面的矛盾和前後不連貫的地方。

和二十世紀中西部的美國人比起來，菲德拉斯可以算是一個古怪的人，但是在他研究康德的時候，就不會有這種感覺了。他很尊敬這位十八世紀德國的哲學家，並不是同意他的看法，而是欣賞他有條理的思想。康德總是用非常合乎邏輯、規律和仔細的態度去研究那一片有關人心內外的廣博知識。對於現代的爬山者來說，他的思想可算是最高峰。現在我想把康德的形象放大，同時談一點他的思想方式以及菲德拉斯對他的評價以便呈現高山地帶的心靈風貌，同時也爲了解菲德拉斯的思想而鋪路。

在這種心靈的高原之中，菲德拉斯開始解決古典和浪漫之間的整個問題。除非一個人了解這

---

❻康德(Kant, 1724-1804)：德國哲學家，經驗派哲學的創始者，對批判哲學的確立具有重要的地位。所謂批判哲學其特徵是綜合經驗論和合理論，立足於明晰的人民主義，而且留給後世克服二元論的哲學課題。

個高原和其周遭的關係，否則他在這兒所說的一切，很容易就被低估或者是誤解。

想要了解康德的人必須要知道英國哲學家大衛·休姆❼。他認為一個人如果能夠遵循經驗中最嚴格的歸納和演繹的思維，就能夠認識世界眞正的本質，而得到某種結論。他的論點得自於下面這個問題的答案。比如說，假如嬰兒生下來的時候缺了所有的感官，看不見、聽不到、沒有觸覺、嗅覺和味覺，他完全無法接收外界任何感官上的訊息。如果我們從靜脈注射供給這個小孩營養，十八年後這個小孩的腦海裏有任何思想嗎？如果有，這些思想是從哪裏來的呢？他又是怎樣得到的呢？

休姆認為這個孩子不會有任何思想，他這種看法我們認為是屬於經驗主義，也就是他相信所有的認知來自於人的感官。所以他們信奉科學的實驗方法。今日大部分的常識都屬於經驗主義的範疇，因此有絕大部分的人都會同意休姆的看法。然而在另一種文化和時代之中，很可能有不少人會有不同的看法。

經驗主義的第一個問題和本體的性質有關。如果我們所有的知識都來自於感官，那麼給與這

---

❼休姆（David Hume, 1711-76）：英國哲學家，著有《人性論》（*A Treatise of Human Nature*）及《人類智力的探究》（*An Enquiry Concerning Human Understanding*）。在其哲學的懷疑論中，認為人的知識受觀念與印象所限制，所以知識眞偽的最終驗證是不可能的。

些感官知識的本體又是些什麼呢？如果排除掉感官，你想要了解這個本體究竟是什麼，你將會發現一無所有。

由於所有的知識都是來自於感官的印象，而且本體又沒有感官的印象存在，所以很自然的就推論無從了解本體，它只是我們想像出來的，完全出自我們的內心。所以如果我們認爲自己所觀察到的事物來自於某個實體，就像孩童認爲地球是平的，平行的兩條線永遠不會交叉一樣，不過是一種根基薄弱的常識。

經驗主義的第二個問題是如果一個人假設我們所有的知識都來自於感官，那麼哪一個感官接收了因果關係的知識？

休姆的答案是沒有任何感官接收得到，在我們的感官世界中沒有所謂的因果關係，就像實體一樣，它只是在許多不斷重複發生的事件當中，我們想像出來的法則而已。在我們生存的世界當中，並沒有眞實的存在。一個人如果接受所有的知識都是來自於感官的前提，休姆認爲：那麼他必然很合理的認爲自然和所謂自然的法則只不過是我們想像的產物。

如果休姆認爲整個事件出自於人的想像只是一種推論，那麼我們大可以不接受，但是他的理論架構卻異常緊密。

我們必須拒絕休姆的結論，但是很不巧的是，除非你同時拒絕經驗論的理性本身，然後退回到中古世紀的經驗理性，否則沒有辦法排拒休姆的理論。康德不願意這樣做，所以康德說是休姆

「喚醒了我的沈睡」，因而促使他寫出最偉大的哲學作品之一——《純粹理性的批判》，這一本書往往可以開一門四年大學的課程。

康德企圖使科學的經驗主義避免被自己的邏輯給吞噬了。一開始他沿著休姆已經爲他鋪好的路前行，他認爲：「毫無疑問的我們所有的知識開始於經驗，」但是他很快的就否認所有的知識完全來自於感官，他說：「雖然所有的知識開始來自於經驗，但是知識的累積並不是全出自於經驗。」

一開始他的言論似乎是在雞蛋裏挑骨頭，其實他並不是這樣。康德繞過休姆的理論所導致的唯我主義的深淵，走出一條完全不同，屬於自己的路。

康德認爲，事實上有許多知識，並不是來自於感官。

其中一個例子就是時間。你看不到時間，也聽不到、聞不到、嚐不到或者是接觸不到時間，所以它並不存在於感官的世界當中。康德稱時間爲一種直覺，當人心接收外界的訊息時，時間必然已經存在於心中。

空間也是一樣。除非我們能賦與所接收的訊息時間和空間，否則這整個世界將無法讓人理解，而只是一大堆混雜的顏色、圖形、噪音、氣味、痛苦和味道，沒有任何意義。我們之所以由某種特定的方式認知世界，就是因爲我們應用了這樣的直覺，比如空間和時間。而且這些並不是來自於我們的想像，有某些純粹的哲學理想家就這麼認爲。這種直覺早已存在於人性之中，所以它並不是由外界所引起的，或是由外界賦與它生命。當我們接收外界的訊息時，它提供一種審查的作用。比如說，當我們眨眼睛的時候，我們的感官告知世界消失了；但是我們的心靈知道，這個世界仍然存在，所以不會認同感官的訊息。所以我們認爲的現實其實由這種直覺的觀念與感官不斷接收到的各種訊息連續融合而成。

現在讓我們暫且打住，把康德的觀念運用到摩托車上，看看我們和它之間的關係如何。

事實上休姆認爲我對於這輛摩托車的了解完全來自於我的感官系統。情形一定是這樣，沒有別的方法。如果我說它是由金屬和其他物質造成的，他就會問，「什麼是金屬？」如果我說金屬摸起來很堅硬、光亮和冰冷，如果用一個更堅硬的材料來撞擊它，並不會斷裂，休姆就會認爲這些都是眼睛、耳朵和手所感受到的，並沒有實體存在。除了這些感覺之外，金屬究竟是什麼？當然這時候，我無言以對。

但是如果沒有實體，我們又怎麼解釋接收到的訊息呢？如果我頭向左下方看車的把手、前輪、裝地圖的位子還有油箱，我從感官得到一種印象；如果我的頭往右下方看，又看到另外一幅稍有不同的情形。這兩種印象都不一樣，平面的角度和金屬的曲線也不一樣，太陽照射的角度也不一樣。如果沒有實體，那麼我無法證明這兩種印象得自於同一輛摩托車。

現在我們來到一個知識上眞正的死胡同，你的理性原本要讓事情更容易理解，但是事實上卻正好相反。如果理性已經摧毀了自己的目的，那麼它本身的架構勢必要有所改變。

這個時候康德的說法救我們脫離了險境。他說不能由感官認知摩托車並不能證明摩托車就不存在。在我們心中有一種直覺能認知摩托車。它在時間和空間上有一種連續性，所以當一個人轉頭的時候，摩托車的形象也跟著改變，所以它和我們感官上所接收到的訊息並不衝突。

所以如果我們前面提到那個躺在床上十八年毫無知覺的病人，如果有一天突然讓他感知到摩托車的存在，然後再除掉他的感官知覺，那麼我想在他的心中就會有休姆式的摩托車印象，也就是不具有因果觀念的摩托車。

但是就如同康德所說的，我們並不是那個人，在我們心中有一種直覺的摩托車形象，我們不需要懷疑它，我們能隨時證實它的存在。

由於累積多年來感官所得到的資料，我們已經在心目中建立起這樣一部直覺的摩托車形象。一旦有新的訊息進來，這個形象就會不斷改變。就拿我所騎的這部車子來說，由於路況關係，它的變化就非常迅速而且很短暫。這一路上，我一直都在注意而且不斷修正，一旦所得的資料沒有價值，我就會把它忘掉。因爲還有更多新的訊息要進來。直覺中其他的變化則比較緩慢(比如說，油箱的油逐漸減少，輪胎的橡皮逐漸磨損，螺絲釘逐漸鬆脫)。摩托車其他方面的變化非常緩慢，因而看起來幾乎像永遠都會存在一樣——比如說，油漆、輪子的軸承、控制的線纜——而這些其實也經常在改變，如果我們從長時間的角度來看，車子由於承受路面的震動、溫度的改變，以及內部零件的耗損，造成它整個骨架也會改變。

它只是一部機器，一部由直覺所了解的摩托車，如果你停下來仔細的想一想，就會發現它就是主體。你的感官所得到的訊息只能證實它的存在，但是這些訊息並不等於主體。我由直覺所了解的摩托車，就像我存在銀行裏面的錢。如果我到銀行要求看我的錢，他們一定會很奇怪的看著我。因爲在他們的抽屜裏並沒有我的錢放在那兒能夠拿出來給我看，我的錢其實只是電腦存檔裏面的一個數字。但是這樣就夠了，因爲我相信如果我需要錢的時候，銀行會透過他們的系統讓我領到錢。同樣的，即使我的感官並沒有看到眞正的錢，但是我仍然有能力感受到我的錢在那兒，隨時可以取用。然而康德《純粹理性的批判》則是探討我們如何得到這種直覺的知識，以及如何運用它。

康德認爲這種屬於直覺的思想和感官的認知是分開的，它能夠認知哥白尼的地動說。他提到哥白尼認爲地球繞著太陽公轉。這種革命似乎沒有改變任何自然現象，但是卻改變了人類所有的觀念，照康德的說法，就是客觀的世界完全沒有改變，但是我們主觀的認知卻徹底改變了。他所帶來的震撼無與倫比，他使人邁入了現代而脫離了中古時期。

哥白尼所做的就是打破了人們心中原先對世界的認知，以爲地球是平的，而且在天地之中是不動的，他提出另外一種世界觀，認爲地球是圓的，而且是繞著太陽運行。而且這兩種認知與現存世界的現象頗爲契合。

康德認爲，他在形上學也是做同樣的事，如果你假定我們腦海中的直覺觀念，與我們所看到的是兩回事，同時能過濾我們所看到的，這就表示你和古代亞里士多德學派的觀念一樣，認爲研究科學的人只是被動的觀察者，是一塊空白的平板，這樣就眞正誤解了這個觀念。康德和他數以百萬計的跟隨者都認爲，經過這樣的革命，你對於我們如何認知有了更令人滿意的答案。

我想要更深入的探討這個例子，部分原因是要從更近的角度觀察心靈的高原，但是更重要的是爲菲德拉斯往後所做的鋪路，他也帶來了一場哥白尼式的革命，因而解決了古典和浪漫之間的爭端。對我而言，使我對這個世界的認知有了更滿意的答案。

一開始菲德拉斯對康德的哲學非常震驚，但是逐漸他覺得很遲滯，他不知道確實的原因，他想過之後認爲很可能與他東方的經驗有關。他覺得已經從知識的監獄裏逃了出來，現在彷彿又到了另一座監獄。他讀了康德的美學之後很失望，甚至有些憤怒，因爲康德思想中所謂的美感對他而言非常的醜陋。這種醜陋非常深入而且非常廣泛，以至於他無從加以攻擊，或者避開它。似乎它早已存在於康德的整個世界之中，因而無法逃避。它不是十八世紀或者科技的醜陋，他所讀過的哲學作品都讓他有這種感覺。他在大學也嗅到同樣的氣息，在教室裏，在書本裏，甚至在他的身上都有這種氣息。但是他不知道原因，也不知道是如何產生的。因爲那是屬於理性本身的醜陋，因而你無法擺脫。

第十二章

在庫克城(Cooke City)約翰和思薇雅比過去幾年我看過的都要快活，於是我們開懷的大口嚼剛買來熱呼呼的牛肉三明治，很高興聽他們在高山地區得到豐富的收穫，不過我並不想多說什麼，只是吃自己的三明治。

從窗子看出去，在馬路的另外一邊是高大的松樹林，許多在它們腳下經過的車子，都開到公園裏去了。現在我們早已離開雪線，天氣變得暖和許多。但是經常還是會出現低雲，很可能會下雨。

我想如果我只是一個小說家，而不是肖托夸的主講者，我很可能會去描寫約翰、思薇雅以及克里斯的個性。藉著他們不同的舉動可以反應出禪的內在意義，甚至包括藝術或者是摩托車的維修、保養。那會是一部相當不錯的小說，但是爲了某種原因，我不想這樣做。他們是我的朋友，並不是書中的人物，就像思薇雅有一次說的，我不想被當成物體，所以我知道的許多事情都沒有寫出來。這樣並沒有什麼不好，因爲他們和肖托夸沒有多大關係，這樣才是對待朋友之道。同時我想你會了解，從我前面的敍述當中，爲什麼我總是對他們持保留的態度並且維持相當的距離，他們曾經一直問我究竟在想什麼？想要我進一步的解釋，但是如果我據實以告前一章的論點，對肖托夸並沒有眞正的助益。他們只會很驚訝而且奇怪我究竟出了什麼問題。我對於我們的思考方式和說話方式十分的感興趣，所以並不想依照一般的時間吃午餐，因而在態度上會有些冷淡，這可能就是問題了。

這也是我們這個時代的問題，今日由於人類知識的範圍太過複雜，結果每一個人都變成專家，然而卻造成彼此之間的疏離感。如果有人想在各種學問之間自由的遊蕩，勢必會和周圍的人疏遠，必須在此時此刻吃午飯也是一種專門的現象。

克里斯似乎比其他的人更了解我的冷淡，或許是因爲他習慣了。同時他和我的關係這麼密切，所以他更關心我的態度。在他的臉上有的時候我會看到一絲憂慮，最起碼是有些不安，在懷疑我爲什麼會這樣，然後發現我生氣了。如果我不看他們的表現就可能不知道了。其他的時候，他都到處跑跑跳跳。我想爲什麼會這樣？我發現當時我的心情不錯。現在我看到他有點緊張，然後在回答約翰的問題，而這些問題很明顯是衝著我而來。這是和明天要和我們見面的朋友有關，那就是狄威斯先生。

我不曉得他的問題是什麼，只說：「他是一位畫家，他在那兒的學校教藝術，他的畫應該是屬於抽象派的印象主義。」

他們問我是怎樣認識他的，我回答的是我不記得了，印象有些模糊了。我只記得一些片段，因爲他們夫婦是菲德拉斯朋友的朋友，所以我們就這樣認識了。他們很奇怪，像我這樣子專門撰寫機械方面的作者竟然會認識一位抽象派的畫家。我只好說我自己也不知道。我不斷的回想過去，卻找不到任何答案。

他們的個性截然不同，這個時期菲德拉斯的相片看上去表情有些冷淡和激進——班上的同學半開玩笑的稱之爲破壞份子的表情——而狄威斯同時期的照片表情則非常呆板，幾乎可以說是毫無表情，除了有一點點疑問的眼神。

我曾經看到一部有關第一次世界大戰的間諜片，這個間諜用一面可以透視的鏡子仔細研究一位德國軍官俘虜(兩個人長得一模一樣)，觀察了幾個月之後，他可以模倣他所有的手勢和說話的腔調，然後打算假冒這名脫逃的軍官，潛返德國軍隊司令部。我記得當時他第一次面對這位軍官的老朋友的時候那種緊張和興奮的情緒，看看他們是否看穿他的僞裝。現在我對狄威斯也有同樣的感覺。他會很自然的認爲我是他的老朋友。

屋外起了一陣薄霧，把摩托車弄濕了。我從袋子中拿出面罩，裝上頭盔。我們很快就會進入黃石公園了。

前面的路上有薄霧，好像雲層降到山谷裏了，其實並不能算是山谷，只能說是山裏面的通道。

我不知道狄威斯對他的認識有多深，也不知道他希望知道菲德拉斯哪些情形。我以前也有這樣的經驗，所以尚能處理這樣尷尬的時刻。每一次這種機會，都讓我對菲德拉斯有更深的認識，這些年來已經提供我不少的資料，我都已經寫出來了。

就我的記憶菲德拉斯相當敬重狄威斯，因爲他不了解他。對菲德拉斯來說，不了解就會產生極大的興趣，往往狄威斯的態度更讓他迷惑。比如說，菲德拉斯說一些他覺得很有趣的事，但是狄威斯會很困惑的看著他，或是用很嚴肅的態度面對他。有的時候菲德拉斯談起非常嚴肅的事或是他深深關心的事，但是狄威斯卻反而會大笑一場，彷彿他聽了一個很精采的笑話。

比如說，就我記得他家的餐桌夾層脫落了，菲德拉斯就用膠水再把它粘起來，然後在鬆脫的地方用一大團線把餐桌腳一圈一圈的綑起來。

狄威斯看到這種綁法，不知道究竟是怎麼一回事。

菲德拉斯說：「這是我最新的雕塑，你不認爲很有創意嗎？」

狄威斯很驚訝的看著他，研究了許久才說：「你從哪兒學來的？」

菲德拉斯以爲他在開玩笑，但是看他的表情又很嚴肅。

又有一次菲德拉斯爲某些不及格的學生很難過，在回家途中和狄威斯一道經過樹下，他談起這件事，狄威斯覺得很奇怪，他爲什麼會有這樣的反應。

菲德拉斯說：「我自己也覺得很奇怪。」然後很困惑的說：「我想或許每一個老師都可能會給最像他的人最高的分數。如果你很看重字跡，那麼字寫得好的學生就會得到高分；如果你的字寫得很大，你就會喜歡那些寫大字的學生。」

「當然是這樣，有什麼不對呢？」狄威斯說。

「奇怪就在這裏，」菲德拉斯說。「因爲我覺得自己最喜歡的學生，也就是最認同的，竟然是成績不及格的學生。」

這個時候狄威斯不禁大笑起來，菲德拉斯非常的惱怒，他認爲這是一種科學現象，可能是增加更多新知識的線索，然而狄威斯只是一個勁兒的大笑。

開始他以爲狄威斯只是覺得他不經意的貶低自己很好笑，但是情形並不是如此，因爲狄威斯並不是喜歡損別人的人。後來他認爲他的笑中含有極爲深刻的道理。最好的學生往往都不及格。每一位好老師都知道這一點。狄威斯的笑解除了菲德拉斯談話中所隱含的緊張，因爲他對這件事實在太嚴肅了。

所以狄威斯這種謎樣的反應，讓菲德拉斯認爲狄威斯對事情隱藏著極多的了解。他總是把某些東西隱藏起來，不讓菲德拉斯知道，而菲德拉斯猜不透究竟是什麼事。

我很清楚的記得有一次他發現狄威斯似乎對他也有同樣迷惑的看法。

狄威斯工作室裏的電燈開關壞了，他問菲德拉斯是否知道原因，這時他有些不好意思，就像贊助藝術的人在和畫家談話，贊助人有些羞怯的想要掩飾自己知道得太少，但是臉上卻又帶著笑容希望能學得更多。他不像約翰夫婦一樣仇視科技，他從來不覺得科技對他有任何特殊的威脅。其實狄威斯是支持科技的。他雖然不了解科技，但是他知道自己喜歡什麼，而總是以學習爲樂。

他以爲問題是出在燈泡附近的電線，因爲只要按緊開關，燈就滅了。如果問題是出在開關，那麼燈泡出問題之前會延遲一陣子。菲德拉斯不想和他爭辯這個，只到對街的五金行買了一個開關，在幾分鐘之內就把它裝好。當然電燈立刻就亮了，讓狄威斯帶著一臉的困惑、沮喪：「你怎麼知道問題出在開關？」他問。

「因爲我輕搖開關的時候它有些時斷時續的現象。」

「難道不能拉電線？」

「不行。」

菲德拉斯自信的態度激怒了狄威斯，於是他開始爭辯，「你怎麼知道的？」他說。

「情況很明白啊！」

「那麼爲什麼我沒看見呢？」

「你一定得有經驗才行。」

「那麼問題就不是很明顯了，對不對？」

狄威斯總是從一個非常奇怪的角度和人爭辯，因而讓人往往無法回答他。就是這種角度讓菲德拉斯認爲狄威斯對他隱瞞了些什麼。一直到他待在波斯曼的最後一天，他才從他分析和講求方法的角度，看見狄威斯眞正的態度。

在公園的入口處我們停下來付錢給一位戴了帽子的男士，他交給我們一張當天適用的通行證。我看見前面有一位上了年紀的觀光客在替我們拍照，於是我就朝著他笑了一下，他穿了一條短褲，露出兩截沒有血色的小腿，穿著長統襪和皮鞋。他太太在一旁看，小腿也和他一樣。走的時候我和他們揮揮手，他們也向我們揮手道再見，這是值得拍下來，留作以後紀念的一刻。

菲德拉斯很討厭這個公園，不知道爲什麼——可能因爲不是他發現的，或者也不是這個原因。或許是別的原因。公園裏導遊解說的態度激怒了他，不過布朗克斯(Bronx)動物園裏的觀光客讓他更厭惡，這裏的一切和高山區是多麼不同。這裏好像一座巨型的博物館，裏面的展覽都經過小心謹慎的修飾，讓人產生眞實的幻覺，然後又用鐵鏈圍起來，讓孩童不至於破壞它。來到公園裏的人都變得比較有禮貌，甚至可以說有些虛僞，因爲公園裏面的氣氛使他們變成這樣。所以雖然他住在附近一百哩之內，但是他只來過一兩次。

但是這裏有一段時間中斷了，大約有十年。他並不是從康德就直接跳到蒙大拿的波斯曼。在這十年間，他住在印度，在印度大學研究東方哲學。

就我所知，他並沒有在那裏學到任何奧祕，什麼事都沒有發生，除了不斷的學習。他聽哲學家的演講，拜訪虔誠的人士，一面吸收一面思考，情形就是這樣。你可以從他的信件當中發現，他原先從觀察事物當中所歸納的原則此刻出現了極大的混亂、矛盾，還有分歧，他去印度的時候，是一個經驗主義的科學家，離開印度的時候仍然如此，並沒有比他剛來的時候更有智慧。他接觸了許多學問，這些學問都潛藏起來，一直到日後才逐漸發揮出來。

有一些學問應該略加敍述，因爲日後將會變得非常重要。他發現印度教、佛教和道教教義上的不同，和基督教、回教、猶太教在教義上的不同不一樣。東方不曾出現聖戰，因爲他們口說的眞實永遠不是眞實本身。

在所有東方的宗教當中，最看重的教義就是你之所是與你之所視是不可分的。如果能夠充分了解這一點，就可以說是頓悟了。

邏輯就是把主客觀分開，所以邏輯不是最高的智慧，想要消除這種劃分主客觀所產生的幻覺，最好的方法就是藉著減低生理、精神和情感上的活動。爲了達到這個目的，有許多修鍊的方法，其中最重要的一種方法，就是所謂的「禪」了。菲德拉斯從來沒有打坐的經驗，因爲他不認爲有任何意義。他在印度時，一直堅持依靠邏輯，因爲他找不到任何眞實的理由拋棄這種信仰。我想他這麼做是值得信任的。

但是有一天在教室裏哲學教授很愉快的解說世界的幻相，這似乎是第五十次了。菲德拉斯舉起手來冷冷的問他是否相信落在廣島和長崎的原子彈是一場幻覺。教授笑了笑說是的。於是他的遊學就到此終止。

就印度哲學的傳統來說，這個回答很可能是正確的。但是對菲德拉斯以及任何經常閱讀報紙的人，還有關心人類大量的被摧毀的人，這個回答實在令人無法接受。於是他就離開了教室，離開了印度，放棄繼續研究下去。

他回到美國的中西部念了一個實用的新聞學位，結了婚，住在內華達州和新墨西哥州，做一些奇怪的工作，有的時候是記者、科學作家以及工業廣告的撰稿人。他有兩個孩子，買了一個農場、一匹馬、兩輛車，然後逐漸的邁入中年，身體開始發胖。他對理性的追求似乎已放棄了，這點非常的重要要了解，他放棄了。

由於他放棄了，所以生活對他來說很容易打發。他工作得很勤奮，也很好相處，從當時他所寫的短篇小說來看，我們偶爾會發現他內心的空虛，他的日子過得非常平淡。

至於究竟是什麼再次激起他追尋並不確定。連他太太也不清楚。我猜很可能是他內在的挫折感以及希望再度繼續追尋下去的意願。他變得成熟多了，似乎他放棄內心的目標之後，成熟得更快。

我們從嘉第納(Gardiner)的公園出來，當地的雨下得似乎不多，因為在星光下山邊只有青草和鼠尾草，我們決定在這裏過夜。

這座城邊的河岸非常高，上面架了一座橋，溪水流過平滑而乾淨的小圓石上。過了橋之後，前面汽車旅館的燈已經亮起來了。從窗戶透出人造的燈光，我看見每一間小屋都細心的種了許多花。於是我也慢慢的走以免踩到它們。

我還注意到小屋裏其他的現象，於是就指給克里斯看。窗戶有兩層，而且是上下拉動的。關門的時候，聽聲音就知道很密合，沒有任何鬆脫的跡象。所有的建築都結合得很密實，雖然稱不上藝術，但是作工很細。因而讓我覺得這完全出自於一個人的手工。

當我們從餐廳走回汽車旅館的時候，有一對上了年紀的夫婦，坐在外面的一個小花園裏，享受著夜晚習習吹來的涼風。老先生承認這些小木屋都是他蓋的，而且他很高興有人注意到這件事。他的太太請我們都坐下。

我們不趕時間的慢慢聊，這是公園最早的出入口，早在有摩托車之前就有了。他們也告訴我們這些年來的種種變化，因而讓我們對周遭的一切有更深刻的認識。同時也讓這座小城因爲這對夫妻以及過去的歲月而蒙上了美麗的色彩。約翰挽著思薇雅的手臂，我聽到河水淙淙流過的聲音，還有晚風中陣陣的香氣。這位婦人對香氣很熟悉。她說這是金銀花的香氣。我們沈默了一會兒，我覺得有些倦意，在我們決定回房的時候，克里斯幾乎已經睡著了。

第十三章

約翰和思薇雅早餐的時候吃煎餅和喝咖啡，他們似乎沈醉在昨天晚上的氣氛當中，但是我發現食物似乎很難下嚥。

今天我們會到那所學校。在這裏發生了許多事，而我已經覺得有些緊張了。

我記得曾經讀過考古學家在中東進行挖掘的事，因而知道他第一次打開封了好幾千年的墳墓的感覺。現在我覺得自己有一點像考古學家。

往李文斯敦(Livingston)的峽谷裏有鼠尾草，它就像由這裏一直長到墨西哥的鼠尾草一樣。

今天早上的陽光和昨天的一樣，甚至更溫暖更柔和。現在我們的高度比較低了。

一切都很正常。

只是這種考古的情緒讓我覺得周圍的寧靜似乎掩藏了什麼。這是一個鬼魂經常出沒的地方。

我實在不想去那裏，我巴不得趕快轉身往回走。

我想大概是緊張在作怪吧！

這和我記憶的片段頗爲吻合。不知道有多少個早晨在他要去教室之前，他緊張得幾乎把所有的東西都吐出來。他很討厭站在學生面前講話，因爲這完全違拗了他孤獨的生活方式。他所感受到的就是站在別人面前的恐懼。在學生面前他所有的舉動都顯得十分緊張。學生曾經告訴他太太那好像空氣中的電流，當他一走進教室，所有的眼睛都會盯著他看，一直跟著他走到教室前面。於是原本高談闊論的學生，突然之間都變成竊竊私語。在還沒有上課之前，有保持好一陣子這種情形，整堂課所有的眼光都沒有從他身上離開一下。

於是他成了頗受爭議的人物。大部分的學生都像避開黑死病一樣的避開他，因爲他們已經聽到太多有關他的故事。

這個學校可以稱得上是師範學院，在這裏你不斷的上課、上課、上課，完全沒有研究的時間，也沒有思考的時間，更沒有參加外務的時間。只是不斷的上課、上課、上課，一直上到你的心靈枯竭，創造力也消失了。而你成了一部機器，不斷的對那些如潮水般湧來的天眞學生重複同樣枯燥乏味的教材。他們不了解爲什麼你變得這樣乏味，因而對你失去了尊敬。大家也受了你的感染。你不斷上課、上課、上課的原因是，這是經營一所學校最經濟的方法，讓外界的人誤以爲學生得到了完整的教育。

然而他給這所學校的稱呼並沒有多大的意義。事實上，和它眞正的特質比起來有些荒謬。但是這個名字對他確有莫大的意義。他牢牢的記著要在他離開之前，把這些觀念深深的植入學生的心中。這個名字就是「理性教會」，如果一般人了解這個名字的意思，就不會覺得他很神祕了。

在這個時候蒙大拿州的極右派產生了一次暴動，就好像在德州的達拉斯發生的一樣，正好在甘迺迪總統被刺殺之前。在米蘇拉(Missoula)的蒙大拿州立大學有一位全國知名的教授被禁止在校園裏演說，因爲他很可能製造糾紛。學校當局告訴教授所有公開發表的言論都必須經過學校公關組的審核。

學校的標準被破壞了，國會曾經立法禁止學校拒收二十一歲以上的學生，不論他是否有高中文憑。現在他們又通過了一項法律，如有學生不及格，就要罰學校八千塊美金。也就是說要讓所有的學生都通過。

剛當選的州長爲了個人和政治上理由想要把校長給解聘，因爲校長不但對他個人有敵意，同時也是民主黨人，而州長不只是一般的共和黨員，就是這一位州長提供幾天前我們聽到的五十位黑名單。

由於這種互相報復的狀況，學校的經費被刪減了，而校長也跟著把英文系的預算削減了一大半。當時菲德拉斯正在念英文系，而他們班上的同學大力主張學術自由。

菲德拉斯本人放棄繼續抗爭，轉而求助西北評鑒委員會，希望他們能夠設法制止校長的這種不法的舉動。除了私下聯絡該委員會之外，他還公開呼籲調查整個學校的情形。

這個時候菲德拉斯班上有一些學生不懷好意的問他這樣做是不是不讓他們得到教育的機會。

菲德拉斯說他無此意。

然後有一位很明顯的是屬於州長的學生，憤怒的抗議說，州議會應該出面防止學校喪失它的資格。

菲德拉斯問他要如何進行。

那位學生說他們可以通知警方來處理。

菲德拉斯思考了一陣子，然後他發現這個學生對於學校資格的評鑒誤解有多麼的深。

爲了第二天的上課，當天的晚上他爲自己的作爲寫了一篇辯護，這就是理性教會的講詞，和他平常潦草的講稿比起來，算是長了些，而且敍述得很詳盡。

文章一開始就先提到報紙上的一篇文章，說到鄉間有一座教堂在入口處掛了一幅電動的啤酒招牌，因爲教堂已經賣給人開酒吧。你可以想像得到這個時候有人笑了起來。這所大學平常就以舉行飲酒的派對聞名，因此兩者的形象有些隱隱相合。報上說，有一些人向教會當局抱怨此事，這是一間天主教教堂，奉命處理這些抱怨的神父，對整個的事情頗爲不耐。對他來說這些人對於教會中的本質無知到令人咋舌的地步。難道他們認爲那些磚牆和彩色玻璃就代表教會了嗎？還是屋頂的形狀代表教會呢？這種虛僞的虔誠正是教會大力反對的物質主義。這幢建築本身並非聖地，既然移作他用就算結束一間教堂的任務。所以電動啤酒招牌是掛在一間酒吧前，而不是教堂前。因此沒有辦法察覺這種差異的人，只是表現出他們自己的無知罷了。

菲德拉斯認爲學校就存在這種混淆不淸的狀況。這就是爲什麼喪失資格會令人費解了。眞正的大學本質並不是物質的，也不是警察所能保護的一些建築。他解釋一所大學一旦喪失了它的資格，沒有人能封鎖學校，不會有法律的制裁，也不需要罰款，更不會判入獄。學校不會停課，一切還是照常進行，學生就像學校還沒有喪失資格以前一樣接受教育。所產生的只是撤銷了對這所學校的承認而已。這和被逐出教會頗爲類似。眞正的大學並不聽命於任何民意機關，也不是由任何建築物所構成，只要它自己宣佈這個地方已不再是聖所，眞正的大學就已經消失，所遺留下來的只是一些磚牆、藏書和種種物質的結構罷了。

對於所有的學生來說，這一定是個奇怪的觀念，我可以想像得到他已經期待很久了，希望將這個觀念灌輸給學生，因此等待他們提出問題。你認爲什麼才是眞正的大學？

爲了要回答這個問題，他所做的筆記是這樣子寫的：眞正的大學並沒有特定的地點，也沒有校產，既不支付薪水，也不接受物質的報酬。眞正的大學是心靈的世界，是多少世紀以來流傳給我們的理性思想，它不存在於任何特定的建築物之內。這種心靈的世界，許多世紀以來都是透過一羣所謂的教授所傳遞的，而教授這個頭銜並不屬於眞正大學的一部分，大學的本質在於流傳下來理性的本身。

除了這種心靈世界之外，不巧也有一種合法的機構有同樣的名稱，但是卻完全是兩碼子事。它是非營利性的組織，隸屬於州政府，同時坐落在特定的地方，它不但擁有校產，還能發薪水，收學費，以及要受法律的約制。

然而這種大學，也就是合法的組織，卻沒有辦法眞正提供任何教導，它不但無法激發新知識的產生，也無法衡量學問的價值。它根本就不是眞正的大學，它只像教會外表的建築一樣，坐落在某個特定的地點，提供眞正的教會各種有利生存的環境。

他認爲凡是沒有辦法覺察這種差異的人就會誤以爲掌握了教會的建築就等於掌握了教會。他們認爲學校的教授既然領了薪水，一旦得到上面的指示，就應該拋棄自己的見解，毫無異議的接受學校的指揮，就像受僱於一般公司行號，處處要爲老闆說話一樣。

他們看到的是虛假的大學，而看不到眞正的大學。

我第一次讀到這樣的言論就注意到他用分析的手法。他避免把大學分成不同的科系，然後進行分析；同時他也不像傳統的劃分法一樣，把學校分成學生、教授和行政部門。不論你用哪一種分類法，你所得到的只不過是一堆乏味的資料，對你並沒有什麼幫助，而且也跳脫不出傳統的範圍。但是菲德拉斯卻從教會和地點去談，因此得到前所未見的眞相。由這個基礎，他爲大學生活一些使人迷惑卻又不正常的現象做了一番解釋。

解釋之後，他又回到教會這個主題上。出錢興建教會的人可能會認爲他們這樣做是爲了全體著想。教會有好的講道才可以讓信徒面對未來的這個禮拜。主日學能夠幫助小孩健康的成長，講道的牧師和帶領主日學的老師了解了這些目標，一般都會盡力配合。但是同時他也知道，他最主要的目標，並不是爲信徒服務。他最主要的目標就是服事上帝，一旦執事反對傳道人的講道，而且威脅要削減傳道人的開銷時，就會產生衝突了。

在這種狀況之中，一位眞正的牧師必須表現出他沒有聽到這些威脅，因爲他最主要的目標並不是爲了服事信徒，而是上帝。

菲德拉斯認爲理性教會追求的最主要目標，就是蘇格拉底一向認爲的眞理。只不過它不斷以不同的面貌出現在歷史中，所有的一切都隸屬於它。在平常，這個目標和改進市民的水準不相衝突，但是在某一種情況之下就會出現對立，就像出現在蘇格拉底身上的情形一樣。每當曾經貢獻了大量的時間和金錢的執事人員和立法者，一旦和教授的言論以及公開的看法互相有出入時，他們就會藉著行政力量，威脅要削減預算，強迫教授聽命於他們。

眞正的神職人員在這時就應當表現出他們沒有聽到這些威脅，因爲他們的目標並不是把服務大衆放在第一，他們最主要的是要服事眞理。

這個就是他所謂的理性教會。毫無疑問這是他長久以來發自內心的感想，然而我們發現他沒有因爲他所引起的軒然大波而受到責難。他之所以能夠避開周遭的指責，一部分是因爲他們不願意去支持學校的敵人；另外一方面他們也只能暗自嫉妒自己不曾擁有像他這樣的動力：勇於說出眞理的使命感。

由他的講詞當中，我們幾乎可以了解他爲什麼會這樣做，但是只有一點沒有解釋——他那狂熱的態度。一個人可以信仰眞理，也可以透過理性去追尋眞理，或者和當局對抗，但是爲什麼會像他這樣日以繼夜的燃燒自己？

心理的解釋我認爲並不夠，怯場無法帶動經年累月的努力。另外一種說法似乎也不正確，那就是他想彌補早年的失敗。原因是他並不認爲被學校驅逐是一種失敗，只是一團謎而已。而我認爲他因爲不能統合對實驗室裏科學理性的思考缺乏信心，以及對理性教會的狂熱。然而有一天我突然明白這兩者原來互爲因果而非對立。由於他對理性這樣缺乏信心，因而才會有這麼狂熱的研究態度。

如果你對事情有完全的信心，就不太可能產生狂熱的態度。就拿太陽來說吧，沒有人會爲了它明天會升起而興奮不已，因爲這是必然的現象。如果有人對政治或是宗教狂熱，那是因爲他對這些目標或是教義沒有完全的信心。

他以耶穌會的奉獻精神爲例。我們由歷史上看見他們的熱忱並非來自於天主教會，而是來自於面對新教的時候顯出他們的弱點。所以菲德拉斯就是因爲對理性缺乏信心，因而成爲狂熱的研究者。這種說法比較合理，同時也讓其他許多事件更有說服力。

很可能這就是爲什麼他對教室裏坐在後排表現差勁的學生有深切的認同感。他們臉上的輕蔑神情，就和他對整個理性知識的教育所有的態度一樣，兩者的差異在於他們因爲不了解所以輕視，而他則是因爲了解所以輕視。他們在不了解的情況之下，因爲沒有解決的辦法必然失敗。而在餘生永遠記得這場痛苦的經驗。而他從另外一個角度產生了狂熱的使命感，覺得自己必須貢獻力量做點什麼，這就是他爲什麼會十分嚴謹的草擬理性教會的講詞。他告訴學生你必須對理性有信心，因爲除此之外，沒有什麼值得信奉的，但是這種信仰連他自己都沒有。

我們要記得當時是一九五〇年代，而不是七〇年代。披頭和嬉皮振振有詞的對整個體制和一絲不苟的理智主義大加攻擊，幾乎沒有人知道整個問題牽涉的有多麼深廣。然而菲德拉斯義無反顧的替理性教會辯護。當然在蒙大拿州的波斯曼，沒有任何人有理由去反對，他彷彿再一次在向每一個人保證，明天太陽依舊會升起。而事實上，沒有人會擔心這一點，他們所懷疑的是他這個人。

但是現在這十幾年來是本世紀最混亂的年代，理性被強烈批判的程度，遠遠超過五〇年代的人所能想像的。我想這一次以他的發現爲根基的肖托夸之中，我們多少能進一步了解他的思想……整個問題的解決……如果他說的是眞的……但是他的言論有大部分已經失散了，究竟有多少，我們無從得知。

或許這就是爲什麼我覺得自己好像考古學家一樣，同時心裏有些焦慮，因爲我只有這些片段的回憶，還有別人告訴我的事件。在我們愈接近挖開的時候，我不禁會這樣想，有些墳墓最好還是不要挖開吧！

我突然想起坐在我後面的克里斯，我不知道他究竟知道多少，又記得多少。

我們來到一個交叉路口，在這兒通往公園的路和東西高速公路幹線相會。我們停下來，然後再騎上去。從這裏我們騎過的路一直都很低平。然後就來到了波斯曼。現在又逐漸變成上坡路朝西行。突然間我有些好奇前面會是怎樣的地方。

第十四章

我們現在騎到了一片綠意盎然的小平原。就在南方，我們可以看到山頂上的松樹林仍然有去年的殘雪。周圍其他的山都很低矮，而且都有一段相當的距離，不過山線都很清晰、陡峭。這裏像明信片中的風景，隱隱約約的符合我的記憶，但是並不完全吻合。這一條州際公路當時一定還沒有建好。

這時候我又想起有句話說：到達目的地還不如在旅途中。我們已經旅行了好一陣子，現在即將到達目的地。當我要完成這樣短暫的目標，接著而來會有沮喪的感覺。我必須調整自己適應下一個目標。一兩天之內約翰和思薇雅就要離開，克里斯和我必須決定接下來要做什麼。所有的一切必須重新計劃。我對城裏的大街有一點模糊的印象，但是我現在感覺自己像觀光客一樣。我看到招牌的時候就有這種感覺。這裏其實並不小，人流動的速度很快，因而彼此之間沒有多少認識。在這兒人口大約有一萬五到三萬人左右，算不上是一個鎮也算不上是一個城——其實什麼都不算。

我們在一間黃色玻璃的餐廳裏用過午餐。但是我一點也記不得這間餐廳，似乎他住在這兒時就已經蓋好，和大街一樣印象也十分模糊。

我找到一本電話簿，想找羅伯特·狄威斯的電話號碼，但是沒有找到。我撥給接線生，她也沒有辦法查出這個號碼。我幾乎無法相信，難道他們是他想像出來的嗎？接線生的回答讓我驚訝了一會兒，但是我想起他們給我的回函，在信裏我曾告訴他們很快就會來拜訪他們，所以就安心了。愛幻想的人是不會用寫信的方式。

約翰建議我打到藝術系或是其他的朋友那兒，我抽了一會兒菸然後又喝了一杯咖啡。等心情放鬆之後再撥電話。我終於打聽到地址。其實不是電話這項科技使人提心弔膽，而是由用電話所產生的人際關係，比如像撥電話的人和接線生之間才會發生這種情況。

由城裏面到山裏必須經過溪谷，一共不到十哩的路。一路行來，煙塵滿佈，而且長滿了高高的綠色紫花苜蓿等待收割，草密到看起來似乎很難通過。田野緩緩的向四面鋪展開來，然後到山腳下的時候慢慢的升起。然後接著突然升起一片綠意深濃的松樹林。狄威斯夫婦就住在那兒。住在淡綠色和墨綠色的交接處。我從風裏嗅到青草剛割過的氣息，還有養家畜的氣味。走了不久又變成松樹林的味道，然後又恢復暖洋洋的氣息。放眼望去是一片陽光和草地，還有逼在眼前的山色。

正當我們接近松樹林的時候，路上的沙石厚厚的一層。於是我放到低速檔，每小時十哩，然後兩隻腳離開踏板，讓車子自然滑行。接著我們經過了一個轉彎，突然進入松樹林裏，眼前正是一個非常深的V型峽谷，路邊有一座灰色的大房子，房子的一邊緊臨著一座巨大的鐵製抽象雕塑，雕塑下坐著狄威斯，他手上還拿著一罐啤酒，正在向我們招手。這種情形就像舊照片裏的情景一樣。

我正忙著向上騎不能鬆手，所以就揮揮腳。狄威斯朝著我們微笑。

他說：「你找到了。」然後一臉的輕鬆，眼中帶著笑意。

我說：「好久不見了。」我也覺得很高興，雖然突然看見他和他說話有一點奇怪。

我們下車來，看見他和賓客站在上面的門廊地板上尚未完工。狄威斯朝下望，離我們只有幾呎的距離，但是峽谷的坡度非常陡峭，在屋子遠遠的另外一邊就降了十五呎以上，然後到下面的河水也有五十呎。在樹木和草叢的深處有一匹馬隱約的藏身其中，悠遊自在的吃草，頭也不抬一下。現在我們得把頭抬起來才能看到天空。在我們四周是剛才一路上看到墨綠色的森林。

「這裏眞美！」思薇雅說。

狄威斯看著她笑了笑說：「謝謝你的誇獎，很高興你喜歡這裏。」聽他的聲音十分自在。我知道說話的是狄威斯本人，但是也是一個全新的人物，因爲他一直不斷的在追求進步，所以我得重新認識他才行。

我們踏上門廊的地板，在木板與木板之間有很大的空隙，像栅欄一樣。由上面可以看到地板下的地面。狄威斯面帶微笑的說：「我實在不知道該怎麼介紹。」一面把他的朋友介紹給我。但是我聽起來左耳進右耳出，永遠記不住別人的名字。他的朋友在學校裏教藝術，戴了一副牛角邊的眼鏡，他太太有點腼腆的笑著，我想他們一定是新來的。

我們談了一會兒，狄威斯主要向他們介紹我是誰，然後珍妮·狄威斯從門廊的轉角處捧了一盤啤酒來，她也是一位畫家，又很善體人意。她走過來的時候，已經有人先從盤子裏拿起一罐啤酒，代替握手寒暄。這時她說：「有一些鄰居正好送來一堆鱒魚當晚餐。眞是棒極了。」我實在很想擠出一些適當的回答，但是卻只能點點頭。

我們坐下來之後，因爲我坐在陽光裏很難看淸楚門廊遮蔭的那一端。

狄威斯看著我，想要把話題轉到我的外表上。當然我的外表對他來說已經有相當大的改變。但是不巧有人打岔，所以他轉而和約翰聊起這一趟旅行。

約翰告訴他這一次眞是棒透了，是他們夫婦長久以來所想要做的事。

思薇雅補充道：「就是想出來到空曠的地方。」

狄威斯說：「在蒙大拿州空曠得很。」他和約翰還有那位藝術家朋友很熱絡的談起蒙大拿和明尼蘇達之間的差異。

在我們的下方有一匹馬，正安靜的吃草。再過去有一條湍急的小溪。他們又開始談狄威斯在峽谷裏的家園，狄威斯已經住了多久了，還有教藝術的工作是怎樣的。約翰實在很有本領閒聊，而這正是我最不擅長的。所以我只是靜靜的聽著。

過了一會兒，太陽太大了，於是我就把毛衣脫掉，把襯衫解開。爲了不要再瞇著眼睛，我就拿出太陽眼鏡戴上，這樣子就好多了。可是又覺得太暗了，我完全看不清別人的臉。於是讓我感覺自己彷彿與周遭的事物都隔絕了，只看得見太陽還有向陽的山坡。我想到應該把行李卸下來，但是還是決定先不要提這件事，他們知道我們要住下，姑且讓事情自然的發生。首先我們先輕鬆一下，然後再把行李卸下來，這有什麼好著急的呢？

不知道多久之後，我聽到約翰說：「哪兒來的電影明星？」我知道他指的是我還有我戴的太陽眼鏡。我從眼鏡上方看到狄威斯和約翰還有他的朋友正對著我微笑，他們一定也希望我能一起聊聊旅途上的事情。

約翰說：「他們想要知道萬一路上機件方面出了問題該怎麼辦？」

於是我告訴他們那一次暴風雨中克里斯和我被困住連引擎也壞掉了的事。這的確是個不錯的題材，但是我知道講的時候有一點失去重心。最後提到抛錨的原因是因爲沒有油的時候，必然引起他們一陣嗟嘆。

克里斯說：「我甚至告訴他要去檢查油箱。」

狄威斯和珍妮談到克里斯身材的大小，他變得有點害羞，臉也紅了起來。他們也問起克里斯的媽媽和兄弟，我們儘可能的回答他們的問題。

最後我覺得太陽太大了，就把椅子搬到陰涼的地方，突然間我不禁打了一個寒顫，於是就把扣子扣上。珍妮注意到這一點就說：「等到太陽下山，那才眞的冷呢。」

雖然太陽和山脊之間的距離很近了，目前仍然是下午。不出半個鐘頭太陽就不會直射了。約翰問他們冬天的時候，山上的生活如何。他們談了一會兒，也談到雪鞋使用的情形，我只能一直靜靜的坐著。

思薇雅和珍妮還有教藝術朋友的太太在一邊聊房屋的情形，不一會兒珍妮就邀他們進去看看。

接著我又想起他們說克里斯長得眞快，突然間墳墓的感覺又回來了，我間接聽到他們談克里斯住在這兒的情形，似乎他們從來不覺得克里斯離開過。我們彷彿完全活在不同的時空中。

於是他們又談起目前藝術、音樂還有戲劇方面的現狀，我很驚訝約翰在這一方面很能聊，我對這方面並不會非常感興趣，他很可能知道這一點，所以從來不曾向我提起。除了摩托車出了狀況以外。我在想如果要我再談起連桿和活塞，或許我的精神就來了。

但事實上，他和狄威斯眞正相通的話題是克里斯和我，但是自從他們提到我好像電影明星一樣坐在那兒，就產生了一種很可笑的現象。因爲約翰對我不經意的揶揄，讓狄威斯有些掃興，因而由他的聲音聽得出來對我更加敬重。如此一來更讓約翰加倍的糗我。他們兩個人都意識到這一點所以自然而然想把話題從我身上轉開，但是不一會又回到同樣的話題上，就這樣轉來轉去不時的談一些令他們愉快的話題。

約翰說：「不過坐在這裏的傢伙告訴我們，來到這裏的時候會很失望。但是到現在爲止，我們一點都不覺得。」

我笑了起來，我並不想改變他的看法，狄威斯也笑了起來，但是約翰轉過身來對我說：「喂！你眞的是頭腦有問題，竟然要離開這種地方。我不管學校裏的情形怎樣，這個決定很荒謬。」

我看到狄威斯看他的時候十分吃驚，然後便生氣起來。狄威斯看了看我，我揮揮手叫他不要計較。我們之間有一些僵持不下的氣氛，但是我不知道該怎樣處理。我淡淡的說了一句：「這裏的風景的確很好。」

狄威斯有些防衛的說道：「如果你在這兒多待一會兒，你就會看到它的另外一面。」他的朋友同意的點點頭。

剛才僵持不下的氣氛帶來一陣沈默。這是很難化解的。約翰並不是要故意傷人，他比別人都心軟，因爲約翰和狄威斯所認識的我截然不同，現在的我只是一個普通中產階級的中年人而已，心裏所掛記的只是克里斯，除此之外，沒有任何特殊之處。

約翰不知道而狄威斯知道的是，過去曾經有過這樣的一個人住在這裏，他的內心燃燒著一股熊熊創作的慾望，他有一套前所未聞的思想，但是後來發生了一些無法解釋的不幸，狄威斯既不知道情形，也不知道原因，就連我也不知道。至於氣氛僵持不下的原因是狄威斯覺得那個人又回來了，而我無從向他解釋。

剎那之間，山脊上的太陽透過樹散出光暈，落在所有人的身上，當然也落在我身上。

「他看到太多了，」我說，心裏仍然在想剛才僵持的氣氛，但是狄威斯不解的看著我，約翰則毫無表情。當我發現說的不妥時已經太晚了。遠處有一隻鳥在悲鳴。

突然間太陽落下山頭，整個峽谷變得一片漆黑。

我認爲剛才那樣說是多餘的，我根本不需要這樣。你離開醫院的時候，就明白自己不需要這樣說。

這個時候珍妮和思薇雅出來建議我們把行李卸下來，我們站起身來，她帶我們到房間去。我看到床上有厚厚的棉被，再也不怕今天晚上的寒冷，好美的房間。

到車上搬了三趟，終於把東西卸完，然後我就走到克里斯房間看看需不需要幫忙，但是他興高采烈，而且也長大了，不需要任何協助。

我看著他：「你喜歡這裏嗎？」

他說：「不錯啊！它一點都不像你昨天晚上說的那樣。」

「什麼時候？」

「就是在我們睡前，在那個小屋裏。」

我不知道他指的是什麼。

他又說：「你說這裏很寂寞。」

「我爲什麼會這樣說呢？」

「我不知道，」我的問題使他無法回答，所以就不再繼續問下去，他一定在做夢。

當我們下來到客廳的時候，我能夠聞到廚房裏煎鱒魚的香味。在房子的一角，狄威斯正點燃報紙，預備把爐火生起來，我們看了他一會兒。

他說：「我們整個夏天都要用火爐。」

我回答：「有這麼冷嗎？」

克里斯說他也覺得很冷，我叫他回去拿我們的毛衣。

狄威斯說：「這裏的晚風是從峽谷上方吹下來的，那兒才眞正的冷呢。」

爐子裏的火忽明忽滅，我想一定是風大，我從落地窗望出去，看到林子裏的樹正在劇烈的搖晃著。

「沒錯，」狄威斯說，「你知道上面有多冷，你過去喜歡一直待在那兒。」

我說：「這又讓我想起許多事。」

我想起來有一個晚上，我在山頂上生起營火，火苗比現在的這個要小，四周用岩石圍起來擋風，因爲四面都沒有樹木，在火旁邊是燒飯的用具，還有用背包幫忙擋風，飯鍋裏是融化的雪水，而搜集這些雪水要趁早，因爲在雪線以上，太陽一下山，雪就不再融化了。

狄威斯說：「你變了好多，」他觀察著我，由他的表情我知道，他正在遲疑是否可以繼續談這個話題。他知道我無意再談下去就說：「我想我們都變了。」

我回答他：「我和以前完全不同了，」我這樣說可能讓他心安不少，接著我又說：「後來我又發生了不少事，現在我覺得一定要開始慢慢的解決一些事，最起碼我是這樣想，這就是我來這兒的部分原因。」

他看著我希望我能多說一些，但是他那位藝術家朋友和他太太加入我們的談話，於是我們就停下來了。

他的朋友說：「聽風聲今天晚上好像有暴風雨。」

狄威斯說：「我想不會。」

克里斯拿了毛衣回來，而且問我們在峽谷裏是否有鬼。

狄威斯逗他說：「沒有鬼，但是有野狼。」

克里斯聽了又問，「牠們做些什麼？」

狄威斯說，「牠們會破壞牧場。」他皺皺眉頭。「牠們會吃小牛和小羊。」

「牠們會追人嗎？」

「沒聽過，」狄威斯說完，發現這樣說讓克里斯很失望，又補一句，「但是牠們也可能會喔。」

吃晚飯的時候，我們喝法國白蘭地葡萄酒配鱒魚，我們隨意坐在客廳的椅子和沙發裏。客廳裏有整面牆可以俯視峽谷，然而因爲現在外面一片漆黑，從落地窗只反映著火爐裏熊熊的火光，正好和我們因爲喝酒吃魚燃起興奮的情緒相輝映。我們的話說得不多，只有低聲的稱讚晚餐的美味。

思薇雅低聲要約翰注意房間裏的大花瓶。

約翰說：「我已經注意到了，棒極了！」

「它們是彼得•福克斯的作品。」思薇雅接著說。

「是嗎？」

「他是狄威斯先生的學生。」

「天哪！我差點踢倒了一座。」

狄威斯在一旁笑著。

後來約翰又喃喃自語了好幾次，並且抬起頭來看一看，然後說：「這樣做不錯……正好能烘托整個氣氛……我們可以再回去住八年。」

思薇雅幽幽的說：「現在不要談那件事。」

約翰看了我一會兒：「我想能夠提供這樣一個夜晚的人，他的朋友一定不壞。」他緩緩的點點頭，「我想收回所有對你的看法。」

我問他：「所有的嗎？」

「反正有一些。」

狄威斯和他的朋友笑了起來，剛才的僵持氣氛有一些消散了。

吃完晚飯以後，傑克和維拉·巴斯尼斯來了。在我回憶的片段他是一個好人，在學校裏教英文，而且自己也寫作。接著又來了一位朋友，是位雕刻家，他從蒙大拿州的北部來，以養羊為生，我由狄威斯介紹的方式知道，我可能沒有見過他。

狄威斯說他正想說服這位雕刻家到學校教課，我說：「那麼我要先說服他不要去。」於是我就在他旁邊坐下來，但是談話一直無法施展開來，因為對方一直很嚴肅，而且說話很謹慎，很明顯的，因為我並不是一個藝術家。他表現的好像我是個偵探，想要從他身上挖出什麼。一直到他知道我會焊接才對我放心不少。修理摩托車倒是個不錯的話題，他說他和我一樣，有的時候也自己焊接。因為一旦你掌握了技術，焊接會讓你非常有成就感，而且你能掌握金屬的形狀。所以你就有信心做任何事情。他拿出一些照片，是他焊接的作品。是由一些表面非常光滑的金屬所焊接成的鳥和動物，造型非常獨特。

後來我過去和傑克及維拉聊天，傑克正準備到愛達荷州的波斯大學英文系當主任。他對這兒英文系的態度十分謹慎，而且有些消極，當然學校方面也是如此，否則他不會離開。我現在似乎想起他是一名小說家，在英文系任教。他不是一般以研究為主的學者。在英文系裏一直都存在這種不和的現象，這種現象是激發菲德拉斯產生狂野思想的部分原因，而傑克很支持菲德拉斯的看法，雖然他不完全了解菲德拉斯在說些什麼，但是他知道小說家比語言學家容易接納他的思想。這種分裂的歷史悠久，就像藝術和藝術史之間的分歧一樣。一個是創作者而另外一個則是研究如何創造的過程，而兩者之間從來沒有和平相處過。狄威斯拿出一些戶外烤肉架的使用說明書，他希望我能從專業科技作者的角度加以評估。他已經花了整個下午想要把烤肉架組合起來，但是他覺得說明書寫得一塌糊塗。

在我來說它們就像一般的說明手冊一樣，所以一時之間不知道哪裏出了問題。我不想明說，所以就儘可能的找毛病，其實你無法判斷一份說明書是否正確，除非你能把實物拿來操作一番。然後我發現有一部分設計的非常不妥，你必須把手冊翻來覆去才能對照上下文和圖片。我針對這一點嚴厲的批評，而狄威斯在一旁附和，克里斯則把手冊拿去看是怎麼一回事。

當我在嚴厲批評這種翻閱方式可能造成的誤解，我覺得這不是狄威斯的問題，這只是編寫得不夠順暢，使他毫無頭緒。因爲這種支離破碎的語法，對工程和技術人員來說十分熟悉，但是他卻無法吸收。科學所要處理的是一些零零散散的東西，其中可能存有相關性；而狄威斯所能接受的則是一連串原本就相關的事物。他希望我批評的是其中缺乏藝術性的連貫，這是工程人員不可能再忽視的了。所以這種古典和浪漫的對立經常出現在與科技相關的事物中。

但是克里斯把說明書拿去摺了一下，竟然讓圖、文同時呈現。我沒有想到這一點。我就好像卡通影片裏的人物，衝出了懸崖，一時還沒有落下去。因爲他尙未發現自己的困境。我點點頭，大家沈默不語，然後我才發現自己忽略的地方，於是我拍拍克里斯的頭，大家笑了起來。笑聲一直傳到谷底，當笑聲停歇的時候，我說：「反正……」於是大家又笑了起來。

後來我說：「我想說的是我家裏有一大堆說明書，可以由這些手冊看出來，科技方面的寫作水準仍然需要大幅提昇。手冊一開頭就寫『組合日製腳踏車需要心平氣和』。」

這引來更多的笑聲，但是思薇雅、珍妮和雕刻家都很同意我的說法。

「那本說明書倒不錯，」這位雕刻家說，珍妮點頭表示同意。

「這就是我保留下來的原因，」我說，「起初我笑是因爲我想起組合過的腳踏車，以及日本製造過程的草率，但是這句話其實隱藏了許多智慧。」

約翰和我會心的一笑，兩個人都笑了起來，他說：「教授要開講了。」

「事實上，要心平氣和並不簡單。」我進一步解釋說：「那是整個的靈魂，保養的良好與否就取決於你是否有這種態度。我們所謂機器運轉是否順暢正是心平氣和的具體表徵。最後的考驗往往是你的定力。如果你把持不住，在你維修機器的時候，很可能就會把你個人的問題導入機器之中。」

他們只是看著我，思考我的看法。

「這是一種新觀念，」我說，「但是原因一直沒有改變。客觀的物質，比如說，自行車或是烤肉架本身無所謂對錯，分子仍然是分子。機器沒有感受力，除了那些人施加在它們身上的情形。

要想測驗機器的好壞，就看它給你的感受，沒有別的測驗方法。如果機器發出的聲音很順暢，就表示沒有問題。如果聲音不對，那就表示有問題，除非你或是機器任一方有改變。所以測驗機器也是對你的一種測驗。沒有別的測驗。」

狄威斯問我：「如果機器出了問題，而我覺得很平靜，又該怎麼辦呢？」

大家笑了起來。

我回答，「這是自相矛盾的事。除非你不關心，否則你不可能不知道它出問題了。所以發現它出問題就表示你關心它。」

接著我又說：「比較常出現的情形是即使它已經恢復正常了，而你仍然忐忑不安。我想這才是實際的狀況。在這種情況之下，如果你仍然擔心，就表示還有問題，因爲並沒有徹底的檢查過。在工廠裏任何一台機器沒有徹底檢查過，就不能上線運轉。即使它的運轉情形良好。你對烤肉架的憂慮也一樣。你還沒有完成讓你心安的種種檢查步驟，因爲你總覺得這些說明書太複雜了，你很可能無法完全了解。」

狄威斯問：「你要怎樣做，才會心安呢？」

「那要做比我現在所說更多的研究，這件事有很深奧的道理。每一份說明書說明的對象，就是特定的機種。但是我所說的方法，並沒有這麼狹窄。說明書眞正讓人氣憤的是，它們限定你使用一種方法組合，也就是工廠設定的方法，這種前提抹煞了所有的創意。其實組合烤肉架有千百種方式，但是他們不讓你了解整個狀況，因而只要你出一點錯，就拼湊不成了。於是你很快就失去興趣。不只這樣，他們告訴你的方法，可能不是最好的。」

約翰說：「但是它們是從工廠來的。」

我說：「我也來自工廠，我知道這些說明書是怎樣寫成的。你只要帶著一個錄音機走到生產線上，領班會找一個他最不需要用到的人陪你，而他正好逮到打發時間最好的方法。於是不管這個人說什麼，就成了這份說明書上的指示。下一個人很可能告訴你完全不同的內容，或是更好的方法，但是他太忙了。」

他們都很吃驚。

「我早該知道的，」狄威斯說。

我說：「情況就是這樣，沒有作者抵制這種作法，因爲科技原先就假定只有一種正確的方法。然而情況完全不是這樣。所以一旦你有這樣的假設，當然說明書只限定說明烤肉架。一旦你可以選擇千百種組合的方法，就同時要考慮到你和機器之間的關係，還有你與外界的關係。這樣一來，整個工作就需要把你的心靈狀態和機器結合在一起，這就是爲什麼你需要內心的平靜。」

我接著說：「其實這種想法並不奇怪，有時候你只要把新手或蹩腳的人，和高手比較，你就會發現其中的差異。老手根本就不會照著指示去做，他邊做邊取捨，因此必須全神貫注在手上的工作，即使他沒有刻意要這樣做，他的動作和機器之間自有一種和諧的感覺。他不需要遵照任何書面的指示，因爲手中機器給他的感覺，決定他的思路和動作，同時也會影響他手中的工作。所以機器和他的思想同時不斷的改變，一直到把事情做好了，他內心才眞正的安寧下來。」

狄威斯說：「聽起來好像藝術一樣。」

我說：「的確就是藝術，把藝術和科學分開來是完全違反自然的，兩者分開來太久了。你必須像考古學家一樣，不斷追尋到兩者原先分開之處。其實組合烤肉架是雕刻早已失傳的一支，多少世紀以來，由於知識錯誤的分野，造成兩者的分隔，因而如今一旦把它們連起來，就會顯得有些荒謬。」

他們不知道我是不是在開玩笑。

狄威斯問我：「你的意思，當我在組合烤肉架的時候，實際上我在雕塑它。」

「沒錯，就是這樣。」

他想了一想，臉上的笑意愈來愈深。「我眞希望能明白這個道理，」他說完，就笑了起來。

克里斯說他不了解我在說什麼。

傑克•巴斯尼斯說：「克里斯，沒關係，我們也不了解。」他這麼說引來更多的笑聲。

雕塑家朋友說：「我想，我還是研究一般的雕塑就可以了。」

狄威斯說：「我想我只要研究繪畫。」

約翰說：「我想我只要研究打鼓。」說完大家又笑了起來。

大夥對我冗長的演說似乎不以爲意。一旦你腦海中只想到肖托夸的事，就很難不會在不知情的人面前大放厥詞一番。

於是大家各自散開聊天，剩下來的時間，我一直在和傑克、維拉談英文系的發展情形。聚會結束之後，約翰夫婦和克里斯都回房睡覺。狄威斯卻和我很認眞的討論剛才我發表的見解。「你剛剛提到有關烤肉架說明書的事很有意思。」

珍妮也很認眞的說：「你似乎已經思考了好長的一段時間。」

「我已經在這些事物背後的觀念花了整整二十年，」我說。

由於外面的風吹得很強勁，爐火不斷的爆出火星，沖上煙囪，愈燒愈旺。

我幾乎在告訴自己：「你如果一直向前看，或者只看到目前的狀況，對你並沒有任何意義。一旦你回顧以往，就會看到一種模式隱隱出現。如果你由這個模式出發，那麼很可能會迸發出一些東西。剛才有關科學和藝術的見解，只是我生活的一部分，它代表了一種超越，我想那是許多人也想要超越的。」

「是什麼呢？」

「並不只是藝術和科學，而是想超越理性和感情的對立。科學的問題在於它並沒有和人的心靈連在一起，所以在盲目之中表露出它醜陋的一面，因而必然引起人們的厭惡。然而過去人們並沒有注意到這一點，因爲大家關心的是食衣住行的問題，而科學正好能滿足人們這方面的需要。

「但是現在有更多人相信，也注意到科學所產生的醜陋現象，因而懷疑我們是否需要犧牲靈性和美感上的需要，以滿足物質方面的慾望。最近已經引起全國的注意，大家開始反對工業所帶來的汚染，反對一切科技化等等。」

狄威斯和珍妮早已了解這一點，所以不需要我做任何解釋，於是我又繼續說：「然而我又相信，這種情形主要是因爲現存的思想無法解決目前的問題，因爲理性的方法不可能解決理性自己所產生的問題。有些人解決的方法較偏重個人的方式，就是直接拋棄一絲不苟的理性，然後跟著感覺走，就像約翰和思薇雅一樣，而且有數百萬的人都和他們一樣。但是這似乎也不是解決問題的方法，所以我想說的是，解決的方法不是拋棄或否定理性，而是拓展理性的內涵，使它能夠找到解決的方法。」

珍妮說：「我想我不知道你的意思。」

「這眞是一場獨力作戰的苦仗。就好像牛頓當年嘗試解答『瞬時變動速率』的問題時所面臨的困擾。在他那個時代裏，無人能想像得出物體如何在瞬時間發生變化。雖然，那時的人們已頗能處理在數學上幾近乎零重量的物質，例如就地點或時間上的變化，大家都認爲那是合理的，實際上並沒有什麼差別。所以，牛頓曾說道：『假設物體會做瞬時變化，那麼，我們就可以想辦法找出各種應用之道。』微積分即是根據這個假設所發展出來的數學原理，至今仍爲工程師所廣泛運用。牛頓據此發明了一種新的理性思考模式。他將理性擴展至物體極細微的變化上，而我認爲我們也應該如是將理性拓展至對科技所叢生的醜陋面上去。困難是在於一定要從根本做起，而不是光在枝枝節節的地方上擴展理性，從而徒勞無功。

「我們活在價值混淆的時代，我想造成這種現象最主要的原因就是過去古老的觀念已經無法應付新的狀況。曾經有人這麼說，眞正的學習來自於向四處的遊蕩。而你必須先停止拓展原先的知識，四處遊蕩一陣子，直到你碰到一些事能夠讓你拓展原先知識的根基，才會繼續前進。每一個人都很熟悉這種經驗，我想一旦整個文化的根基需要拓展的時候，就會出現相同的狀況。

「如果你看看過去三千年來的歷史，然後後知後覺的以爲發現事情的因果關係。一旦你去查考當代的史料，就會發現這些原因在當時往往並不明顯，一旦拓展根基的時候，世事就會變得像現在一樣混淆不清，而且目標不明。哥倫布發現新大陸之後，在社會上引起價值觀的混亂，因而造成文藝復興。他的發現大大震撼了當時人的思想。從各種紀錄都可以發現這種價值混淆的現象。在新舊約聖經中並不認爲地球是圓的，而且也沒有預言到這一點。但是人們又無法否定這個事實，他們所能採取的行動，就是拋棄中古世紀的價值觀，接受理性的新世界。

「於是哥倫布成了學校教科書的主角，我們很難想像他原來也是一般人。如果你暫時停止思考他因爲發現新大陸所帶來的影響，進入他當時的世界，那麼你可能會發現我們目前登陸月球和他當時的壯舉相比，簡直就是小巫見大巫。登陸月球並沒有在思想的根本產生變革，我們知道現有的思考模式就足以解決這個問題，它只是哥倫布發現新大陸的一個分支。要想出現一個眞正前無古人就像哥倫布一樣的發現，必須有全新的方向。」

「比如說？」

「比如說，進入超越理性的領域。我認爲目前的理性就好像中古世紀認爲地球是平的一樣，如果你走到盡頭，很可能就會掉到深淵裏變成瘋子。而人們對這一點非常恐懼。我認爲這種恐懼瘋狂就好像中古世紀的人恐懼掉到世界盡頭之外，或者就像恐懼異教徒一樣，兩者之間非常的相似。

「而目前的狀況是，每一年我們都發現傳統的理性愈來愈無法處理現有的經驗，因而造成目前世界上價值十分混亂的現象，結果愈來愈多的人開始研究超越理性的世界。比如說：占星術、神祕主義、吸食毒品等等，因爲他們覺得傳統而又嚴謹的理性，無法處理現實之中的經驗。」

「我不太了解你所謂嚴謹的理性。」

「就是分析、辯證的❽理性。在大學裏，理性被視爲了解的整個基礎，你從來不曾眞正的了解它。一談到抽象藝術，理性就完全派不上用場了，這就是我所謂根本的經驗。有一些人很可能會詛咒抽象藝術，因爲它毫無道理可言。但是錯不在於藝術本身，而是所謂的道理。它來自於嚴謹的理性，無法掌握藝術的現象。大家一直想要從理性當中，找到能夠涵蓋抽象藝術的理論，但是答案並不在理性的支節當中，而在根本。」

這時候從山上吹下來的寒風愈來愈強勁，我說：「嚴謹的理性來自於古代的希臘人。他們聽風的聲音就能夠預測未來，聽起來有些不可思議，但是爲什麼支持理性的人，卻去做超乎理性的事呢？」

狄威斯瞇著眼問我：「他們怎麼能聽風的聲音就預測未來呢？」

「我也不知道，很可能就像畫家盯著畫布看，就能預測自己的未來一樣。我們整個的知識體系就源自於他們研究的結果。然而我們尚未了解，產生這些結果的方法是什麼。」

我想了一下，然後說：「我以前在這兒的時候，我曾經談過不少理性教會嗎？」

「你談過很多。」

「我提過一個叫做菲德拉斯❾的人嗎？」

「沒有。」

---

❽ Dialectic：辯證法。柏拉圖曾著《對話錄》(*Dialogue*)一書，他爲證實其學問而與對手展開一問一答，讓對手發現自己的見解是矛盾的而認輸。十九世紀初期德國哲學家黑格爾(Hegel)則將辯證法分爲三階段：(1)命題法(必須論證的)；(2)反命題法(經由問證前項命題而得之自相矛盾之命題)；(3)綜合法(由前二者之衝突而得之結論)。贊同辯證法的人認爲歷史上各種不同的政治、社會、經濟和文化團體因爲辯證的發展方式而得以進步。其中馬克思(Karl Marx)的Dialectic Materialism最著名，他認爲統治者與被統治者對立，最後會起衝突，而產生新的階級。其中以經濟力量決定由誰掌權。

「他是誰？」珍妮問我。

「他是古希臘的……一位修辭學者⑩……主要的工作是研究寫作，當時他活在理性被發現的時代中。」

「你從來沒有提到過。」

「那是我後來才想到的。這些古希臘的修辭學者是西方世界當中第一批學者。柏拉圖在他所有的作品當中，猛烈的詆毀他們。所以對他們的了解，我們幾乎完全來自於柏拉圖的作品當中。因而在歷史上，他們並沒有受肯定。而我提到理性的教會，就是建在他們的墳墓上，如果你掘得夠深，就很可能會碰到他們的靈魂。」

我看了看手錶，已經兩點多了，我說：「這是一個很長的故事。」

珍妮說：「你應該把這些都寫下來。」

---

⑨菲德拉斯(Phaedrus)：西元一世紀時羅馬的寓言作家。原爲馬其頓人的奴隸，以拉丁文寫動物的寓言故事。

⑩Rhetoric：修辭學。演說及寫作的藝術。原先指希臘人演說的藝術，後來泛指一切企圖說服別人的溝通方式。更廣義的說法是不包含說服的用意，也就是包含小說、詩等在內。其研究主要內容爲句子的結構及詞藻的應用。現代修辭學家則研究更深入於演說者、作家與聽衆之間的關係以及心理的互動。

我同意的點點頭：「我正在構思一連串的演說論集——一種肖托夸。在我們結束旅程之後，我打算把它寫出來……這就是爲什麼在這些方面我研究得十分徹底，整個問題非常龐大而又艱難，就好像想要徒步行過這些山脈。

「但問題是，論文總像上帝在談永恆一般嚴肅。然而情況不是這樣的，人們應該了解，這只不過是一個人在特定的時空和環境背景下發表他的看法，情況僅止於如此，但是你無法在論文當中使人明白這一點。」

珍妮說：「反正你應該寫下來，但是不要想做得很完美。」

我說：「我想是的。」

狄威斯問我，「這和你研究良質⓫有關嗎？」

「這是它直接的結果，」我說。

我想起一些事情，然後看了看狄威斯。「你不是勸我放棄它嗎？」

「我是說像你這種研究沒有人成功過。」

「你認爲可能成功嗎？」

⓫ Quality：良質。本字原指品質、特性、高級、素養等，但作者賦予其新的義涵，此義涵非三言兩語所能涵蓋，必須由讀者根據上下文而加以揣摩。因爲任何定義終將破壞其不可說的特性。

「我不知道，誰曉得呢？」由他的表情我知道他眞的很關心這件事，「不過現在有不少人比較注意你的言論，特別是孩子們。他們眞的在聽……不只是聽到而已，而是心悅誠服的接受，這完全是兩碼子事。」

從積雪的山頂吹下來的風聲已經在整個房子裏迴盪好久，聲音愈來愈大，彷彿要把整座房子給掃倒，連我們一起吹向遠方，恢復這座峽谷的原來面貌。但是房子直挺挺的站立著，於是風逐漸退卻，彷彿被打敗了一般。然後它又回來了，在遠處先吹起一陣小風，然後到了我們這裏突然變成一道狂風。

我說：「我一直在聽風的聲音。」

接著我又說：「我想約翰夫婦回去的時候，克里斯和我應該爬到山頂上。我想是他該好好看看那個地方的時候了。」

狄威斯說：「你可以從這裏開始往上爬，然後由峽谷的背面再爬上去。一路上可能沒有辦法讓你騎到七十五哩以上。」

「那麼我們就開始從這兒爬起，」我這樣說。

上樓來我很高興看到床上鋪著厚厚的棉被，現在寒氣逼人，很需要這樣的棉被。我趕快脫掉衣服，鑽進棉被裏，在溫暖的被窩中，我又想了好一陣子山頂的雪和風，還有哥倫布。

第十五章

接下來兩天，約翰和思薇雅、克里斯和我四處閒逛著，不時的聊聊天，然後又騎馬去一座古老的礦城，然後再回來。接下來約翰和思薇雅要告別了，這是我們最後一次一起由峽谷騎到波斯曼了。思薇雅在前面已經回頭三次，很顯然的要看看我們是否無恙。過去兩天來，她都不多話。昨天我看見她的眼神很憂慮，又有些害怕，她太擔心克里斯和我了。

在波斯曼的酒吧裏，我們喝完最後一杯啤酒，然後我和約翰討論騎回去的路線，又說了一些例行的話。比如說，這一路上相處在一起的時間有多麼好，我們很快就會再見。突然我覺得這樣說讓人很傷感。因爲反倒像普通的朋友一樣。

到街上的時候，思薇雅轉過身來面對著我和克里斯停下來說：「你們不會有事的，不要擔心。」

我說：「當然。」

她的眼睛又再度出現恐懼的神色。

約翰已經發動了摩托車等她上路，我說：「我相信你說的。」

她轉過身騎上去，約翰一面看著路上的車流，準備找機會騎上去，我說：「再見了！」

她又看了我們一眼，這次臉上沒有特殊的表情，約翰找到機會就騎進車流裏面去了，然後思薇雅朝著我們揮揮手，就好像電影中的情節一樣。克里斯和我也向她揮手再見。他們的摩托車很快就消失在州際公路上擁擠的車流裏，然後我又看了好一陣子。

我看了看克里斯，然後克里斯也看了看我，他沒有說什麼。

早上我們坐在公園裏的博愛座上，接著吃過了早餐，就到修理店裏去換輪胎和車鏈，由於車鏈必須要額外加工，所以我們在等待的時間當中，就出去逛。在大街上，我們在教會前的草地上坐下來，克里斯躺在草地上，用夾克蓋著眼睛。

我問他：「你累了嗎？」

「沒有。」

由這兒到北邊山脈的山腳下，天氣非常熱，有一隻翅膀透明的小甲蟲，因爲受了熱氣的影響，停在克里斯腳旁的一根草上，我看它揮動著翅膀，愈飛愈慢。我也躺下來想小睡一會兒，但是又睡不著，反而有點不安，於是就站了起來。

我說：「我們起來走一走。」

「去哪裏呢？」

「到學校去。」

「好吧。」

我們走在樹蔭底下，一路上的行人道非常乾淨，兩旁的房子也很清爽。走在街道上又讓我想起過去許多事。他也常在這些街道上走。在逍遙自在的氣氛中準備他的講稿，把這些街道當作他的學校。

他準備到這來教的是修辭學和寫作。而他教過的是一些高級的技術性的寫作，以及大一英文。

我問克里斯：「你記得這條街嗎？」

他四下望了望，然後說：「我以前常常坐在車子裏出來找你，」他指著對街。「我記得那個房子的屋頂很有趣……誰要是先發現你，就可以得半分錢，然後我們就會停下來讓你坐在後座，你都不和我們講話。」

「那個時候我正在沈思。」

「媽媽也這麼說。」

他當時確實思想得很辛苦，教書的壓力已經夠沈重了，然而對他更不利的是，以他精確的分析能力，他知道他所要教的題材，毫無疑問的是整個理性教會最無法分析、最不精確的一部分。這就是為什麼他會思想得這樣辛苦。對一個受過方法和實驗訓練的人，修辭學簡直就是無可救藥，其中毫無邏輯可言。

在大一修辭學的課堂上，只要讀一小段論文或是短篇故事，然後討論作者為了產生某種效果所運用的技巧，然後要學生也模倣同樣的技巧寫論文和短篇故事，看看他們是否做得到。他不斷試著這樣做，但是還是無法讓學生眞正學到什麼。寫出來的東西和原作往往相去甚遠，甚至他們的寫作能力變得更糟，因爲在這些規則之中，總是充滿了各種例外、矛盾、混淆不清以及限定好的狀況，以致使他希望一開始就不曾談過這些規則。

有一個學生總是喜歡問在某一種特定的情況下如何運用這些規則。菲德拉斯這時候就必須做選擇，是編造一套如何運用的解釋，或者坦白的告訴對方他眞正的想法。而他眞正的想法是，這些規則是作品寫好之後才找出來的，作者不是依照這些原則來寫作。他最後終於承認，這些學生想要模倣的作家，原先根本就沒有所謂的原則，只是把他們認爲對的東西寫下來，然後再回頭看看是否有問題，如果修辭不妥，可以再修正。有一些學生的作品由於事先經過周密的思考注意是否符合修辭學，因此讀起來很乏味，彷彿其中的確有點蜜汁，但卻無法洶湧而出。但是你又如何教學生那些無法事先周密策劃的東西呢？這似乎是不可能達到的要求。於是他就拿起教科書隨興評論，希望學生能夠由此得到一些東西，但是情形令人並不滿意。

它就在前面了。這個時候，我的胃又開始緊張起來。

「你記得那棟建築嗎？」

「那是你過去教書的地方……爲什麼我們要來這裏呢？」

「我也不知道，我只是想看看它。」

周圍似乎並沒有多少人，顯然現在正在放暑假，不會有多少人。建築物的屋頂呈人字形，牆壁是深褐色的磚牆，這是一座很優美的建築，有唯一屬於這裏的風格。走到門前的階梯是石頭鋪成的。不知道有多少人走過，每一個石階都凹成一個淺淺的窩。

「我們爲什麼要進去呢？」

「噓，現在不要說話。」

我打開沈重的大門走進去，裏面有很多老舊的樓梯，走在腳下還會嘎吱作響，而且透出幾百年來打掃和上過蠟的氣味。走到一半，我停下來聽一聽，沒有任何聲音。

克里斯小聲的問：「我們爲什麼要來這裏？」

我只是搖搖頭，我聽到門外好像有車子經過的聲音。

克里斯又低聲說：「我不喜歡這裏，這裏好恐怖。」

我說：「那麼你就到外面去吧！」

「你也跟我一起來。」

「等一下。」

「不要，要現在。」他看著我，看我沒有要跟他去的跡象。他有點害怕，我幾乎想要改變心意。但是突然之間，他轉身跑下樓，然後跑出去，我來不及追上他。

外面傳來沈重的關門聲，現在我在這裏單獨一個人，我仔細聽有一些聲音……是誰呢？……是他嗎？……我聽了好一陣子……

當我走到門廊的時候，地板嘎吱作響，我想他眞的來了。在這個地方他才是眞實的人，而我是鬼魂。在某一間教室的門把上，我看見他的手停留了一陣子，然後慢慢的轉開門把，推門進去。

教室裏面還是和以前他在的時候一樣。現在他來了，他看到所有我看到的東西，這一切激起了我鮮活的回憶。

墨綠色的黑板兩邊都已經剝落了，需要整修，情形就像以前一樣。黑板槽裏的粉筆永遠都不是完整的一支，只是一小段、一小段的。在黑板的另外一邊是一排窗戶，他可以透過窗戶看到戶外的山色。在學生寫作的時候，他就沈思其中。他坐在暖氣機旁邊，手上拿著一支粉筆，兩眼望著窗外的山景，學生常常打斷他：「我們必須……？」然後他只好轉過身來回答學生的問題，在這裏學生曾經很安靜的聽他講課，而他也會傾其所有的告訴學生。這裏不是一間教室，而是一千間教室。每天都有不同的風雨、下雪，還有山上的雲，不同的班級還有不同的學生，教室都有不同的氣氛，不曾有相同的兩個鐘頭，所以對他來說，接下來會發生什麼事情，總是一個謎。

我對時間的感覺幾乎喪失了，然而我聽到大廳裏的腳步聲愈來愈大，然後我聽到它停在這間教室的門口，門把慢慢的轉開，門打開來了，有一名女子向裏面觀望。

她的表情彷彿她是在這兒逮到什麼人。看上去她已經超過二十五歲，長得並不很美。她說：

「我想……」她的臉上有點不解的表情。

她走進房間向我走來，希望看得更仔細點。於是她臉上急切的表情消失了，慢慢的轉成懷疑的眼光，然後她大吃一驚。

「我的天，是你嗎？」她說。

我完全不記得她。

她說出我的名字，然後我就點點頭說：「沒錯，是我。」

「你回來了！」

我搖搖頭說：「只是回來幾分鐘而已。」

她一直看到連自己都覺得不好意思才問我：「我能坐下來一會兒嗎？」她這樣羞怯的問話，表示她很可能過去是他的學生。

她在前面的椅子上坐下來，沒有戴戒指的手有一點兒顫抖。我眞的是個鬼魂囉！

這個時候，她反而變得不好意思起來，「你想要待多久？……不是，我問的是你……」

我接著說：「我準備在狄威斯家住幾天，然後繼續向西走，在城裏還有一點時間，所以想過來看看。」

她說：「哦！我很高興你回來，學校變了……我們都變了……自從你離開之後，變了好多……」

接下來又是一陣子令人不安的沈默

「我們聽說你住院了……」

我說：「沒錯。」

接下來是一段令人更不安的沈默。

由於她沒有繼續追問下去，就表示她很可能知道原因，她又猶豫了好一陣子，想要找話講，然而這樣子令人很不好受。

「你現在在哪兒教書呢？」最後她又問道。

「我不再教書了，」我說：「我已經不再教了。」

她不相信的望著我：「你不教了？」她皺了皺眉，又看了看我，彷彿要確定她說話的對象的確是那個人，「你不可以這樣。」

「可以的。」

她搖搖頭，十分不解的說：「你不是他。」

「是他。」

「爲什麼？」

「對我來說，這些都已經結束了。我現在在做別的事情。」

我一直在想，她究竟是誰？而她的表情看起來十分羞澀，「但是那……」她想繼續說下去。「你已經完全……」但是這句話仍然未說完。

她想要說的是「瘋了」，但是她兩次都不讓自己脫口說出。她了解了一些事，咬了咬嘴唇，然後有些傷感的樣子。我一直想說些什麼，但是不知道從哪裏說起。我眞想要告訴她我不認識她。但是她站起來說：「我應該走了。」我想她一定知道我不認識她。

她走到門口以很快而且僵硬的口吻跟我道再見。等到門一關起來，她走得更快了，幾乎是用小跑的走出大廳。

外面的大門關上了，教室裏一片沈寂。除了她走後所留下的影響，教室只剩下一股悲傷的氣氛。而原先我所要來看的東西已經消失了。

我想這樣也好，我很高興回到這裏來，但是我想我不會再想要回來這裏了。我寧可去修理摩托車，還有人在那裏等我。

出門來的時候，我很勉強的打開門。在牆上我突然看到一樣東西，讓我全身不禁打了一個寒顫。

那是一幅畫，我原先想不起有這幅畫，但是我現在知道是他買的掛在這裏。突然間我發現它不是原畫，是他從紐約郵購的一幅複製品。狄威斯看到它的時候皺皺眉，因爲這只是一幅印刷品，並不是原作，當時他並不明白這種感覺。而這幅題名爲「少數人的教會」印刷品，畫的內容和它的名字似乎毫不相關，它用半抽象式的線條畫歌德式的教室還有草原。色彩、層次似乎都能反映出當時他所謂理性教會的心態，這就是他掛在這兒的原因。現在這一切都回來了。這裏是他的辦公室，這是個發現，這就是我在尋找的房間。

我一走進房間，由於剛才那一幅畫的啓動，過去的回憶突然間湧上心頭。照到畫上的光線是透過旁邊牆壁上狹長的窗戶射進來的，當時他正從這個窗子往外看，越過河谷，看著麥迪生山脈(Madison Range)也看著暴風雨襲來，就在看著眼前的這個山谷，就在這個窗戶旁邊……整個事件都回來了，當時就是在這裏發狂的，就是這個地點！

而那個門通向莎拉的辦公室，莎拉！我想起來了，她手上拿著澆花的水壺，快步的從走廊走到她的辦公室，然後說，「我希望你把所謂的良質教給學生。」這位女士即將退休，正要去澆她的花草，就是這一刻引發了後來的一切。它就是晶種。

晶種。我又回想起許多更淸楚的畫面。實驗室、生物化學。當時他正在研究一種極度飽和的溶液，而有一些類似的事情發生了。

極度飽和的溶液就是超過了它的飽和點，在這種情況之下，不會有任何物質再溶解，只要溶液的溫度增加，溶點就會升高。如果你在高溫下溶解物質，然後冷卻溶液，這些物質往往不會結晶，因爲分子不知道如何開始，它們需要一些物質去引動結晶的過程，而晶種或是一小粒灰塵，或者是在燒杯的外面輕敲和刮動，都可能促使結晶開始。

他想走到水龍頭那兒去冷卻溶液，但是永遠都沒有走過去。在他走動的時候，眼前的溶液突然開始結晶，然後剎那間，結晶充滿了整個容器，他淸楚的看見結晶之前還是淸晰的液體，而現在卻是一團固體。他可以把容器倒過來，什麼都不會流出來。

然而就在那一句「我希望你把所謂的良質教給學生」之後幾個月之間，你幾乎可以看出它成長的速度，引發出一組巨大、精密而且複雜的思想體系，彷彿是用魔術變出來的。

我不知道她說這句話的時候，他是怎樣回答的，很可能是什麼都沒有說。她每天要從他的背後走到自己的辦公室許多次，有的時候她會停下來說一兩句很抱歉打擾他的話；有的時候又會提到一些片段的消息。而他已經習慣了這種方式。我知道她又來過問道：「這個學期你眞的要教良質？」他點點頭，然後坐在自己的椅子上看了她一眼。然後說：「當然。」於是她又走開了。這個時候他正在準備講稿，當時心情正處於極度的沮喪之中。

他沮喪的原因是教科書是所有修辭學的教材裏面理性最重的一本。他曾經去找這本書的作者，他們是系裏的同事，他就書上的問題向他們請教和討論，也耐性的聽他們的回答。然而對他們的解說他並不滿意。

這本教科書的前提是，如果要在大學裏面教修辭學，就必須把它當作是理性的一支，而不是神祕的藝術。因此爲了要了解修辭學，它強調的是要掌握溝通的理性基礎，所以必須介紹基本的邏輯學，以及基本的刺激和反應的理論。接著就要談一些如何撰寫一篇論文的方法。

第一年開始教的時候，菲德拉斯對這種架構尙且滿意，然而他總覺得有哪裏不對勁，但毛病並不在於把理性運用在修辭上，問題在於他夢想中的鬼魂——理性本身。他發現理性和困擾他許多年的問題如出一轍，然而對這個問題他並沒有解決的方法，他只是覺得沒有任何一位作家是依照這樣嚴謹、有條理、客觀而又講究方法的步驟在寫作。而這就是理性所要求的。幾天之後，莎拉從後面快步的走過又停下來說：「我很高興你這學期要教良質，這個時代很少有人會做這樣的事了。」

他說：「我就是這樣的人，我一定要讓學生徹底了解它的意義。」

「很好，」她說，然後又走開了。

他又回到自己的筆記上，但是不一會兒他就想起莎拉剛才奇怪的言論，她究竟在說什麼？良質。當然他教的是良質。誰不是呢？於是他又繼續寫他自己的筆記。

另外一個讓他沮喪的是僵化的文法。這一部分早該作廢，但是仍然存在。你必須要有正確的拼字、正確的標點以及正確的用詞。有數以百計各種規則爲那些喜歡零零碎碎的人而設立。沒有人在寫作的時候還會記得那些畸零瑣碎的事，這些就好像餐桌上的繁文縟節一樣，不是從眞正的禮貌和人性出發，而是爲了滿足自我的慾望表現得像紳士和淑女一樣。而紳士淑女良好的餐桌禮儀以及說話、寫作的合乎文法，被認爲是擠進上流社會的晉身階。

然而在蒙大拿這一套根本不管用。系上對於這方面的要求很低，他只得和其他教授一樣，只要求學生把修辭學當作是一門必修課。

不一會兒他又想起所謂的良質，對這個問題他有一點兒坐立難安，甚至挑起他的怒氣。他已經想過然後再想下去，接著望向窗外，又回頭再想一陣子。良質？

四個鐘頭之後，他仍然呆呆的坐在那兒，而窗外早已暗下來了。這時電話鈴響，那是他太太打來的，想知道發生了什麼事情。他告訴她很快就會回去。然而不一會兒他又忘記了，連其他的一切都忘了。一直到凌晨三點鐘他才很疲倦的承認他實在不知道良質是什麼意思。然後拿起公事包回家去了。

大部分的人這個時候已經放棄研究什麼是良質或者讓問題懸在那兒，因爲他們實在想不出來，況且還有別的事要做。但是他對自己無法教導學生自己所信仰的感到十分氣餒。他實在不知道自己該怎麼做。第二天一早起來的時候，他仍然沒有答案，由於只睡了三個鐘頭，所以十分疲累。他知道自己今天無法上課，而且筆記還沒有寫完，所以他在黑板上寫道：「請寫出三百五十字的短文，回答這個問題：在思想和言論上良質是何意義？」於是他坐在暖氣機旁邊，在學生振筆疾書的時候，他也在想這個問題。

這堂課結束的時候，似乎沒有人寫得出來，所以他就讓學生帶回去寫。下一堂課是在兩天之後，他還有時間再進一步想這個問題。在這段期間他碰到課堂上的學生，向他們點頭的時候，看到他們臉上有憤怒和害怕的表情。他想他們一定和他碰到了一樣的問題。

良質……你知道它是什麼，然而你不知道它是什麼。這是自相矛盾的。如果有一些事情比另外其他的要好，那就是說它們的等級比較高。但是一旦你想解說良質的時候，而不提擁有這種特質的東西，那麼就完全無法解釋清楚了。因爲所說的根本就沒有內容，但是如果你無法說出良質究竟是什麼，你又如何知道它是什麼呢？或者你怎樣才知道它存在呢？如果不知道它究竟是什麼，那麼就實用的角度來說，它根本就不存在。而實際上它的確存在。那麼等級的根基又在哪裏呢？爲什麼有些人願意花更多錢去買這些東西，而把另外一些東西丟到垃圾桶裏呢？很明顯的有些東西的確比其他的東西要好，但是什麼又是比較好呢？……你的思想一直在打轉，找不到出路。究竟良質是什麼呢？它是什麼呢？

第二部

第十六章

克里斯和我晚上睡了一場好覺，第二天一早，小心把行李裝上車。現在我們已經上路一個鐘頭，預備去爬山。谷底大部分種的是松樹林，還有一些白楊，以及闊葉灌木。就在我們兩旁，高聳的峽壁陡直而上，偶爾眼前會出現一片陽光和草地，綠草沿著峽谷的溪岸生長，但是很快又被松樹的陰影遮蔽。一路上地面鋪著一層鬆軟的松針，四周是一片寧靜。

我們在許多禪學的書以及世界各大宗教的記載當中都會發現這樣的山嶺、朝山的旅人，以及發生在他們身上種種的故事。而實體的山往往能象徵人們靈性長進的路程。就好像那些在我們身後山谷裏的人們，大部分人望著靈性的高峰，但是一生從來不曾攀上，只是對聽別人的經驗很滿足，而自己不願意費任何心血。有一些人則是靠著有經驗的嚮導，他們知道最安全的路，因而能夠很平穩的到達他們的目的地。但是還有另外一批人，不但沒有經驗，而且不太相信別人的經驗，想要走出自己的路。其中很少人能成功，但是總有一些靠著自己的意志、運氣還有恩典而做到了。那些成功的人要比別人更明白，其實登山並沒有唯一或是固定的路線，有多少這樣的人物就有多少條路。

現在我想談談菲德拉斯探討良質的意義，在他來說，這就好比開拓出一條到達靈性高峰的路徑。我會儘量解說清楚，它有兩個重點。

第一點，他不想建立一種僵化而系統的定義，所以良質的這一面是快樂、充滿成就和富有創意的一面。他在我們身後山谷裏的學校教書的時候，大部分的時光都是如此。

第二點則是來自於一般人批評他對於自己所探討的缺乏定義，在這方面他提出良質系統而刻板的定義，因而建立起龐大的思想體系。於是他上窮碧落下黃泉的絞盡腦汁建立起有關生存的系統解釋之後，讓我們對它的了解遠超過以前。

如果這眞是一條通往山頂的新路，當然是需要的。因爲三百年來舊的路都是一些捷徑，而且因爲自然的侵蝕改變了路徑，而科學的研究也改變了山的形狀。早期登山者開闢出來的路似乎能讓所有的人都上山，但是今天在西方世界，這些路都已經在社會不斷的變動下，因爲原先的僵化而喪失功能。如果你懷疑耶穌或摩西所傳講的訊息必然會招致大部分人的厭棄。然而如果耶穌或是摩西生在今日，不爲人認出他們的身分，仍然傳講當初的訊息，他們的想法一定會受到質疑。這並不是因爲耶穌或是摩西所說的不是眞的，或者現代的社會出了問題，只是他們表達的方式已經和這個社會脫節，因而一般人無從理解。在這個太空時代，天堂在上的意義已經逐漸消失。哪裏才是上方呢？然而事實上，就算因爲語言上的僵化，這些老舊的路喪失影響人們生活的意義，因而算是封閉了。但是這並不表示山已經消失了，它仍然在那兒，只要人有意識它就存在。

然而菲德拉斯提出第二點形上的看法對他是一項打擊。在他接受電擊之前，他已經喪失了身邊所有的產物：金錢、財產、孩子。法院甚至下令褫奪他的公民權。他所剩下的只是對良質的夢想，一張通往山頂的地圖。爲了這張地圖，他犧牲了一切。然而他被電擊之後，連這個也喪失了。

我想永遠不可能知道當時他腦海裏在想什麼，而且也不會有其他人知道。他留下來的只是一些斷簡殘篇，還有四散的筆記。雖然可以拼湊成篇，但是仍然有許多無從解釋的地方。

當我第一次發現這些資料時，我覺得好像是雅典郊外的農夫，很偶然的挖出許多石頭，上面有奇怪的記號。我知道過去有一整套完整的計劃出現過，但是它遠遠超乎我的了解。一開始，我刻意避開這些資料，不想去深入研究。因爲我知道，這些石頭會引起某些麻煩，我應該避開。但是那個時候，我已經了解它們是一套龐大思想體系中的一個小部分，而我也有無法言明的好奇。後來等我更有信心能對他的影響產生免疫力，我對這些資料就更感興趣。於是開始把許多片段不按一定系統記下來，而是按著這些資料顯現給我的次序記下來。其中有許多是朋友提供的已經有幾千條了。但是只有一小部分適合這一次的肖托夸。所以這一次的肖托夸主要的根基就在於這些資料。

要想完全了解他的思想是一條漫長的路。尤其我得要從這些斷簡殘篇中歸納出當初的整個架構。我一定會犯錯，而且原先的記載不連貫，爲此我希望得到讀者的寬諒。在許多情況之下，這些片段都模糊不清，可能會產生許多不同的結論。如果有問題出現，就表示我重建的架構出了問題，責任不在他原先的思想。以後我可能會建立更好的架構。

我聽到一陣翅膀拍打的聲音，有一隻山竹雞消失在樹林裏。

克里斯說：「你看到了嗎？」

我說：「噢！」我回他，「看到了。」

「那是什麼？」

「山竹雞。」

「你怎麼知道？」

「牠們飛起來的時候，就是那樣拍打翅膀，」我說，「我不太肯定但似乎不錯，而且牠們很接近地面。」

克里斯說了一聲「哦！」然後我們繼續爬山，太陽透過松樹林照下來的光芒好像教堂常常畫著從天上射下來的光芒一樣。

今天我想先提出他探索良質的第一部分，屬於非形上學的一面。這一面會讓人頗爲愉快。開始旅行總是令人愉快的，即使你知道結束的情形不見得會這樣。我藉著他上課的筆記，想要提出他在教修辭學的時候，良質對他是一個活生生的觀念。

他個人有非常廣泛的創意，所以他對腦袋中一無所有的學生十分頭痛。剛開始他以爲是學生懶惰，後來才發現情形不是這樣。他們就是怎麼樣也想不出可以表達的東西。

其中有一個女孩子臉上戴了一副很厚的眼鏡，想要寫一篇有關美國的五百字短文，他一聽到這樣的題材就知道會有問題，所以就建議她把題材縮小，只談波斯曼。

當要交稿的時候，她又交不出來，而且十分難過，她已經試過一切方法，就是想不出要說什麼。

他和以前的老師談起這事，他們的說法也跟他自己的印象一樣。她很認眞、受過良好的訓練，工作也很努力，但卻是個非常乏味的人。從她身上找不出一絲創意。她厚厚的鏡片底下，無神的雙眼好像做苦工的人一樣。她沒有騙他，她眞的想不出任何東西來，因而對於她自己的無能十分難過。

這一點令他大吃一驚，現在換成他說不出話來。兩個人沈默了一陣子，他突然提出一個奇怪的想法，那麼就寫波斯曼的大街吧！

她很認眞的點點頭就出去了。等到下一堂課的時候，她變得更沮喪，甚至流下淚來。很顯然的，她已經好長一段時間非常沮喪了，她仍然想不出什麼可寫，她不明白爲什麼會這樣，如果她想不出波斯曼有何可寫之處，她應該想得出來大街上有何可寫。

當時他頗為震怒。他說：「你根本沒有去觀察。」這時他突然想起自己因為意見太多而被學校解僱的事。每一個事件都有無窮的假設，你觀察得愈多你看得就愈多，所以他還沒有開始觀察，然而他並不明白這一點。

他很生氣的說：「那麼就把題目縮小到波斯曼大街上一棟建築物的正面牆壁。就拿歌劇院為例，從左手邊上面的磚塊開始寫。」

她厚厚的鏡片底下，眼睛張得好大。

下一堂課她不解地交給他五千字的文章，上面寫著：「我坐在對街的漢堡攤旁，」她寫道，「開始寫第一塊磚然後是第二塊磚。在寫第三塊磚的時候，突然間，我再也停不下來了。別人以為我瘋了，不時嘲笑我。但是這裏就是我所寫的，我自己也不明白為何會這樣寫。」

他也不明白。但是他在散步的時候，仔細想了一陣子，終於得到結論。很明顯的，她就像自己第一天教書的時候思想一時阻塞反應不過來。她之所以會卡住是因為她只想重複聽過的事，就像他第一天想要重複早已決定要說的內容。她之所以寫不出有關波斯曼的事，是因為她想不出波斯曼有任何值得重複寫下來的地方。很奇怪的她竟然不知道自己能從不同的角度觀察，而不要在乎別人說過什麼。而把題材縮減到一塊磚就突破了她的瓶頸。因為很明顯的，她必須直接不受任何阻礙的觀察這塊磚。

他又進一步實驗在課堂上，他要所有的人花一個鐘頭描寫他大拇指的背面。一開始大家覺得很滑稽，但是每一個人都照著做了，而沒有任何人抱怨不知從何下筆。

在另外一班他把題材改爲錢幣，每一個學生整個鐘頭都在振筆疾書。而在另外一班也是同樣的情形。有的人會問：「需要寫兩面嗎？」一旦他們能自己直接觀察，就會明白有無窮的題材值得寫，這是一種培養信心的訓練，雖然他們所寫的看似微不足道，但是終究是自己的作品，而不是模倣別人之作。做過這樣練習的班上所寫出來的文章都比較流暢而且有意思多了。

經過他的實驗結論是模倣是一種眞正的罪惡。在他開始教修辭學之前必須先清除這種習慣。而模倣似乎是一種外界的壓迫，小孩子從來不會這樣，似乎是後來附加上去的，也很可能是學校教育的結果。

這種見解聽起來似乎很正確，他越想越覺得錯不了。學校教你去模倣，如果你不模倣，老師就給你很差的分數。而在大學裏，情況就複雜多了，你必須要讓老師覺得雖然你實際是在模倣，但是表面上要像你並沒有模倣。就是吸收老師指示的重點，然後再走自己的路。這樣你就能得到高分。另外一方面，原創的學生則可能從最高分到最低分都有，整個學校的價值評估都反對創意。

他曾經和住在隔壁的心理學教授討論這個問題。他是一位非常有想像力的人師，他說：「沒錯，如果你能把整個教育的學位和評分制度取消你才能得到眞正的教育。」

菲德拉斯想過這一點，幾個禮拜之後，有一位非常聰慧的學生想不出學期報告的題目。由於她仍然在思索當中，所以就把這個題目給她當學期報告。一開始她並不喜歡這個題目，但是還是勉強接下來了。

在一個禮拜內，她和每一個人都談論這個題目。兩個禮拜之後，她交出了一篇非常精采的報告。當她向同學報告的時候，因爲大家並沒有花兩個禮拜的時間思索過，所以對於取消分數和學位的看法極力反對。然而這一點並沒有使她放慢腳步，由她陳述時的聲調聽來好像古代熱情宣揚教義的傳教士，她懇請其他的學生聽她的講述，了解她所說的才是正確的。她說：「我所說的這些，不是爲了他，」然後看了菲德拉斯一眼，「而是爲了你們。」

她懇求的聲調、宗教的熱忱，深深的打動了他。而他也知道，在大學入學考試的時候，她的成績十分優秀，所以算是班上前幾名的學生。在下學期教如何寫具有說服力的文章時，他以這個題目作爲示範。他先自己寫了一篇文章，然後在學生面前反覆修正。

他拿這篇文章當作範例，避免去談作文的種種規則，這些規則連他自己都十分懷疑它的作用。他認爲直接把自己的文章拿給學生看，雖然其中有不少錯誤的地方，也有不通之處，還有需要刪減的地方；但是唯有這樣，才能讓學生比較明白眞正的寫作是怎麼一回事，而不必浪費時間慢慢去挑出學生的錯誤，或者拿大師的作品來模倣。於是他就進一步研究取消整個分數和學位體系的可能，爲了要讓學生有眞正的參與感，這個學期不給學生打任何分數。

現在可以看到山頂上的積雪了，由山腳下看來似乎需要幾天的時間才能爬到山頂。山頂上的岩石似乎太陡峭，很難直接爬上去，尤其我們身上的行李又十分沈重，克里斯還小，不能用登山繩和爬岩釘的方式上去。我們必須先穿越這一片山脊上的樹林，進入另外一個峽谷，然後走到盡頭之後，再轉回頭爬上山脊。三天之內要爬上去可能趕了些，四天就會很輕鬆。如果我們九號以前沒有回去，狄威斯很可能就會開始找我們。

我們停下來休息一會兒，坐下來靠著一棵樹，這樣才不會因為重心不穩而向後摔倒。過了一會兒，我把手伸到背後，從背包裏拿出一把彎刀給克里斯。

「你看到那裏有兩棵白楊樹嗎？直直的兩棵，在邊邊上？」我指著它們說，「把它們從離地一公尺的地方砍下來。」

「為什麼？」

「爬山的時候我們可能需要它，也可以做帳篷的柱子。」

克里斯拿了彎刀正要去砍樹，又轉了回來，他說，「你去砍吧！」

於是我拿起彎刀，走過去把樹砍下來，只要一刀就可以把樹砍得十分整齊，只差把樹皮扯掉。走到岩石地區需要柺杖才能保持平衡，而上面的松樹並不適用，這是僅有的白楊樹。不過我有點擔心，克里斯不願意幫忙，在山上這不是個好現象。

休息了一會兒，我們繼續往前行，過了好一會兒才習慣身上的重量。對所有重量都會有消極的反應，我們繼續前行的時候就會逐漸習慣了……

菲德拉斯想要廢除分數以及學位的論點，造成學生十分困惑和反抗的態度。有一些學生一開始以為他想要摧毀整個學校制度。有一位學生開門見山的說：「你當然不可能廢除分數和學位的制度，畢竟這是我們來這裏的目的。」

她說的的確沒有錯，如果大部分的學生來學校受教育不是為了學位和分數，這種說法有點虛僞。雖然每一個人都不喜歡暴露自己的實力。然而仍然有些學生為了受教育來學校，但是學校裏機械化的教學方式，很快就使他們喪失追求自己的理想。

在菲德拉斯的範文當中認為取消分數和學位的制度可以消除這種虛僞的現象。不過他不以整體為研究的對象，他單單舉出一位想像力十分豐富的學生作為代表。他來學校就是為了分數，而非眞正的知識。

根據範文中的假設，這樣的學生上學之後就開始準備交報告，很可能出於慣性第二個、第三個報告一直做下去，然後這門課的新鮮感逐漸消失，由於求學並不是他生活中唯一的目標，還有其他的任務和需求給他壓力，他很可能就無法再交報告了。

由於沒有評分和學位的制度他很可能不會受到處罰，而老師接下來的授課，則假設他已經交了作業，他可能會有一點不了解。這樣就削減了他的興趣。這樣惡性循環之下，他很可能就根本交不出報告，然後他又不會有任何懲罰。

在他愈來愈跟不上學校進度時，他也可能愈來愈無法集中精神，最後他發現自己什麼也沒有學到，卻要不斷面對外界的各種壓力，於是他只好停止上學，同時對自己的這種行爲很慚愧。這個時候，學校仍然沒有給他任何懲罰。

但是會發生什麼事呢？這個學生由於別人對他的評價不高，很可能就把自己給當掉。這樣最好，這正是應該有的現象，因爲他最初就不是爲了求取眞正的知識而來，因而在班上也無所作爲，這樣就省下不少時間、金錢還有精力。在他心目中也不會認爲自己曾經失敗而影響了他的後半生。

學生最大的問題就是因爲多年來胡蘿蔔和鞭子的教育方式，造成了他思考上的惰性。就好像一匹驢子說：「如果你不打我，我就不工作。」如果沒有人鞭牠，牠就不會工作。而訓練牠去拉文明的車子，很可能就會因此而走慢了一點。

然而如果你認爲人類文明的前進，是靠著驢子來拉的話，那眞悲哀。這是一般人的看法，卻不是教會的態度。

教會的態度是文明、制度或是社會，不論你如何稱呼它，最好是由有自由意志的人而非驢子來維繫。想要廢除分數和學位的目的，並不是要去處罰驢子或者是拋棄牠們，而是給這些驢子適當的環境變成自由的人。

這位仍然像驢子一樣假設出來的學生會繼續遊蕩一陣子，他可能得到另外一種像他拋棄的教育同樣珍貴的學習機會，他不再浪費時間和金錢去做一隻高級的驢子。他可能找到一份工作，安然的做一隻低級的驢子，也可能做一名技工。然而事實上他眞正的地位會提高，因爲這樣才可能有貢獻而帶來改變。也可能他終身就做這份工作，也可能他就找到自己生活的層面，然而卻不會以此滿足。

在六個月或者五年之內，很可能會產生變化，他對自己每天機械化的工作愈來愈不感興趣，過去被學校的理論和分數壓抑的創造本能，現在很可能因爲工作的無聊而被喚醒了。他花了數千個鐘頭去解決機械方面的問題，因而對機械設計愈來愈感覺興趣。他可能想要自己設計機器，因爲他相信自己會做得更好，於是嘗試修改一些引擎。成功之後，就想更大的成功。然而這個時候，他可能會遇到瓶頸，因爲他沒有理論基礎。這個時候，他就會發現以前對理論毫不感到興趣而覺得它一無是處，現在有一些値得敬重之處。

於是他就會回到沒有分數也沒有學位的學校裏，這時他變了，不再爲分數而來，而是爲了追求眞正的知識。他不需要別人強迫他去學習，他的動力來自於內在。這個時候，他就是一個自由的人，他不需要許多訓練的督促。事實上，如果老師上課的態度鬆懈，他很可能會唐突的問許多問題去鞭策老師，於是他就會常常來上課，即使花錢也在所不惜。

一旦轉變成這種學習動機，就會產生強大的爆發力，在沒有分數和學位的教育機構裏，學生找到了自己，他不必浪費時間在機械化的理論上，研究物理和數學是發自內在的興趣，因爲他知道這是自己的需要。而冶金和電子工程也會得到他的青睞。他對這些抽象的學問熟悉後，就去研究其他的理論，雖然和機械不直接相關，但是也會成爲他學問的一部分。這種學習方法和今日大學教育著重的模倣不同，雖然你得到了分數和學位，讓人以爲你有很高深的知識，然而事實上，只有你自己知道內在空空如也。這就是菲德拉斯提出的範例，也是他不受歡迎的論點。他整個學期不斷的刪改，反覆的研究。學生交來的報告，他只給評語，沒有任何分數，然而在另外一本小冊子裏，卻記下學生的分數。

就像我以前說過的，一開始幾乎每一個人都有一些茫然不解，大部分的學生以爲他們碰到了一個理想主義者，認爲取消分數可能會讓學生快樂一點，因此更努力的研究學問。

事實上，沒有分數每一個人都會很茫然。上學期得到甲等的學生一開始非常憤怒而且輕視這種作法。然而由於他們的本身具有自我訓練的素養，所以仍然會做作業，至於得到乙等的學生以及丙上的學生，就會漏掉部分的報告，或者交來的也很鬆散。而許多丙下和丁的學生甚至不來上課。這時別的老師就會來問他這種消極的反應應該怎麼辦？

他說：「慢慢的等下去就知道。」

剛開始，他對學生放鬆的態度令他們頗爲不解，繼而使得他們懷疑起來，有些學生開始暗暗的問一些諷刺性的問題。然而他都用很溫和的口吻回答他們，上課仍然照常進行，只是老師不再給任何分數。

然後出現一種希望，在第三和第四個禮拜的時候，甲等學生開始有些緊張，於是交來非常精呆的報告，下課之後也圍著他問問題，希望得知他們究竟做得如何？至於乙等和丙上的學生開始注意這個現象，於是也交了一些符合他們程度的報告。至於丙下和丁甚至戊的學生也開始來上課，看看究竟發生了什麼事？

學期終了之後，甚至出現另一種更令人振奮的現象，甲等學生不再緊張，而變得積極的參與課堂上的活動，態度也十分友善，這在原先注重分數的班級是少有的現象。這個時候，乙等和丙等的學生開始緊張了，由交來的報告就可以看得出來，他們花了不少心血。至於丁等和戊等的學生也都交出令人滿意的作業。

在學期的最後幾個禮拜，一般大家都知道自己的分數然後就心不在焉的斜坐著上課。然而菲德拉斯卻讓學生願意積極參與課堂上的活動，因而引起其他老師的注意。乙等和丙等學生開始參加甲等學生自由自在的討論，讓整個課堂像在開很成功的聚會，只有丁等和戊等的學生呆呆的坐在位子上，顯得十分焦慮。

後來有兩個學生告訴他這種輕鬆而且氣氛友好的原因，「有很多人下了課就動腦筋，想要打垮這種作法。每一個人都相信最好的方法就是假定你可能會被當，然後儘量做好，這樣你就會覺得很輕鬆，否則你可能會發瘋。」

另外一些學生補充說：「一旦你習慣了，其實也不壞，你會對老師教的更感興趣。」但是他們重複一點：「要習慣並不容易。」

在學期末的時候老師要求他們寫一篇評估這種作法的文章。這個時候沒有人知道他們的分數如何，百分之五十四的人反對這種制度，百分之三十七的人贊成，百分之九的人保持中立。

若是以一個人一票的情形來看，這種作法並不受歡迎，大部分的學生仍然想要分數，在收回調查之後，菲德拉斯根據他小冊子裏的分數加以分析，他發現一個現象，甲等的學生贊成的是二比一，而乙等和丙等的學生則是一半一半，至於丁等和戊等的學生則一致反對。

這種結果讓他證實了一種暗暗覺得不妙的現象：愈聰明愈認眞的學生愈不需要分數，很可能是因爲他們對學問的本身比較感興趣。而愈懶惰愈愚笨的學生則愈需要分數，因爲可以讓他們知道自己是否及格了。

就如狄威斯說的，從這裏往正南方走有七十五哩之長的森林和積雪，沒有任何道路，只有通往東西的道路。我的安排是如果第二天路上的情況不妙，我們可以就最近的一條路立刻脫身。克里斯並不知道這一點，所以有點傷到他青年會式的冒險精神。然而一旦進入深山之後，他這種冒險的精神就逐漸消失了，因爲有不少實際的危險出現，或是走岔了一步，或是扭到了腳踝，或是發現自己和文明的距離有多麼遙遠。

在這麼高的地方很顯然少有人來這裏，又走了一個鐘頭之後，我們發現小路幾乎已經消失了。

菲德拉斯認爲保留記分是一項不錯的作法，但是他並沒有從嚴謹的角度評估它的價值。在眞正的實驗當中，你會提出各種假設的原因，然後保留其中一項，看看在各種不同的環境下，這項條件的存在與否如何影響結果。然而在教室裏你不可能這樣做，學生的知識、學習的態度，老師的態度都可能受各種無法控制的因素和不可知的力量影響。同時觀察者也是其中的原因之一，而無法做客觀的判斷。所以他並不想要做任何嚴謹的推論，他只想按著自己的喜好進行。

當他作這個實驗的時候，會產生一種不良的現象，如果老師很差勁，很可能一整學期都沒有教學生任何課業，根據一些不相關的測驗計分。然後讓人以爲有些人學得好，有些人學不好。但是一旦取消了分數，學生每天就被迫去思考到底學到了什麼？老師教了什麼？目標是什麼？作業如何達到目標？因此取消分數之後，就產生了一個非常令人恐懼而又龐大的眞空地帶。

然而菲德拉斯想要怎麼做呢？這個問題變得愈來愈重要。他一開始做的時候，原先認爲對的答案似乎愈來愈走樣。本來他希望學生自己決定什麼是好文章，而不要一直問他。因爲取消分數的眞正目的，就是要他們深切的自我反省，由他們自身找到對的答案。

然而現在這樣並沒有多大意義，如果他們已知道好壞之分，他們就沒有必要來修這門課。他們之所以來學，就是要假定他們無法分辨好壞。而他身爲老師，就有必要告訴他們好壞的差異在哪裏。所以發掘個人的創造力，以及訓練學生在課堂上的表達力，基本上和學校的整個思想模式是互相牴觸的。

對許多學生來說，分數取消無異是一場惡夢。他們要爲自己的失敗受處罰去做一些事，但是沒有人告訴他們該做什麼。他們一再反省也不明白，看看菲德拉斯也沒有答案，只好無助的坐在那裏，不知道該做些什麼。那種氣氛甚至讓一位女孩子精神崩潰。你不能取消分數，然後讓學生變得毫無目標，你必須讓學生有一個努力的目標。然而他並沒有這樣做。

他不能這樣做，因爲一旦他告訴他們怎麼做之後，就可能落入權威、教條式的教法。然而你又如何把每一個獨立的個體他內在神祕的目標寫在黑板上呢？

第二個學期，他放棄了這種作法，恢復打分數。然而他覺得很沮喪也很苦惱，因爲他覺得自己那樣做是對的，而結果卻完全不是那麼回事兒。在班上的確產生主動追求學問的熱情，而這不是他的指導所產生的。他準備要辭職了。把懷恨的學生教成一個模子出來的樣子，並不是他想要做的。

他聽說奧勒岡州(Oregon)的瑞德大學(Reed College)一直到畢業都不曾打分數。暑假的時候，他到那兒去了一趟。聽說教授也分成兩派，沒有人歡迎這種作法。在整個暑假剩餘的假期當中，他變得非常沮喪懶散。他和太太在山裏露營了許久，她問他爲什麼一直都這麼沈默，他也說不出原因，他只是停下來等待，等待那顆思想上尚未出現的晶種，能夠突然的把一切都具體化。

第十七章

克里斯心情似乎很不好，有一陣子他遠遠地走在我前頭，現在坐在樹下休息，看也不看我一眼，所以我知道有問題了。

我在他旁邊坐下來，他的表情很冷淡，臉也漲紅了。我知道他已經筋疲力盡，於是就靜靜的坐著，聽風吹過松樹林的聲音。

我知道最後他仍然會站起來繼續向上爬，但是他自己不知道，所以害怕不能再繼續爬了。我記得菲德拉斯寫過有關這些山的事，所以就告訴克里斯。

「許多年以前，你媽媽和我在離這兒不遠的湖邊露營，旁邊有一個沼澤。」

他沒有抬起眼來看我，但是他在聽。

「大約在天亮的時候，我們聽到落石的聲音，以為是山中的動物。除此之外，通常是不會有這種聲音的。然後我聽到有東西掉進沼澤裏，這時候我們都醒過來了，我從睡袋裏慢慢的爬出來，從夾克裏拿出手槍，蹲在一棵樹旁。」

這個時候，克里斯忘記了自己的問題。

「這時又傳來一塊落石的聲音，我以爲有人騎馬經過此地，但是不會在這個時候啊！聲音又來了。接著是轟隆轟隆的聲音。這不是騎馬。轟隆的聲音愈來愈大，在晨曦微光中，我看到一隻身形非常大的鹿，牠的角有一個人那樣寬，長得又高壯，可說是山上僅次於灰熊的危險動物。有人認爲是最可怕的。」

克里斯睜大了眼睛。

「又是一陣響聲，我扣上了扳機，心想這把三八點八手槍可能對付不了這隻鹿。但是牠沒有看到我，然後又是一聲巨響。我們不能擋住牠的路，但是你媽媽的睡袋正好在牠經過的路上。然後又是一聲，牠已經跳到十碼之外，於是我站起來瞄準目標，牠又向前跳了好一陣子，然後停下來，離我們只有三碼，然後看著我……我用準星瞄準牠的兩眼之間……我們都一動也不動。」

我的手伸到背包裏，拿出起司來。

克里斯問我：「然後呢？」

「讓我先切點起司。」

我拿出小刀來，把起司用紙包起來，以免手沾到，然後切下一片來給他。

克里斯接過去又問，「然後呢？」

我一直到他吃了第一口，又繼續說下去，「那隻公鹿大約看了我五秒鐘，然後看了看你媽媽，然後又再看了看我，然後看了我手中的槍，就微笑的慢慢走開。」

克里斯說，「哦！」他有點失望。

「通常當牠們碰到這樣的狀況會攻擊，但是牠覺得這麼好的早上，又碰到我們，所以爲什麼要惹麻煩呢？這就是牠爲什麼會笑。」

「牠們會笑嗎？」

「不會，但是看起來好像在笑。」

我放下起司然後說：「後來我們在爬山的時候，找圓的石頭當踏板，我正要踏一塊棕色的大岩石，突然之間，牠跳了起來，跑到樹林裏去了，原來就是剛剛的那隻公鹿，我想牠對我們一定很感冒。」

我幫克里斯站起來，我說：「你走得太快了，現在山路已經很陡峭，我們必須慢慢的走。如果你走得太快就會喘氣，喘氣太嚴重就會頭昏，精神也會變得很差，然後你就會以爲自己沒有辦法再爬下去了。所以還是慢慢的走一陣子。」

他說，「那麼我跟在你後面。」

「好啊！」

我們離開原先沿著走的小溪，順著峽谷旁邊坡度最小的路走。

爬山必須儘可能的少費力，不要存有任何妄想，而以自身的狀況決定速度。如果你已經覺得很不耐煩，那就加快速度，如果有點氣喘就慢下來，所以要在這兩者之間保持平衡。然後當你的思想集中在眼前的活動，每爬一步不是爲了爬上山頂，你會發現這裏有一片鋸齒狀的葉子；這塊岩石有點鬆動；從這裏山頂上的雪比較不容易看見，即使愈來愈接近山頂。這些都是你應該注意的事。如果你只是爲了要爬到山頂，這種目標是很膚淺的，維持山的活力是靠這些周遭的環境，而不單單只是山頂而已。

但是當然沒有山頂，你就不會有山的周圍，是山頂界定了周圍。於是我們又繼續的向上爬……我們還有好長一段路……所以不必急躁……只要一步接著一步慢慢的爬，偶爾來一段肖托夸點綴……精神活動遠比看電視有趣多了。大部分人只看電視，這眞是很丟臉的事。他們可能認爲聽到的一點也不重要，但是情形完全不是這樣。

菲德拉斯曾經大幅記載有關他要班上寫一篇「思想和陳述中的良質」的情形。班上的情緒逐漸不安起來，幾乎每一個人都像他過去一樣，對這個問題十分懊惱而且憤怒。

他們說：「我們怎麼可能知道良質是什麼呢？應該是你來告訴我們。」

然後他告訴他們，他也不知道，而且很想知道答案。他提出這個問題，就是希望有人能夠找到解答。

他這樣說就更加點燃大家憤怒的情緒，然後教室裏起了一陣騷動，有一位老師甚至探頭進來看究竟發生了什麼事。

菲德拉斯說：「沒有關係，我們正好在某一個問題上有一點衝突，一時情況很難恢復正常。」

有一些學生對這種現象還很好奇，而吵鬧聲逐漸平息下來了。

有一位學生說：「我坐著想了一整晚。」

有一位坐在窗戶旁邊的女孩子說：「我要哭了，我快要瘋了。」

第三位同學說：「你應該事先提醒我們。」

「我應該怎麼樣提醒你們呢？我自己也不知道你們會有怎樣的反應。」有一位十分不解的學生看著他，終於有一點明白，他眞的不是在玩弄他們，他眞的是想要知道答案。

他眞是一個奇怪的人。

然後有一個人問：「你的想法呢？」

他回答：「我不知道。」

「但是你究竟怎麼想呢？」

他沈默了好一陣子：「我知道有所謂的良質存在，但是一旦你想要去界定它，情況就會變得很混亂，因而無法做到這一點。」

大家都十分同意。

「爲什麼會有這種現象，我不知道。我想或許我能夠從你們的報告中得到一點概念，我眞的不曉得。」

這一次輪到同學沈默了。

在當天接下來的其他課堂上，也出現了同樣的情況。但是每一班都多少有一些學生會自動的提出一些善意的回應。

過了幾天，他自己想出一個定義，然後把它寫在黑板上讓學生抄下來，定義是這樣子的：「良質是一種思想和陳述的特質，我們不能經由思考的方式了解，因爲要給它定義是一種僵硬而正式的思考過程，良質是無法被界定的。」

這個定義其實就是拒絕給它定義，並沒有引起學生的評論，因爲這些學生沒有受過正式的訓練，不知道他寫下來的句子其實是完全不合理的。如果你不能爲某件事下定義，你就沒有辦法用理性的方法研究它的存在。於是你也無法告訴別人它究竟是什麼。因而事實上在無法界定和愚蠢之間就沒有差別了。當我說無法界定良質，我其實就是說，我對研究良質這件事很愚蠢。

幸而學生不知道這一點，如果當時他們對這一點有意見，他很可能就無法回答他們了。然而在黑板上的定義下面，他又寫著：「但是即使良質無法界定，你仍然知道它是什麼。」這個時候又引起學生一陣騷動。

「哦！我們不知道。」

「你們知道的。」

「哦！我們不知道。」

「你們知道的！」他說的時候準備了一些資料要拿給他們看。

於是他選出學生的兩篇文章做例子。第一篇寫得十分凌亂，但是有一些很有趣的想法，然而卻無法組成完整的文章。第二篇寫得非常好，他刻意隱瞞自己為什麼寫得這麼好。菲德拉斯把兩篇都讀給大家聽，然後要大家舉手決定。誰認為第一篇比較好，有兩個人舉手。於是他又問有多少人認為第二篇比較好，有二十八位同學舉手。

他說：「像你們這樣有二十八位同學舉手認為第二篇比較好的價值判斷就是我所謂的良質。所以你知道良質是什麼。」

於是大家沈默了許久，在反芻他的話。為了更進一步強調他的看法，他在班上讀四名學生的報告，然後要每一位學生按著他們的標準把優劣寫在紙上，他自己也寫下來。把反應收過來之後，黑板統計出全班的意見，同時把他的評價也寫上去，兩者之間十分接近。一開始班上對這種練習很感興趣，但是過一陣子就會覺得很沒趣了。他所謂的良質非常明顯，他們早已經知道究竟是怎麼一回事，所以沒有興趣再繼續聽下去。現在他們的問題變成：「好吧！既然我們知道良質是什麼，我們怎麼樣得到它呢？」

現在必須研究一般的修辭學了，而他們也不再反對其中種種的規條。這些規條不是目的，只是一些寫作技巧，以製造某些效果。他把良質的各個層面列出來，比如說：統一、生動、權威、簡潔、敏銳、清晰、強調、流暢、懸疑、出色、準確、比例適當、有深度等等，由於這些抽象名詞都很難定義，所以他就利用剛才的比較手法介紹給同學。比如說文章的統一，也就是故事如何前後連貫可以藉著撰寫大綱改進自己的技巧。而要提高文章的權威性則可以增加註釋，因爲註釋能夠提供更多權威性的參考。在所有大一的課程裏面一定會提到大綱和註釋，然而現在卻作爲提高良質的方法。從學生交來的報告中列出的註釋毫不起眼或是大綱鬆散，就表示他只是敷衍了事，沒有達到報告應有的良質，所以毫無價值可言。

然而爲了要回答學生：「我怎樣才能得到良質？」幾乎使他想要辭職，他認爲：「這和你要如何得到它完全無關。它就是這樣好的東西。」有一位不滿意的學生在課堂上問：「但是我們要怎麼樣才知道什麼是好呢？」就在他要說出這個問題的時候，他已經明白有答案了。別的學生經常告訴他：「你已經看到了。」如果他說：「我沒有，」他們就會說：「你看到了，他已經證明了這一點。」學生已經完全可以自己評斷良質了。就是這一點教會他寫作。

直到現在非德拉斯被學校的體制所逼要說出他的念頭，他認爲這樣強迫學生接受他的看法，會摧毀了他們的創造力。完全順從他看法的學生注定要喪失它，或者沒有機會寫出自己認爲眞正夠水準的文章。

於是他修正一項基本規則，就是任何要教授的內容必須先界定，他已經找到一條出路。一篇優秀的作品不需要任何規則，不需要任何理論，然而他所提出的非常眞實，它的存在他們無法否認。因爲取消分數所造成的眞空，突然之間被良質的正面效應所充滿，兩者完全結合在一起。學生十分驚奇的到他辦公室來告訴他：「我過去眞的很恨英文，現在我在上面所花的時間比其他的都要多。」並不是只有一兩位學生來告訴他，而是許多同學都有同樣的反應。這整個良質的觀念非常棒，它發揮作用了。最後大家終於明白凡是有創意的人都有那個神祕而屬於個人的內在目標。

我轉過身來看看克里斯在做什麼，他臉上的表情顯得很疲憊。

我問他：「你覺得怎麼樣了？」

他說：「還好，」但是他的口氣有些衝。

「我們可以隨時停下來紮營，」我說。

他瞪了我一眼，我也不再想說什麼了。一會兒他在我旁邊慢慢努力的向上爬，於是我們又繼續的往前行。

菲德拉斯之所以能夠拓展良質的觀念到目前這個地步，因爲他刻意專注於班上同學的反應而忽視其他的一切。克倫威爾曾經說：「一個沒有目標的人才能爬得最高。」頗爲適合這種狀況。他不知道自己要往哪裏去，他知道的只是這麼做有效。

然而就在他已經知道這種作法是非理性的時候，他在想爲什麼它很有效。爲什麼所有理性的方法都一無可取的時候，這種非理性的方法反而有效呢？他有一種直覺，很快的就發展出來，他偶然發現的道理非比尋常。至於這個道理究竟有多麼深奧，他並不曉得。

這是我前面曾經提過結晶的開始，別人這個時候就很驚訝爲什麼他對良質這麼感興趣。他們只看到這個字和它的一般定義，他們並沒有看到他過去研究所費的心血。

如果有人問，「什麼是良質呢？」這只不過是另外一個問題。但是如果由他來問，因爲他有過去的經驗，所以這個問題就好像向四面八方散開來的波浪，並不是呈金字塔的結構，而像一個同心圓，在中間激起波紋的是良質。當這些思想的波浪向四面八方散開的時候，我確信他衷心期望這些波浪能夠到達某些思想的彼岸，這樣他就能與這些思想架構連接在一起。如果有任何彼岸存在，一直到結束，他仍未到達彼岸。對他來說，只有不斷向四面八方結晶的波浪。我現在就要追尋這些結晶的波浪，也就是他研究良質的第二個層面。

克里斯爬在前面，從他的動作看得出來他已經十分疲倦了，而且火氣也大，又不時踢到東西，或讓樹枝刮到身體又不撥開。

我很難過看到他這樣，這要歸咎於我們出發前他曾經參加兩個禮拜的青年會夏令營。他告訴過我他們的野外活動，爲了要訓練男子漢的氣概，於是藉著游泳、結繩……他曾經提了十幾種，但是我都忘了。

這些活動因爲有一定的目標，所以同學露營的時候非常合作而且熱切參與，但是這種動機卻會有不良的結果。任何想要以己爲榮的目標，結局都非常悲慘。現在我們就開始付上代價了。如果你想要爬上山頂來證明你有多麼偉大，你幾乎不可能成功。即使你做到了，那也是一種很空幻的勝利。爲了要維持這種成功的形象，你必須在其他方面一再的證明自己，而內心常常恐懼別人可能會發現這種形象是虛幻的，所以這麼做是錯的。

菲德拉斯曾經從印度寫過一封信，提到和一位聖者以及他的信徒去爬印度的聖山——喜瑪拉雅山，它是恆河的源頭，以及印度教三大神明之一濕婆⓬的住所。

他一直都沒有爬到山頂，到了第三天他就放棄了，因爲他已經筋疲力盡，於是大家留下他繼續往前行。他知道自己仍然有些體力，但這些體力不夠。他也有動機，但是也不夠。他並不認爲自己很孤傲，但是他把這一趟朝聖當作拓展自己的生活經驗，以進一步的了解自己。他把山和朝聖當作自己的目標，把自己視爲不變的實體，而不是這趟朝聖或是高山，因而還沒有準備好。而他想其他的朝聖者之所以能夠到達山頂，是因爲充分領受到山的神聖，以至於每一步都是一種奉獻的表示，對這種神聖的心悅誠服。山神聖的一面融入了他們的心靈，因而使他們的耐力遠遠超

⓬ Shiva：濕婆。爲印度教三大神明之一，象徵毀滅之後的再生。另外二大神明爲梵天(Brahma)及毘溼奴(Vishnu)。

過了體力所能負荷的。

對沒有辨識力的人來說，自我的爬山和無私的爬山看上去可能都一樣，都是一步一步的向上爬；兩個人呼吸的速度也一樣；疲累的時候也會停下來；休息夠了又會繼續向前行。但是其實兩者有多麼大的不同啊！自我的爬山者就像一支失調的樂器，他的步伐不是太快就是太慢，他也可能失去欣賞樹梢頭上美麗陽光的機會。在他步履蹣跚的時候，卻不休息仍然繼續前進。有的時候，剛剛才觀察過前面的情況，他又會再看一遍。所以他對周圍環境的反應不是太快就是太慢。他談論的話題永遠是別的事和別的地方。他的人雖然在這裏，但是他的心卻不在這裏。因爲他拒絕活在此時此地，他想要趕快爬到山頂，但是一旦爬上去之後仍然不快樂，因爲山頂立刻就變成「此地」。他追尋的，他想要的都已經圍繞在他的四周，但是他並不要這一切，因爲這些就在他旁邊。於是在體力和精神上他所跨出的每一步都很吃力，因爲他總認爲自己的目標在遠方。

克里斯似乎現在就有這個問題。

第十八章

在哲學上有專門討論良質的定義，就是所謂的美學(esthetics)，它提出來的問題就是何謂美感?這要追溯到古代。但是以前菲德拉斯在哲學系念書的時候曾經極力避免接觸這門學問。他故意讓自己這門課被當掉，而且寫的報告讓老師異常震怒。他憎恨這門學問，幾乎無一處不批評。並不是某一位美學家激起他這種反應，而是這整個學問。因爲他們把良質歸納於某些學問之下，把良質的地位降低，而加以侮蔑。我想這是他生氣的原因。

他在一篇報告中寫道：「這些美學家認爲他們的研究好像一支薄荷的棒棒糖，他們光明正大的用肥厚的嘴唇去舔舐，或是可以大肆狼吞虎嚥一番。經由他們精密的批判，小心謹慎的把良質切成一塊一塊的，用刀叉慢慢的送進嘴裏，這讓我十分的惡心。他們所舔的正是早就被他們扼殺而已腐敗的東西。」

在結晶的過程當中，他首先看到，如果不去界定良質那麼整個美學也就完全不存在了。就像一個被褫奪公權的人一樣……如果拒絕界定良質，那麼它就擺脫了分析的過程。如果你無法界定良質，那麼你就無法讓它隸屬於任何知識的領域之下，美學家也就無話可說了。而界定良質的整個世界也就消失了。

這種想法讓他非常震驚，就好像發現了治療癌症的方法。不再需要解釋藝術是什麼，學校不再培養冷靜的批評家去分析，哪一位作曲家是成功的，哪一位是失敗的。所有這些自命學問廣博的人都必須閉嘴。這不僅只是一種很有趣的念頭，更是一種夢想。

我想沒有人一開始就知道他預備做什麼。他們沒有看見他的目標與他們的習慣完全不同。他不但不支持理性的分析，反而否定它。他藉用理性的方法來攻擊它自己，反而去支持這種非理性的觀念，也就是無法界定的良質。

他這樣寫道：

(1)每一位教英文的作文老師都知道良質是什麼。(如果有人不知道，他就該小心謹慎的隱藏這一點，因爲這只會證明他自己的無能。)

(2)如果有老師認爲寫作的良質能夠先界定也應該先界定清楚，那麼在他教之前就先界定吧！

(3)那些認爲寫作的良質的確存在但是無法界定，而卻值得教學生明白這一點的人，就能從下面不界定它，而教學生純粹良質的方法得到益處。

於是他又繼續提出曾在課堂上作的實驗。

我相信他的確希望有人能向他挑戰，試著替他界定良質，但是沒有人這樣做。

他維護自己高興怎麼說就怎麼說的權益，被大家看重。高年級的同學似乎十分贊同他獨立的見解，而像教會人士一樣的支持他。但是這和強調學術自由不同，他們並不認爲老師可以不負責的向同學胡扯亂蓋。這種宗教的態度只是要向理性負責，而不是向政治的偶像膜拜。他侮辱別人的事實和他所說的眞假無關，因此他的理論不會被擊垮。但是他們想要打擊他的是他並沒有說出一番道理來。他可以隨心所欲的去做，只要能用理性的方法去證實他的理論。

但是你如何用理性去界定拒絕被界定的事物呢？定義就是理性的基礎。有理性就有定義，他可以利用辯證法和無能與否的侮辱暫時壓制住別人的攻擊，但是很快的他仍然要提出一些更實在的理論，引導結晶繼續進行，超越傳統修辭學的範疇，而進入哲學的領域。

克里斯回頭看了我一眼，眼中顯得十分痛苦。不會很久了。在我們動身之前就有跡象會發生這種事。狄威斯告訴鄰居我對爬山很有經驗，那時候克里斯就閃過一絲崇拜的神情，他認爲那是很偉大的事。很快的他就會支撐不住了，那麼我們就可以休息了。

噢！他倒下來了，他爬不起來了。不像突然摔倒，而是結結實實的倒下來了。從他的眼睛裏看到了受傷而且憤怒的表情，他想要責怪我，但是我不給他機會。於是我在他旁邊坐下來，看著他幾乎快崩潰了。

我說：「那麼我們可以在這兒停下來，還是要繼續向前走？或者我們也可以往回走，你想要怎麼辦呢？」

他說：「我不管，我不要……」

「你不要什麼？」

「我不管，」他很生氣的說。

「既然你不管，那我們就要繼續走下去，」我說。

他說：「我不喜歡爬山，一點意思也沒有，我以爲會很好玩。」

這時我也有些生氣起來，就說：「你說的或許對，但是不應該把它說出來。」

他站起來的時候，我看到他的眼睛裏閃過一絲恐慌的神情。

我們繼續向前走。

峽谷一邊的天空已經暗下來了，而在我們周圍松樹林裏吹起的風非常涼爽，但是似乎有些不祥的兆頭。

最起碼涼爽的風讓我們爬起來比較舒服……

我正要談到因爲菲德拉斯拒絕替良質下定義，因而在修辭學之外產生的結晶過程。他必須回答這個問題。如果你不去界定它，你又如何肯定它存在呢？

他的答案，在哲學上可稱之爲實在論。他說：「要證明一個東西的存在，可以把它從環境中抽離出來，如果原先的環境無法正常運作，那麼它就存在。如果我們能證明沒有良質的世界運作不正常，那麼我們就能證明良質是存在的。不論有沒有給它定義。」於是他接著把良質從我們所知道的這個世界中抽離出來。

第一個受傷的就是藝術。如果藝術無所謂好壞之分，那麼藝術也就不存在了。因爲牆上掛不掛畫也無所謂好壞，那就沒有必要去掛了。接下來交響樂也是同樣的情形。如果刮到唱片的聲音或者是演奏者的哼唱聲和演奏的音樂一樣好的話，那就沒有演奏交響樂的必要了。

詩也會消失。因爲它很少有意義，也沒有實用的價值。很有意思的是喜劇也會消失。沒有人了解何謂笑話，因爲幽不幽默的界線，就取決於是否有純粹的良質。

接下來消失的是運動。足球、棒球、各種遊戲都會消失，因爲分數已經喪失了意義，只是空洞的統計，就好像是石頭一堆一樣。誰會來參加呢？

接下來他把良質從市場抽離，他預測市場也會發生改變，因爲氣味的等級變得毫無意義。市場上只會賣基本的食品像稻米、玉米粉、黃豆還有麵粉；或者一些沒有分級的肉和牛奶爲了哺育瘦弱的嬰兒，還有維他命、礦物質的補充品，以避免營養不良。而烈酒、茶、咖啡和菸草也都會消失。電影、舞蹈、戲劇以及宴會也是一樣。所有的人都會改搭大衆交通工具，然後穿著像美國大兵一樣的鞋子。

有許多人將會失業，但是這可能是短暫的現象，因爲我們以後會在基本而缺乏良質的事物上找到工作。應用科學和科技都會急劇的改變，但是純粹的科學、數學、哲學、特別是邏輯仍然不會變動。

菲德拉斯覺得繼續推演下去非常有意思。純粹的知識最不受影響。如果抽離了良質，只有理性仍然不變。這是很奇怪的一點，爲什麼會這樣呢？

他自己也不知道。但是他確實知道的是，如果把現存的世界抽離了良質，他就發現良質原來這樣重要。這個世界缺少它仍然能運作，但是生命變得非常呆滯，幾乎不值得活下去。事實上是不值得活下去的。「值得」就是一種良質的字眼，因爲生命不再有價值或是目標。

他重新檢視自己的思考過程，認爲他證明了自己的看法。一旦這個世界抽離了良質就不能正常的運作，所以良質是存在的，不論它是否有定義。經他這樣抽離之後，他突然想起有一種社會就是這種現象，像古代的斯巴達人，蘇聯還有他的加盟國，以及中共，還有赫胥黎的《美麗新世界》以及歐威爾的《一九八四》，他同時也從自己的經驗中回想起有一些人就彷彿屬於這種缺乏良質的世界。他有一些朋友想要說服他戒菸，他們要他提出抽菸的理由，結果他提不出來，於是他們就表現出很優越的樣子，彷彿他做了很丟臉的事，因爲這些人對所有的事情都要求理由、計劃和解決的方法。和他一樣，而他們就是他現在攻擊的對象。他想了很久，想要找出一個能夠形容他們的總稱。

在他們的世界中主要是以知識爲主，但是不僅如此，而是他們假設這個世界的運行倚靠法則

——理性——人類的進步就在於發現這些法則，之後爲了滿足自我的慾望，而應用這些法則。這就是他們的世界觀。他思考了一會兒這種世界觀，接著又想出更多的細節，然後又反反覆覆的想了一陣子，最後回到原點。

樸質⓭。

就是這個意思，樸質。一旦你把良質抽出來，你就得到樸質了。缺乏良質就是樸質的精髓。

他想到曾和一些朋友一起旅行橫跨美國大陸，他們是黑人藝術家，曾經一直抱怨這種他所描述的樸質現象乏味。他們就是用這個字眼。早在傳播媒體使用這個字之前，他們就認爲那些所謂的知識枯燥乏味，一點都不想跟它們有任何關聯。在他們聊天當中有一種非常有趣的現象，那就是他們認爲他就是乏味的化身。他愈想否定他們說的，他們得到的解釋就愈不清楚。現在提到這個良質他似乎跟他們一樣無法說明清楚。

良質。那正是他們一直談論的。「嗨！朋友，是不是請你明白一點兒，」他記得有一個人這樣說，「請你不要再問那些聽不懂的問題。如果你一直問那是什麼，就永遠沒有時間去了解了。」他們黑人所謂的精髓和良質是不是一樣的呢？

⓭ Squareness：樸質。該字原意是指方正拘謹而且一絲不苟，不要花稍的個性。作者用以表示因這樣的態度所帶來平淡無奇的生活形態。

結晶繼續進行下去。他同時看到兩個世界。在知識這一邊，也就是樸質這一邊，他看見良質是一個分裂的字眼，也就是每一位有學問的分析家所切切尋求的。拿起你分析的刀子，把它放在良質這個字眼上，輕輕的敲它，不需要費多大的勁，整個世界就會一分爲二——嬉皮式的和嚴謹的，古典的和浪漫的，科技的和人性的——分得十分清楚，不會亂成一團，也不會有任何遺漏。不只切割得很有技巧，而且運氣很好。有時候最優秀的分析家，經此一敲，什麼也得不到，只得到一堆垃圾。然而我們這裏所提到的良質，就像是我們宇宙觀裏一條不合邏輯的線，如果你輕敲剖析它的刀子，整個世界就會裂開，切割口俐落之至。他眞希望康德仍然活著，他會欣賞這種作法。他將發現那是一把超級的鑽石刀。而不要給良質任何定義就是關鍵之處。

菲德拉斯寫道，他意識到自己似乎有些反智的傾向：「在從學術的角度嚴格定義樸質之前，你可以很簡潔將它定義爲：無法察覺良質的存在……我們已經證實良質雖然沒有定義，但是的確存在。我們可以從教室裏的實驗中知道它的存在；也可以透過把它抽離現存的世界，而世界無法正常運作知道它的地位。抽離良質只剩下所謂的樸質，樸質往往阻礙我們與良質的接觸。」

於是他攻擊的矛頭轉過來指向分析，躺在床上的病人不再是良質而是分析的本身。良質很健康而且毫無問題，然而分析似乎出了毛病，因爲它阻擋了人們認識良質。

我向後看見克里斯落後了好長一段距離，我大聲喊道：「加油！」

他沒有回答我。

「加油啊！」我又再叫他。

然後我看他跌坐在草地上，我放下行李，走到他的位置，山坡非常陡峭，我必須先踏穩一步，才可以再踏下一步。當我走到他那兒的時候他正在哭。

「我的腳踝受傷了，」他說著，也不抬頭看我。

當自我的爬山者想要刻意保護自己的形象時，通常都會撒謊。但是這種情形很惹人討厭，我讓這種事發生真是可恥。這個時候我受他的眼淚還有挫折的影響也很生氣。我靜靜的和他對坐了一會兒，然後拿起其他的背包就說：「我先把這些行李背到上面去，然後你在旁邊幫我看著它們，不要掉了，然後我會再把我的行李搬上去，然後再回來拿你的，這樣你就能休息個夠。我們會慢一點兒到山頂，但是還是會到達的。」

但是我說得太快了，所以他聽得出來我口氣上的嫌惡。他也很不高興，但是什麼也沒有說，因爲他害怕還要再背行李，於是緊皺著眉。在我背行李當中，他故意不看我。爲了平息胸中的氣惱，我就告訴自己這些工作對我來說不算什麼。

接下來的一個鐘頭我們前進的速度很慢，我把行李向上搬，然後把它們放在一條小溪旁邊，我叫克里斯拿容器去舀水，他回來之後就問：「我們爲什麼要在這兒停下來呢？我們繼續走。」

「接下來可能會有好一陣子再也看不到任何小溪，克里斯，我很累了。」

「你爲什麼會這麼累呢？」

他是不是想把我激怒呢？那他就做到了。

「克里斯，我累了，因爲所有的行李都是我在背，如果你要趕時間，那麼你就拿你自己的行李往上爬，我會跟上來的。」

他又有些恐懼的看著我，然後坐下來，幾乎要哭了說：「我討厭這一切，我很抱歉跑來這裏，我們爲什麼來這裏呢？」他大聲的哭了出來。

我回答他說：「你也很讓我難過，你最好吃點兒東西當午餐。」

「我不要吃，我的胃在痛。」

「隨便你。」

他走開來到一邊兒，摘下了一根草放進嘴裏，然後把臉埋在手心裏。我獨自吃過了午餐，然後再休息了一會兒。

當我醒過來的時候他仍然在哭，我們兩個都不知道路該怎麼走。只是必須面對眼前的情況，而我不知道眼前究竟發生了什麼事。

最後我說，「克里斯。」

他沒有回答我。

我又再叫他，「克里斯。」

他仍然沒有回答，最後他火氣很大的說，「什麼事？」

「克里斯，我要說的是，你不必向我證明任何事。你知道嗎？」

他的臉上閃過一陣恐懼的神情，很生氣的把頭轉開。

「你不了解我的意思是不是？」我說。

他仍然沒有轉過頭來，也不回答我，風在松林裏低喃。

我眞的不曉得究竟是怎麼一回事，不只是靑年會的教導讓他這麼難過，還有一些其他的事，讓他彷彿面臨世界末日，每當他想做什麼而不成的時候，總是會大發脾氣或是大哭一場。

我坐在草地上休息，我不想再繼續問下去，因爲他似乎不會再回答我，我們靜靜的等著。

後來我聽到他在背包裏找東西，我翻過身來看見他正在看著我，他問我，「起司呢？」他的口氣好像仍然在生氣。

但是我不打算鬆口，我說，「你自己找吧！我不必服侍你。」

他搜了一會兒，找到了一些起司和餅乾，我給他一把小刀子去切起司，我跟他說：「我想我預備這樣做，克里斯，就是把所有重的東西放在我的背包裏，輕的東西放在你的背包裏，這樣我就不必來來回回的走了。」

他也同意這麼做，心情好些了，似乎替他解決了什麼。

我的背包現在大概有四十——四十五磅重，我們爬了一陣子，之後，呼吸可以調節到每踏一步呼吸一次。

崎嶇的地方就要每一步呼吸兩次，有些地方幾乎是垂直的爬上去，這時就要依靠樹枝和樹根。我覺得自己沒有繞道走有些失算，現在用白楊樹做成的柺杖十分稱手，克里斯也很感興趣使用這根棍子。行李很沈重有柺杖就不會跌倒了。你先踏出一步，然後利用柺杖去踏下一步，將身子靠上去，向上一爬，呼吸三下，然後再踏下一步，再把柺杖向上一戳，然後再靠上去……

我不知道今天是不是還要繼續肖托夸下去。下午的時候，我的思考已經有些模糊不清了，或許我還可以再談一點，然後今天就到此爲止。

在我們一開始這趟旅程之前，我提到約翰和思薇雅對於科技給人的窒息避之惟恐不及。事實上，有很多人都像他們一樣。我提過有些從事這方面工作的人，也有同樣的反應。產生這種現象最主要的原因就是他們只看事情的表面，而我則是看事情的內部。我稱約翰的觀點爲浪漫的，而我的則是古典的。以六〇年代的背景來說，他是嬉皮式的，而我的則是樸質的。然後我們了解樸質的世界如何運行，我們討論過它的資料分類、系統、因果關係還有分析等等。然後我提到從我們周遭的世界取來一把沙，以及如何把這一把沙分類。而古典的認知步驟就是了解這些沙子的性質以及分類的方法和彼此之間的關係。

菲德拉斯拒絕給良質下定義，就是想要在古典和浪漫的世界之間找到一個平衡點。而良質似乎就是關鍵所在。兩個世界都用到這個詞，兩個世界都知道它究竟是什麼。浪漫的人因爲它的本質而欣賞它，而古典的人則是企圖用它作爲知識體系的根基。由於沒有下任何定義，古典的人被迫要從浪漫的角度去看它，因而不會被思想的架構扭曲。

我想要連結古典和浪漫這二個世界，但是菲德拉斯的目的不同。他對於融合這兩者並不感興趣，他追求的是他自己的靈魂。因而他探索良質更寬闊的含意，終而導致他的崩潰。而我和他不同的是，我無意往哪方面走。他只是經過這塊地區，把它開發出來，我想要留下來，看看我是否能培養出一些生命。

我認爲如果一個用詞能夠把世界分成兩半，那麼它也勢必能將兩者合而爲一。眞正了解了良質不單單能滿足體系的需要，甚至能超越它。眞正了解良質之後能掌握這個體系，將它馴服，然後能爲個人的目標派上用場，讓人擁有完全的自由去實現他內在的目標。

現在我們已經在峽谷這邊的高處，我們向後能看到對面。那裏和這裏一樣陡峭，山上長滿了整片墨綠色的松林。

我想這就是我今天要談良質的內容。我不想再談下去了，所有嚴謹的談論良質均非良質。它是一個焦點，圍繞它的許多知識家具都必須重新安排。

我們停下來向下望，克里斯的精神顯然好多了。但是我害怕他的自我又在作怪。

「你看我們已經爬多遠了，」他說。

「我們還有許多路要走。」

後來，克里斯向山谷大叫，想要聽自己的回音，然後把石頭丟下去，看看會落到哪裏。他開始有點驕傲起來，於是我加快呼吸的速度，大約有以前的一倍半。這樣就讓他的氣焰稍稍降下來，於是我們又繼續爬上去。

大約在下午三點的時候我的步伐變得沈重起來，是到該停下來的時候了。而且我的精神不太好，在目前這種狀況繼續爬下去，很容易扭到腳。然後第二天就會很慘。

我們來到一處平坦的地方，有一個大圓丘拱起來，我告訴克里斯說今天就到這裏為止。他似乎很高興，或許他自己認為有所進展。

我想要睡個午覺，但是看天上的積雲，彷彿要下雨了。由於雲層很濃，我們看不到谷底，只看得到另外一座山峰的山脊。

我把背包打開，然後拿出帳篷，還有軍隊用的斗篷。我拿了一條繩子，把它綁在兩棵樹之間，然後再把帳篷掛上去，我用一把彎刀砍了一些灌木當棍子，然後在周圍挖了一條小溝，讓雨水可以流下去。當雨落下來的時候，我們已經把所有的東西都搬進帳篷裏了。

克里斯看到雨勢這麼大，反而十分興奮。我們躺在睡袋上，看雨直花花的落下來，聽它叮叮咚咚的敲打著帳篷頂。由於森林裏有一股濃霧瀰漫，我們兩個都變得不愛說話，靜靜的看著雨打在灌木叢的葉片上。打雷的時候，我們不禁嚇了一跳，但是心裏還是很高興，周圍全都被雨淋濕了，而我們卻不受影響。

過了一會兒，我把手伸到背包裏去找梭羅平裝本的書。在昏暗之中，有點兒費力的唸給克里斯聽。我想我解釋過我唸其他的書給他聽，都是他不懂的書。情形會是這樣，我先唸一個句子，然後他提出許多相關的問題，一直到他對我的回答滿意為止，再唸下一個句子。

我這樣念梭羅的書好一會兒，大約半個鐘頭之後，我有點失望，因為梭羅並沒有來到我們當中。克里斯跟我都有一些不安，句子的架構有些不適合目前的狀況，最起碼這是我的感覺。這本書讀起來有些消沈，我從來沒有想到梭羅會如此。但是情形就是這樣。他談的是另外一個時空底下的事情，只是提出科技的惡果，而不是解決的辦法。所以他並不是在對我們說話。於是我很不情願的放下這本書，我們兩個都沈默下來，各自思索。只剩下克里斯和我，還有一片樹林和雨水。沒有任何一本書能指引我們的路了。

我們擺在帳篷旁邊的小盤子已經貯滿了雨水，於是我們把它倒進一個大鍋子裏，然後加一點濃縮的雞湯，在一個小火爐上煮起來。每當爬得筋疲力盡的時候，吃任何食物喝任何湯都非常美味。

克里斯說：「和約翰夫婦比較起來，我比較喜歡和你一起露營。」

「彼此的情況不同，」我說。

當肉湯煮好之後，我又拿出一罐豬肉和青豆子，倒進鍋裏。需要好久才會煮熟，但是我們並不趕時間。

克里斯說：「聞起來眞香。」

雨已經停了，只有雨滴偶爾打在帳篷上。

「我想明天會是晴天，」我說。

我們把這一鍋豬肉和青豆子傳來傳去，兩個人從不同的方向吃。

「爸爸！你這一陣子都在想什麼？你總是一直在想。」

「嗯！各種事情。」

「什麼樣的事呢？」

「像是下雨後會有什麼問題，還有一般的事等等。」

「什麼樣的事？」

「就像你長大了會是什麼樣？」

他很感興趣，「那會是什麼樣呢？」

我看到他的眼神中有一些自大的神情，所以我的回答自然就是這樣：「我不知道！其實那也正是我正在想的。」

「你認爲我們明天會爬到山頂嗎？」

「會啊！我們離山頂不遠了。」

「早上嗎？」

「我想是吧！」

不一會兒他睡著了。從山脊上吹來一陣潮濕的晚風，吹得松樹林響起一陣像嘆息的聲音。而松樹也緩緩的隨著風搖動，然後恢復正常，然後又被風吹彎了。它們受到這些外力的影響變得無法定下來。帳篷被風吹得有點晃動，我起身把釘子釘好，然後在圓丘四周潮濕的草地上走了一陣子，就爬進帳篷，靜靜的等著睡意來到。

第十九章

陽光透過松樹林撒到我的臉上，讓我慢慢的知道身在何處。一面也驅走了我的睡意。

剛才我做了一個夢，夢見我在一間有白色牆壁的房裏，看著一扇玻璃門，在門外的是克里斯和他弟弟還有母親。克里斯向我揮手，他的弟弟在旁邊笑，而他母親卻在一旁流淚，然後我看到克里斯臉上的笑容很僵硬，事實上，相當恐懼。

我向門靠近，他開朗些了，他示意要我把門打開，我正要打開它，但是打不開。他臉上又出現驚恐的表情，但是我轉身走開了。

我以前常常做這個夢，它的意思很明白，而且和我昨天晚上提到的事情頗爲契合。他一直想和我親近，但是又怕永遠沒有這個機會。在這裏情況愈來愈清楚。

在帳篷外，地上的松針被太陽曬得冒起了騰騰的蒸氣，空氣有些潮濕而且十分清涼。克里斯仍然睡得很熟，於是我小心翼翼地爬出了帳篷，站起身來，伸展四肢。

我的腿和背很僵硬，但是並不痛，於是我就做了幾分鐘柔軟體操，把全身放鬆，然後快步的從圓丘跑到樹林裏，這樣才覺得好多了。

今天早上松樹林的氣味十分濕重，我蹲下來，在晨曦當中瞭望下面的峽谷。

後來我回到帳篷這邊，聽到裏面有聲音，知道克里斯醒過來了。我探頭進去看他的時候，看見他正靜靜的躺著，他一向醒來很慢，幾乎在他開口之前需要五分鐘的緩衝時間，這時他瞇著眼睛看著太陽。

「早啊！」我說。

他沒有回我，從松樹上落下幾滴雨水來。

「你睡得好嗎？」

「睡不好。」

「那可不妙了。」

他問我，「你怎麼會這麼早就起來呢？」

「不早了。」

「什麼時候了？」

「九點了，」我說。

「我敢打賭，我們一直到凌晨三點才睡的。」

三點鐘嗎？如果他一直到凌晨三點還醒著，那麼今天他就要嚐到苦頭了。

我說，「但是我先睡了。」

他很奇怪的看著我說，「是你害我睡不著。」

「我？」

「你一直在說話。」

「你是指我說的夢話。」

「不是，你提到山的事！」

這就奇怪了，「克里斯，我一點兒也不知道這方面的事。」

「你昨天整晚都在談，你說，在山頂我們可以看到一切，你說你會在那兒和我相會。」

我想他在做夢，「我現在和你在一起，怎麼可能和你在那兒會面呢？」

「我不知道，這是你說的，」他看起來十分不舒服，「你聽起來好像是喝醉了，還是什麼的。」

他還沒有完全醒過來，我最好讓他自己慢慢的起來，但是現在我口很渴。這時才記起我沒有把水壺帶上來，以爲路上能找到水喝，眞是笨透了。一直到我們爬過山脊才有早餐可吃。下到另外一邊才會有一條小溪。於是我說，「我們趕快把行李收拾好就上路吧！這樣才能找到水做早餐。」

天氣已經漸漸的熱起來了，下午可能會更熱。

帳篷很容易就摺起來，我很高興東西都吹乾了，半個鐘頭之內就收拾好了。除了倒下的小草之外，附近的地上就像沒有人來過。

我們仍然有好長的路要走，但是感覺上比昨天早上容易爬多了。我們逐漸接近圓圓的山頂，而山坡也不像昨天那樣陡峭。四周的松樹林似乎從來沒有人砍伐過，地面上已完全看不到陽光，所以也沒有任何灌木生長，還有一整片走起來頗有彈性的松針，很適合走路……

現在又該討論肖托夸了，要繼續結晶的第二道程序，也就是形上的部分。

這是由波斯曼的英文系教授聽到菲德拉斯的想法之後，提出的問題：「沒有被界定的良質是否存在於我們觀察到的事物之中？或者它只主觀的存在當事者的心中？」這是一個很簡單而又正當的問題，而且不需要急著回答。

哈！不需要急著回答，其實它是一個釣餌，就好像是打拳一樣致命的一擊——是被擊倒之後再難爬起來的問題。

如果良質是一種客觀的存在，那你就必須解釋爲什麼科學儀器無法偵測到它的存在；而你必須提出能夠偵測到它存在的科學儀器。如果儀器無法偵測出來，那麼很簡單的你這種良質的觀念完全是在胡說八道。

就另外一方面來說，如果良質是主觀的感受，完全存在於當事者心中，那麼你所謂的良質只不過是自封的混名。

蒙大拿州立大學英文系教授提出來的問題其實是一個古老的問題，就是讓你落入兩難的境地。兩難在希臘文來說，原意是指一隻兇猛正準備攻擊人的野牛頭上的兩隻角。如果他認爲良質是客觀的存在，那麼他就被野牛的一隻角刺住了；如果他認爲良質是主觀的，那麼他又被另外一隻角刺中了。所以不論他如何回答，他都會被牛角刺住。

他從一些教授的眼中看到善意的微笑。

然而菲德拉斯受過邏輯訓練，他知道兩難的問題並不只有兩種而有三種嚴謹的方法足以辯駁。同時他也知道許多並不嚴謹的反擊方法。所以他笑著面對他們。他可以針對左角然後反駁所謂的客觀暗指的是用科學測量的方法；或者他也可以針對右角反駁主觀暗指的是你喜歡的一切。或者他也可以選擇兩角之間，否定主觀和客觀是唯一的選擇。當然他會從三個角度分別進行。

除了這三個邏輯的反駁方法之外，同時也有一些非邏輯性的反駁方法。菲德拉斯身爲修辭學家當然很明白這一點。

你可以把沙丟進公牛的眼裏。他已經由他的說明提出那就是對良質的無知就是無能。根據邏輯的推論，發言者的能力和他所說的眞假無關。所以提到無能只是沙而已。天底下最笨人可以說太陽會照耀，但是這並不表示他會讓太陽西沈。而蘇格拉底若是活著會給菲德拉斯這樣的難題：「沒錯，我能接受你認爲我對於良質無知的假設。那麼現在請你告訴一位無能的老人良質究竟是什麼？否則我該如何改進？」或許讓菲德拉斯思考幾分鐘，然後他不得不承認自己也不知道良質究竟是什麼。所以以他的標準來說自己也是無能的。

你也可以用唱歌的方式把公牛哄睡。菲德拉斯可以告訴質問的人，他對這種兩難的問題無法回答，因爲遠超過他的能力。但是他無法回答並不能證明就沒有答案。這些經驗更豐富的人不是要幫助他找到答案嗎？然而現在用這種方法太遲了。他們只要這樣回答：「不行，我們太樸質。除非你能找到答案，否則就按照既定的課程上課，這樣下學期我們就不會把你的學生給當掉了。」

而第三種解決兩難問題而我認爲是最好的方法就是根本拒絕接受這個問題。菲德拉斯可以這樣說：「想要劃分良質是主觀或是客觀就是要去界定它。我已經說過它是無法被界定的。」然後就不必去解決這個問題，我相信狄威斯當然的確這樣勸過他。

爲什麼他沒有接受這種建議，而選擇用邏輯和辯證的方法回答我不知道，但是我可以推測出來，我想他認爲整個理性教會是屬於邏輯的範疇，他拒絕接受從邏輯的角度去討論這個問題，無異於自絕於任何學術的討論之外。哲學上的神祕主義，認爲眞理是無法界定的，只能透過非理性的方式了解，自有歷史以來就存在。這就是禪的根基，但是這並不屬於學校研究的範圍。而這座屬於學校的理性教會最主要的就是研究那些能被界定的事物，所以一個人如果想要研究神祕的主義，他就應該去修道院而不是去大學，大學是研究能夠形之於文字的事物。

我想另外一個他接受這個問題的理由是屬於自我的驕傲。他知道自己在邏輯和辯證方面功力深厚，他把這個兩難的問題當作是一種挑戰。然而這種驕傲自大的心態引發了他所有的問題。

在兩百碼之前，我看到有一隻鹿在動，鹿在我們上方的松樹林裏，我想要指給克里斯看，但是僅一瞬間牠就不見了。

菲德拉斯的第一個像牛角一樣的難題是：如果良質的確是客觀的存在，爲什麼科學儀器總是無法探測出來呢？

這隻牛角非常卑鄙，一開始他就知道它的殺傷力有多麼強。如果起初他就假定自己是超級的科學家，能夠看出其他的科學家看不到的客觀事實，那麼他無異於證明自己是瘋子或是笨蛋，甚至兼而有之。因爲在現今的世界裏，和科學相牴觸的思想是無法站住腳的。

他記得洛克曾經說過不論是不是屬於科學範疇的事物，只能了解它的性質。這個無法駁倒的眞理似乎認爲科學家之所以無法偵測出良質是因爲良質就是他們所偵測出來的全部。客觀的事物就是一種理性的產物，是從許多性質當中推演出來的。如果這個答案成立，自然就破解了這個難題。因而使他興奮了好一陣子。

但是這個答案證實並不成立。他和學生在教室裏觀察到的良質和實驗室中觀察到的顏色、溫度、硬度的性質是不同的。那些物理性質都可以藉用儀器測量，而他的良質——卓越、價值、善——卻不屬於物理範疇，所以無法測量。他被性質這個字眼的模糊特性困住了。他奇怪爲什麼會有這種現象，於是記下來，要研究這個字的歷史根源，然後把它暫時擱置。牛角的難題仍然存在。

於是他轉而注意另外一個較可能反駁的難題。他想問題是所謂的良質就是隨你的喜好?這麼說使他十分憤怒。歷史上偉大藝術家如拉菲爾、貝多芬、米開朗基羅，他們只是把人們喜好的事物表達出來。他們人生最重要的目標只是用深刻的方法引動人們的感覺。是不是就是這樣?這麼說讓他憤怒。然而更讓他生氣的是，他沒有辦法立刻推翻這種看法。所以他小心謹愼的研究這句話，就像他在反擊之前，一定會仔細反覆的思想。

然後他找到癥結了。他拿出刀來，把使人憤怒的那個字挑了出來，那就是「只是」這字眼。爲什麼良質只是你所喜好的事物呢?爲什麼「你所喜好的」是「只是」呢?在這種情況之下，「只是」究竟是什麼意思呢?經過這樣反覆的思考之後，他認爲「只是」在這種狀況之下並沒有任何意義。「只是」是一種輕蔑的口吻，對這個句子的份量毫無貢獻。如果把這個字拿掉，整句話就變成良質就是你所喜好的。它的意義完全改變了，變成不具殺傷力的事實。

他在想爲什麼這句話一開始就強烈的激怒他，聽起來似乎非常自然，爲什麼他花了那麼多的時間才知道它眞正的意思是:「你的喜好是不好的，最起碼是不重要的。」在這句自以爲是的假設之下暗示的是讓你快樂的事是不好的，最起碼是不重要的。這正是他全力加以反擊的樸質之精髓。大人訓練小孩子不可以做他們喜歡的事，但是……但是什麼呢?……當然!要去做別人喜歡的事。而別人是指誰呢?父母、老師、督學、警察、法官、上司、國王、獨裁者，這些都是在上的權威。一旦你被訓練成輕視自己的喜好，那麼當然你就會對別人更加順服——變成好奴隸。一且你學會不做自己喜歡的事，那麼你就會爲整個體系所接受。

但是假設你去做你喜歡的事呢？難道這就表示你會跑出去把英雄給射殺了？去搶劫銀行？或是強暴老婦人嗎？勸你不要做自己喜歡的事，等於這個人在作一種大膽的假設，他似乎不了解別人考慮搶銀行的後果之後，很可能就不喜歡去搶銀行了。他不明白銀行存在的首要理由就是因爲它是人們所喜好的，因爲銀行能夠提供融資貸款。於是菲德拉斯開始思考爲什麼社會很自然的反對做你所喜好的事。

結果他有許多意外的發現。當別人說不要做你喜歡的事，並不只是表示要順從權威，還有其他的含意。

其他的含意代表的是深厚的古典科學的信念：爲什麼你所喜好的是不重要的？因爲它來自於非理性的情感。他研究這個論點好長一段時間，然後把它切割成兩部分，他稱之爲科學的物質主義，以及古典的形式主義。他說這兩者往往在同一個人身上出現，但是理論上卻是分開的。

科學的物質主義出現在一般對科學感興趣的人身上，遠比在科學家身上爲多。他們認爲能由科學儀器測量的物質和能量才是眞實的，其他的都不眞實，或者最起碼不重要。你所喜歡的事是無法用科學儀器衡量，因此就不眞實。你喜歡的可能是一個事實，也可能是一種幻覺，感覺無法分辨這兩者。科學方法的主要目的就是要分辨眞假，然後消除主觀、不實、想像的因素，進而得到事實、客觀而且眞實的一面。當他說良質是主觀的，也就是說良質是想像出來的。因而從嚴格考量事實的角度應該摒棄。

另外一面則是古典的形式主義，也就是認爲無法透過理智了解的事就不存在。良質在這種狀況之下是不重要的，因爲這是一種不能被理智分析的情感認知。

由以上兩種看法菲德拉斯認爲，第一種科學的物質主義很容易推翻。他由早年的教育知道這是一種天眞的科學理念，於是他用歸謬法找出它的矛盾之處。這種方法的基礎在於如果前提是荒謬的，那麼結論也是荒謬的。首先讓我們研究凡是無從測知能量的就不存在或不重要是否正確。

菲德拉斯以數字零爲例，零原是印度數字，在中世紀的時候，由印度傳到西方世界，所以對古代的希臘和羅馬人來說，他們不知道有零的存在。這是怎麼回事兒呢？他不禁懷疑是否自然界將零隱藏得這麼好，以至於數以百萬計的希臘羅馬人沒有發現它的存在？一般人很可能認爲零原本就在那兒，所有的人都可以看到。他揭示出把零當作具有極大的能量是荒謬的。然後他的結論是這是否就表示零是不科學的呢？如果是不科學，那是否就表示現在完全根據零和一運算的電腦，就應該改成只用一來運作的呢？我們很快的就在這兒發現其中的矛盾。

於是他又提到其他的科學觀念，一個一個的顯示出它們無法脫離主觀的考量而存在。他以重力法則作爲結束，就在我們旅行的第一天晚上，我告訴約翰、思薇雅以及克里斯的例子，如果主觀被視爲不重要，那麼整個的科學體系也會隨之瓦解。

這種攻擊科學的物質主義，似乎將它歸入哲學方面理想主義的陣營——勃克萊(Berkeley)、休謨(Hume)、康德(Kant)、費希特(Fichte)、謝林(Schelling)、黑格爾(Hegel)、布勒德里(Bradley)、波山凱特(Bosanquet)，但是我們也很難用普通的言語證明在他替良質的辯護上是破壞還是助益。唯心論的說法，雖然可能是完整的哲學體系，但是在修辭學上卻不然。對大一作文來說，這個主題實在是太枯燥，而且十分困難，他們確實無法理解。

由這個角度來看，主觀的難題和客觀的難題幾乎一樣都缺乏新意，古典的形式主義甚至更糟。這些論點都必須將整個理性的背景納入考量，而不應該單單靠著感情的行動而立刻反應。

大人教小孩：「不要把所有的零用錢都拿去買泡泡糖（孩子情感的衝動），因爲要留做以後之用（理性的背景）。」大人明白，「這間造紙廠的氣味，即使有最好的防制汚染系統，依然會有惡臭（情感的反應），但是如果沒有它，整座城就會瓦解（理智的背景）。」根據我們古老的二分法，上面所說的就是，在你作決定的時候不要根據表面上浪漫的訴求，而不去思考它古典而且根本的理由。這一點他算是勉強同意。

而古典的形式主義者之所以反對「良質只是你自己個人的喜好」因爲他們認爲他所提倡的主觀而無法定義的良質只是表面浪漫的訴求。在教室裏，針對文章的投票可以立刻決定這篇文章是否得到回響，但是這是否就是良質呢？是否良質就是你所看到的或是比這個更微妙呢，所以你很可能無法立刻發現它，而是在好長一段時間之後才明白？

他愈檢查這個論證它愈顯得難以敵對輕視。這看來好像會是他整個論文所從事的。

是什麼使它有了壞兆頭，那似乎是課堂中經常提起的問題，而他總是多少必須詭辯式地回答它。這就是問題所在。如果每個人知道良質是什麼，為什麼對它會有這麼不一致的意見？

他詭論家的答案總是那樣，雖然純粹的良質對每個人都一樣，而良質所原據有的對象是人人各異其說的。只要他留下良質不加定義，也就無法就此爭論，但是他自己知道而他也知道學生會曉得其中有種錯誤的意味。它並沒有眞的回答問題。

現在有一個替換的解釋：人們對良質的不同意見是因為有些人只是用他們立即的情緒，反之其他人應用他們整體的知識。他知道在任何一羣英語教師的盛行競賽中，後面能支持他們的權威的論證會得到壓倒性的擁護。

但是這個論證是完全具毀滅性的。取代一個單獨的合一的良質，現在似乎是「兩個」良質；浪漫的一個，只是看，學生所擁有的；而古典的那一個，全體的了解，是老師所擁有的。一個基礎的以及一個平直四方的。平直四方者並非良質之闕如，它是古典良質。基礎者不僅是良質之臨視；它只是浪漫的良質。他所發現的基礎——平直四方者的裂縫仍在那裏，可是良質似乎並不完全落在裂縫的任何一邊，如他先前所假設的一般。相反的，良質本身裂成兩種，裂開的線上每一邊都有一個。他的簡單的、整齊的、美麗的、未加定義的良質正開始複雜起來。

他不喜歡這個進行的方式。打算去綜合古典與浪漫地看待事物的方式的裂縫術語自身已經斷裂成兩部分，而且不再能夠結合任何事物。它已經被分析的搗碎機所虜獲了。主觀性和客觀性的刀刃已將良質一分為二，而且以一個實際概念消滅掉它。如果他想挽救，他不能夠讓那刀刃靠近它。

而事實上，他所謂的良質並不是古典的良質或是浪漫的良質。它是超越兩者之上，它既不屬於主觀，也不屬於客觀，它是超越了這兩個範疇之外。事實上，整個主客觀以及唯心、唯物與良質之間的關係是不公平的。因為唯心、唯物的爭論出現了幾百年，它們只是用這個爭論把良質拖下水，他如何能夠論定良質究竟是唯心還是唯物呢？因為從一開始唯心、唯物就沒有很清楚的分野。

如此一來，他擺脫了左角。良質不是客觀的，它不存在於物質的世界。

然後他也避開了右角，良質也不是主觀的，它不單單存在於人心之中。

最後，菲德拉斯進入了西方思想歷史上從未有過的境地。那就是主客觀這兩隻角之間的地區。他認為良質既不屬於人心的一部分，也不屬於物質。它將獨立於這兩者之外。

有人在蒙大拿州立大學的大廳裏聽到他在樓梯上和走廊裏輕聲的哼著：「聖哉，聖哉，聖哉……三位一體的存在。」

我隱隱約約的想起，很可能記錯了，也可能是我自己想像出來的，那就是說他讓整個思想的架構維持了好幾個禮拜，而不再進一步的探討。

克里斯大叫：「我們什麼時候才會爬到山頂？」

我回答：「可能還有好長的一段路。」

「我們會看到很多東西嗎？」

「我想會吧！看看樹之間的藍天。只要我們看不到，就還有好長一段路。爬到山頂的時候，很自然就會看到藍天。」

昨天晚上下了一場雨，把地上的松針都浸濕了，踏上去十分舒服。有時候山坡上有一層這樣的松針，如果是乾的就會很滑溜，你必須踏穩每一步，否則就容易滑倒。

我告訴克里斯：「這兒什麼灌木叢都沒有，不是很棒嗎？」

「爲什麼沒有呢？」他問我。

「我想這裏從來沒有人砍伐過，一旦幾百年下來都是這樣，大樹就會遏止所有灌木的生長。」

克里斯說：「這裏就像是公園一樣，你向四處望都是一片空曠。」他的情緒似乎比昨天好很多。我想接下來的一段路，他會爬得很好。森林裏面的寂靜會讓每一個人都進步。

根據菲德拉斯的見解，這個世界是由三種事物所組成的，就是心、物和良質。一開始他並不會因爲在它們之間沒有建立起任何關連而苦惱。假如心與物之間的戰爭已經持續了好幾百年尚且沒有得到解決，爲什麼他的發現要在短短的幾個禮拜當中驟下結論呢？所以他暫時把它擱在一邊，放在心靈的架子上。在那兒有許多他一時找不到解答的問題，他知道遲早這三者之間的關係會建立起來。但是現在不用著急，目前他只想好好的放鬆一下，因爲避開了這兩難的處境。

然而研究下去，雖然現在暫時沒有任何理論推翻這種說法，但是這種三位一體的狀況仍然非比尋常。一般哲學家研究的可能是一元論，比如說像上帝，祂是這整個世界唯一的解釋。或者研究的是二元論，將萬事萬物分成心與物。也可能研究的是多元論，把它的源頭歸於無限多的來源。但是三是一個很奇怪的數目，你立刻就會想知道爲什麼會是三呢？它們之間的關係如何呢？菲德拉斯一旦休息夠了，也對這種關係十分好奇。

他強調雖然你可以把良質與物體連在一起，但是良質的感覺仍然可能單獨出現。這就導致他一開始認爲良質是全然主觀的看法，但是主觀的感受並不是他所謂的良質，良質反而會減低主觀性，良質使你能跳脫自己，讓你意識到周圍的世界。良質和主觀是對立的。

我不知道在他得到這個結論時，他思考過多少事物，但是最後他認爲良質不會單獨與主觀和客觀發生關係，而是只有在這兩者產生關係的時候才會出現，也就是說在主觀和客觀交會的一刹那。

聽起來很順耳。

良質並不是一種物體，它是一種結果。

更順耳了。

它是主觀意識到客觀的存在時所產生的結果。

因爲沒有客觀就無所謂主觀。因爲客觀會讓主觀意識到自己的存在——所以良質就是同時意識到主客觀存在時所產生的結果。

他的看法愈來愈精闢。

現在他知道就快到了。

這表示良質不僅僅是主體和客體相遇所產生的結果，它們是由良質產生的，良質是主體和客體的因，過去大家誤以爲主體和客體才是因。

他寫道：「良質像一個太陽，它並不是繞著我們的主體和客體運轉，而且它不是被動的照亮它們。它也沒有隸屬於它們。主體和客體是由它所造的，它們才是隸屬於它的。」

當他寫下這一段話的時候，他知道經過這麼多年來的努力，他終於達到思想上的一個高峰。

克里斯大叫：「天空。」

就在我們上方，在樹幹之間有一道窄窄的藍天。

我們走得更快了，而那一道藍天變得愈來愈寬闊，然後我們看見山頂上一棵樹都沒有。在離山頂還有五十碼的時候，我說：「讓我們跑過去吧！」於是我們把剩餘的精力一古腦的全部散放出來。

能力。

我奮力的跑，但是克里斯很快的就趕上我，然後超過我，而且還一直不停的笑。在背著這麼沈重的行李，而高度又這麼高的情況之下，我們並不想創造任何紀錄，只是儘可能的表現自己的能力。

克里斯先到達山頂，而我正從樹林中衝出來，他舉起手臂大聲喊著：「我贏了！」

自我的人。

我跑得喘得很厲害，跑到的時候幾乎不能說話。我們把背包卸下來，然後靠著幾塊石頭。地上的表層已經被太陽曬乾了，但是下面還有昨天晚上下雨所造成的泥漿。在我們下方離這一羣森林好幾哩之遙，是加樂汀河谷(the Gallatin Valley)。在河谷的一角則是波斯曼。有一隻蚱蜢從石頭上跳起來，然後飛到離我們有好長一段距離的樹頂上。

克里斯說：「我們成功了。」他非常高興。我還是喘得很厲害，無法回話。於是我脫下了靴子和襪子，流汗太多，它們已經濕了。然後把它們放在一塊石頭上曬乾。我靜靜的看著它們冒起了一陣煙，逕自的想著自己的事。

第二十章

很顯然的我睡著了，太陽正在頭頂上，現在只差幾分鐘就到十二點了。我看了看石頭的另一邊，克里斯也睡著了。就在他上方樹林已經不見了，只剩下岩石和一堆堆的積雪。我們可以由這裏爬到山脊上，但是要爬到山頂的時候會很危險。我看了好一會兒山頂，克里斯說我昨天晚上告訴了他什麼呢？我們會在山頂見面……不是……我們會在山頂相遇。

我一直和他在一起，怎麼會和他在山頂相遇呢？這一點眞的很奇怪。他說前天晚上我還告訴他一些別的事，這裏很寂寞。這和我想的完全不同，我一點也不覺得這裏很寂寞。

落石的聲音讓我注意到山的另外一面，那兒沒有任何東西在動，完全靜靜的。

沒有關係，你經常會聽到小落石的聲音。

有的時候落石並不小。在雪崩之前就會先落石，如果你在雪崩之上，或是在它們旁邊，那麼看雪崩是一件很有意思的事。但是如果它們在你上面，那麼趕快逃命吧！你必須注意什麼時候會雪崩。

人睡著的時候往往會說些奇怪的事，但是爲什麼我告訴他會在山頂相遇呢？爲什麼他認爲我醒著呢？這實在很奇怪，讓我覺得很不安。首先你得先有感覺才會去思索原因。

我聽到克里斯在動轉頭看到他正向四周圍觀望。

他問我：「我們在哪裏？」

「在山脊的頂端。」

「噢！」他說著笑了笑。

我拿出一塊起司和餅乾，然後小心的把起司切成薄薄的一片。周圍的寧靜可以讓你把事情做得很漂亮。

他說：「讓我們在這兒蓋座小屋吧！」

「哦！」我接著說，「每天都要爬上來嗎？」

他開玩笑的說，「當然啦！爬上來並不難！」

昨天在他的記憶中已經很遠了，我拿了一些起司和餅乾給他。

他問我：「你一直都在想什麼呢？」

我回答他：「各種事情。」

「什麼？」

「大部分的事情對你來說沒有任何意義。」

「比如說？」

「比如說，爲什麼我會告訴你我們會在山頂上相遇呢？」

他說了一聲，「喔！」就低下頭去。

「你說我好像喝醉了，」我告訴他。

他說：「不是喝醉了，」他的頭依然垂著。他這種表情讓我再次懷疑他是否在說實話。

「那麼又是怎樣了呢？」

他沒有回答我。

「克里斯，是怎麼樣的情形？」

「就是不一樣嘛！」

「怎麼樣不一樣呢？」

「這個，我不知道嘛！」他抬起頭來看著我，眼睛裏閃過一絲恐懼。「就像你很久以前那個樣子。」他說完又低下頭去。

「什麼時候？」

「在我們住在這裏的時候。」

我不動聲色，讓他不知道我心裏的變化。然後我小心的站起來，走到石頭邊，很技巧的把襪子翻過來。它們早已經乾了。當我把襪子拿回來的時候，我看他仍然望著我，我很平淡的說：「我不知道我說話的聲音和以前不一樣。」

他沒有回答。

我把襪子穿上，然後套上靴子。

克里斯說：「我渴了。」

「下面不遠就可以找到水喝，」我說著站了起來，看了一會兒山頂上的雪，然後說：「你準備好下山了嗎？」他點點頭，於是我們把背包背起來。

當我們沿著山頂，朝著一條溪谷的源頭走去，我們聽到一陣落石的聲音，比剛才的聲音大多了。我抬起頭來看，究竟是從哪裏落下來的，但是毫無所獲。

克里斯問我：「怎麼回事兒？」

「落石。」

我們兩個人停下來聽了一陣子，克里斯問我：「那裏有人嗎？」

「沒有，我想只是融雪把石頭鬆動了。在初夏的時候像這麼熱，通常會有一些小落石，有的時候也會落大的石塊，這是山老化的過程。」

「我不知道山也會疲勞。」

「不是疲勞而是老化。它們會變得愈來愈渾圓。這裏的山才剛剛開始老化。」

現在我們四周除了山頂都覆蓋著一層墨綠色的森林，遠遠的望去，森林好像天鵝絨一般。

我告訴他，「你看這些山，現在看起來這樣寧靜，彷彿會存到永遠，但是它們其實一直在改變。而這些變化往往並不安寧。就在我們腳底下，有一股力量可以把這整座山扯開來。」

「發生過嗎？」

「發生過什麼呢？」

「把整座山扯開來？」

我說，「發生過。」然後我記起來，「就離這裏不遠，有十九個人被百萬噸的岩石給活埋了。每個人都很驚訝只有十九個人。」

「是怎麼一回事？」

「他們是從東部來的觀光客到這裏露營，晚上的時候，地突然裂開了。一直到第二天早上救難人員趕到的時候，他們只能搖搖頭，甚至連挖都沒有挖，因爲他們要從幾百呎的岩石底下把屍體挖出來，然後還要再埋葬一次。所以乾脆讓他們留在那兒，現在還是在那裏。」

「他們怎麼知道是十九個人呢？」

「根據城裏的鄰居還有親戚通報失蹤的人口知道的。」

克里斯看著我們眼前的山頂，「事前難道沒有任何警告？」

「我不知道。」

「你認爲會有警告嗎?」

「可能有。」

我們走到溪谷的源頭,發現可以沿著這條溪谷下去,就會找到水喝。

從上面又落下一些石頭來,突然間,我有些害怕起來。

我叫著:「克里斯。」

「什麼事?」

「你知道我在想什麼嗎?」

「不知道,你在想什麼?」

「我想我們現在最聰明的作法是不要去爬那個山頂,以後夏天再來爬。」

他沈默下來,然後說,「爲什麼呢?」

「我有預感情形不妙。」

他好一陣不說話,最後他說,「像什麼呢?」

「我想很可能會碰到風雪,或是摔下去或者什麼的,那麼我們就眞的有麻煩了。」

他又好久不說話,我抬起頭來看見他臉上失望的表情。我想他知道我有一些話沒有說出來。

「你先想一想,」我說,「然後等我們到達水源邊吃午餐的時候,我們再作決定。」

我們繼續往下走。「好嗎?」我說。

他終於很不情願的說，「好吧！」

現在下山容易多了。但是我知道很快就會變得更陡，這裏仍然是一片藍天和烈陽，不久我們又會進入森林裏。

我不知道該怎麼解釋，晚上說的那些古怪的話，給我的感覺很不好，對我們兩個人都一樣。似乎到了晚上這一切旅程、露營、肖托夸和讓人懷念的老地方對我都有不好的影響。所以我想儘快離開這裏。

過了一會兒，這裏的高度變得有點兒令人毛骨悚然，我想要趕快下去，下到底下去。一直到海裏去，這樣就對了。在那兒，海浪慢慢的翻滾著，你可以聽到海濤的怒吼，而你不會再落到任何地方，因爲你已經在底部了。

現在我們又進入林子裏，山頂已經被樹枝擋住了，這樣我很高興。

我想在這一次肖托夸之中，我們已經走得像菲德拉斯一樣的遠，現在我想離開他的路。我已經忠實的把他的思想記下來，現在我想發展自己的看法，就是他忽略的一面。這一次肖托夸的主題是「禪和摩托車的維修藝術」，而不是「禪和爬山的藝術」。在山頂沒有摩托車，也很少有禪。禪是山的精神，而不是山頂。你在山頂發現的禪，就是你把它帶上去的。讓我們離開這裏吧！

「下山的感覺眞好，不是嗎？」我跟克里斯說。

他沒有回答我。

我想很可能我們之間有一些摩擦。

你爬到山頂，而你得到的只是一塊大石板，上面有一堆戒條。

對他來說，情形就是這樣。

以爲他自己是他媽的彌塞亞。

我可不是。我們花的時間太多，但是收穫太少。讓我們離開吧！離開吧……

於是我兩步併作一步的跳下山去，直到聽見克里斯叫我，「慢一點兒……」然後我才發現他已經在身後幾百碼的林子裏。

於是我慢下來，但是過了一會兒，我發現他故意在後面慢慢的走，當然他很失望。

我想在肖托夸裏我應該做的是把菲德拉斯所走的方向簡明的指引出來，不要加任何的價值判斷，然後再發展我自己的思想。相信我，如果我們不從二元化的角度去看事情，而是從良質、心和物三位一體的角度，那麼摩托車維修的藝術以及其他的藝術都會產生前所未有的意義。約翰夫婦所逃避的科技怪物，就不再面目猙獰，而成了很有意思的東西了。要把這一點解釋清楚，是一段漫長而有意思的工作。

但是首先我要提出的是：

或許他也會贊同我走這樣的方向，也就是深入每天的日常生活之中。我認為如果能夠改進人們每天的生活，那麼哲學是好的，否則寧可忘掉它。但是他並沒有朝這個方向走。

他曾經推演良質與心、物之間的關係，而確認良質是心、物的根源。如果沒有經過仔細的解說，這種像哥白尼的發現一樣，完全扭轉別人對這三者之間關係的認定，聽起來似乎有些神祕，但是他並不希望如此。他的意思只是在認知一項物體之前，必然有一種屬於非理智的意識，他稱之為良質的意識。在你看到一棵樹之後，你才意識到你看到了一棵樹。在你看到的那一剎那以及意識到的那一剎那之間，有一小段時間。我們常認為這一段時間不重要，但是並沒有證據顯示這一段時間不重要——情形完全不是如此。

「過去」只存在於我們的記憶之中，「未來」則存在於我們的計劃之中，而只有「現在」才是唯一的眞實。你理智上所意識到的那棵樹，由於這一小段的時間的關係，所以屬於過去，因而對你並不眞實。任何經由思想所意識到的總是存在於過去，因而就不眞實。所以眞實總是存在於你所看到的那一剎那，且在你還沒有意識到之前。除此之外，沒有別的眞實。這種在意識之前的眞實，就是菲德拉斯所謂的良質。由於所有經由思想所認知的事物，必須來自於這一段思考前的眞實，所以良質是因，而果才是所有的主體以及客體。

他認為知識份子最難了解這種良質，一方面因為這段時間非常短暫，而且立刻將一切化成思考的形式。而最容易看見良質的是兒童以及未受教育的人，還有喪失文化的人。他們很少受到文化的影響，因而較少接受正規的訓練，讓文化滲透他們的心靈。這就是他認爲爲什麼樸質是單單屬於知性上的疾病。他發現由於學校教育在他身上的失敗，因而使他很偶然的得到免疫。最起碼就某種程度來說，不具有這種習慣。之後他很自然的就不會認同知性，也能夠同情那些反知的教條。

那些具有知性成見的人，通常將良質這個在知性產生之前的眞實視爲毫不重要，只不過是客觀事實和主觀意識之間一段短暫的時間。由於他們早已認定它不重要，所以不會去研究它和知性的觀念有何不同。

他認爲的確不同。一旦你聽過良質的聲音，看到那面韓國的牆，以及非知識實體最純粹的形式，你就會想要把所有那些文字玩意兒忘掉，因爲你已發現一片新天地。

現在他有這一套三位一體的新理論支持，於是就阻止了浪漫與古典之間的分裂。這種分裂差一點把他給毀了。它們再也不能把良質支解，而他可以輕鬆的坐在那兒，把它們支解。浪漫的良質總是與視覺的印象相結合，而理智的良質總是需要一段時間的考量。浪漫的良質是指此時此地的事情，而古典的良質則是超越此刻，必須考慮現在與過去和未來的關係。比如說，從浪漫的觀點來看，如果摩托車仍然正常行駛，爲什麼要替它操心呢？如果你從古典的角度去看，現在只不過是過去與未來之間的一瞬間，忽略過去和未來對現在的影響，就不是好的良質了。摩托車現在可能正常行駛，但是最近什麼時候才檢查過油表呢？從浪漫者的觀點來看，這樣想有些大驚小怪，但是對古典的人來說卻是常識。

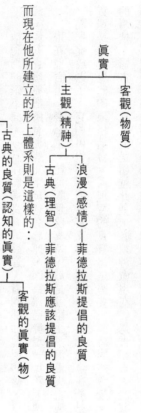

然而現在我們有兩種不同的良質，但是它們不再把良質分裂，它們只是存在於不同時間的兩種良質。前面所提到形上的等級我們可以用圖表示如下：

- 眞實
  - 客觀(物質)
  - 主觀(精神)
    - 浪漫(感情)—菲德拉斯提倡的良質
    - 古典(理智)—菲德拉斯應該提倡的良質

而現在他所建立的形上體系則是這樣的：

- 良質(眞實)
  - 古典的良質(認知的眞實)
    - 客觀的眞實(物
    - 主觀的眞實(心
  - 浪漫的良質(認知前的眞實

他所提出來的良質不只是眞實的一部分而已，它是眞實的全部。

於是他根據三位一體的概念回答這樣的問題。爲什麼每一個人所看到的良質都不同？以前這樣的問題他都要花極大的篇幅回答，現在他這樣回答：「良質是無形、無狀和無法形容的，看得到形狀和形式就是由理性去認知。良質是超越形狀和形式之上，我們給良質的名字、形狀和形式只是它的一部分，我們經常在良質的事物當中，尋找與我們過去經驗相似的東西。如果我們找不到就無法行動。我們也是根據這些發現，建立起語言和整個的文化體系。」

每個人看到的良質都不同的原因是，他認爲每一個人都有不同的背景。他以語言爲例，我們聽印度的語言，因爲沒有和他們相似的背景，所以無法分辨那些音節的差異。相對的大部分說印度系語言的人，也不能分辨英語中的某些字彙有何不同。所以他認爲對印度的村民來說，看見鬼魂是很正常的現象，而要他們明白重力定律卻十分困難。

他認爲這就說明了爲什麼大一新生衡量文章的等級有相同的標準，因爲他們都有相似的背景、相似的知識。但是如果班上有一羣外國學生，或者研讀很難了解的中古詩文，那麼學生對評斷良質的等級就可能出現極大的差異。

所以從某一種觀點來說，由於學生的選擇而限制了它。對於良質有不同的看法，並不是因爲良質本身有差異，而是每一個人的經驗背景不同。所以他推測如果兩個人有完全相同的背景，那麼他們眼中的良質也會完全相同。然而我們無法進行這種試驗，所以這仍然只是一種推測。

他回答同事的內容是這樣的：

「要想從哲學方面解釋良質，是一件同時對也同時錯的事，因爲這是一種哲學的解釋。哲學解釋的過程就是分析，把一樣東西細分成主語、述語。我的意思是（以及每一個人的意思都是如此）良質這字眼不能分解成主語和述語，這不是因爲良質是神祕的，而是因爲良質是非常簡單、立刻而直接的感應。

「要讓在我們這種背景之下的人了解純粹的良質，用最簡潔的語言形容就是『良質是有機體對環境的反應』（他用這種語言，因爲質問他的人習慣從刺激和反應的行爲理論衡量事物）。我想如果你把一隻阿米巴原蟲放在一盤水裏，然後在附近滴一滴硫磺酸，我想牠會避開它，即使阿米巴原蟲不知道硫磺酸是什麼。要是牠能開口說話，牠也會說：『這個環境很惡劣。』如果牠有神經系統，就會用非常複雜的方式去克服惡劣的環境，於是牠會從過去的經驗當中尋求解釋，以認定目前這種環境是不適合牠的，因而對環境算是了解了。

「然而在我們高等複雜的生物體對環境的反應上，我們發明了許多事物，包括天、地、樹、石頭、海洋、神明、音樂、藝術、語言、哲學、工程、文化和科學，我們稱這些爲仿眞實體。而它們的確是眞實，所以我們就說服孩子相信它們是眞實。然後把不接受這套理論的人丟進瘋人院裏，但是讓我們發明仿眞實體的是良質。良質就是環境給我們不斷刺激，讓我們創造所居住的世界，包括所有的一切，以及其中的一點一滴。

「如果我們想要用我們所創造的世界去涵蓋刺激我們去創造的源頭是不可能的。這就是爲什麼良質無法被界定，如果我們去界定，我們所界定的就無法涵蓋整體的良質。」

這一段話是我記憶當中最深刻的一段，很可能是因爲它最重要。在他寫的時候有些震驚，想要把「包括所有的一切，以及其中的一點一滴」塗掉，我想他認爲這是一種瘋狂的念頭，但是他找不到任何理由剔除這些字眼，所以現在害怕已經爲時太晚了。於是他只好忽略這一項警告，依然把這幾個字保留下來。

他放下鉛筆……他覺得彷彿有東西釋放出來，原先被禁錮得太痛苦，然而發現時已爲時太晚。

他開始明白他已經偏離了最初的見解，他不再討論形上的三位一體，而是絕對的一元論。良質是一切的源頭和本質。

這時他的心中充滿了全新的哲學思潮。黑格爾在他的唯心論當中也提過這一點，他認爲人的心超越在主客觀之外。

然而黑格爾認爲人的心是一切的源頭。但是他把浪漫的經驗剔除掉，所以他的世界是完全古典、理智和有秩序的。

良質卻不是這樣。

菲德拉斯記得黑格爾曾經被視作東西方哲學的橋樑，東方的吠陀、道家、佛家的思想都被視爲絕對的一元論，與黑格爾的哲學相似。菲德拉斯當時懷疑神祕主義和一元論是否可以互相轉換，因爲神祕主義沒有規則可循，而一元論也是如此。而他所提出的良質是形上學的實體，並不是神祕主義。或者也是神祕的呢？有什麼差異呢？

他給自己的回答是兩者之間的差異在於定義。形上學的實體都有定義而神祕的思想卻沒有，因此良質是神祕的。不！實際上兩者都有。雖然他一直從形上學的角度去思考，把它當作形上學的問題，但是他一直拒絕去界定它，因而使它帶有神祕的特質。由於無法界定，使它免受形上學的侷限。

然後菲德拉斯心血來潮的走到書架旁，拿起一本藍色精裝的小書，許多年前，他把這本書整本印下來，然後自己裝訂成冊。因爲他在書店裏根本買不到，這是二千四百年前的老子《道德經》，他開始念其中已經念過許多遍的經文，但是他這一次想從其中找到某一種替代品，於是他一邊念一邊解釋，他這樣念：

道可道，非常道。名可名，非常名。無名天地之始，有名萬物之母。故常無欲以觀其妙，常有欲以觀其徼。此兩者同出而異名。同謂之玄，玄之又玄，衆妙之門。

道沖而用之或不盈，淵兮似萬物之宗。挫其銳，解其紛，和其光，同其塵，湛兮似或存。吾不知誰之子，象帝之先。

……根緜緜若存，用之不勤。……

視之不見名曰夷，聽之不聞名曰希，搏之不得名曰微，此三者不可致詰，故混而爲一。其上不皦，其下不昧。繩繩不可名，復歸於無物。是謂無狀之狀，無物之象，是謂惚恍。迎之不見其首，隨之不見其後。執古之道，以御今之有，能知古始，是謂道紀。

(The quality that can be defined is not the Absolute Quality.
The names that can be given it are not Absolute names.

It is the origin of heaven and earth.
When named it is the mother of all things....
Quality [romantic Quality] and its manifestations [classic Quality] are in their nature the same. It is given different names [subjects and objects] when it becomes classically manifest.
Romantic quality and classic quality together may be called the "mystic."
Reaching from mystery into deeper mystery, it is the gate to the secret of all life.
Quality is all-pervading.
And its use is inexhaustible!
Fathomless!
Like the fountainhead of all things……
Yet crystal clear like water it seems to remain.
I do not know whose Son it is.
An image of what existed before God.
…Continuously, continuously it seems to remain. Draw upon it and it serves you with ease…

Looked at but cannot be seen...listened to but cannot be heard...grasped at but connot be touched...these three elude all our inquiries and hence blend and become one.

Not by its rising is there light,
Not by its sinking is there darkness
Unceasing, continuous
It cannot be defined
And reverts again into the realm of nothingness
That is why it is called the form of the formless
The image of nothingness
That is why it is called elusive
Meet it and you do not see its face
Follow it and you do not see its back
He who holds fast to the quality of old
Is able to know the primeval beginnings
Which are the continuity of quality.) (14)

菲德拉斯一句一句的念，一行一行的念，發現它們正符合他的意思，只不過他表達得很僵化，而《道德經》中卻說得非常清楚而準確，這就是他一直想說的，只是他從不同的背景，用不同的語言說出來。他從另一座山谷看到這一座山谷的景象，他所說的不是陌生人所講的故事，而是他本身也是山谷的一部分。他看到了一切。

他已經破解了密碼。

他一行一行的繼續讀下去，一頁一頁的讀下去，其中沒有任何不合之處。他所提倡的良質就是這裏所謂的道，是所有宗教的原創力，不管是東方或是歐美，不管是過去還是現在，是一切的知識，是所有的一切。

然後他抬起心眼，看見他自已的形象，發現自已身在何處，他看到了什麼……我不知道究竟發生了什麼事……於是菲德拉斯先前感受到的滑動，內心的崩解，突然之間動了起來，就像山頂上的岩石一樣。然而在他能阻擋之前，突然間，立刻累積的意識開始逐漸膨脹，一直膨脹到失去了控制，於是雪球愈滾愈大，遠遠的超過它原先的體積，直往山下滾去，一直到山上不曾留下一物。

⑭老子《道德經》英文部分經作者融入個人見解較中文原文更易明白，是故需列英文部分輔助說明。

一切都消失了。

第二十一章

克里斯說，「你不很勇敢，對不對？」

我說，「對。」於是就把一條義大利臘腸拿起來，用牙齒撕去外皮，「但是你對我的智慧十分的佩服。」

現在我們已經離山頂有好一段距離了，松樹林和灌木叢比峽谷另外一邊高多了也密多了。很顯然的，這兒下的雨較多，我拿起水壺，喝了一大口，是克里斯從溪邊取回來的水。然後看了看他，我可以從他的表情看見他已經接受先下山的提議，所以不必再和他爭論了。我們中午就吃了一些糖果，然後喝了一些水把它沖下去，然後躺在地上休息了一陣子。山上的泉水是世界上最美味的飲料。

過了一會兒，克里斯說：「我現在可以背重一點兒的東西了。」

「你確定了嗎？」

「當然，」他有一點驕傲的說。

我很感激的把一些較重的行李交給他。於是我們背上背包站了起來。我可以感覺到重量變輕了，在他心情好的時候，他總是很體貼的。

從這兒開始坡度減低了。很明顯的這兒的樹林有人砍伐過，有許多灌木比人還高，所以走起來特別慢，下一次我們可得繞道而行。

現在我想在肖托夸中擺脫抽象的解釋，進入每天實際的世界中。而我無法確定該如何進行。拓荒者有一種很少被人提起的特性，就是很容易製造大量的混亂。他們只看見自己高遠的目標而完全忽略自己所製造的各種混亂。別人必須在他後面跟著收拾，這種工作並不光彩，也很乏味。在你去做之前，很可能會沮喪一陣子，然後一旦你的情緒習慣低調之後，感覺就不會那麼惡劣了。

能夠在山頂上明白良質和佛在形上學的關係是一件很了不得的事，而且非常重要。如果這就是肖托夸所要說的，那麼我應該結束了。然而重要的是，這個發現與我們眼前無盡而且單調乏味的工作和歲月之間的關係。

思薇雅知道自己第一天究竟在說什麼，當時她看到大家都朝著另一個方向走。她稱爲什麼呢？「送葬的行列。」現在我的工作就是要從更寬廣的角度進入這一列人羣當中。

首先我要澄清一點，我並不知道菲德拉斯認爲良質就是道是否是眞的。我也不知道任何證明的方法。因爲他所做的一切，只不過是把他對某一個神祕實體的了解與另外一個互相比較。他當然認爲它們是相同的，但是他也可能不完全了解良質究竟是什麼，或者他更可能不十分了解道。他當然並不是智者，在那本書裏有許多給智者的建言，値得他去注意的。

因此我認爲他所有形而上的爬山，對於我們對良質的了解以及道的認識完全沒有任何幫助。聽起來似乎在排斥他的思想，但事實上並不是如此。我想他也會同意我這樣說，因爲任何形容良質的方法就是一種界定，因而必然會有它不足之處。我想他也會說他對良質的說明，甚至比不說明還要糟。因爲說明就很可能會阻礙別人對良質的了解。

所以他做的對良質或道沒有什麼幫助，而受益的則是理性。因爲他提出了一種方法，擴展了理性的範圍，涵蓋非理性的層面。我想二十世紀這樣充滿混亂和片段的情況，就是因爲極度缺乏對這些非理性的認同，我現在就想儘可能有條理的探討這一點。

我們現在腳下所踩的爛泥變得十分滑溜，幾乎很難站得住，必須抓住兩旁的樹枝和灌木叢，才能夠穩住身體。我先踏出一步，然後探索下一步要踏在哪裏，然後再踏下一步。

很快的我發現灌木叢變得十分濃密，必須要砍斷一部分才能通過。我坐下來讓克里斯從我的背包裏把彎刀拿出來，他把彎刀交給我，然後我就開始一路砍下去。我一頭鑽進灌木叢裏，兩個人走得很慢，每走一步就必須砍斷兩、三枝，這種情形持續了好長一段時間。

首先，菲德拉斯說過「良質就是佛」這種斷言如果是眞的，就能替人類現在分裂的三種經驗找到融合的理性基礎，這三方面是宗教、藝術和科學。如果能夠證明這三者的中心思想就是良質，而良質只有一種沒有許多種，那麼這三種分裂的經驗就有互相交流的基礎。

良質和藝術的關係可以從菲德拉斯在修辭的藝術中了解良質得到充分的說明，我想在這裏不需要進一步的分析。藝術是一種高度良質的努力，需要說的就是這些了。如果還要更深入解釋，那就是：從人的作品中看到藝術就是神。所以我們可以由菲德拉斯所建立的認知了解兩大不同的境界其實就是同一個。

然而在宗教的層次，神與良質的理性關係我想需要更完整的建構，我想以後再討論這一點。現在我們起碼可以知道英文良質與佛的字根其實是同一個字。

現在我想要討論的是科學的層面，因爲這是最急需建構的一面。認爲科學和科技不受價値約束的看法應該終止了。明天我想從這一點開始討論。

下午剩下來的時間我們一路跨過倒下來的枯樹，然後在陡峭的山坡上呈Z字形的路徑下山。我們走到一處懸崖，然後沿著它的峭壁找出一條路下去。然而就在這條小路旁邊，岩石裂了一條大縫，裏面有一條小溪，從裏面長出不少灌木和大樹，然後我們又聽到遠處有更大的溪水聲。

我們用繩子涉過小溪，然後在路上看到還有其他的路人，就請他們載我們回去。

在波斯曼天已經黑了，爲了不想打擾狄威斯夫婦，讓他們來接我們，我們就在城裏的旅館住下來。在大廳裏有一些觀光客瞪著我們。我穿著舊軍服，走路的姿勢又很僵硬，兩天沒有刮鬍子，加上又戴了一頂黑色的鴨舌帽，我想看起來一定好像古巴過去的革命軍人正在演習。

到了房間裏，我們疲勞的把所有的東西都丟在地上，然後把靴子裏的溪石倒在垃圾筒裏，再把靴子放在窗戶旁，讓風慢慢的把它吹乾。我們什麼話也沒說，就癱在床上了。

第二十二章

第二天早晨我們感覺清新無比地離開旅館，跟狄威斯夫婦道再見，往北出波斯曼到開闊的公路去。狄威斯夫婦希望我們留下來，但是一個往西走繼續我的思索的特別想望接管了我心。今天我想要談一位菲德拉斯從未聽過的人物，而我爲了準備這次的肖托夸已經廣泛閱讀過他的作品。不像菲德拉斯，這個人在三十五歲時是國際名人，五十八歲時成爲一個活生生的傳奇，是邊沁・羅素描述爲「一般同意，他的時代中最著名的科學家。」他是集天文學家、物理學家、數學家、哲學家於一身的人。他的名字叫朱利斯・亨利・彭加列(Jules Henri Poincaré)。

對我而言它總是這麼不可思議，而我猜至今猶然，菲德拉斯應該已經遊歷過他不曾經歷過的思想之路線。某個人以前在某個地方一定已經思考過所有這些，而菲德拉斯是這樣一個可憐的學者，那可能就像他一樣去複製某些有名的哲學系統而不肯費勁去檢視。

因此我花了超過一年的時間閱讀這長得很乃至有時非常瑣碎的哲學史去探尋複製的觀念。然而去讀哲學的歷史是一種迷人的方式，而且是一件我仍然不知是由什麼所組成而發生的事情。兩個假定跟彼此非常對立的哲學系統似乎都跟菲德拉斯所思考的很接近，只有很少的不同。日復一日我認為我已經發現他在複製誰，可是每次因為似乎顯得有些輕微的不同，他採取了極為迥異的方向。以黑格爾為例，我早先曾提到他，他拒斥印度哲學系統認為一點都不是哲學。菲德拉斯似乎跟它們類似，或被它們所同化。毫無矛盾衝突感。

終於我提到彭加列。這裏也又有一點複製但是有另一種現象。菲德拉斯跟隨了一條長而彎曲的路徑來到最高的抽象作用，似乎即將要停下來而結束了。彭加列以最基本的科學眞理開始，達到同樣的抽象層級而停下來。兩路徑剛好停在彼此的盡頭！在他們之間有完美的延續性。當你站在不理性的陰影下，另一個心靈的出現其所思所談如你所為是某件近乎被祝福的事件。像羅賓森・克魯梭(Robinson Crusoe)所發現的沙灘上的足跡。

彭加列從一八五四年活到一九一二年，巴黎大學的教授。他的鬍子與夾鼻眼鏡使人回想起亨利・陶盧舍－勞特瑞克(Henri Toulouse-Lautrec)，他當時住在巴黎，只比彭加列年輕十歲。

在彭加列一生中，有關精確科學的基礎之令人擔憂的深刻危機已展開。多年來科學眞理已經超過一個懷疑的可能性；科學的邏輯是不會錯誤的，而如果科學家有時出錯了，這假定是由他們弄錯它的規則所產生的。偉大的問題都已經被回答過。現在科學的使命只是去精煉這些答案至更大更大的精確性。的確仍有未解釋的現象如放射能、經過「以太」的媒介光，以及磁鐵與電力之間的特別關係；但是如果過去的傾向是個指示這些就已逐漸低落。很難去猜測在數十年之內是否不會再有絕對空間、絕對時間、絕對實體或甚至絕對磁力，那古典物理學——時代的科學岩石——可能會變成「可適用的」，而最精緻、最受尊敬的天文學家會告訴人類，如果從有威力的望遠鏡去注視得夠長的話，它所看見的會是它自己頭部的背後。

搖動基礎的相對論根本還只被非常少數人所了解，彭加列，他那時代最傑出的數學家，是其中一個。

在他《科學的原理(*Foundations of Science*)》一書中彭加列解釋著科學原理的危機的過去歷史已經非常久了。他說它被白費力氣地找了很久去推演以歐幾里得的第五假設聞名的公理，而這個探求是危機的開端。歐幾里得有關平行的假設，描述經過一個定點絕不可能跟一個給定的直線有超過一條的平行線，而我們通常在十年級的幾何學到的。它是整個幾何數學所由建構的基本建築的石塊。

所有其他的公理似乎是如此明顯以至於不可加以懷疑，但這個並非如此。然而你還是不能在不摧毀數學的巨大份量中而丟開它，而且似乎沒有人能夠將它還原到更基本的任何事物去。彭加列說多少努力被浪費在那個荒誕不經的希望是眞的無法想像的。

終於，在十九世紀的前四分之一時期，而且幾乎是同時，一個匈牙利人及一個俄國人——波耳雅(Bolyai)以及洛巴契夫斯基(Lobachevski)——無可辯駁地建立了對歐幾里得的第五假設的證明是不可能的。他們以推理來證明，如果有任何方式把歐幾里得的假設還原到其他更確定的公理，另一個效果也會是可注意的：歐幾里得的假設的反轉會在幾何學中創造出邏輯的矛盾性。所以他們反轉了歐幾里得的假設。

洛巴契夫斯基假設一開始通過一個定點可畫出一條給定的線的兩條平行線。而他保留所有歐幾里得的其他假設。從這些假設中他演繹出一系列定理其中不可能發現到任何矛盾，而他建構幾何學其無任何錯誤的邏輯沒有一丁點劣於歐幾里得幾何學。

如此由於他不能發現任何矛盾他證明第五假設是不可逆轉至更簡單的公理。

並非這個證明令人驚慌。是因爲它理性的副產品立刻覆蓋了它以及在數學的領域中的每樣事物。數學，這科學的確定性的基礎突然不再確定了。

我們現在有不可動搖的眞理兩項矛盾的視野，對所有各種年紀的人而言都是眞的，不計他們個人的喜好。

是這個深遠的危機的基礎搖晃了鍍金世紀的科學自滿性。我們怎麼知道這些幾何學中的哪一個是正確的？如果沒有任何基礎可去分辨，那麼你就有了承認邏輯矛盾性的一整個數學。但是一個承認內在邏輯矛盾性的數學根本就不是數學。非歐幾里得幾何學的最終效果變成不過是魔術師莫名其妙的咒語其中信念全然由信仰所維持著！

而當然一旦門打開一個人不再能期待，不可動搖的科學眞相的矛盾系統的數目是被限制成兩個。一位叫黎曼(Riemann)的德國人呈顯另一不可動搖的幾何系統，不只沈了歐幾里得的假設，而且也波及第一公理，即兩點之間只有一條直線可以通過。再次地並無內在矛盾，只有與洛巴契夫斯基幾何學及歐幾里得幾何學的不一致。

根據相對論，黎曼幾何學最好地描述了我們生活的世界。

在三叉鎮(Three Forks)路彎進白錫岩的狹窄深峽谷，經過某些路易士與克拉克洞穴(Lewis and Clark caves)。在布特(Butte)之東方，我們爬上一很長的階梯，經過大陸分水嶺，然後下去一個溪谷。過了一會兒我們經過一排排阿耶孔達精鍊廠，繞進去阿耶孔達城(Anaconda)，找到有牛排和咖啡的好餐館。我們爬上長坡來到松樹所圍繞的湖畔，經過一些正在推小舟入水的漁夫邊。然後路再度經由松樹林蜿蜒而下，我從陽光的角度看見早晨即將結束。

我們經過菲利普堡(Philipsburg)來到山谷草地。前方的風變得更加暴烈，所以我減速至五十五哩使之變慢。我們騎經麥斯威勒(Maxville)而直到我們到達會堂已渴求休息至極。

我們在路邊發現一座墓地就停下來。風吹得更烈也更寒冷了，但是陽光溫暖，我們把夾克和安全帽放在草地上，並且在教堂的下風處休息。這裏是寂寞而空闊的，但美麗。當你在遠方有高山或甚至只是山丘，你就有空間。克里斯把他的頭埋入夾克中試著睡去。

沒有約翰夫婦每一件事物都不同了——如此寂寞。如果你不介意我現在就來談談肖托夸，直至寂寞消失。

彭加列認爲要解決數學眞理是什麼的問題，我們應該先問我們自己幾何公理的本質是什麼。它們是像康德所說的先驗綜合判斷嗎？也就是說它們以人的意識的固定部分，獨立於經驗而非由經驗創造？彭加列認爲不是這樣。然後它們以如此力量強制於我們身上使我們無法察覺相反的命題，或者以它爲地基建立一個理論組織。不會有非歐幾里得幾何學。

我們因此應該下結論道幾何學的公理是實驗性的眞理嗎？彭加列也不認爲那該如此。如果它們是，當新的實驗資訊進來時，它們會傾向於持續的變化和修正。這似乎跟幾何學自身的整個本質相反。

彭加列下結論道幾何學的公理是「傳統」，我們在所有可能的傳統中的選擇是由實驗事實所指導，但是它保持著自由之身，而由避免所有矛盾的必要性所限制。因爲它是假設可以保持嚴密的眞實，即使實驗律則決定了它們的被採納只是近似值。換句話說，幾何學的公理不過是化裝過的定義。

然後，既已認同了幾何學公理的本質，他轉向這個問題，歐幾里得幾何學是眞的還是黎曼幾何學是眞的？

他回答：這問題毫無意義。

這宛如我們這麼問：是否公尺制是眞的而重量常衡制是錯的；是否笛卡兒座標是眞的而極座標是錯的。一個幾何學不可能比另一個更正確；它只可能是更方便。幾何學不是眞實的，它只是更有利的。

然後彭加列繼續演證科學的其他概念的傳統本質，例如空間與時間，顯示沒有任何一種方式去測量這些實體會比其他方式更眞實；通常被採納者只是更方便的。

我們對空間與時間的概念也只是定義，以它們在處理事實的方便性爲基礎所選擇的。然而，我們最基礎的科學概念的徹底理解尚未完全。時間和空間是什麼的奧祕也由這個解釋弄得更可理解了，可是現在維持宇宙的次序的負擔落在「事實」。事實是什麼呢？

彭加列繼續批判性地檢查這些。他問什麼事實是你將去觀察的？它們有種無限性。未經抉擇的對事實的觀察會產生科學的機會比起一隻猴子坐在打字機前會產生上帝的祈禱詩篇的機會不會更多。

這對前提一樣眞實。哪些前提？彭加列寫著：「如果一個現象承認一個完全的機械式的解釋，它也會承認其他者的無限性，而其他者同等地爲所有實驗中揭發的特質所解釋。」這是菲德拉斯在實驗室所做的陳述；這個問題的提出使他被退學了。

彭加列說如果科學家隨自己的意思有無限的時間，只需要跟他說，「好好地注意看。」但既然沒有時間去看每樣事物，而與其錯看不如不要看，對他來說是必須做一個選擇的。

彭加列規定某些規律：有一個事實的層級。

一個事實愈普通，它愈是值得珍貴的。那些服務許多次者比只有一點機會再次出現者更好。

比如，生物學家若是僅僅建構了一個只有個體而無種族存在，而遺傳又不能使小孩像父母的科學，就會很迷惘失落的。

什麼事實像是會再出現的？簡單的事實。怎麼認出它們？選擇那些顯得簡單的。或者這素樸性是眞實的要不然就是複雜的要素是不可區分的。在第一種情況我們極可能再單獨遇見這簡單的事實，或者以它是一個複合的事實中的要素遇見。第二種情況中也有再出現的好機會，既然自然並不隨意建構這樣的情況。

簡單的事實在哪兒？科學家一直在兩個極端中尋找，在無限大和無限小身上。比如，生物學家一直本能地被導向去認爲細胞比整隻動物更有趣；而從彭加列時代起，蛋白質分子比細胞更有意思。這產物顯示這件事的智慧，既然分屬不同有機體的細胞和分子被發現了要比那有機體本身來得相像。

那麼如何去選擇這個不斷開始又開始的有趣的事實？方法正是這事實的選擇；這是很需要的，而不是一開始以創造一個方法去佔據；而很多事實是被想像的，因爲既然沒有任何一個強制。以經常性的事實開始是適當的，但是在一個超越所有疑慮的規則被建立後，跟它相符的事實變得枯燥乏味，因爲它們不再教給我們任何新的事物。那麼例外變得重要。我們找尋的不是相同處而是歧異處，選擇最引人注意的歧異，因爲它們是最震撼人心而且也是最具指導意味的。

我們首先去找這些情況其中規則有最大機會會失敗的；藉著在空間中走得更遠，在時間中走得更久，我們也許會發現我們經常的規律完全被推翻，而這些偉大的推翻使我們能更清楚地看到那也許會發生在我們周遭的小變化。但是我們應該瞄準的比較不是對同類與歧異的再確定，而是隱藏在明顯的歧異中的相似性的認出。特別的規則似乎在一開始是各色各樣不一致的，但是看得更仔細一點我們看到它們彼此普遍相似；質料不同的，樣貌相似，以至於它們各部分的次序相似。當我們以此偏見注視它們，我們會看見它們變大而且傾向擁抱每件事物。而這就是使某些事實有價值去完成一個集合而且顯示出其他已知的集合物的忠實的影像。

彭加列下結論道，不！一個科學家並不隨意選擇他觀察的事實。他探尋著去凝縮更多經驗與思考至薄薄一冊內；而那就是爲什麼一小本物理學的書含括這麼多過去的經驗以及千百倍事前已知結果的可能經驗。

然後彭加列證明一個事實如何被發現。他概略敍述了科學家如何找到事實與理論，但是現在他嚴密地滲入他個人的親身經驗，那得以建立他早期名聲的數學函數。

他說有十五天之久，他努力著去證明不會有任何這樣的函數。每天他坐在工作枱前，停留一兩個鐘頭，嘗試過一大串組合而沒有達成任何結果。

然後有一天傍晚，不同於他的習慣，他喝了黑咖啡而睡不著。觀念成羣結隊地產生。他感到它們互相撞擊直到成雙成對連結，即所謂有了穩定的組合。

第二天早晨他只需要寫出結果。結晶的波浪發生了。

他描述第二波的結晶怎麼發生，由已建立的數學的類比所指示，產生他後來命名的數學函數(Theta-Fuchsian Series)。他離開他居住的凱恩，參加地質學的遠足。旅行的變化使他忘記數學。在他要進去巴士前，當他把腳放上階梯的那一刻，沒有任何他先前的思考鋪路，觀念跑向他，即他曾用來定義這數學函數的轉化跟非歐幾里得幾何學的轉化恆等。他說他並未證明這觀念，他只是在巴士上繼續交談；但是他感到一陣完美的確定感。稍候他利用閒暇證明這個結果。

另一個後來的發現發生在當他在海邊高地散步時。它以同樣簡明、突然和立即的確定性的特色發生在他身上。另一個偉大發現發生在他走下一條街道之際。其他人讚頌這過程是天才的神祕工作，但是彭加列並不滿意這樣一種膚淺的解釋。他試著去深入探測所發生的事。

他說數學不只是應用規則的問題，不僅僅是科學而已。它不只根據某些固定的律則去做最多可能的組合。如此得來的組合會是超額大量的，無用而累贅的。發明者的眞實工作在於選擇這些組合以便減少無用者，或甚至避免掉製造它們的麻煩，而必須指引這選擇的規則是極其精緻講究的。幾乎是不可能精確地描述它們；它們必須被感覺而非系統陳述的。

然後彭加列假設這個抉擇是由他所謂「潛意識自我」所做成的，一個跟菲德拉斯所謂先知先覺的覺察剛好符合的實體。彭加列說，潛意識自我注視著一個問題的一大串解決方案，但是只有有趣的可以闖進意識領域內。數學解答是由潛意識自我所選擇的，基於「數學之美」，數字與形式的和諧，以及幾何學的優雅。彭加列說：「這是一個所有數學家都知道的眞實的美感，可是世俗者對此是如此無知以至於經常想笑。」但是這和諧、這美麗，是它整個的核心。

彭加列說明清楚他不是在談浪漫美，震撼感官的外表美。他是說古典美，從部分的和諧秩序中所生，而純然的智慧可把握；是給與浪漫美以結構，而沒有了它生命會僅是模糊的和無常的；是一場個人無法從中區別自己的夢的夢幻，因爲沒有任何基礎去做這區別。是這特別的古典美的探求，宇宙和諧的感受，使我們選擇更適於貢獻給這個和諧的事實。並非是這些事實而是事物的關係導致宇宙普遍和諧，這才是唯一的客觀實在。

保證了我們生存其間的世界的客觀性的是，這個世界對我們跟其他會思考的生物而言是相同的。經由我們跟其他人的溝通我們接收到現成的和諧的推論。我們知道這些推論並不從我們而來，而同時我們在它們之中認出，因爲它們的和諧，是像我們一樣的理性生物的行爲。而這些推論似乎適合我們感官的世界，我們認爲我們也許推論出這些理性的生物曾看見我們所見的同樣事物；因此這就是我們知道我們不是一直在做夢。是這和諧，如果你想就說這良質，是我們所可知的唯一實在的別無其他的基礎。

彭加列同時代的人拒絕承認事實是預先選擇的，因爲他們想過這樣做會摧毀科學方法的有效性。他們假定「預先選擇的事實」意指眞理是「任何你喜歡的東西」，而稱他的觀念是傳統主義。他們有力地忽視掉這個眞相，他們自己的「客觀性的原則」本身並非一個可觀察的事實——而因此由他們自己的準則應該被暫時擱置。

他們感到必須這樣做，因爲如果他們不這樣，整個科學的哲學支柱會崩潰。彭加列並未提供任何對這個迷惑之境的解答。他並未走得夠遠進到他說要到達的形上學義涵中。他所忽略而未說的是事實的選擇在你「觀察」它們之前是「任何你喜歡的東西」只存在一個二元的，主客觀的形上學系統中！當良質進入這圖像中作爲第三個形上學實體，事實的預先選擇不再是武斷的。事實的預先選擇並不根據主觀的、反覆無常的「任何你喜歡的東西」，而是基於良質，即實在自身。因此困境消失了。

這宛如菲德拉斯一直努力於他自己的謎題，卻因爲缺乏時間而留下一整邊還沒完成。彭加列一直在他自己的謎題中工作著。他的判斷，科學家選擇事實、預設和公理是基於和諧，也使一個謎題的潦草鋸齒邊緣不完整。在科學世界中留下這印象，所有科學實在的源頭不過是一個主觀、反覆無常的和諧；就是解決知識論的問題卻在形上學的邊界留下未完成的邊緣，而使得此知識論無法被接受。

但是我們從菲德拉斯的形上學中得知彭加列所談論的和諧不是主觀的。它是主體與客體的源頭，並且存在於他們先前的關係中。它不是反覆無常的，而是抗拒反覆無常的力量；是所有科學與數學思想的命令原則，它摧毀反覆無常，沒有了它沒有任何科學思想能夠進行。把認同的淚水帶到我眼前來的是這個發現，這些未完成的邊界以一種和諧的完美使得菲德拉斯與彭加列二人所談論的相吻合，由此產生了一個完整的思想結構能夠使得科學與藝術各別的語言結合爲一。

我們兩旁的岩壁變得十分陡峭，形成了一條狹長的山谷，一直蜿蜒到米蘇拉。風迎面吹來，吹得我昏然欲睡。克里斯拍拍我的背，指向遠處一座山崖，上面漆了一個大的M字，我點頭表示看到了。今天早上我們離開波斯曼的時候也看到這個字。我記起來，每個學校的新生都要爬上去漆一遍M。

到了一座加油站，我們加滿了油，看見有一個人開了一輛拖車，上面載了兩匹專門供騎乘用的馬，我們閒聊了一會兒。大部分騎馬的人都嫌惡摩托車，但是這個人不一樣，他問我許多有關摩托車的問題。而克里斯一直問我是否可以爬到那個M字那裏去，但是我從這裏就可以看到爬上去的路非常陡峭，而且崎嶇難行。我們的摩托車只適合騎高速公路，又加上沈重的行李，所以我不想給自己惹麻煩。我們伸展了一下四肢，在附近走動了一下，有些疲憊的從米蘇拉朝向婁婁帕斯(Lolo Pass)而去。

這使我想起不久以前這條路還是塵土飛揚，到處是崎嶇的小徑，但是現在已經鋪出一條寬闊的馬路，就連轉彎的地方也一樣。很明顯的大家都往北方的開立斯斐爾(Kalispell)或者是寇爾戴洛尼(Coeur D'Alene)而去。不過現在人車稀少，我們朝西南行，風由後面吹來，讓人覺得舒服多了。路開始轉進婁婁帕斯了。

最起碼我認爲這裏再也找不到一絲東部的氣息。下的雨都是由太平洋的氣流帶來的，而且所有的河流都流向太平洋。再過兩、三天，我們就可以看到海了。

在婁婁帕斯我們看到餐廳就在前面，於是就在一部老哈雷旁邊停下來。它後面的行李架是自製的，里程表上顯示的是三萬六千公里。這是一位眞正在橫跨大陸的騎士。進了餐廳，我們點了披薩和牛奶，吃完後馬上就離開。太陽就要下山了，天黑以後再找露營的地點不容易而且很不好走。

我們要離開的時候看到那個人和他太太站在摩托車旁邊，我們互相打了一聲招呼。他從米蘇里來的，從他太太臉上的表情，讓我感覺他們這一趟旅程過得不錯。

他問我：「你到米蘇拉的時候，當地還是吹著這種風嗎？」

我點點頭，「每小時大約有三、四十哩。」

他說，「最起碼。」

我們又談了些露營的事，他們認爲天氣變得很冷了，他們做夢也想不到米蘇里的夏天會這樣寒冷，即使在山上也一樣。所以他們要去買衣物和毛毯。

我說，「今天晚上應該不會太冷，現在只有五千呎。」

克里斯說：「我們要在那邊露營。」

「在其中的某一個營區嗎？」

「沒有，只要離路不遠的地方就可以了。」我說。

他們似乎無意加入我們，所以停了一會兒我就啓動和他們揮手道別。

在路上，樹的身影拉得很長，大約走了五到十哩，我們看見有些伐木的專用道路，於是就騎了過去。

伐木的專用道路通常都有很多沙土，所以我換低速檔，把腳翹起來。從主線上我們看到還有其他的小路，但是我仍然騎在主線上。大約騎了一哩，看到一些壓路機，這表示他們仍在這裏伐木，於是我們就回過頭來，騎到其中的一條小路上。大約騎了半哩之後，前面有一棵樹橫倒在路中央，很好，表示這條路已經廢棄了。

我跟克里斯說，「露營的地方到了，」然後他下車來。現在我們在一處斜坡上，可以看到好幾哩外綿延的森林。

克里斯興致勃勃的想要四處探險一番，但是我疲勞得只想休息，「你自己去吧！」我說。

「不行，你跟我一起去。」

「我眞的很累了，克里斯，明天早上我們再去探險。」

我把背包打開，拿出睡袋鋪在地上。

克里斯走開了。我躺下來，把四肢伸展開，感到極度的疲倦。四周是一片寧靜，這眞是一座美麗森林。

克里斯回來的時候，他說他在拉肚子。

我說，「哦！」然後站起來，「你要換內衣嗎？」

他有些不好意思的說，「要。」

「內衣放在車子前面的背包裏，換好了之後，從背包拿了一塊肥皀，我們走到河邊，把髒衣服洗乾淨。」他因爲很不好意思，所以樂於接受我的命令。

下坡的時候，我們的腳步聽起來特別沈重。克里斯拿出趁我睡著去搜集來的石頭給我看。在這兒我們可以聞到濃厚的松樹林的氣息。天氣轉涼了，太陽也快下山了。四周的沈寂和我的疲勞還有太陽已西沈讓我有些沮喪，但是我仍得打起精神來。

克里斯把內衣洗好之後用手絞乾，我們又回到原地。當我們向上爬的時候，我突然覺得十分沮喪，我覺得一生都不斷的努力向上爬。

「爸爸！」

「什麼事？」有一隻小鳥從我們眼前的樹上飛了起來。

「長大以後，我會變成什麼樣子？」

小鳥飛到山那邊去了，我不知道該怎麼回答，最後我說：「要誠實。」

「我是指要做什麼工作？」

「任何工作都可以。」

「爲什麼我問你的時候，你那麼生氣呢？」

「我沒有生氣……我只是想……我不知道……我只是太疲勞了，不想動腦筋……你要做什麼都沒有關係。」

像這種路愈來愈窄，然後就突然中斷了。

後來我發現他並沒有開朗起來。

太陽已經下山了，天上是一片星光，我們分別走回原地，然後爬進睡袋，一句話也不說的就睡了。

第二十三章

在長廊的盡頭有一扇玻璃門，玻璃門後面站的是克里斯，他另一邊站的是媽媽，另一邊站的是弟弟，克里斯雙手抵著玻璃門，他看到我，一直向我揮手，我也向他揮揮手，然後向門走去。這裏一切都很安靜，好像在看一部默片。

克里斯抬頭看了一下母親，然後笑了笑。她也回他一個微笑。但是我看到她按捺著自己的憂傷，她很難過，但是不希望孩子們看到。

現在我看到這個玻璃門了，它是我棺材的門。

這不是普通的棺材，而是一副石棺，我躺在裏面已經死了，他們在向我最後道再見。

他們這樣做讓我很感動，但是他們可以不必這樣做的。

現在克里斯要我把玻璃門打開，我看見他想跟我說話，或許他希望我告訴他死亡是怎麼一回事。我想要告訴他，他眞好會來看我，向我揮手。我會告訴他，還不壞，只是很寂寞。

我想要把門打開，但是在門旁邊有一個黑影，命令我不可以去碰它。他把手指比到唇邊，我看不見他的臉，已死的人是不許說話的。

但是他們希望我說，可見他們仍然需要我。難道他看不到嗎？一定是出了什麼差錯。他難道看不見他們需要我嗎？我向那個黑影懇求讓我和他們說話，還有許多未完成的事要告訴他們。但是我看到黑影似乎並沒有聽到我在說什麼。

我大吼一聲：「克里斯！」聲音穿過了玻璃門，「再見!!」而那道黑影向我逼近，但是我聽到克里斯的聲音，「哪裏？」聲音十分微弱而且很遙遠，他聽到我了！然後那道黑影很生氣的把門上的布簾拉起來。

我想不在山上，山已經不見了。我大聲的叫著，「在海底!!」

現在我一個人站在一座廢墟的城中間，向四周望去，一望無際，而我得一個人慢慢的走著。

第二十四章

太陽升起來了。

有好一陣子我不能確定自己身在何方。

我們在森林裏的某一條路上。

做了一場惡夢，又是那一扇玻璃門。

車子在我旁邊閃閃發亮，然後我看到松樹林，又想起愛達華(Idaho)。

那扇玻璃門還有那旁邊的黑影都是我的想像。

我們在伐木的專用道上，對了……大白天……四處是一片耀眼的陽光，哇！……天氣眞好！

於是我們向太平洋前進。

我又想起剛才的夢，還有我說「我們在海底見面」的話。我反覆的思想。但是松樹林和太陽的魅力遠遠超過任何夢境，於是這些幻想都消失了，擺在眼前的是一片美景。

我爬出睡袋，外面的寒氣很重，於是我趕快把衣服穿上。克里斯仍然在睡，我繞過他，跨過一棵倒在路旁的枯樹，走到伐木專用道上。爲了暖身我開始慢跑，沿著馬路飛快的跑著。好的，好的，好的，好的，好的，好的，這個字和我的慢跑節奏吻合。這時有幾隻飛鳥從樹林裏向太陽飛去，我看著牠們一直飛到不見了。好的，好的，好的，好的，好的。路上有不少的碎石子，好的，好的。太陽底下還有一片黃色的沙，好的，好的，好的，像這樣的路有的時候可以綿延好幾哩。好的，好的，好的。

最後我因爲喘不過氣來，而不得不停下來，由於路升高了不少，我可以看到綿延好幾哩的森林。

好的！

我仍然在喘氣，我用輕快的步伐跑回來，腳下的碎石子聲音小了一些，路旁的松樹已經被砍走了，只剩下一些矮小的植物和灌木叢。

回到露營的地點，我動作敏捷而且輕巧的把行李收拾好。現在因爲十分熟悉收拾的步驟，所以不需要動腦筋就收拾好了。最後要收克里斯的睡袋。我搖了搖他，告訴他，「天氣很好耶！」

他四下看了看，還沒有完全醒過來。他爬出睡袋，在我摺被袋的時候他把衣服穿好，然而神智還不十分清楚，不知道自己做什麼。

「把毛衣和夾克穿上，」我說，「這一路會很冷。」

他照著我的話去做，然後爬上車。我用低速檔沿著這條路騎下去。在我們出發前，我回頭看了一眼，這裏的確是個露營的好地方。

今天的肖托夸會很長，這是在我整個旅程當中最期待的一段。我用二檔，然後三檔，在這些彎道上，我不能騎得太快。太陽照在四周美麗的森林上。

截至目前爲止，肖托夸似乎有一層薄薄的迷霧尚未解開。第一天我曾經談到關顧的情懷，然後我發現如果大家不了解它的另外一面良質是什麼，那麼我所說的關顧就沒有任何意義了。我想現在重要的就是把關顧和良質連起來，指出關顧和良質其實是一體的兩面。每一個人在工作的時候若是看到良質而且感覺到它的存在，那麼他就是一個懂得關顧的人。一個人如果對自己所看到的和手中所做的都會仔細關顧的話，那麼他一定有某些良質的特性。

所以如果科技的根本問題在於不論科技專家或是反科技的人缺乏關顧之情，而且如果關顧和良質是一體的兩面，那麼我們就可以推論今天在科技上出現的根本問題，就在於學科學的人和反科學的人，都缺乏在科學上洞悉良質的能力。菲德拉斯狂熱的投入研究良質這個字在理性的、分析的以及科技方面的解釋，其實就是要替科技的根本問題找出答案。對我來說也是這樣。

所以我打起精神，把注意力轉向古典和浪漫的對立。我認爲其中隱含了整個人性與科技之間的問題。我想這也需要深入的研究良質的意義。

想要從理性方面了解良質的意義，就需要了解形上學和它與日常生活的關係。所以接著我要從理性的層面研究形上學，然後進入良質，然後再從良質回到形上學和科學。現在我們已經由科學進入科技之中，而我十分相信最終我們仍然回到原先的起點上。

但是現在我們先研究一些影響深遠的觀念。良質就是佛，良質就是科學的實體。良質也是藝術的目標。這些觀念仍然需要融入日常生活當中。而最簡單的方法莫過於我一直提到的——修理舊摩托車。

這條路一直順著峽谷走，我們的四周是一片一片早晨的陽光。摩托車在寒冷的空氣和松樹林裏低吼著。我們看到有一個小標誌，寫著前面一哩左右有餐館。

我大聲問克里斯：「你餓了嗎？」

克里斯也大聲回答我，「餓了。」

第二面牌子上寫著「旅店」，下面有一個箭頭指向左邊，我放慢車速轉向左邊。這條路並不乾淨，然後我們來到樹下一些漆過的小木屋旁，我把車停在樹下，熄了火，走到大廳去。靴子走在木頭地板上，沈重的步伐聲，十分好聽。我坐在一張鋪了桌布的餐桌前，點了蛋、煎餅、蜂蜜糖漿、牛奶、臘腸以及橘子汁。剛才的寒風激起了我們的食慾。

克里斯說，「我想寫一封信給媽媽。」

我也這麼想，於是就走到桌旁，拿了旅館的文具，把它們遞給克里斯，然後把我的筆給他。

早晨清新的空氣讓他精神好多了。他把紙放在眼前，然後緊緊的抓著筆，把心思集中在眼前的白紙上，過了好一會兒他抬起頭來問我，「今天是星期幾？」

我告訴他，他點點頭就把它寫下來。

然後我看著他寫，「親愛的媽咪，」

然後他又看著紙發呆。

然後抬起頭來問我：「我該寫什麼呢？」

我笑了笑，我應該也讓他練習寫一個鐘頭有關錢幣的某一面。有的時候我會把他當學生，但還不至於當修辭學的學生。

這時煎餅端上來了。我叫他先把信放在一邊，等一下再幫他寫。

用過早餐，我抽著菸，剛才的煎餅、蛋和所有的一切讓我現在舒服得一動也不想動。從窗子望出去，看見窗外松樹下撒了一地的陽光。

克里斯拿出信紙來說：「幫我寫吧！」

我說，「好吧！」我告訴他想不出來是最常碰到的情形，如果你想一時說太多的事，往往就會這樣。你要做的就是不要勉強自己立刻寫出來，因爲會使你更寫不出東西。你只要先把事情一樣一樣的分開來，然後每次只寫一樣。如果你一面想要說什麼，然後又要想先說什麼，那麼這樣就太複雜了。所以先把它們劃分清楚，列下要說的事，然後再排出先後順序。

他問我，「比如那些事呢？」

「你想告訴她什麼呢？」

「我們這一次的旅行。」

「旅行中的哪些事呢？」

他想了一下，「我們爬的山。」

「好！那就把它寫下來，」我說。

他照著做。

然後我看他一項一項的寫下來，而我在一旁喝咖啡。等抽完了菸，他把要寫的事情列成三張清單。

我告訴他，「把這些清單留著，以後我們還會再繼續寫。」

他說，「我不可能把這些寫成一封信。」

他看到我笑了起來不禁皺著眉。

我說，「只要把最好的事選出來。」於是我們走出去騎上摩托車。

從峽谷下來我覺得高度不斷向下降，耳朵會有感覺。天氣愈來愈暖和，空氣也不像剛才那樣稀薄了。我們向高山地區揮別，自從到麥爾城(Miles City)，我們就已經進入了這樣的地區了。

今天我要說的就是卡住了。

在我們離開麥爾城的時候，你記得我提過如何在修理摩托車時運用科學方法。所謂的科學方法就是經由實驗找出事物的因果關係。當時的目的是要點出古典理性的意義。

現在我想提出一點，經由對良質的認知，古典的理性會有大幅的進步，它的意義也會更加深廣。在進行這一階段之前，我應該先提出傳統維修的方法有哪些問題。

首先第一個問題就是，在精神上和生理上都可能被卡住。就像克里斯信寫不出來一樣。就以側蓋的螺絲取不下來爲例，翻遍了手冊，查看是否有任何解釋說明螺絲卡住了如何解決。所有的解釋只叫你把蓋子取下來。這根本不是你想知道的。你也不是漏掉任何步驟，而造成螺絲取不下來。

如果你有經驗可能會先塗抹上滲透力強的油，然後再用撞擊起子。但是如果你經驗不夠就用一般的起子，只要你用力一轉，保證一定會把螺絲的溝槽給破壞了。

這時你在想蓋子拿下來做什麼。現在螺絲被卡住了，你才發現原先以爲只不過是小事一樁其實問題可大了，這時所有的事都得停下來。

在科學界或是科技方面這種情形最常出現。就傳統的維修觀點，這是最糟糕的一刻，所以儘可能在事情發生之前就要想到這一點。

操作手冊對你來說形同廢物。科學的理性也是一樣。因爲你不需要做任何實驗以找出問題的根源。問題很明白，你只需要如何把螺絲取下來的方法。而科學在這個時候完全不管用。

這就是意識發揮不了作用的時候了，你被卡住了。你找不到答案。機器發生了故障。就感情方面來說，你可慘了！不但你耗了許多時間，而且沒有能力去解決。你不知道自己在做什麼，你應該爲此而感到可恥。你應該把車子交給師傅，他知道該如何修理。

這個時候你又恐懼又憤怒，想要用鑿子把側蓋給敲下來。或者必要的話就用大榔頭下去打。你愈想愈生氣，乾脆把車子從橋上丟下去，想不到這樣一顆小小的螺絲釘，竟然徹底的把你給擊潰。

這個時候你面對的正是西方思想上最大的缺憾。你需要解決的方法，然而傳統的科學不曾教導你如何自己摸索解決。它讓你淸楚知道身在何處，也有方法證明你的學問，但是它無法告訴你該往何處去，除非你的方向是過去經驗的延伸。因此創意、原創力、發明、直覺、想像——換句話說就是「流暢」——完全在它的研究範圍之外。

我們繼續沿著山谷走，路旁有許多小瀑布，然後這些小瀑布匯集成一條較寬的河流。路上的轉彎不再急遽，路面也平直多了。於是我換到最高速檔。

不一會兒樹變少了，而且變得十分細長，放眼望去是一片青草和灌木叢。這個時候穿夾克和毛衣實在太熱，所以我在路邊停下，把它們脫下來。

克里斯想沿著一條小徑向上爬，我讓他爬，他找到一處蔭涼的地方坐下來休息。這個時候，我們靜靜的各自思索自己的事。

以前我看過一則報導，據說許多年前這裏發生過大火，雖然樹木又長出來了，但是想要恢復原狀，還得很長一段時間。

後來我聽到碎石子的聲音，知道克里斯回來了。他走得並不遠。回來之後，他說，「我們走吧！」我把行李綑緊，就騎上路。剛才流的汗早已被涼風吹乾了。

我們仍然討論那顆螺絲。要取下它的方法就是，先放下傳統的科學方法，因爲它根本不管用。我們先研究這種方法究竟有什麼弱點。

我們一直客觀的研究那顆螺絲，根據傳統的科學方法客觀是首要的條件。我們對螺絲的個人喜好和正確的思考無關。我們不能評斷眼前所見的，而應該保持心靈一片空白，然後思考觀察得來的事實。

但是當我們冷靜的開始思考，就會發現這種方式很愚蠢。事實在哪裏呢？我們要冷靜觀察些什麼呢？是破損的溝槽嗎？是蓋緊了的側蓋嗎？還是上面油漆的顏色？還是里程表？還是車的把手呢？一輛摩托車有無數可以觀察的事實，然而你所該觀察的不會突然跳出來介紹自己。所以我們眞正需要知道的部位不僅僅是被動的，而且根本模糊不清。我們不能靜靜的坐著觀察，我們必須把它們找出來，否則我們就會在那兒坐上好一陣子，甚至永遠都坐著。

技術人員的好壞，就像數學家的好壞一般，取決於以良質爲本，選擇好壞的能力。所以他必須懂得關顧。傳統的科學方法，從來沒有提到這種能力。過去許多科學家在冷靜觀察之後，忽略了它的存在。我想有人會發現，在科學研究的過程當中，接受良質的地位，並不會破壞觀察的結果，反而能擴展它的領域，強化它的能力，使它更接近實際的科學經驗。

所以我認爲被卡住的毛病最基本的問題，在於傳統的理性堅持要保持客觀的態度。它將事實分爲主客觀二種，爲了要得到眞正的科學研究結果，就必須這樣劃分：「你是技術人員，它是摩托車。你和它永遠都是獨立的個體，你使用這種技巧，使用那種技巧，就會產生這種結果。」

用這種二分法來修理摩托車，聽起來似乎錯不了，因爲我們已經很習慣了。但是這不是正確的態度，因爲這是用人爲的解釋，外加在事實上面，永遠不是事實的本相。一旦人們完全接受這種二分法，那麼原先存在於技術人員和摩托車之間不可分的關係，以及技術人員對工作的感情，就被摧毀了。傳統的理性將世界分爲主觀和客觀，把良質摒除在外，一旦被卡住的時候，任何主、客觀的事物均無法像良質一樣，告訴你該往哪裏去。

一旦我們恢復良質的地位，就有可能讓科技工作融入技術人員的關顧之情。一旦被卡住的時候，就會指點我們所需要的事實。

現在我想到有一百二十節車廂的火車滿載了原木和蔬菜向東行，然後再裝著摩托車和其他工廠生產的貨品向西行。我把這一列火車稱爲知識，然後劃分爲古典知識和浪漫知識。

就比喻來說，古典的知識，也就是理性教會所教導的知識，是指引擎還有所有的車廂，外加所有的一切和裝滿的貨物。如果你把火車支解，你找不到浪漫的知識。除非你十分小心謹愼，否則很容易就認定火車所有的一切都在這兒了。其實並不是浪漫的知識不存在或是不重要，而是目前給火車下的定義是靜態的，而且沒有目標。這個正是我在南達科他州提到兩種不同存在的意思，也就是從兩個完全不同的角度來看火車。

浪漫的良質不是火車實體的任何一部分，它是引擎的動力，除非你了解眞正的火車不是完全靜止的。如果火車不能動，它根本就不算是火車。爲了要檢查這輛火車，把它劃分成各個部分，我們必然要它停下來，所以它算不上是我們所謂的火車。這就是爲什麼我們會被卡住了。

眞正一列知識的火車並不是靜止的狀態，它總是要朝某個方向行進，而它的鐵軌就稱作良質。火車的引擎和一百二十節的車廂如果沒有鐵軌就根本動不了。而浪漫的良質則是推動的引擎，帶著火車沿著鐵軌往前行。

傳統的知識偏重於記憶，如果你沒有衡量價值的方法，沒有認知良質的方法，那麼整列火車就不知往何處行。你沒有純粹的理性——你只有全然的混亂。

過去不能回憶過去，未來不能激發未來，所以此時此地的經驗就是最重要的一切了。而價值就是整個架構的前身，沒有價值就無從選擇。所以要了解有架構的眞實，就要了解它的來源——價值。

所以一個人在修理摩托車的時候他對車子的了解分分秒秒都在改變，因而得到全新認識，其中蘊含了更多的良質。修理的人不會受限於傳統的作法，因為他有足夠理性的基礎，拒絕這些思想。眞實不再是靜態，它不是讓你決定要去奮戰或是打退堂鼓的思想，它們是會跟著你成長的思想。所以具有良質的眞實，它的本質不再是靜態的，而是具有爆炸性的威力，一旦你了解這一點，就永遠不會被卡住了。它雖然有形式，但是這種形式可以改變。

若是用更簡單明瞭的話來說：如果你想要在蓋一間工廠，或是修一輛摩托車，甚至治理一個國家的時候，不會發生被卡住的情形，那麼古典的二分法，雖然必要，但不足以應付你的需要。你必須對工作的品質要有某種情感，你必須要能判斷什麼才是好的，這一點才能促使你行動。這種感受力即使你與生俱來，你也可以努力拓展它的範圍。它不僅僅是你的直覺，也不僅僅是無法解釋的技巧或是天才，它是你與良質接觸之後直接產生的結果。它也是過去二分法的理性想要掩蓋的一面。

我這麼說聽起來似乎遙不可及，而且十分神祕。一旦你發現它竟是這樣平凡，是你能夠擁有的價值觀，就會頗為驚訝。哈利·杜魯門(Harry Truman)讓我想起他提過有關政府部門的計劃：「我們會盡力去嘗試……如果這些不管用……那麼我們就要試試別的方案。」這裏並不是引用原文，而是大致的意思。

美國政府並不是靜態的，如果我們不希望它這樣，就可以尋求更好的方法。所以美國政府不會受限於任何僵化的教條主義。

所以關鍵字在於「改善」——良質。或許有人會認為美國政府的基本架構是不變的，所以無法為了產生更好的效果而改變。但是這種論點並沒有切中要害。重點是總統和每一位從最激進到最保守的百姓都同意，政府為了要有更好的表現就應該改變。

菲德拉斯認為這種不斷改變的良質才是眞實的，整個政府都要為之改變。雖然我們沒有說出來，但是所有的人都有這種信念。

所以杜魯門所說的其實和實驗室裏的任何一位科學家、工程師和技術人員對工作的實際態度，也就是不完全客觀的去看待它都是一樣的。

現在讓我們回到那一顆螺絲上。

讓我們從另外一個角度衡量被卡住的情形。其實它可能不是最糟糕而是最好的狀況。畢竟禪宗曾經費了許多工夫去研究這種被卡住的情形；經由調息、打坐，讓你的心思倒空一切雜念，變成像初學者一樣謙虛的態度。這樣你就處在知識列車的前端，在眞實的軌道上了。想一想，為了改變我們不要害怕這一刻的來到，而應該小心加以運用。如果你眞能達到這種境界，那麼以後你所得到的方法，遠勝過滿腦子雜念所想出來的方法。

解決的方法一開始看似不重要或是不必要。但是卡住的時間讓它有機會顯出眞正的重要性。

它之所以被認爲微不足道，是因爲你原先導致卡住的價值觀太過僵硬所造成的。

但是讓我們思考這個事實，不論你被卡得多嚴重，這種現象終將消失。你的心靈終究會很自然的找到解決的辦法，除非你非常容易被卡住。其實怕被卡住是不必要的，因爲被卡住得愈久，你就愈看得清楚讓你脫困的良質。

所以不應逃避被卡住的情形，它是在達到眞正了解之前的心靈狀態。要想了解良質，不論是在技術工作上或是其他方面，無私的接納這種卡住的現象是個關鍵。無師自通的技術人員就是因爲常常被卡住，才比接受學院訓練的人員更了解良質。因爲他們懂得處理突發的狀況。

一般來說螺絲非常便宜又不重要，所以不受重視，但是一旦你具有更強烈的良質意識，你就知道這一顆小小的螺絲一點兒都不會不起眼，甚至十分重要。現在這顆螺絲其實與整部摩托車的價值相同，因爲如果你沒有辦法把螺絲拿下來，那麼摩托車就根本發動不了。由於重新評估了螺絲，你就會願意進一步認識它。

我猜想由於更深刻的了解就會對螺絲有新的評價。如果你把注意力集中在這上面好長一段時間，那麼你可能會發現螺絲並不只是屬於某一類物體，它更有自己獨特的個性。如果你再深入研究，你就會發現螺絲並不單單只是螺絲，它代表了一組功能。於是你原先被卡住的現象就逐漸消失，同時也消除了傳統理性的模式。

過去你把各種的事物都劃分成主、客兩面，你的思想就會變得非常呆板，你把螺絲歸入固定的類別，它比你所看到的事實還要眞實，還要不可侵犯。由於你看不到任何新的構想和新的層面，所以一旦被卡住的時候，就會束手無策了。

現在爲了要把螺絲拿下來，你對它究竟是什麼，已經不感興趣了。它的功能才是你研究的重點。於是你會提出有關功能方面的問題，由你的問題就可以知道你對良質的分辨能力。

只要其中有良質，你眞正用什麼方法解決已經不重要了。你想到螺絲不但堅硬而且牢固，再加上有螺紋，你自然而然就會想到需要用壓緊的方法和溶劑。這就是一種含有良質的解決方法。另外一種方法很可能要到圖書館去找一本機械用具的目錄，查出哪一種螺絲起子能解決你的問題。或者你也可以打電話給了解機械的朋友。或是硬把螺絲給拔出來，甚至把它給燒了。再不就經過一番沈思之後，想出把螺絲拔出來的新方法，因而申請到專利，讓你在五年之內變成百萬富翁。所以解決的方法多得難以預估。一旦等你想出來之後，你就會發現方法都很簡單。也只有在知道答案之後，才會覺得簡單。

第十三號公路沿著河流的另外一條分支而行，但是現在它向溪的源頭前進。一路上經過的都是老舊的鋸木廠集結的城鎭，還有令人昏昏欲睡的景致。有的時候當你從國道公路轉進州際公路的時候，你會發現景象完全變了，你看到美麗的山脈，清澈的河流，有些崎嶇不平但是仍然不錯的柏油路，老舊的建築，站在門廊前的老人……還有許多非常奇怪，已經被廢棄的建築、工廠和碾米廠。你可以看到五十年和一百年前的科技，這一切看起來總是比新的好多了。在水泥龜裂的地方長出野草和野花，原先筆直而且方正的線條，產生了雜亂的線條，原先整片油漆好的牆壁，也出現點點的斑駁。大自然似乎自有一套非歐幾里得的幾何學，它把建築上的客觀線條，軟化成隨興所至的曲線，讓建築師更值得去研究。

很快的我們離開了河岸和那些老舊而令人昏昏欲睡的建築，爬上一座乾燥而且充滿草原的台地。一路上有不少彎路，而且崎嶇不平。所以我必須把速度降低到五十哩之下，地面上還有許多坑坑洞洞，只要仔細一瞧還會發現更多。

我們現在已經很習慣長途旅行了，過去在達科他州覺得漫長的旅程，現在感覺既輕鬆又愜意，騎在車上甚至比下來還要自在。目前我對鄉野再熟悉不過了，而且我覺得自己不像是個陌生的外鄉人。

在愛達華州的葛蘭治維爾(Grangeville)的平台上，我們由大太陽底下走進一間有冷氣的餐廳，裏面眞是透人沁涼。在我們等餐點的時候看見一位高中生坐在櫃枱邊，和身旁的女孩子交換眼色，她長得非常美，不單單只有我注意到她，櫃枱後面的女孩子也很生氣的看著她。她以爲沒有人發現她的表情，大概是某種三角戀愛吧。我們在不知不覺中暫時闖入別人的世界。

我們又來到大太陽底下，離葛蘭治維爾不遠，我們發現那座看起來像草原一樣的乾燥台地，突然之間裂成一道巨大的峽谷。我發現我們要經過沙漠地區起碼要轉一百個彎以上，到處是斷裂的地形和岩石。我拍拍克里斯的膝蓋，然後指給他看。當我們轉了一個彎之後，我聽到他大聲的喊著，「哇！」

在崖邊的時候我把速度換到三檔，然後關掉節流閥。引擎有些要熄了，我們往下騎去。

當我們的摩托車到達谷底的時候，已經有好幾千呎的落差，我回過頭來看到遠方的車子像螞蟻一樣，從上面經過。現在我們必須騎過這一片像火爐一樣熱的沙漠，不論前面的路要怎麼走。

第二十五章

今天早上，我們已經談過解決傳統理性會卡住的方法，現在我們要轉向它浪漫的一面，也就是傳統的理性所造成科技的醜陋。

一路上不斷的轉彎，在沙漠裏面繞行。然後來到一座狹長的小鎮，叫做白鳥（White Bird），然後是一條水流豐沛的大河薩爾門（Salmon），它在高聳的峽谷兩岸間奔流著，這裏的溫度非常高，白色岩壁反射的強光幾乎使人睜不開眼睛。我們沿著狹窄的谷底蜿蜒前進，身旁快速的交通流量讓人有些緊張，而且被高溫壓得有點喘不過氣來。

約翰夫婦所嫌惡的醜陋並不是科技與生俱來的，對他們來說是如此，因爲我們很難把科技中的醜陋單獨列出來。然而科技只是製造物品，而製造物品本身並不醜陋。否則在藝術品裏就不可能產生美感了，因爲藝術也是製造物品。實際上科技這個字根的意義就是藝術。在古代希臘人心中，從未把藝術和製造分開來，所以二者根本就用同一個字。

在現代科技的原料當中醜陋也不是與生俱來的——有的時候你可能會聽到這樣的論調。大量生產的塑膠製品本身並不壞，它們只是引起不好的聯想。一個人如果終生關在石室的監獄中，他可能認爲石頭天生就是很醜陋的，即使石頭也是雕塑的主要材料。一個人如果終生就生活在醜陋的塑膠製品之間，從他童年時期使用的玩具，以至一生的消費品，都是塑膠製的，這樣的人就可能認爲塑膠品的醜陋是與生俱來的。但是現代科技眞正醜陋的地方並不在材料或是形狀以及這種生產方式和產品上，這些只是低品質的物品所有的特質。

科技的產物並不是眞正的醜陋。若是依據菲德拉斯形上學發明科技或使用科技的人也不醜陋，因爲良質並不在主客觀的事物當中。眞正的醜陋在於發明科技的人與他們所製造的產物之間的關係。同樣的狀況也出現在使用科技的人和產物之間的關係。

菲德拉斯認爲，在你意識到純粹良質的那一刹那，甚至無所謂意識的時候，也就是與純粹的良質相遇的那一刹那，無所謂主觀，也無所謂客觀。先有了純粹的良質，接著才會意識到主體、客體。所以在遇見良質的那一刹那，主客觀原是一體的。這正是佛教奧義書⑮中的最高精神，而這種一體感也是所有藝術的根基。而現代二分法的科技正缺乏這種一體感。創造者和擁有者，對

⑮ Upanishads：奧義書。古印度哲學吠陀經最後宇宙與個人自我之一致。

他們所創造和擁有的物體沒有認同感。而使用者也一樣。所以根據菲德拉斯的定義來說，就是沒有良質。

菲德拉斯在韓國所看到的那一面牆就是科技的產物，而它的美並不是來自於精密的策劃，或是科學的監造，甚至是刻意塑造的形式。它之所以讓你覺得美因爲建造它的人工作態度十分投入。他們並未與手中的工作疏離。所以這就是整個解決辦法的核心。

要解決人類的價值和科技的需求之間的衝突並不需要逃避科技。這是不可能的。方法在於打破傳統的二分法，進而眞正了解科技的本質——並不是竊用自然，而是把自然與人的精神融合爲一，創造出可以超越二者的產物。當這種產物已經出現，就像第一架橫越海洋的飛機，或是人類第一次踏上月球，全人類就會對科技的超越性有全新的認識。但是同時在個人生活當中，也需要提昇自己的精神層次。

現在峽谷兩旁的崖壁幾乎完全是筆直的。有許多地方和道路都是用炸藥炸出來的，沒有別的路，只能完全順著河流的走向而行。我覺得河流似乎比一個鐘頭前窄了許多，這可能只是我的想像吧！

當然提昇自己的精神層次並不一定要接觸摩托車，單純到像磨一把菜刀、縫一件衣服或是修補一張垮掉的椅子，它們背後的問題都是一樣的。你做任何一件事都可以把它做得很漂亮，或是做得很醜陋。

如果你想要有高水準的表現，那麼就必須具備鑑賞力以及達到目標的方法，也就是同時具有對良質古典和浪漫的認知。

然而如果你想要得到如何進行這類工作的指導，在我們的文化只會給你古典的認知方法，也就是告訴你磨刀的時候，該如何拿刀子，或者如何使用縫紉機，或者如何混合膠水，如何擦膠水，以爲一旦你照著這些步驟去做，自然會有高水準的表現，而把鑑賞力給忽略了。

於是就產生現代科技非常典型的結果，爲了讓人容易接受它沈悶的外表，就在外面加一層包裝。然而對浪漫的良質十分敏銳的人來說，這種情形更糟，因爲它不只乏味到令人沮喪，同時還有虛僞的矯飾。把這兩者加起來，你就可以得到現在美國科技精確的形象：流行的汽車、流行的摩托車、流行的打字機、流行的時裝。流行的冰箱裏裝著流行的食物，擺在流行的廚房裏，房子也是流行的。流行的塑膠玩具給流行的小孩。在耶誕節和過生日的時候，流行的小孩也和他們流行的父母過流行的聚會。你得經常跟上流行而不厭倦，所以你落入流行的陷阱之中。有一羣人從來不知道世界上有良質的存在，爲了製造美感和利益，就在科技醜陋的外表上蒙了一層厚厚浪漫的虛僞。良質並不是外加在主體和客體上的，就像耶誕樹上閃亮亮的裝飾品。眞正的良質是主客觀的源頭，也是樹木的生長點。

爲了要得到良質需要採取和二元化的科技不同的步驟，也就是排除步驟一、步驟二、步驟三的方式，這就是我準備討論的主題。

在峽谷裏面轉了許多彎之後，我們在一些小樹下停下來休息，樹旁邊的青草有的已經燒掉，有的曬乾，還有遊人留下來的垃圾四處飛舞。

我在樹下全身放鬆的休息，過了一會兒我瞇著眼睛望著天空，自我騎進峽谷以來，還不曾眞正看過四周，峽谷的上方似乎離我們很遠。涼爽的天氣，天空一片蔚藍。

克里斯並沒有像平常一樣忙著跑到河邊看，他也像我一樣，累得直想躺在樹蔭下休息。過了一會兒，他說在我們和河中間有一個舊幫浦。他指給我看，他走過去。我看他用幫浦把水打出來，然後蹲下去洗臉。我走過去幫他打幫浦，方便他用兩手洗臉。然後我照樣這樣做。我覺得打上來的水，淸涼極了。洗好臉之後，我們又走回機車旁，然後繼續騎上路。

現在讓我們談談解決的方法。在前面所有的肖托夸當中，我們都是從消極的角度去看科技製造出來的醜陋現象，而且我們也提過像約翰夫婦這樣面對科技的態度是起不了任何作用的。因爲你不能單靠情緒過活，你也需要了解宇宙運作的方式，了解自然的法則。一旦明白之後，你就能工作得更順暢，疾病也很少產生，甚至連饑荒也不會出現了。從另外一方面來講，科技因爲在世上製造了大量垃圾而遭人詛咒，現在是我們停止詛咒，提出解決的時候了。

答案就在菲德拉斯的論點當中。古典的認知不應該外加上浪漫的外殼。古典和浪漫必須從根本融合。過去我們的理性世界一直都在逃避，甚至拒絕史前時代人們浪漫而非理性的認知，之所以在蘇格拉底之前就開始排拒熱情，也就是情感，爲了要解除人類理性的禁錮，進而了解當時謎樣的自然法則。現在是要藉著融入原先逃避的熱情，進而深入了解自然的法則。人的熱情、情感以及意識中情感的層面其實也是自然法則的一部分，而且是其中的核心。

目前我們的科學正面臨盲目的搜集資料，因爲我們對科學的創意沒有理智的認知。到處充斥著流行藝術——非常貧瘠的藝術，因爲我們並沒有融入藝術形式中。藝術家沒有科學的知識，科學家也沒有藝術的知識，兩者都不重視精神的層次，這種結果不但十分糟糕，簡直就十分恐怖。藝術和科學的融合早就該開始了。

在狄威斯家中的時候，我曾經談到工作的時候要保持內心的寧靜，曾經被他們取笑，因爲我並沒有表達得很貼切。現在我想再回到這個主題上進一步討論。

保持內心的寧靜在機械工作上並不是一件小事，它是工作的核心。會讓你平靜的就是高級的手藝，反之，則是低級的。規格說明、測量儀器、品質管制與最後階段的品檢，這些都是達到內心寧靜的方法。而最後眞正重要的就是要達到內心的平靜，除此之外別無他物。因爲只有寧靜才能覺察到良質的存在，它超越了浪漫和古典的認知，將兩者融合爲一。在進行任何工作時，都必須具有良質。要想具有鑑賞力、了解如何完成高級的工作、體會和工作融爲一體的感覺，就要培養內心的寧靜。如此一來，良質才能展現在你的心中。

我所謂內心的寧靜和外界的環境並沒有直接的關係。出家人在打坐的時候，士兵在隆隆的砲擊聲中，或者是機械人員正在做萬分之一吋的校準，都可能產生內心的寧靜。這是一種不焦慮的態度，讓人與周圍的環境完全融合在一起。這種融合有許多等級，而寧靜也有許多等級，你的功夫愈深，就愈了解它的深奧和困難度。不少的成就只是從某一種角度發現了良質罷了，除非有自覺在其中，否則相對的就沒有意義，也達不到這樣的境界；而自覺和怯生是兩回事，它來自於內心的寧靜。

內心的寧靜有三種等級，生理上的寧靜似乎是最容易達到的境界，不過它也有許多等級。印度神祕的修行者就曾經埋在地下好幾天仍然活著。精神上的寧靜，也就是消除個人的雜念，這一層較不容易做到，但是仍然可以達成。至於價值方面的寧靜，也就是一個人沒有妄慾，只是單純的過著他的日子，這一點似乎是最難的。

有的時候我認爲這種內心的寧靜和釣魚有些類似，這就是爲什麼釣魚會受大衆歡迎的原因。你只要坐在那兒，讓線垂在水裏，一動也不動，不必刻意去想什麼，或是擔心什麼。如此一來，就可以消除內心緊張的情緒和挫折感，它們使你原先無法順利的解決問題，造成你行動上和思想上的障礙。

當然你不一定要去釣魚，你也可以去修摩托車或是去喝一杯咖啡，或是到附近走一走。有的時候只要放下手中的工作，然後保持五分鐘的安寧就夠了。當你這麼做的時候，你幾乎可以感覺到自我逐漸產生安寧。凡是遠離它和良質的表現出來的水準就不佳。如果你能夠親近它，水準就會提昇。至於親近和遠離的方法有無限多種，但是目標卻是一致的。

我想一旦介紹了這個觀念，然後將其視為機械工作中的核心之後，從實際的工作經驗當中，就能夠融合古典和浪漫良質的對立。我是指你能從技巧高超的技術人員當中察覺到這種融合的現象。如果你不認為他們是藝術家，那就誤解了藝術的本質。他們有耐心和關懷，也專注於自己的工作，但是更讓人感動的是，他們與手中的工作融合為一，因而產生了內心的寧靜，能夠獨立處理自己的工作。在工作的時候，他的思想和工作都不斷在改變，一直到作品呈現出它該有的形式，他的內心才會得到眞正的安寧。

在我們做自己眞正想要做的事會有這種經驗。只是有的時候，我們仍然會和自己的工作疏離。優秀的技術人員就不會有這種現象。如果他對手中的工作很感興趣，他就會沈浸在工作之中，而不會產生主客觀之間的對立。然而他在科學界卻因為傳統的二元化觀點，較無法產生這種心態。

佛教的禪宗提倡打坐，就是要使人物我兩忘。而在我所提到摩托車的維修上，你只要專注修理車子，就不會出現物我對立的情況。一旦眞正的投入工作之中，就可以說是關心自己的工作，這就是關顧的眞正意義，和自己手中的工作產生認同感。當一個人產生這種認同的時候，他就會看到關顧的另外一面，也就是良質。

所以在維修托車的時候，最重要的就是要培養內心的寧靜，讓自己不要和工作環境疏離，在做其他的工作時也是同樣的訣竅。這一點做到了，其他的一切也就會變得很自然。內心的寧靜會產生正確的價值觀，正確的價值觀就會產生正確的思想，正確的思想就會產生正確的行動，而正確的行動所執行的工作，別人便可由其中看到主其事者內心的寧靜。這就是韓國的那一面牆的意義，它反映出人們精神上的狀態。

我認爲如果我們想要改造世界，使它更適合人類居住，改革的方法不是從政治面著手。因爲你不可避免的會牽涉到主體和客體的分別，以及彼此之間的關係。或者計劃各種活動。我認爲這種改革是倒果爲因。因爲各種的政治活動只不過是社會良質的產物。除非社會有正確的價值觀，否則它的運作不會正常。而社會要有正確的價值，首先個人的價值觀要正確。如果想要改造世界，就先要從一個人的心靈、頭腦和手開始改造起，然後由它們向外發展。有的人想要談論如何拓展人類的命運，我只想要討論如何維修一部摩托車，我認爲我必須說的更具有長遠的價值。

我們來到瑞更斯（Riggins）小鎭，鎭上有許多汽車旅館。最後車道離開了峽谷，沿著一條小溪前進，似乎向上走入了一座森林中。

的確如此。我們四周很快就圍繞著高大的松樹林，迎面吹來陣陣的涼風，眼前不遠處出現度假地區的招牌。我們繞行得愈來愈高，然後進入了一片涼爽而又長滿了青草的松樹林裏。在新邁德鎭（New Meadows）我們加滿了油，然後另外買了兩罐的機油。不過對眼前景象的改變，仍然十分訝異。

在我們離開新邁德的時候，太陽將要西沈，午後沈鬱的感覺逐漸襲上心頭。在其他時候來到山上總會使我的精神爲之一振。但是我們已經騎太久了，經過陶馬拉克（Tamarack）時候，路逐漸向下走，於是綠油油的草地又變成乾燥的沙地。

我想今天的肖托夸就到此爲止。我想這是最長的一段，也是最重要的一段。明天我想要談的是如何親近良質以及如何遠離良質，也就是可能面臨的一些陷阱和問題。

在這遙遠的沙地，太陽西沈的霞光帶給我們陣陣的傷感。我不知道克里斯是否也有同樣的感受。這是一種無法解釋的傷懷，新的一天已經消逝了，展現在眼前的只是逐漸沈重的暮色。霞光逐漸晦暗，彷彿失去白天的熱忱。在那一片沙丘外，遠處有許多小屋，他們已經忙了一整天的工作，夜幕低垂的時候，就像我們一樣覺得日子平淡無奇。如果我們早一點兒來到這裏，他們很可能會好奇的問我們爲什麼來這裏。但是到了傍晚可就不希望我們出現了，已經工作一整天了，是該大家圍坐一起吃晚餐的時候了。於是我們不願意打擾他們就騎過了這座以前從未見過的小鎭。這個時候，太陽已經下山了，我有一種強烈寂寞和孤獨的感覺，我的精神也隨太陽西沈了。

我們來到一座廢棄的學校操場，在一棵白楊樹下，我們把車停下來換機油。克里斯也有一點毛躁不安，不知道我們為什麼要休息這麼久。或許他不知道是外界的環境使他焦躁不安。在我換機油的時候，我把地圖拿給他。換好之後，我們一起翻閱地圖，決定一遇到好餐廳就用晚餐，一遇到合適的地點，就準備露營。這樣才使得他的心情好多了。

來到一座名為康橋的小鎮，我們用過了晚餐。這時四周早已夜幕低垂，我們打開大燈，然後沿著一條小路騎往奧勒岡，路旁有一個牌子寫著布朗・李露營區。它在山谷裏，四周一片漆黑，我們很難分辨周圍是怎樣的環境。一路上崎嶇不平，穿過一些灌木叢之後，來到露營區的停車場。這裏似乎一個人也沒有，當我把車子熄火之後，卸下行李，我聽到附近有一條小溪經過，還有小鳥的叫聲，除此之外是一片寂靜。

克里斯說：「我喜歡這裏。」

我說，「這裏好靜。」

「明天我們要去哪裏呢？」

「進入奧勒岡州。」我拿了一把手電筒給他，在我卸行李的時候幫我照明。

「我去過那兒嗎？」

「可能，我不能確定。」

我把睡袋鋪開來，然後把它擺在野餐桌上，這種睡法讓他十分興奮。晚上的這一覺一定不會有問題了。很快地我就聽到他的鼾聲，表示他已經沈沈入睡了。

我希望我知道要和他說些什麼，或者問他什麼。有的時候他似乎又這麼親近我，而這種親近和我們的談話無關。有的時候他似乎又離我好遠，從一種有利的角度觀察我，而我卻不知道那是什麼樣的狀況。有的時候他又很幼稚，那個時候就無法牽動我的心了。

有的時候一想到這一點，我認爲所謂一個人能夠進入別人的心靈只是言語上的幻覺，只是一種說詞，只是兩個基本上獨立的個體之間，可能有的交流而已。兩者眞正的關係仍是無法得知的。想要探測別人內心眞正想的事情只會扭曲你的觀察。所以我想做的就是在某些情況之下，讓它所呈現的不被扭曲。我不知道是不是就是他問那些問題的方式。

第二十六章

我被一陣寒意催醒，我從睡袋中望出去，看見天色一片灰暗，於是我又低下頭，閉上眼睛繼續睡。

之後，我發現天色逐漸轉明，但是寒意仍然逼人。我看見自己呼的氣變成一股白煙。忽然我想到天空灰暗的雲很可能會下雨，但是仔細一看，那只不過是黎明前的暗淡。那麼早就準備上路，似乎太早又太冷了，於是我依然躺在睡袋裏，而睡意早已消失了。

從摩托車的車輻當中，我看見克里斯躺在餐桌上，睡袋捲成一團，他一動也沒有動。

摩托車的車影覆在我身上，彷彿它正準備前進，好像沈默的守衛等了一整晚，預備出發上路。這部車是銀灰色帶著鉻色和灰色——目前污泥滿佈。從愛達華、蒙大拿、達科他、明尼蘇答州所累積下來的塵土，由地面向上望，看起來的確令人十分難忘。

我想我不會把它賣掉。其實也沒有什麼原因，它們不像汽車一樣，幾年之內，車身就銹蝕了。如果經常保養、定期翻修，它們就會和你一樣長命，甚至更長一點。這就是所謂的良質。我們騎了這麼長的路，它都沒有出過問題。

晨曦從山谷頂端的斷崖上射下來，在小溪上面出現了薄薄的晨霧，這就表示今天一定會有個溫暖的好天氣。

我爬出睡袋把鞋子穿上，然後把東西打包起來。最後我才走到餐桌旁邊把克里斯搖醒。但是他沒有反應，我四下看了一下，只剩下把他叫起來，就有些猶豫。早晨清新的空氣讓我精神抖擻，於是我大聲的喊他，「該起來囉！」他突然坐了起來，兩眼睜得大大的。

他抬頭看了看山頂上的晨曦，呆呆的坐在那兒，睜著眼睛看著我。

很快的，我們就上路了，一路上依舊是大彎接著小彎。我們來到一座巨大的峽谷，兩旁是白色的斷崖，吹在臉上的風，寒氣逼人。之後，有一些陽光照下來，穿透了我的夾克和毛衣，我覺得有些暖和，然而過不了一會兒，我們又騎到背陽地帶，迎面吹來的風又變得十分冰冷了。沙漠裏乾燥的空氣無法聚熱，我的雙唇被風吹得異常乾燥而且龜裂了。

接下來，我們經過一座水壩，出了峽谷，進入半沙漠高地，這裏就是奧勒岡州了。克里斯大聲告訴我他又要拉肚子了。於是我們騎到一條小溪旁停下來，他很不好意思。但是我告訴他我們不趕路，所以把換洗衣服拿出來給了他衛生紙和肥皂。告訴他上完廁所之後要徹底的把手洗乾淨。

我看克里斯從山坡上走回來，他臉上的表情看起來很愉快。

今天我們的肖托夸要談論的是有關進取心（gumption）。我喜歡進取心這個字，因爲這個字十分親切，但是很有個性，因而不免有些孤獨。只要有人願意跟它做朋友，它似乎都不會拒絕。這是一個蘇格蘭的古字，曾經有許多拓荒者用過，但是它就像老鄉親（kin）這個字已經落伍了。我喜歡它是因爲它確實描繪出一個具有良質的人，他很有進取心。

希臘人稱之爲熱忱。一個具有進取心的人，不會閒散得無事可做，在一旁憂心忡忡的焦慮。他是站在自我意識的火車頭前，一發現有什麼出現，必然立刻迎上前去，這就是進取心。

克里斯回來說，「我現在覺得好多了。」

我說，「那好。」於是我們把肥皂和衛生紙收好，然後把毛巾和濕衣服放在一塊，這樣才不會弄濕其他的東西，然後我們又再騎上路。

一個人如果能夠在安靜當中，眞正看見、聽見、感受到眞實的宇宙，而不是一些八股的思想，他必然會充滿了進取心。進取心不見得是稀奇古怪的。這就是我喜歡這個字的原因。

你從去釣魚好長一段時間的人身上就會發現這項特質。通常他們會對自己花這麼多時間去從事這項看似不甚有收穫的活動有些防衛心。因爲他們不知道如何爲自己辯解。然而釣魚回來的人通常充滿了熱忱，有力量再去面對幾個禮拜前他已經厭惡至極的事物。其實他並沒有浪費時間，只是我們以世俗的觀點認爲他是如此。

如果你想要修理一部摩托車，那麼充足的進取心是最重要的工具。如果你還沒有足夠的熱忱，你最好收拾起工具，暫時放一邊，因爲它們對你不會有任何幫助。

進取心是精神上的補給品，能夠推動事情的進行，如果你沒有它，就不可能修理摩托車。但是如果你有了它，你就會知道如何運用它，那麼無論如何一定能修好這部摩托車。事情必然是這樣發展的，所以在開始進行之前，最重要的就是要保有這樣的熱忱。

進取心的重要性解決了肖托夸形式上的一個重要的問題，那就是如何擺脫概念。如果肖托夸深入研究維修的細節，那麼它要維修特定的機種，其中的資料對你可能無用，而且也會產生危險。因爲能適合修理某一機種的方法，很可能會毀損另外一種。要針對不同的機種維修就需要不同的手册。

但是還有另外一種深入討論的方法不需要運用手册，而且適用所有的機型，那就是良質的關係，也就是機器與人的關係。這種關係和機器一樣的精密。在你修理機器時，經常會出現劣質的狀況：鈎爪生銹了，零件無法組合。這些意外都會消耗一個人的進取心，減低你的熱忱，讓你覺得十分沮喪，以至於想放棄。我稱這些爲進取心的陷阱。

這種陷阱有成千上萬個，甚至百萬個以上。我不知道究竟有多少，但是似乎我已經碰過想像得到的陷阱，而我也不認爲自己歷練過所有的陷阱。因爲我每做一項工作，就會發現更多的陷阱。維修摩托車容易讓人受挫，也容易讓人憤怒，但是這正是它讓人覺得有趣的地方。

我看地圖知道，前面就是貝克（Baker）鎮了，眼前的景色比較像豐饒的農村，因爲落雨比較多。

我現在心裏想的是一份「我所知道的進取心的陷阱」目錄，我還想在學校裏面開一門進取學。在課堂上把這些陷阱分類，組織成體系，並且研究其中的關係，讓未來的學子和人類由其中受益。

在過去的維修當中，熱忱一向被視爲與生俱來的，或是經由良好的教育得到的。它是一種固定不變的商品，由於很少人會知道如何得到它，所以就假定不具有進取心的人，就前程無望了。

然而在非二元論的維修當中，我們並不認爲進取心是固定不變的商品。它是會起變化的，它所蓄積的士氣會增加也會減少，由於它是意識到良質的產物，所以進取心的陷阱可以界定爲無法意識到良質，因而使人喪失做事的熱忱。由這個定義可以見到其中的範疇是何等的寬廣，所以在這裏只能做初步的探索。

據我所知，陷阱主要有兩種：第一種是由外在的環境使你放棄良質的情況，我稱之爲挫折。

第二種是，由你內在所引起的，我沒有統稱，姑且稱之爲憂慮。我先從由外界所引起的挫折說起。

在你從事任何一項工作之初，突然出現的挫折似乎是最讓你擔心的，尤其是經常會在你認爲做完之後出現。經過幾天幾夜的努力之後，你終於完成了。但是：這是什麼？連桿軸承墊圈？你怎麼可能把這個給漏了呢？天哪！所有的一切都必須重新來過，這個時候你似乎聽到自己的氣都快漏光了。

你只好把它拆開來重新組合……經過大約一個月之後，你才逐漸認定這件工作已經完成了。

我有兩種方法可以避免這種情形產生，尤其在我要拆解一道非常複雜的組合之前，我會運用這兩種方法。

在這裏先要插入一點。有一派人認爲，如果是你不了解而且複雜的機件，就不應當自行拆解。我應該先接受訓練，或者把這項工作讓專家去做。這樣的說詞我眞希望有一天會消失。因爲就是所謂的專家把我的車給修壞了。我也編寫手册讓IBM的專家受訓，他們知道自己的本領並沒有那麼高強。第一次做的時候可能有許多不利的條件，因爲你要花更多的時間和金錢應付意外的損害。但是毫無疑問的，下一回你就遠遠超過專家了。雖然你學習組合的過程很辛苦，但是你對它已經有感情。這是專家不可能擁有的。

不論如何，首先我們談避開陷阱的第一個技巧就是拿出你的筆記本，寫下拆解的每一個步驟，然後記下以後重新組合時可能產生的問題。這本筆記簿上面一定會沾染許多的油污，但是幾次下來之後，寫在上面的一兩個字往往看似不甚重要，但卻避免了許多麻煩，節省了不少的時間。寫的時候要特別注意各個零件安裝的方式以及顏色，還有電線的位置，如果有任何零件磨損正好記下來，以便以後一次採購。

第二種技巧就是在地上鋪報紙，把所有的零件由左到右、由上到下排列整齊。這樣一來，一旦要重新組合的時候，你可以由最後一步開始，許多小螺絲、墊圈還有扣針才不會被遺漏。即使有這樣周全的準備仍然會出意外，這時你就要特別注意自己的士氣。想要加緊腳步，彌補損失的時間，反而會錯誤百出，最後又得全部重新來過一次。

然而重要的是要分辨自己是否缺乏某種竅門。有的時候重新組合是你在拆解之後必須換另外一種方法組合的方法。試試看這種方法是否有用。如果有用，這就表示你得到了竅門，這反而是一種進步。

如果你只是因爲在組合的時候犯了錯，你仍然多少可以挽回自己的士氣，心想第二次拆解和組合的時候比第一次要快得多，因爲你無意中已經記住不少步驟，不需要再重新學習了。

從貝克開始，我們一路經過了不少森林地帶。眼前更是綿延無盡的森林區。

在我們下山的途中，樹林逐漸稀疏，我們又來到沙漠中。

接下來我們要談的是時斷時續出現的問題，在這種情況下，需要修理之處往往在動手之前又突然恢復正常。電子方面的短路常常會這樣。機車震動的時候會短路，一旦停下來又沒有問題了。所以你很難修理它，只能試著發動機器讓短路再出現，如果短路消失了，就不要再管它了。

這種情形之所以是陷阱是因爲它讓你誤以爲已經修好了。所以修理好任何機器之前，最好經過一段試用期，再做這樣的結論。毛病如果一再出現的確讓人沮喪，但是總比一開始就去找專家來得好，因爲那是更大的陷阱。又得一直找專家，問題很難得到滿意的解決。你自己修理的話，可以花很長的時間仔細研究。這是專家無法做到的，然後你可以帶著自己認爲需要的工具，一旦狀況出現，立刻動手修理。

一旦毛病再出現，儘量與摩托車的使用情形聯想在一起。以熄火爲例，熄火是否在車子跳動、轉彎或者加速的時候出現呢？還是只在天氣熱的時候出現？這種推測都是找出因果關係的線索。有些狀況若是遲遲無法解決，你就需要去好好的釣一次魚。但是不論修理有多麼枯燥，遠比連番五次送去店裏修理要好得多。有的時候我幾乎想仔細的解說我遇過的問題以及解決的方法，但是這就像魚經只有釣魚的人才會感興趣一樣，他們不懂爲什麼有人會聽得打哈欠。只有他自己才能享受其中的樂趣。

除此之外，我想最容易出現的陷阱就在零件方面。剛買車的時候根本不會要買零件，零售商不願意積壓存品，批發商又行動緩慢，尤其在春天的時候，大家想要買零件，他的人手卻又不足。

零件的價格則是陷阱的另外一部分。就商業技巧來說，把原始的設備價格訂得非常具有競爭力是一種策略，不然客戶會流失。至於零件的價格則訂得非常高昂，然後才能由其中賺錢。由於你並非專業人員零件的價格自又特別貴。這是一種很狹猾的技巧，讓許多專業人員有機會使用許多不必要的零件因而致富。

還有一個問題是零件可能不合。零件表往往會出錯，零件的規格和種類也很複雜。往往會出現不耐磨的零件因爲工廠沒有做好品管。還有你買到的零件，很可能是由專業人員製作的，但是他們正好缺乏某些知識，因而產品出了問題。有的時候，他們記錯你需要零件的號碼。有的時候，是你拿錯了。所以往往拿回家才發現根本就不管用。

這方面的問題，可以這樣改進。如果鎮上不只一家經銷商，那麼無論如何要選擇與你最能配合的人。甚至去知道他的名字。這樣的人往往自己當過技術人員，所以能提供你需要的資訊。試試看是否能殺價。有的時候，你的確能拿到好的價錢。自助店以及郵購商店機車的零件價格往往遠低於經銷商。比如說，你可以向鏈條工廠買鏈條，價格遠低於摩托車修理店。

要記得隨身攜帶零件以免買錯了。同時帶專業的測徑器備用。

最後，如果你和我一樣吃過不少零件的苦頭，而又有投資的能力，那麼你也可以學著自己製作零件。自己製作不但不會破壞進取心，反而會激勵自己，有一種特殊的感受。

我們來到長了鼠尾草的沙漠地帶，引擎開始劈啪作響，我把預備油的開關打開，然後看了看地圖，我們在優尼帝(Unity)加油，然後就騎上兩旁都是鼠尾草炙熱的柏油路。

上面就是我想過最常出現的問題，但僅僅只是外在的環境因素造成的。現在我們要談談內心可能出現的陷阱。

這一部分有三個陷阱。第一個陷阱會限制情感的了解，稱之爲「價值的陷阱」；還有會阻礙認知的了解，稱之爲「眞理的陷阱」；再有會阻礙精神運動的行爲，稱之爲「肌肉的陷阱」。其中價值的陷阱最嚴重也最危險。

在價值的陷阱中最常出現而又有害的是價值的僵化。這是指由於執著以前的價值觀，而無法從另外的角度衡量事物。在維修摩托車的過程中，你必須不斷評估，僵化的價值觀就不可能做到這一點。

最典型的狀況是摩托車出了問題，但是你對它卻視而不見。你看著摩托車，但是卻找不到原因。這就是非德拉斯提到的狀況。良質、價值創造了世界的主體和客體。有價值才有它們。如果你的價值觀是僵化的，你就無法接受任何新的觀念。

通常不成熟的診斷常常會出現這種狀況。雖然你認定問題在哪裏，結果證明卻不是，你就傻住了。你必須找出新的線索。但是在你找出之前，你先要排除舊的觀念。如果你一直堅持自己原先的看法，就無法找到眞正的答案，即使解答就在你的眼前。

發現新的觀點，往往是一件令人興奮的事。我們從二元化的角度稱之爲「發現」，因爲假定它原先沒有人注意到它的存在。一開始人們對它的評價很低，然後由於你的發現，還有它本身潛在的價値，逐漸受到人們的重視。

而在我們四周眼睛以及耳朵所接觸到的事物，其實並沒有良質。事實上，它的良質還是負面的。如果它們全部同時出現，我們的意識可能會被這些毫無意義的資訊阻塞，因而根本無法思考和行動。所以我們要根據良質加以選擇，或者按照菲德拉斯的說法，良質的軌道會先過濾我們要了解的資訊，讓我們現在與未來的走向相輔相成。

如果你的價値觀僵化了，你所能做的就是放慢腳步——不論你願不願意，你必然會慢下來——但是要刻意的放慢腳步，然後重新檢視過去你認爲重要的事物是否仍然重要……只要靜靜的注視著機器，這麼做沒有什麼問題，靜靜的和它相處一陣子，用你注視魚線的方式注視著它，不久你一定會看到魚線在動。車子會用很謙虛而且微弱的聲音詢問你是否對它的問題感興趣。這是世界到處都會發生的狀況，所以要對它感興趣。

首先要明白，你發現的問題並不如你想像的大，也不如你想像中的小。過不了多久，你就會發現這些問題往往比你原先想要修理摩托車來得有意思。一旦出現這種現象，你就不只是修理摩托車的技師，同時也是研究摩托車的科學家，這時就完全克服價値僵化的陷阱。

我們又騎到松樹林裏，但是由地圖上來看，這條路並不長，路的兩邊有一些度假的廣告牌，孩子在廣告牌下面戲耍，彷彿就像廣告的一部分。他們一面撿松果玩，一面向我們招手，結果害得小男孩把松果撒了一地。

我想再回到釣魚這個比喻上來，我可以預見有人沮喪的問我：「沒錯，但是你想釣到怎樣的事實呢？情況一定不只是這樣。」

而我的答案是，如果你已經知道結果，你就不是在釣魚，你在抓魚了。我想提一個比較特別的例子……

用維修摩托車的各種例子都適合，但是我想到最佳的例子是南部印第安人抓猴子的故事。首先獵人把挖空的椰子用繩子綁在一根木頭上。椰子裏面放了一些米，透過一個小洞就能撈到。由於洞很小，猴子的手只能伸進去。一旦手中握了米，就很難拉出來。所以要抓猴子，就是靠牠僵化的思想。牠不會衡量自由和擁有白米之間的價值。因而讓村民有機會抓到牠。但是在這種情況之下，你該給那隻猴子怎樣的建議呢？

首先，這隻猴子應該知道一個事實：如果牠把手打開，牠就自由了。但是牠要怎樣才能了解這個事實呢？那就是避免思想的僵化，以爲白米比自由重要。牠要怎樣才能明白這一點呢？牠應該慢下來，在椰子旁邊走來走去，看看牠原先認爲重要的是否仍然重要，不久牠就會興起一個念頭，牠是否仍然對這件事感興趣，這樣牠就有機會重新評估了。

在蒲萊里市(Prairie City)我們出了山區，來到一座乾燥的城鎮。騎在大街上，你可以從鎭的這一頭一直望到那一頭的草原。我們去敲一間餐廳的門，但是沒有人開門。於是我們又穿過大街去敲另外一家的門。門開了，我們進去坐了下來，點了麥乳喝，而且拿出克里斯預備寫給他母親的大綱交給他。我很驚訝，他沒有問我多少問題就開始寫了。我在雅座裏靜靜的坐著，不想打擾他。

我一直覺得我和克里斯之間也有某種僵化的關係。然而我就是沒有辦法掌握問題所在。有的時候我們似乎像兩條平行線沒有交集，有的時候甚至會相撞。

他在家裏惹的麻煩，通常是學我向他發號施令一樣，向別人發號施令。特別是向他弟弟發號施令。當然別人不會接受他的指令，他看不清這一點，所以必然會引起一陣衝突。

他似乎並不關心別人是否喜歡他，他只想得到我的歡心。從各種角度來說，這都不是好現象。所以是該讓他逐漸學習獨立的時候了。雖然過程要儘可能的讓他容易接受，但總該有個開始，愈早開始愈好。

但是現在想到這一切，我再也不這麼認爲了。我不知道問題究竟出在哪裏，我一直想起那個夢，因爲我沒有辦法忘掉它的意義：我永遠在玻璃門的另外一邊，然而我卻無法打開，他想要叫我打開，但是總在打開之前，我就離開了。而現在我們中間有了新的隔閡，那就是陌生。

過了一會兒，克里斯說他寫累了。我們站起身，付了帳就離開了。

現在我們又上路了，可以再開始討論陷阱。

下一個陷阱很重要，這個陷阱來自於自我，它和價值的僵化頗有淵源。而且是造成價值僵化的原因之一。

如果你自視甚高，那麼你觀察新事物的能力就會降低。你的自我會讓你遠離良質的眞實。如果你把事情搞砸了，很可能不願意承認。如果你被蒙蔽了，自以爲表現得很好，你很可能會相信。所以在修理機器這方面如果你的自我太強，往往無法把工作做好。因爲你總是會被愚弄，很容易犯錯，所以修理人員自大的個性對他頗爲不利。如果你認識不少技術人員，我想你會同意他們往往相當謙虛而且安靜。當然，也有例外。不過如果他們一開始無法保持安靜和謙遜，長久工作下來，也會變成這樣的個性。同時具有高度的警戒心，專注而又懂得懷疑，不會以自我爲中心。

……我想說的是，機器會反應出你眞正的個性、感受、推理和行動，而不是反應你自我吹噓、膨脹的那一部分。如果你的士氣來自於你的自我，而非良質，那麼這種虛假的形象，很快就會完全崩潰，那你就會非常沮喪。

如果你一時無法謙虛下來，有一種方法就是無論如何也要裝出這種態度。因爲如果你刻意認爲自己表現得不夠好，一旦事實證明你的表現的確如此，那麼你的進取心反而會提昇。你繼續這樣做，一直到外界證實你的假設是錯誤的。

焦慮是另外一個陷阱。它是自我的反面。如果你確知做什麼事都做不對，那麼你就會很害怕。往往讓你遲遲不敢動手的原因，不是懶惰而是這個因素。這種過度擔心的狀況，往往造成各種錯誤。於是你會去修理不需要修理的東西，去擔憂假想中的困擾，然後產生各種荒謬的結論。因爲自己的緊張而認定機器出了各種問題。一旦機器眞的出現某些問題，就更肯定你原先對自己的低估，因而產生更多的錯誤。如此惡性循環下去，就會不斷給自己各種打擊。

要想破除這種惡性循環，我想就是把你的焦慮寫下來，然後參考各種書報雜誌。因爲你有焦慮爲動力，所以會很努力的研究。你愈研究就會愈平靜。你要記得，你追求的是內心的寧靜，而不僅僅只是把機器修好而已。

在開始修理之前，你可以把要做的事寫在紙上，然後再安排成適當的架構。你會發現在不斷的重組過程當中，會出現更多的想法。這麼做不但節省不少時間，而且會讓你不再慌張的出問題。

爲了減輕自己的焦慮不安，你可以告訴自己沒有哪一個技術人員不會犯錯的。你和他們之間的差異是，他們犯錯的時候，你並不在現場。而你要爲犯錯的結果付出代價，就是你的帳單。所以如果是你自己犯了錯，你最起碼還有學習的機會。

枯燥是我想到的下一個陷阱。這是焦慮的反面，通常和自我的問題連在一起。枯燥就表示你已經喪失了從新鮮角度看事情的能力。這樣一來，你的摩托車可就危險了。在你覺得無聊的時候，這就表示自己的進取心很低落，在你開始做任何事之前，先好好的補充一下再去做吧！

當你覺得很厭倦的時候，放下手中的工作去看場表演。打開電視機或者和朋友聯絡一下。暫時離開那台機器。如果你不停下來，接下來很可能就會出大問題。所有的枯燥和問題累積到一定程度，就會突然爆發出來，於是你就眞正的動彈不得了。

而我自己醫治枯燥最好的方法就是睡覺。在你覺得枯燥的時候，非常容易睡著。一旦休息夠了之後，又很難再覺得枯燥了。而我第二個選擇就是喝咖啡。通常在我工作的時候，我會泡一壺咖啡放在旁邊。如果這些都不管用，就表示了我裏面出了更嚴重的問題，讓我無法集中注意力。而枯燥是引你去注意這些問題的警告——在你開始修理車子之前，先解決它們。

對我而言，最枯燥的工作莫過於淸洗機器。因爲我總認爲這在浪費時間。每當洗好後一騎上去又弄髒了。約翰總是把車子保持得乾乾淨淨，看起來的確不錯，而我的總是有些骯髒。這就是因爲我思考的角度不同，我注重機器運作的良好。外表的髒亂並不重要。

要讓上油、換油、調整的工作不再那麼枯燥的方法就是把它們變成一種儀式。我聽說有兩種焊接工：生產線上的和維修的。生產線上的焊接工不喜歡複雜的事，反而喜歡重複同樣的動作。而維修的焊接工卻很討厭重複相同的動作。所以有人就建議在你僱焊接工之前，一定要確定他是屬於哪一種，因爲這兩者無法同時存在，而我是屬於後者。這很可能就是爲什麼我喜歡研究問題，而最討厭清理的工作，然而非得要做的時候我仍然能做。所以在清洗機車的時候，我就像別人上教堂一樣，雖然沒有什麼新發現，但是還是讓自己再去接觸已經熟悉的事，有的時候這種感覺也不錯。

禪學也提到有關枯燥的情形，因爲它最主要的活動打坐，就是世界上最乏味的活動——除非像印度僧人被活埋之後依然能活著。打坐的時候，你所能做的不多，身體既不能動，也不能思想，也不去關心外事，還有什麼比這個更枯燥的呢？然而打坐的核心卻是禪學最重要的理念，它是什麼呢？在枯燥的中心，你看不到的是什麼呢？

煩躁和枯燥頗爲接近，但是它的原因是：低估工作所需要的時間。你不知道會有怎樣的結果，因而無法依照預定的計劃完成多量的工作。面對這樣的挫折，首先你的反應就是煩躁。一不小心，很可能就會變成憤怒。

而要消除煩躁最好的方法，就是增加工作的時間。尤其是新的工作，需要許多不熟悉的技巧，如果要趕時間，那麼儘可能增加預定的時間，然後降低過高的期望。這一點需要價值觀有些彈性。在改變價值觀的時候，通常會喪失掉一些進取心，但是這種犧牲是必需的，因爲這總比因爲煩躁而引發的錯誤，導致進取心喪失殆盡要好得多。

以上所說的就是價值方面的陷阱。當然還有許許多多的陷阱，我只是點到爲止。幾乎任何技術人員都可以告訴你許多他所發現的陷阱，那是我不知道的。而你也會在自己的工作上發現各種陷阱。或許學習的最好方式就是一發現陷阱就停下來，仔細研究，然後再去進行手中的工作。

我們騎進了戴威爾(Dayville)。加油站旁邊有幾棵大樹，我們在樹下等待服務生過來，但是沒有人出現。我們下車來覺得全身僵硬。由於不急著上車，所以就在樹蔭下運動。這棵樹已經大到幾乎把整個路面都遮住了。在這種沙漠地區，竟然會有這樣大的樹，眞是很奇怪。

服務生仍然沒有出現，對街加油站的人員看到我們，於是就走過來幫我們加油。他說，「我不知道約翰跑到哪裏去了。」

約翰出現的時候謝了對方。然後很驕傲的說，「我們總是這樣互相幫忙。」

我問他這裏是否有哪裏可以讓我們休息，他說，「你們可以到我前面的草坪上去休息。」他指了指對街的房子，屋前面有幾棵高大的白楊樹，直徑都有三、四呎之粗。

我們在長著長長的綠草地上運動，我看到路旁有一條水溝，裏面有清澈的水流，用來灌溉這些草地和大樹。

我們在草地上睡了大約半個鐘頭，醒過來之後，看見約翰就在我們旁邊的綠草地上，坐在安樂椅上搖晃著，一面和另外一張椅子上的消防隊員聊天。我靜靜的聽著。他們聊天的節奏吸引著我，就是那種哪兒也不去，只是在殺時間的調調。自從三〇年代起，除了聽過我祖父和曾祖父以及叔伯和他們的父親用這種方式談話之外，很久沒有聽到這樣緩慢而沈穩的聊天了。兩個人一直聊著，沒有任何目的，只是爲了殺時間，就像他們坐的搖椅一樣。

約翰看見我醒了，就和我說了一會兒話。他說灌溉的水來自「中國人的水溝」。他說，「你不可能叫白人去挖那樣的水溝。八十年前他們以爲那裏有黃金，所以挖了這條水溝，現在再也不可能有這樣的水溝了。」他說這就是爲什麼樹會長得這樣高大的原因。

我們接著又聊起我們從哪裏來，要往哪兒去。正當我們要離開的時候，約翰說他很高興認識我們，希望我們有休息得夠。我們來到大樹下準備動身。克里斯向他們揮揮手，他們也很高興的向我們揮手說再見。

沙漠裏的路在峭壁和岩石之間轉來轉去。這裏還不算是最乾燥的地區呢。

接下來我想再談談眞理的陷阱和肌肉的陷阱，然後就結束今天的肖托夸。眞理的陷阱和二元論有關。人類所有的知識就是根據傳統的二元化的邏輯以及科學方法建立起來的。

是或不是……這或那……一或零。電腦就是根據零和一這兩個數字儲藏所有的知識。

由於不合乎思考的習慣，通常我們無法看到除了是與不是之外，還有第三種可能性。它能夠拓展我們的視野，引領我們走向完全不同的方向。我沒有特定的形容詞，所以想藉用日文的「無」這個字。

無就表示一無所有，無只是說沒有等級，不是一，不是零，不是是也不是不是。它表示在回答一個問題的時候，超越了是與不是的等級，因而它所強調的就是不去問問題。

如果答案已經不適合這個問題，就是無的現象。有人問禪宗的修行者狗是否具有佛性。他的回答就是無。意思就是回答有或是沒有的答案都是不正確的，因為佛性超越了有、沒有的問題。

科學能夠輕而易舉的探知自然界是否有無的存在，只是我們忽而不察。比如說，有人認為電腦只有二種運算方式，一種是一，一種是零，這種說法十分可笑。

任何一位電腦工程師都知道有另外一種方法，那就是把電力關掉。這時候電路系統就呈現無的狀態。它們既非一也非零，而是在一種零、一無法解釋的狀態。還有其他除了關掉電源之外的狀態，是無法用零、一解釋的。

習慣於二元思想的人會認為無的狀態是一種被蒙蔽而且不相連的現象，但是在所有科學的研究當中都可以找到這個現象。而自然不會欺騙人。自然的答案也永遠都會相關。所以把自然無的答案掩蓋起來是不誠實的行為，也是一種錯誤。能夠認識和重新評估這種答案才可以幫助理論更接近實驗的結果。每一位實驗室裏的科學家都知道一旦他實驗的結果超越是與否的答案之後，就表示他的實驗設計不良。然而他最好這樣想，這樣的答案倒能避免將來再犯同樣的錯誤。

然而一般人對失敗的實驗通常評價都錯了。由於找不到答案，就表示他設計的實驗有問題。其實這也是非常重要的答案。由此他對自然的了解會大幅進步，這是實驗最主要的目的之一。有一種非常正確的看法，就是由於有這些無法回答的問題，科學才會快速成長。是與否的問題只是肯定或者否定某一種假設。而無法回答問題，則表示超越了你的假設。所以它能夠刺激科學前進。其實這並沒有任何奧妙之處，只是我們的文化對這種評價不高而已。

在維修摩托車的時候，你往往提出許多的問題，都會碰到無法解決的狀況。因而可能喪失了信心。其實大可不必如此。如果你一時找不到答案，就表示你設計的問題，無法替你找到你想要的答案。而你對問題的了解必須更寬廣，所以要進一步研究你的問題，不要摒棄這些無法回答的狀況，它們和是與否的答案同樣重要。甚至還要重要，它們能夠讓你成長！

……摩托車似乎過熱……但是我認爲只是因爲我們騎過一段乾燥酷熱的地區……姑且不去深究其中的原因吧……一直到它眞正的狀況顯現出來，是更好還是更糟……

我們在米雪兒(Mitchell)鎭停下來吃點心，這座小鎭坐落在乾燥的沙丘中。我們從玻璃窗看到外頭的景象。有一些孩子從大卡車上下來湧進了餐廳，幾乎把整個餐廳給佔住了。雖然他們的舉止還算良好，但是精力充沛，因而頗爲熱鬧。你看到帶他們的女士對此有一點兒緊張不安。

接下來又是乾燥的沙漠和沙土地區，我們仍然騎上前去。現在太陽已經快要下山了，由於長時間騎車，不但覺得全身痠痛，而且十分疲憊。克里斯在餐廳的時候也覺得有一點兒提不起勁，我想或許他是……算了吧……

至於眞理的陷阱，這一次我想只要提無的狀況就夠了。現在我們要來談精神運動方面的陷阱，這和機器本身的問題有直接的關係。

這個陷阱最讓人沮喪的就是工具不足。沒有什麼比這個更令人洩氣了。所以儘可能買好的工具。你永遠不會後悔的。如果你想要節省，不要忘了看報紙上的舊貨廣告。好的工具一般來說不會磨損，而一把用過的好工具比差的新工具還要好。仔細研究工具的目錄，你可以從其中學到許多事物。

除了不良的工具之外，惡劣的環境也是一種陷阱。要注意有足夠的光線。你會很驚訝，一點足夠的光線能避免不少的問題。

一些身體上的不適是不可避免的。但是如果身體十分不適，比如說，周圍的環境太熱或是太冷，在你不注意的時候就可能降低你的判斷力。比如說，你很冷的時候會加快動作，因而容易出錯。如果你太熱的話，你的耐力就會降低而容易發怒。所以儘可能避免錯誤。工作的時候姿勢不良，就可以在機車的兩邊各放一把小凳子，這樣會大幅增加你的耐力，你就比較不會出錯了。

還有另外一種陷阱就是肌肉失去知覺。這是造成眞正傷害的原因。因爲你無法分辨粗細。機車的外表雖然很粗糙，但是內部卻很精密，很容易因爲你動作不靈活而受損。這就是所謂「技術人員的感覺」。對知道的人來說，它很容易明白，但是對不知道的人來說，卻很難形容。如果你看到沒有這種感覺的人在修理車子，你一定會像那輛車子一樣痛苦。

這種感覺來自於對材料彈性的了解。有些材料像陶瓷的彈性就非常小，所以你要給陶瓷零件加螺紋的時候，要小心不要用太大的力。其他材料像鋼就有很大的彈性，比橡膠的彈性還要大。但是除非你有極大的機械作用力，否則這種彈性不容易測知。

當你談到內螺紋和外螺紋的時候，你就明白這是怎麼一回事了。當你拿起一個螺帽的時候，有一個所謂手指緊度的點，也就是在螺帽剛接觸到螺紋的時候，還談不上任何彈性，然後接下來是螺帽與螺紋之間很平順的結合，再接下來是鎖緊螺母的時候，就會感受到它的彈性。每一個內外螺絲在達到這三點的時候，都需要不同的力道，至於上了油的螺絲情況又不同。不同的材料，比如說鋼、鑄鐵、銅、鋁、塑膠、陶瓷所需要的力也不同。但是具有技術人員感覺的人就知道何時已經鎖緊而停下來。沒有這種感覺的人就會繼續鎖下去，因而破壞了螺牙。

由於這種感覺暗示不只要了解材料的彈性，同時也要知道它的柔軟度。在摩托車內部的結構中，有些接合面的準確度高達萬分之一吋，如果你不小心掉在地上，或者沾了灰塵或是刮傷它們，或是拿榔頭敲擊過，它們就會喪失原先的精確度。很重要的就是要明白表面下的鋼鐵能夠承受極大的撞擊，但是表面卻不能。當要處理表面極精密的零件時，具有這種感覺的人就會避免去傷害它的表面，然後儘可能從不怕傷害的部分著手。如果必須直接從精細的表面著手，他通常會使用更軟的材質。比如說，銅的榔頭、塑膠的榔頭、木的榔頭、橡膠的榔頭、鉛的榔頭，都適合這種狀況。然後很小心謹慎的處理它的表面。你永遠都不會後悔的。如果你習慣把東西亂敲，那麼儘可能多給自己一點時間，學習如何對待這些精準的零件。

在這一片黃沙滿佈的地區，西沈的太陽讓我們覺得有一點兒憂傷的感覺……

或許這只是傍晚時分容易讓人感傷的時刻。但是今天在我提到這些事之後，我只覺得多少切中了問題的核心。有些人或許會問，「如果我避開這些陷阱，那麼是否就表示萬無一失了呢？」

答案當然是否定的，你仍然沒有克服所有的問題。你必須要活得很正當，這樣才容易避開這些陷阱，看到眞正的事實。你想要畫一張完美的畫嗎？很簡單，你先讓自己變得完美，然後再順其自然的畫出來，這就是所有專家的方式。畫畫和修理摩托車以及生活的其他方式都有關連。如果一周當中有六天你都很懶散不去照顧你的機車，那麼有什麼方法能夠使你在第七天突然變得敏銳起來呢？所以它和你的生活是融合在一起的。

但是如果你六天當中都很懶散，而第七天儘量變得警惕起來，那麼很可能下個禮拜就不會像上個禮拜這樣懶散了。我提出這些陷阱的目的最主要就是提供一個人活得正當的祕訣。

所以你要面對眞正的機器是你自己。你的內在和外在並不是分離的，它們會親近良質或者遠離良質。

當我們到達蒲萊威爾(Prineville)的時候，太陽已經逐漸西沈了。我們在和第九十七號高速公路交叉的地方將要向南走。油加好之後，我疲累的走到後面，坐在漆黃的邊石上，把兩腳伸到碎石子裏。夕陽透過樹葉照到我的眼睛，克里斯走過來，在我的旁邊坐下來。我們什麼也沒有說。不過這還不是最沮喪的時候。我提到的這些陷阱，自己就掉進去一個。或許這就是疲勞吧！我們需要休息一會兒。

我看了看高速公路上的車流，我覺得他們有些孤寂。不只是這樣，更糟的是面無表情。就像加油服務生臉上的表情一樣。在他們眼裏邊石、碎石地、十字叉口都視而不見，他們哪兒也不去。至於汽車的駕駛，他們的表情也和加油的服務生一樣，眼睛目不斜視的呆呆的往前望著。自從思薇雅第一天提過這種情形之後，我就沒有注意過他們了。他們好像是一排送葬的行列。

有的時候有人會看我們一眼，然後又毫無表情的把頭轉開去想自己的事。然後彷彿因爲怕我們發現他在看我們而不好意思。我注意到這一點，是因爲我們離開人羣已經很久了。開車的方式也不一樣。他們高速駛向城內，有特定的目的，所以此時此地只是短暫的路過，他們腦海中想的是將要去什麼樣的地方，而不是自己目前身在何處。

我知道是怎麼一回事！我們已經到西海岸了。我們對這裏完全陌生。我差一點忘記最大的陷阱是這個送葬的行列。每一個人都列在其中，這種摩登自我的生活方式，自以爲統管了整個地區。我們離開它已經太久了，幾乎忘了它的存在。

我們騎入往南的車流裏，我可以感受到其中蘊藏的危險。由後視鏡當中我看到有人緊緊的跟在後面也不超車，於是我加速到七十五哩，他仍然跟在後面。加到九十五哩就把他給甩開了。我很不喜歡這種方式。

到班德(Bend)的時候，我們停了下來，在一間現代化的餐廳裏吃晚餐。熙來攘往的人擦肩而過，連正眼也不瞧對方一下。服務雖然好，可是並不親切。

再往南走我們來到一處森林，其中的樹木劃分成許多可笑的小區域。很顯然的這原是拓荒者的計劃。在離高速公路有一段距離的地方，我們把睡袋鋪在地上，這才發現松針覆蓋住好幾呎厚的灰塵。我從來沒有看過這種景象，所以十分小心，不要把松針給踢起來讓灰塵四處飛揚。

我們把墊子拿出來，再把睡袋放上去。這樣似乎就沒有問題了。克里斯和我談了一會兒目前身在何處以及要往何處走。在星光底下我看了看地圖，然後又拿出手電筒來看，我們今天騎了三百二十五哩，不算短的一天。克里斯似乎和我一樣累，我們兩個眞想好好的大睡一場。

第四部

第二十七章
萬里任禪遊

第二十七章

你爲什麼不從黑影裏走出來，你究竟長得什麼樣？你在害怕什麼是不是？你害怕些什麼呢？在黑影裏的人後面是玻璃門。克里斯在後面要我把門打開，他現在大多了，但是仍然有懇求的表情。他想知道，「我現在該怎麼辦？」「我接下來要做什麼呢？」他等待我的指示。是該行動的時候了。

我仔細研究躲在黑影裏的人。他不像過去那樣給我不祥的感覺，我問他，「你是誰？」

他沒有回答。

「那扇門爲什麼不可以打開？」

他仍然沒有回答。對方保持沈默，但也表示他很怯懦，他害怕的竟然是我。

「還有比躲在暗處更糟的情況是嗎？這就是你爲什麼不說話的原因？」

他似乎意識到我要採取行動，所以有些害怕的顫抖，想退縮。

我在一旁等待，然後向他靠近一點。討厭、陰暗、邪惡的東西。我靠得更近，不是要看他，而是要看那扇玻璃門。我又停下來，雙手抱肩，然後突然將手向前伸出去。

我的手似乎是勒住了他的脖子。他越掙扎，我就勒得更緊，好像捉蟒蛇一樣。我愈抓愈緊，想把他拖到明亮的地方。成了，讓我們看看他的眞面目吧！

「爸爸！」

「爸爸！」我聽到門外傳來克里斯的聲音。

沒錯！這是我第一次聽到聲音，「爸爸！爸爸！」

「爸爸！爸爸！」克里斯抓住我的袖子，「爸爸！醒醒！爸爸！」

他在我一旁哭著，「爸爸！醒醒！不要這樣！」

「克里斯，沒有關係！」

「爸爸！醒醒！」

「我醒了。」在晨曦當中我看出是他的臉。我們在戶外的樹底下，旁邊有一輛摩托車，我想是在奧勒岡州的某地吧。

「沒關係！只是做了一場惡夢。」

他還是一直哭，我靜靜的陪了他一會兒。

我說：「沒有關係，」但是他還是不肯停下來，他害怕極了。

我也是一樣。

「你夢到什麼？」

「我想看一個人的臉。」

「你一直叫著要把我給殺了。」

「不是，不是你。」

「誰呢？那會是誰呢？」

「夢裏的人。」

「是誰呢？」

「我也無法確定。」

克里斯不哭了，但是他還是因爲天氣冷而發抖。「你看到他的臉嗎？」

「看到了。」

「他長得什麼樣子？」

「在我大喊的時候，我看到自己的臉……那只是一個惡夢。」我告訴他，他在發抖，應該回睡袋去。

他回去了，說道：「天氣好冷。」

「是啊！」從晨光中，我看到我們呼出的氣變成水蒸氣。於是他爬進睡袋裏。這時，我只看到自己吐的氣。

我睡不著。

我夢到的人根本就不是我。

是菲德拉斯。

他醒過來了。

心靈分裂與自己對立……我……我就是在黑影當中的人，我就是那個可厭的人……

我就知道他一定會回來的……

現在問題就是要先做準備……

從樹下望著天空，看起來是那樣的灰暗，那樣的絕望。

可憐的克里斯。

第二十八章

絕望的感覺逐漸增強。

就好像電影結束了，雖然你知道那不是眞實的世界，但是情形就像那樣。

那是一個寒冷的十一月天，沒有下雪，風把骯髒的空氣從老舊而破損的車窗裏吹進來。車窗上還有不少灰塵。克里斯六歲的時候坐在他旁邊，穿著毛衣，車上的冷氣壞掉了。從車窗向外望出去，天空一片灰暗，兩旁是灰褐色的建築，前面的牆是磚造的，上面還有玻璃窗，但是都破了，街上也到處飛舞著垃圾。

「我們在哪裏？」克里斯問。菲德拉斯說：「我不知道，」他眞的不曉得，他茫茫然的在灰色的街道上盲目的開著。

菲德拉斯說：「我們要去哪兒呢？」

「去找睡鋪，」克里斯說。

菲德拉斯問：「它們在哪兒呢？」

克里斯說：「我不知道，或許我們一直開就會找到它們。」

於是兩個人一路開下去，邊開邊找賣睡鋪的。菲德拉斯想要停下來，把頭放在駕駛盤上，好好的休息一下。他覺得路上的標識都完全一樣，灰暗的建築也沒有什麼差別。於是他們又繼續去找睡鋪店，但是菲德拉斯知道，他永遠也找不到了。

克里斯慢慢了解發生了一件奇怪的事，開車的人沒有辦法掌握方向。他並不知道這一點，只是覺得很不對勁，於是喊停，菲德拉斯停下來。

後面的汽車猛按喇叭，但是菲德拉斯沒有開走。其他的車子也開始按，然後後面的車拚命的按喇叭。克里斯緊張的說，「趕快開走！」菲德拉斯很痛苦的把他的腳慢慢的放在離合器上，用像是夢中的動作一樣，慢慢的把車開走。

菲德拉斯問已經嚇壞的克里斯，「我們住在哪兒？」

克里斯記得一個地址，但是不知道該怎麼回去。他心想，如果問別人就會找到路了。所以就說，「把車停下來，」下了車，他問別人該走的方向，於是就牽著精神錯亂的菲德拉斯走過無數的磚牆和破碎的玻璃帶他回家。

不知經過幾個鐘頭之後他們才回到家，克里斯的媽媽非常生氣，因爲他們竟然回來這麼晚。她不了解爲什麼他們找不到睡鋪店。克里斯說，「我們已經找遍了，」但是他很害怕的看了一眼菲德拉斯帶著莫名的恐懼。這就是克里斯開始害怕的時候。

再也不會發生這種事了……

我想我要做的就是朝舊金山騎去，然後讓克里斯搭巴士回家。接下來把摩托車賣掉，然後住進醫院裏……不過最後一點似乎不很重要……我不知道要做什麼？

這趟旅程終究有它的作用，最起碼克里斯長大了以後對我會有美好的回憶。這樣想減輕了我一些焦慮。這的確是一個值得好好把握的念頭，於是我就一直這樣想。

同時仍然能像一般旅行一樣，期望情況會有所改進。不要拋棄任何東西，永遠、永遠都不要再拋棄任何東西。

外面一片寒徹骨，就好像冬天一樣！我們在哪裏，竟然會這麼冷？我們一定在很高的地方，我從睡袋望出去，我看到摩托車上有結霜。加油箱上的露珠因為晨光的照耀，正閃閃發亮。結霜很快就會融化落到輪子上。像這樣冷的天躺在地上並不合適。

我想起在松針下的灰土，於是小心謹愼的踏上去，避免把灰土激起來。我把摩托車上的東西都卸下來，然後拿出長袖的內衣褲，然後再穿上衣服、毛衣和夾克。但是仍然覺得很冷。

我從松針墊上踏上公路，然後在公路上衝刺了一百呎，然後再慢慢的跑，最後停下來。這時感覺好多了。四周寂靜無聲，路面上也結了一塊一塊的霜。經過晨曦的照射，有一些已經融化成一攤一攤的水。然而在樹上結的霜卻是這樣潔白，沒有受到任何攪擾。我在公路上慢慢的走著，不想去打擾陽光，這正是早秋的感覺。

克里斯仍然在睡，除非等到太陽暖和起來，否則沒有辦法出發。這個時候正好調整一下摩托車。我把空氣濾淸器的側蓋打開來，從下面拿出一包工具，我的手因爲寒冷而變得很僵硬，手背都有些皺紋，當然這些皺紋不是因爲寒冷的緣故，年紀到了四十歲，難免會如此。我把工具放在椅座上，然後打開它……它們都完好的躺在那兒……好像又看到了老朋友。

我聽到克里斯的聲音，於是由椅座上望過去，發現他只是翻了一個身並沒有起來。過了一會兒，太陽愈來愈溫暖，我的手也不像剛才那樣僵硬了。

今天我準備談一些有關修理摩托車的事情。修理車子的時候，你會學到千百樣的事。不但豐富了你修理的經驗，同時也帶給你美感。但是現在談這些似乎有些瑣碎，不過我不應該這樣說。

現在我想轉往另外一個方向，把他的故事說完。其實我永遠不可能說完它，因爲我不覺得有這樣的必要。倒是我想在剩下的時間裏適合這樣做。

工具冷得會傷手了，但是傷得好，因爲這才讓我有眞實的感受，不像是在幻想，而是眞眞實實的握在我手中。

……當你在路上前進的時候，發現有一條角度呈三十度的叉路，然後過不久又發現有一條呈四十五度角的叉路，後來又有一條呈九十度角的叉路，這時你就會了解，所有的路都通往某一點，因爲不少人認爲値得朝這個方向走。於是你也開始好奇，懷疑自己是否也應該走同樣的路。

在菲德拉斯探索良質的路上，他不斷看到各種叉路都通往相同的一點。他知道大家通往的就是古代希臘人的路。但是現在，他開始懷疑自己是否忽略了什麼？

他曾經問過莎拉，就是那位常常在他面前走來走去，手裏拿著澆花水壺，同時也灌輸良質觀念給他的同事，她在英國文學的領域當中，曾經研究過良質。

她曾經說過：「天曉得！我不知道，我不是英國文學專家，我是研究古典文學的人，我的研究範圍是希臘人的著作。」

他曾經問過她，「良質是希臘人思想的一部分嗎？」

她說：「良質滲入希臘人所有的思想，」他曾經深思過這一點，有的時候從老婦人的口吻當中，覺得自己彷彿探測到一種神祕的語氣，就好像希臘的神諭一樣。其中隱藏著特殊的意義，但是他一直無法明白是什麼。

古代的希臘人。很奇怪良質滲入了他們所有的思想，但是在今天要提出良質似乎都是相當困難的事。其中發生了哪些改變呢？

通往古希臘的第二條路，就是由這個問題「什麼是良質呢？」指引的。這個問題曾經產生整套的系統哲學。他以爲自己早已脫離了這個範疇，但是良質又把它帶回來了。系統哲學是屬於希臘人的，古希臘人先發明，所以有他們永遠的印記在上面。懷海德曾經說過：「所有的哲學只不過是柏拉圖的註腳。」這句話可以證明這一點，所以有關良質的問題，必須回溯到那個時代。

第三條路則在他決定從波斯曼回去拿博士學位的時候出現的。他必須到大學去教書，他想繼續研究有關良質的意義。但是該去哪兒研究呢？哪裏才有這樣的訓練呢？

很明顯的，除了哲學的範疇之外，沒有任何科系在研究良質。而由他過去的經驗得知，就算繼續研究哲學，也不可能揭開英文作文上一個神祕的字眼。

他越來越淸楚沒有任何課程適合讓他研究良質，因爲它根本就在學院的訓練之外。同時也不在理性教會的管理之下。它值得大學頒與博士學位，然而研究的博士卻拒絕界定他所研究事物的名稱。

他花了好長一段時間看各大學的目錄，有一所大學，就是芝加哥大學，有開一門各科系之間的研究，稱爲「理念的分析和方法的研究」。審查的委員包括英文教授、哲學教授、中文教授和主席，而主席是研究古希臘的專家。這門課燃起他的希望。

現在摩托車已經調整妥當，只剩下換機油。於是我把克里斯叫醒。整理好行李就上路了。克里斯還有睡意，但是路上的冷風使他清醒過來。

兩旁是松樹林的路直往上走，早上沒有多少車流，松樹林裏的岩石黝黑，好像是火山岩。我在想，我們是否睡在火山灰上面？有所謂的火山灰嗎？克里斯說他很餓了，我也一樣。

我們在拉盤（La Pine）停下來，我叫克里斯幫我點火腿和蛋，我到外面換機油。

在餐廳旁邊的加油站我買了一罐機油，來到餐廳後面的石子路上，我把機油塞子打開，讓機油流出來，換了一個塞子，把新的機油加進去。換好之後，我看見測油的鐵桿被太陽照到的部分好像清水一樣乾淨，哈！

我把工具收拾好，走進餐廳，看見克里斯和我的早餐在餐桌上，我趕緊到洗手間洗手出來。

他說：「我好餓啊！」

我說：「昨天晚上很冷，爲了禦寒，我們耗去了不少的熱量。」蛋很好吃，火腿也一樣。克里斯提到昨天晚上做的惡夢多麼可怕。他看起來好像想要問我問題，但是還沒有問，就看著窗外的松樹發呆，過了一會兒轉頭向我。

「爸爸？」

「什麼事？」

「我們爲什麼要這樣做呢？」

「做什麼？」

「一直騎摩托車。」

「只是來看看鄉野的風景。度假啊！」

這個回答似乎不能令他滿意，可是他也說不上有什麼不對。

突然他覺得有點失望，我沒有和他說眞話，這就是癥結所在。

他說，「我們只是一直騎下去。」

「當然，不然你要做什麼？」

他沒有回答。

我也沒有繼續說下去。

上路之後，我想起一個回答，那就是我們正在做我認爲最有良質的事。但是這個答案跟剛才我說的一樣不能令他滿意。我不知道還能說什麼？遲早在我們道再見之前，如果會這樣的話，我們一定要好好的談一談。如果不讓他明白過去發生的事，對他弊多於利。他會聽到我談到菲德拉斯，雖然有不少他可能永遠也不會明白。特別是結局。

菲德拉斯到芝加哥大學的時候整個思想已經和你我了解的完全不同。即使我記得所有的資料，也很難完全講明。我知道代理的主席根據菲德拉斯過去的教學經驗以及說話的深度，接受他的申請。當時他所說的已經沒有紀錄了。後來幾個禮拜他等主席回來，希望能夠拿到獎學金。但是他回來之後，二人見過面，對方只問了一個問題，菲德拉斯沒有回答。

主席問他：「你實質研究的範圍是什麼？」

菲德拉斯說，「英文作文。」

主席大聲說：「那是屬於方法學的範疇。」這就是會談的重點。最後兩個人又斷斷續續的聊了一會兒，菲德拉斯有些遲疑有些結巴的說了一些很抱歉的話，然後就回到山裏來。過去他離開學校就是因爲他這種個性，一旦他回答不出一個問題，他就再也想不起其他的事來了。而課堂上沒有他依然進行下去。而這一次，他花了整個夏天思考，爲什麼他的研究範疇應該是屬於實質的，還是方法的。整個夏天他就只做這一件事。

在雪線附近的森林裏他吃乳酪、睡樹枝堆成的臥舖。渴的時候就喝山裏的泉水，一面想良質和實質以及方法的問題。

有實質的東西是不會改變的，而方法則沒有所謂的永久。實質和原子有關，方法則和原子的功能有關。在科技的寫作上也有主體和功能的差異。如果要把很複雜的組合描述清楚的話，就必須把它的主要部分和零件與操作的方法分開。如果你把實質和方法混淆了，那麼讀者就不可能了解你說的是什麼了。

然而要把這種劃分的方法應用在英文作文當中似乎並不實際。因爲所有的學院訓練都包含這兩種層面。而良質似乎與這兩者都無關。良質沒有實質也不是一種方法，它超越這兩個範疇。如果一個人蓋房子的時候會用到錘線和水平儀，是因為垂直的牆壁比彎曲的品質要好，不容易塌毀，所以良質不是方法，而是方法所追求的目標。

實質其實和客觀是相當的，而這正是他為了要掌握非二元化思想的良質所排斥的。如果所有的事都分成實質和方法，也就是主體和客體，那麼良質就不存在了。所以他的理論不屬於實質的範疇。一旦接受主體和客體之分，也就否定了良質的存在。如果要讓良質有生存的空間，就必須取消二元化的分法，因而必然會和委員產生爭執，這是他不願意做的。但是他很憤怒，他們用第一個問題就摧毀了他整個的思想。實質的範疇？他們想要把他綑在怎樣的普克斯汀床⑯上？他很懷疑。

於是他決定進一步研究委員會的背景，他到圖書館去查資料。他覺得這個委員會的思考方式很奇怪。他看不出這種思考方式和他的思想有交會的可能。

他對於委員會目的的解釋特別困惑。委員會的說明，雖然用的都是非常平常的字，但是卻用非常難以理解的方式組合。所以解釋顯得比問題本身更形複雜。這和他原來的期望頗有出入。

於是他儘量去研究主席的著作。他也發現他所用的詞句也是深奧難懂。艱澀的文體與他所見

⑯普克斯汀河床(Procrustean bed)：古希臘的強盜把抓到的人施以酷刑，將人置於床上切掉多餘的部分。

到的主席本人大相逕庭。在和主席短短的會面當中，他的印象是主席心思敏捷，而且個性俐落。然而他所看到的文體，確是莫測高深，就好像百科全書裏用的詞句。主語和述語之間往往一前一後隔得很遠，甚至在句子當中常常在括弧裏面再加入一些無法解釋的括弧。因而使讀者很難了解整個句子。

最讓人驚奇的是其中有許多抽象觀念似乎有特殊的意義，但是卻沒有進一步的說明。只能用猜的，這樣的例子有許多，讓菲德拉斯不得不承認他不可能了解眼前的文章，更不要說想和它唱反調了。

一開始菲德拉斯認爲它之所以深奧難懂，是因爲超乎他的理解。你必須具有某些基本的學養才能進入其中。然而他發現其中有某些文章是寫給其他不具有這種學養的人看的，因此這種推測不能成立。

他的第二個推測是主席是技術出身。他的意思是作者過於投入本身的研究範圍，以至於喪失與外界溝通的能力。如果情形眞是如此，這個委員會爲什麼會給這門課這樣非技術性的名稱——「理念的分析和方法的研究」？主席並沒有技術人員一般的個性。所以這個推論也站不住。

菲德拉斯乾脆放棄研究主席的文章，轉而研究委員會的背景，希望能對他的遭遇有所解釋。結果證實這個方向是正確的，他開始看到他的問題是什麼了。

主席的文章充滿了像迷宮一樣的文句，讓別人幾乎完全無法了解他究竟在說些什麼。這種情況就像正好進入一個房間，大家剛剛結束一場激烈辯論，每一個人都靜下來，沒有人說話。

我記得有一個片段，菲德拉斯站在芝加哥大學的長廊裏，和委員會主席的助理交談，就像影片結束時偵探說道：「在你提到委員會的時候，你們漏了一個很重要的名字。」

助理主席說，「誰？」

這時菲德拉斯用很權威的口吻說：「就是亞里士多德……」

對方震驚了一下，然後像被抓到，但沒有罪惡感的被告一樣，他大聲笑，一直笑了許久。

他說，「哦！我明白了，你不知道……任何有關……」然後他自己又想了一下，決定什麼都不必再說了。

我們來到通往克萊德湖（Crater Lake）的叉口，然後沿著一條乾淨的公路進入國家公園——裏面整理得非常整潔。雖然完全在意料之中，但是並不表示就具有良質。然後我們轉到通往博物館的路上。這裏正是白人還沒有來到之前的景象——到處流著美麗的溶岩，還有高瘦的樹林裏，四下看不到任何的啤酒罐。白人來了之後，看起來就虛假多了。或許國家公園管理處應該在溶岩的中央，堆起一些啤酒罐，或許就顯得有生氣多了。沒有啤酒罐彷彿缺少了什麼。

我們在湖邊停下來，然後下車舒展四肢，一面忙著和手中拿著照相機的觀光客和孩子聊天，一面大叫：「不要靠得太近。」我們看到來露營的人車牌都不一樣。站在克萊德湖邊，只覺得這就像相片裏的湖一樣。我看其他的觀光客臉上也是木然的表情。我不是厭惡這一切，只是覺得這裏的景致缺乏眞實的感覺，而這個湖的良質被它所強調的特色掩住了。如果你強調某一樣東西具有良質，那麼良質很可能就消失不見了。良質是你從眼角瞄到的事物。於是我望著下面的湖面，我從後面照來寒意逼人的陽光還有靜止的風，有著一種很奇怪的感覺。

克里斯問我，「我們爲什麼要來這裏？」

「來看湖。」

他不喜歡這裏，他覺得有造作的意味，於是皺著眉頭，想要找出正確的字眼來形容，他說，「我討厭這裏。」

有一位女性觀光客很驚訝的看著他，然後面露厭惡的表情。

我問他，「那麼我們能做什麼呢，克里斯？我們必須一直走下去，一直到我們找出來問題究竟出在哪裏，或者找出爲什麼我們不知道問題出在哪裏。你明白了嗎？」

他沒有回話。那位女士假裝沒有在聽我們的談話，但是由她一動也不動的情形來看，她仍然在聽。我們走回摩托車旁，我想說什麼，但是又想不出來。我看他在流眼淚，他把頭轉開來，不希望讓我看到。

於是我們離開公園朝南而行。

我剛才說到委員會的助理主席當時大吃一驚，他之所以這麼驚訝，是因爲菲德拉斯不知道他身在可能是本世紀學校紛爭最著名的所在地。一位加州大學的校長形容爲歷史上想要改變整個大學課程所做最後的努力。

菲德拉斯的閱讀翻掘出一簡明的歷史，在三〇年代早期所發生的對實驗性教育的著名反叛。「理念的分析和方法的研究委員會」就是那個企圖的痕跡。這反叛的領導者是勞伯特・梅納德・赫欽斯(Robert Maynard Hutchins)，他已是芝加哥大學的校長；摩提摩・阿德勒(Mortimer Adler)，他的有關證據之律則的心理學背景的作品有點類似於赫欽斯在耶魯所完成的工作；史考特・布赫南(Scott Buchanan)，一位哲學家與數學家；其中對菲德拉斯而言最重要的是委員會的現任主席，時爲哥倫比亞大學史賓諾莎主義者與中世紀研究者。

阿德勒對證據的研究，由對西方世界的經典的閱讀獲得加倍豐饒的成果，產生具說服力的信念，即人類的智慧在近代進步得相當少。他持續地反溯回聖多瑪斯・阿奎那斯（St. Thomas Aquinas)。阿奎那斯採取柏拉圖和亞里士多德並融合成爲希臘哲學及基督教信仰的中世紀綜合的一部分。阿奎那斯的作品及由他所詮釋的希臘人的作品，對阿德勒而言是西方智慧遺產的頂點。因此他們提供給任何人找尋優良書籍時的測量準繩。

在由中世紀士林學者所詮釋的亞里士多德傳統中，人被視爲理性的動物，能夠找尋並界定優良生活而且可以達成它。當這個有關人的本質的「第一原則」被芝加哥大學校長所接納，不可避免的它會產生教育界的回響。芝加哥大學有名的偉大典籍計劃以及沿著亞里士多德脈絡的大學結構的重新組織，還有「學院」的建立，其中經典著作的閱讀從十五歲學生開始，都是某些結果的表現。

赫欽斯拒絕這樣的觀念，以實驗的科學教育能夠自動地產生一個「優良的」教育。科學是「價值中立的」。科學之無能於抓住良質，作爲探究的對象，使得科學提供價值等級成爲不可能的事。阿德勒和赫欽斯基本上是關心生活的「應爲」、價值、良質以及良質在理論層面的哲學基礎。因此他們很明顯地跟菲德拉斯走過同樣的方向，可是或多或少以亞里士多德爲盡頭並停在那裏。那裏有了牴觸。

即使那些想承認赫欽斯對良質的先入成見者，卻不願意訴諸最終的權威於亞里士多德傳統去定義價值。他們堅持沒有價值能被固定住，而一個有效的現代哲學不需要對在古代與中世紀典籍表達過的觀念加以考慮。這整件事情似乎對大多數的他們而言不過是個含糊概念的嶄新而自命不凡的夢話。

菲德拉斯並不知道是什麼組成這個牴觸。但是似乎的確接近他想要工作研究的領域。他也感到沒有任何價值可以被固定，但是爲什麼價值應該被忽視或者價值並不以實體而存在是毫無道理的。他也感到對亞里士多德傳統作爲價值的定義者的敵意，但是他並未感覺到這個傳統應該不被考慮。這種種的答案多少使之陷入困境而他想知道得更多。

在四個創造這樣一種狂熱的人之中，委員會的現任主席是現在唯一留下的一個。大概是由於階級的衰微，或其他什麼原因，他在菲德拉斯所提到的人中風評並非和藹可親的人。他的和藹可親不爲任何人所證實而且銳利地被兩個人所駁斥。其中一個是大學主要科系的系主任，形容他是「可怕的人」，而另一個持有芝加哥大學哲學學位的則說這位主席以他自身的副本爲事業標準。這兩位勸告者沒有一位是本性具報復心的，而菲德拉斯覺得他們所說的是眞實的。這點更爲系辦公室的發現所證實。他想跟兩位委員會的研究生去發現更多有關的事，而被告知在委員會的歷史中只授與兩位博士。很顯然地要在良質的眞實中找到陽光中的位置，他必須戰鬥並征服他自己的委員會的主席，由於他的亞里士多德視野使它甚至不可能開始，而他的脾氣看來也極不能容忍反對意見。整個加起來是一幅非常沈鬱的圖畫。

於是他坐下來並提筆寫封信給芝加哥大學「理念的分析和方法的研究委員會」主席，一封只可被稱爲訴訟無效的挑撥，其中作者拒絕安靜地閃躲到後門，取而代之的是，創造出這樣大小的一景使得對立者被迫要把他轟出前門，因此給與這挑撥前所未有的重量。稍後他提起精神到街上去，在確定門已完全關上之後，搖晃拳頭於其上，痛打自己地說著：「好吧，我試過了！」以此方式免除良心的負荷。

後來菲德拉斯決定寫一封信給主席說明他現在實質研究的範圍是哲學而不是英文作文。他接著說，把研究分成實質和方法兩個範疇，是源自於亞里士多德二分形式和實質的方法，對拒絕二元論的人而言，沒有多大用處，因爲他們認爲這兩者其實是一體的兩面。

他說，他並不是很確定，但是支持良質就是反亞里士多德的理論。如果這個論點是眞的，他必須要找到適當的地方發表。任何一所偉大的學校必然能接納對他基本建校的理論的挑戰。否則就是二流的學校。而非德拉斯宣稱他的研究正是芝加哥大學所期待的。

他承認這種說法有些誇大，但他自己無法完全公正的判斷自己的論點，有誰能毫無成見的評斷自己的論點呢？如果有人能提出突破東西方哲學的理論，結合宗教的神祕主義和科學的實證主義，他就認爲具有歷史的重要意義，這樣的理論會把這所大學推到前所未有的地位。然而在芝加哥大學中沒有人眞正接受這種理論，除非他把某個人給趕出去，那就是亞里士多德。

接著他說得更誇張，充滿了幻想，你會察覺他已經喪失了解他的言論對別人影響力的能力。因爲他深陷在良質形上學之內，無法看清外界的事物。由於沒有人了解他的內在世界，因此他完了。

我想當時他一定覺得自己說的是眞的，所以至於他的態度或是表達的方法是否恰當沒有多大關係，因爲他說的太重要了，沒有時間做修飾的工作。如果芝加哥大學對他說的美學比理性更感興趣，那麼他們就喪失建校的原始目的。

情形就是這樣，他眞的這樣相信這不是另外一個等待現有理性方法考驗的新思想，而是修正現存的理性思想。一般來講，如果你在研究環境中要發表新的思想，你必須保持客觀和冷靜的態度。但是研究良質則推翻了這種假設。這種態度只適合在二元化的學理上，因爲只有透過客觀才能產生精闢的二元論。但是具有創意的良質則不然。

他深信已經解決宇宙間一個巨大的謎團。用一個字眼——良質——快刀斬亂麻的解決二元化思想的難題。他不願意再讓任何人把良質分成兩半。如此一來，他就不明白爲什麼別人認爲他所說的那麼令人難以置信。就算他明白他也不會在意。他的說詞是很誇大，假如是眞的呢？如果他錯了，誰又在乎？但是假如他對了呢？如果爲了要取悅老師，而把自己對的成果拋棄，那才是最恐怖的作法！

所以他不在乎別人的看法，自己一味狂熱的投入研究。那些日子裏，他活在孤獨的宇宙中，沒有人了解他。愈多人表示無法了解他，或是厭惡他的理論，他就變得愈狂熱，愈不受歡迎。

他這封信意外得到回響。委員會接納他的申請。由於他實質的研究範圍是哲學，所以他應該申請哲學系，而不是這個委員會。

菲德拉斯照著申請，然後他和家人收拾好行李，向朋友道別，預備出發。正當他把門鎖上的時候，突然郵差送來了一封信，是芝加哥大學寄來的。信上說，他沒有得到入學許可。

很明顯，委員會主席在其中作梗。

菲德拉斯向鄰居借了一些紙筆寫信給主席，聲明他既然已經被委員會接受，就應該去報到，這是合法。但是菲德拉斯的言詞有些火藥味。由這位主席很技巧的想把他排斥於哲學系之外，表示他很可能沒有辦法摒棄他於委員會之外。即使他收到這封突如其來的信，這讓菲德拉斯增加不少信心。他們不準備耍陰，他們要不把他從前門給轟出去，要不就接納他。或許他們連這個也做不到。這樣倒好，他希望自己的論文不要欠任何人情。

我們沿著克拉瑪湖（Klamath Lake）的東岸而行，那是一條三線道的公路，頗有一九二〇年代的風味。那個時代建造的公路都是三線道。我們在路旁的餐廳用過午餐，這間餐廳也是二〇年代的情調。早已需要油漆的木頭窗框，窗戶上閃著啤酒招牌的霓虹燈，屋前的草坪上鋪著小石子。

餐廳裏，洗手間的馬桶早已龜裂，洗手枱上也佈滿了油垢。吧枱後面的老闆也有二〇年代的長相，十分單純，一點兒也不冷漠，挺著腰桿子，這裏彷彿是他的城堡。我們就像他的賓客，如果我們不喜歡他的漢堡，最好閉上嘴。

漢堡端上來，裏面夾著大片生洋葱，吃起來非常美味。我們用餐的時候，我從地圖上發現我們很早就轉錯了彎，因而可能提早騎到海邊。現在的天氣十分炎熱，緊接著西部沙漠的酷熱，西海岸黏濕的空氣讓人的情緒頗爲低落。希望儘快到達海岸邊，那兒要涼快多了。

我在克拉瑪湖的旁邊想這些事。濕熱的空氣，還有二〇年代的恐慌……這正是當年夏天芝加哥的感覺。

菲德拉斯和他的家人抵達芝加哥的時候，他在學校附近住了下來，由於他沒有獎學金，所以必須到伊利諾大學專任修辭學老師，這座大學坐落在海軍碼頭，突出於海面上，不時會飄來惡臭，溫度也很高。

這裏的學生和蒙大拿州的不一樣，因為優秀的高中生，都被香檳和爾班那大學（Champaign & Urbana）挑走了，他所教的學生都屬於丙等。由他們交上來的報告，你分辨不出好壞。在其他狀況之下，菲德拉斯還可能想出其他法子，提昇他們的水準，但是由於這份工作關係生計，所以他不願意出任何意外，他把主要的精力放在其他的學校。

他來到芝加哥大學的註冊處，告訴正在負責註冊的哲學教授他的名字。他注意到教授聽到他的名字表情不一樣。教授表示委員會的主席已經要他去上「理念和方法」的課，由主席親自教授。他拿給他課表，菲德拉斯發現上課的時間和他在伊利諾大學的衝堂，所以就選擇另外一堂，而主講的人不是主席，而是替他辦註冊的哲學教授。這位教授對他的選擇有些驚訝。

菲德拉斯回到伊利諾大學教課，然後準備上哲學課時該讀的書。現在非常重要的就是他拿出前所未有的研究精神，去研讀一般古典的希臘書籍，其中最重要的一位是亞里士多德。

在芝加哥大學成千上萬的學生當中，讀過古典著作的人，很難找出比他更用功的。學校有引導學生接近古典經籍的計劃，但是卻與現代思想背道而馳。因為現代人認為這些古典書籍，對二十世紀沒有多大助益。所以大部分選擇這些課的學生必須刻意表現出順從的態度，假定這些古典書籍對他們頗有意義。但是現在菲德拉斯不想這麼虛僞，所以就不接受這種作法。他十分清楚自己來到這裏，就是要激烈的反對這些思想，然後用各種方法攻擊它們。攻擊並不是因爲它們與二十世紀無關，反而是因爲關係太密切了，讀得愈多就愈相信，沒有人知道不知不覺的接受這些思想，對世界會有多麼大的影響。

在克拉瑪湖的南邊，我們穿過一些像郊區的地方，然後朝西海岸前進。這條路通往森林，而林裏的樹完全不像我們前面經過的沙漠一般。高大的樅樹在路的兩旁，我們騎著摩托車，抬起頭，看見樹幹筆直向上長，大約有好幾百呎之高。克里斯想停下來到樹林裏走一走。於是我們就停下來了。

在他走到林子裏的時候，我小心謹慎的靠著一片樹皮，然後向上望，想要回憶起……

至於他所學到的細節已經失散了，但是由後來發生的事，我知道他吸收了大量的知識，他用幾乎像照相一般的能力，做到了這一點。如果要了解他如何詛咒古希臘的思想，就有必要稍微了解神話先於理性的論點。這是研究希臘的學者很熟悉的理論，而它本身也有十分值得研究的魅力。

理性是指建立我們對這整個世界了解的方式，而神話則是指史前人類的世界觀。神話不僅包括希臘神話，同時也包括舊約、吠陀經，還有各種文化的早期傳說，對我們現在的知識都有貢獻。

神話先於理性的論點認為現代的理性都是由這些傳說而來。我們今日的知識和這些傳說的關係，就像大樹和它原先還是小灌木時候的關係一樣。我們只要研究簡單的灌木架構，就能獲得對大樹的了解。因為它們是屬於同一種類，只是大小有些差異罷了。

因此在包括希臘文化的各種文化當中，你一定會發現強烈的主客觀之別。因為根據希臘文化，它認為宇宙可以分為主體和客體。至於像中國文化，主客之間的關係在文字上並沒有僵化的界定。而在猶太人的文化當中，舊約所謂的道，本身就很神聖，人們願意為之犧牲，所以在這種文化之下，法庭可以要求證人「說實話，所有的實話，除此之外，還是實話。所以請上帝幫助我」，因而能期望證人誠實。但是一旦把這樣的法庭搬到印度，就像英國人過去所做的，並不能消除偽證。因為印度神話的觀點不同，人們對於文字的神聖有不同的感受。同樣的問題也在印度其他文化背景的種族當中出現。所以我們能找出無數的例子證明不同的神話就有不同的行為模式。

而神話先於理性的論點認為每一個孩子出生的時候，都像山頂洞人一樣無知。而讓這個世界不再回到山頂洞人一樣的時代，是因為每一代都有屬於他們自己的神話。雖然神話已經被理性取代，但是理性仍然是一種神話。整個龐大的常識體系把我們的心連在一起，就像細胞把我們的身體連在一起一樣。如果認為一個人和社會並不這樣相連，而且可以隨興接受或是拒絕神話，那就不了解神話的意義了。

菲德拉斯認為只有一種人能接受或是拒絕環境中的神話，這種人就是所謂的瘋子。所以擺脫神話的人就會發瘋。

天哪！我明白了。我以前不知道是這樣。

他知道！他一定知道會發生什麼事。眞相開始顯露出來了。

這些片段就好像拼圖一樣，你把它們拼成幾塊大的圖形，但是不論你多麼努力還是無法拼成完整的圖形。突然間有一塊能把所有的都湊在一起，神話與瘋狂之間的關係就是那塊拼圖。我懷疑以前是否有人說過：瘋狂就是圍繞在神話外圍未知的領域。而他知道！他知道他研究的良質就在神話之外。

是良質醞釀了神話的誕生。那就對了。那就是他所謂：「良質是持續不斷的刺激，讓我們創造出目前的世界，所有的世界，世界上的每一樣事物。」一宗教不是由人發明的，人是由宗教發明的。而人也創造對良質的反應。由這些反應當中人進一步了解了自己。你知道某些事後，良質就會給你刺激，你就會想把良質所給你的刺激界定下來，但是你必須根據自己所知的界定。所以你的定義是由你的知識組成的。情形必然是如此，不可能有其他狀況。於是神話就這樣展開了。根據已知的類推。神話就是不斷的累積這種類推，它搜集了人類所有的知識——這些裝滿了意識的列車。而良質則是引導這輛列車的鐵軌。在這輛列車之外是瘋狂的領域。他知道要了解良質就必須離開神話。這就是爲什麼他覺得會出意外。他知道將有事情要發生了。

我看到克里斯從樹林裏回來，看起來十分輕鬆愉快。他拿了一塊樹皮給我看，問我是否可以留作紀念，我不喜歡留這些東西在車上，因爲回到家的時候就會丟掉。但是這一次我答應他了。

過了幾分鐘之後，我們順著這條路騎到了山頂，然後又筆直地落往山谷的方向。在我們向下行的時候，一路風景十分優美。我覺得這個山谷和美國其他的山谷完全不同。再南邊一點是所有葡萄美酒的產地，山坡像波浪一樣起伏，呈現出優美的曲線。而路也是九轉十八彎。我們的身體和車子緩緩地順著山路向下走，幾乎傾斜到會碰到路邊的樹葉和樹枝。高山地區的岩石和樅樹遠遠落在身後，在我們周圍是平緩的山坡和葡萄樹，還有許多紫色和紅色的花朵，從山谷的霧氣冒出樹林的氣息和花香融合在一起，在遙遠的那一端則是看不到但可以微微嗅得到的海洋氣息……

……我怎麼會深愛這一切卻又瘋了呢？……

……我不相信！

是神話。神話就是瘋狂。這是他所相信的。神話認爲這個世界的組成是眞實的，但是這個世界的良質是虛假的。這就是瘋狂。

他相信在亞里士多德以及古希臘哲人的身上，他找到最初塑造這種神話的人。以至於讓我們把這種瘋狂視爲眞實。

那就對了，它把這一切都統合起來了。得到這種結論非常困難，得到之後就有一種筋疲力盡的感覺。有時我覺得是自己得到的結論，有時又不確定。有時我知道不是靠自己的力量，但是我確信神話和瘋狂之間的關係是從他而來的。

當我們經過這一片丘陵地，我們來到麥佛得（Medford），這裏有一條高速公路通往格蘭特巴斯（Grants Pass）。這時已經夜幕低垂，迎面吹來的風使我們向上騎得很吃力，甚至要把節流閥完全打開。到達格蘭特巴斯的時候，我們聽到一聲巨響，然後停下車來，發現鏈條的護罩絞進鏈條之中。現在護罩完全變形了，情況不太嚴重，但是需要費好一番功夫才能修理好。其實幾天之內就要把它給賣了，何必修理呢？眞笨！

格蘭特巴斯似乎會有摩托車修理店。當我們抵達的時候，我們在尋找汽車旅館。

自從由蒙大拿州的波斯曼出發，我們還沒有睡過床。

於是我們找到一間汽車旅館，有彩色電視、溫水游泳池，還有第二天早上可用的咖啡壺、香皂、白毛巾以及四周鋪了磁磚的浴室和乾淨的床。

我們在床上躺下來，克里斯在床上跳了一陣子。我記得小時候在床上跳可以紓解不少壓力。

明天這些多少都會有結果，或許，但不是現在。克里斯跑下去游泳，而我靜靜地躺在乾淨的床鋪上暫時把一切拋開。

第二十九章

自從離開波斯曼以來，我們把各樣東西從鞍囊和背袋裏拿進拿出，損壞了不少。在晨曦中，我把它整個攤在地板上，看上去是一團亂。塑膠袋裏面裝有油成分的東西破掉了，油漏出來，浸到一捲衛生紙上。衣服也被壓得都是縐紋，好像很難再平整。防曬油的軟管也破了，在彎刀鞘上留下一堆白色的乳液，散得到處是香氣。燃油膏管也破了，弄得一團糟。我在隨身的筆記上寫下來：要爲受壓易破的東西買專用盒、洗衣服、買剪腳趾甲刀、防曬油、燃油膏、鏈條護罩、衛生紙。在結帳前要做完這些事，看看還眞不少。於是我把克里斯搖醒，叫他該起來了，我們要去洗衣服。

到了洗衣店，我教克里斯如何操作洗衣機，如何啓動馬達和使用其他的功能。

所有的東西都買到了，只欠鏈條護罩。賣零件的人說他們沒有，很可能也不會進這樣的貨。我想前面所剩的旅程不多了，但是如果沒有鏈條護罩就會濺得一車都是污泥。這樣也很危險。既然有這種可能，我就不願意撒手不管，所以還是決定要把護罩修理好。

在街上我找到一家焊接店，走了進去。

這是一家我見過最乾淨的焊接店。在店後有高大的樹和長草，讓人覺得像是一間鄉村的鐵匠舖。每一件工具都小心謹愼、乾乾淨淨地掛在牆上。店裏沒有人，所以我打算過一會再回來。

我騎回洗衣店，看克里斯是否把衣服洗好。然後慢慢沿著令人愉快的街道找用餐的地方。這裏的交通很擁擠，大部分的車輛都保養得很好，駕駛人也十分機警。這就是西海岸。

在鎮的外圍我們找到一家餐廳，我們坐在一張鋪了紅白相間桌布的位子。克里斯打開一份機車雜誌，那是我在機車店買的。然後大聲唸出各項比賽的優勝者，和騎機車橫越大陸的消息。女服務生有些好奇的看了他好一會兒，然後又看看我，把視線移到我的靴子上。然後再記下我們點的菜。她回廚房去之後又出來在旁邊看我們，我猜她對我們這麼注意是因爲這裏沒有別人。等菜上來的時候，她把錢投進自動點唱機裏。早餐端上來了，是鬆餅、糖漿和臘腸。啊——還有音樂。克里斯和我在聊機車雜誌上的消息，爲了壓過點唱機的聲音，我們放大了不少聲量說話。就好像在路上旅行很久的人放鬆的聊天方式一樣。從我眼角我看見有人一直在注視我們。過了一會兒，克里斯又重複問我一些問題。由於受到別人視線的干擾，很難集中精神注意他在說什麼。點唱機播出來的音樂是西部民謠，關於一位貨車司機……我和克里斯結束了談話。

在我們結帳出來之後騎上摩托車，服務生仍然在門裏面望著我們，一副很寂寞的表情。她可能不了解，像這樣的表情，她很快就不會寂寞了。我用力踩發動器，然後猛然衝出去，彷彿心理受了些挫折。在我們去找焊接工之前，需要一段時間撫平我的情緒。

老闆已經回來了，他大約有六十幾或七十幾歲。他有一點輕蔑的看著我——和服務生的態度完全不同。我告訴他鏈條護罩的問題，過了一會兒他說：「我不會替你拿下來，你自己去拿。」

我照著他的話做，然後拿給他，他說：「裏面都是油漬。」

我在後面的板栗樹下找到一根樹枝，把所有的油漬都刮下來，弄到一個垃圾桶裏，他站得遠遠地說：「那兒有溶劑。」於是我就用溶劑把護罩剩餘的油漬清除乾淨。我把護罩拿給他的時候他點點頭，然後慢慢走過去，把焊接槍的調整器裝好，然後看看火焰的高低，然後選擇了另外一把，態度一點都不匆忙。他拿起一支鋼棒，我想他是不是要去焊接那片薄薄的護罩，一般像這樣的金屬片我不會去焊接的。我通常是用銅棒去銅焊。在我焊接的時候我會在上面打洞，然後再用焊棒把它們補起來。我問他：「你難道不要銅焊嗎？」

他說：「不要。」他可能覺得我是個多嘴的傢伙。

他點燃了焊槍，然後維持小小藍色的火焰苗。當時的情形很難描述，事實上，焊接槍和焊接棒之間晃動的節奏不同，然而焊接槍一靠近焊接棒就能立刻滴下橘黃色的溶液在護罩上。然後再換下一個地方。沒有任何坑洞，你幾乎看不出焊接的痕跡。我說：「焊得眞好！」

他說：「一塊錢。」臉上毫無表情。我在他眼睛當中看到一絲疑問的神情，難道他在懷疑自己是否收費過高嗎？不是，是一些別的東西……就是寂寞，和那位女服務生一樣。或許他認為我在胡說八道，誰還會眞正懂得欣賞這樣的手藝呢？

我們把行李收拾好，然後走出旅館的時間大約也到該結帳的時候了。很快的我們又沿著海岸的美國杉林區，由奧勒岡州進入加州。路上的車子非常擁擠，我們幾乎找不到切入的時間。天氣又轉涼了，而且暗了下來。我們把車停下來穿上毛衣和夾克，但是還是覺得寒風刺骨。氣溫大概只有十度左右。天氣冷得讓我的思想也凍僵了。

在城裏我也看到寂寞的人，我在超級市場裏，在洗衣店裏，從汽車旅館結帳出來的時候，甚至在美國杉林裏，那些來自各方的露營者，處處都看到寂寞的人。他們有的是退休的人，逕自的看著樹，看著海。你會在一張陌生的臉上突然捕捉到一絲搜尋的眼神，然後立刻就消失了。

我現在已經看過許多這種寂寞的表情。而這裏正是號稱世界上人口最擁擠的地區之一。這似乎有些矛盾。在東西兩岸的大城裏，寂寞的情形最嚴重。然而在人口稀少的奧勒岡州、愛達華州、蒙大拿州和達科他州，你很可能以爲人們會更寂寞，但情況並非如此。

我認爲其中的原因是身體上的距離和寂寞毫不相關，造成寂寞的原因是心理的距離。在蒙大拿和愛達華州身體上的距離雖然很遙遠，人們心理的距離卻很近。而在這裏正好相反。

我們現在身在美國的主要都市裏，在這兒有交錯縱橫的高速公路和飛機場，還有電視和電影明星。然而在這裏大部分的美國人很可能對周遭的情況毫無知覺，大衆媒體讓他們以爲身邊的事物是不重要的，這就是他們寂寞的原因。你可以從他們臉上看到寂寞。首先他們眼神中閃過一絲搜尋的神情，然後一旦看見你，而你對他們來說只不過像一個物體，算不得什麼，也不是他們想要尋找的對象，因爲你不是電視上的人物。

但是在我們經過美國其他地區，比如說像窮鄉僻壤的地區，像曾經有中國人挖過壕溝的地區，還有騎馬車的地區，整片是山脈的地區，人們有更多沈思的機會，孩子會去玩松果，也會有大黃蜂在四處飛舞。我們頭上頂著一片綿綿無盡的藍天。周圍的一切都深深融入我們的生活之中。所以從來不覺得寂寞。一、二百年前人們生活的情形比較像這種方式。人口少多了，而寂寞的感覺也不會這麼強烈。我這麼說毫無疑問的是太簡略了，但是如果提出一些確切的證據你就會明白我所言不假。

造成這種寂寞的現象，主要的原因就是科技，因爲科技發明的產品像電視、噴射機、高速公路等等——但是我希望說明一點，眞正的禍首並不是科技本身，而是科技所帶來的一種趨勢，物化了人與人之間的關係。也就是在科技背後截然二分主客觀的看法造成了這種現象。這就是爲什麼我要費盡心力藉著科技來破除這種現象。一個知道如何懷著良質而修理摩托車的人，他要比不具有這種情懷的人朋友要來得多，而且他的朋友不會把他視爲一個物體。良質總是能夠消滅主客體之間的距離。

如果有人的工作很枯燥——或者手中的工作遲早都會變得很枯燥——爲了要讓自己過得愉快些，他會開始選擇良質，然後悄悄地爲自己的緣故追尋這個目標，因而讓手中所做的事變成一種藝術品。他很可能會發現，他成了一個有趣多的人。而對他周圍的人來說，他也不再是物體，因爲他選擇了良質。不只他自己和工作受到影響，在他周圍的人也會逐漸改變，因爲良質會像水波一樣四散開來，他手中具有良質的工作會讓人有不同的感受。感受到的人會覺得這種感受不錯，就可能會把這種感覺傳給別人，這樣一來良質就會不斷繁衍開來。

我個人的感覺是這就是世界不斷改進的方法：讓個人越來越珍惜良質，如此而已。我不願意透過大規模的社會運動聚集了許多人羣，進行一些大型的活動和計劃，然而卻忽略了這種個人的良質。這些活動暫時放下來。因爲它們仍然有其地位，只是它們必須以具有良質的個人爲基礎。過去我們曾經擁有這種屬於個人的良質，但是卻把它當作一種天生的感受力而沒有深入了解它。現在它快要枯竭了，每一個人都幾乎要喪失良質了，我想是該回歸到這一項美國極大的資源上——個人的價值。許多年來有一些政治運動家曾經提出相近的學說，但是我並不是他們的一份子，但是就他們提倡個人眞正的價值，而不把它當作輸送更多金錢給有錢人的藉口這方面，他們是對的。我們的確需要重新珍惜個人的操守，對自我的信賴以及老式的進取心。我們眞的很需要。我希望在這一次肖托夸當中能夠指出某些方向。

而菲德拉斯卻由這個觀念走出不同的路。我認爲那條路是錯誤的。但是如果我在他的情形下很可能走相同的路。他覺得解決這個問題要從創造一套新的哲學,或者他認爲比這個更寬廣——創造新的理性——那麼二元化的科技思想所造成的醜陋與孤寂和空虛的心靈就會消失。理性不再是和價值無關,理性必須受制於良質,他確定他會找到其中的原因,並不需要完全深入希臘哲學家的思想當中。這些希臘神話,曾經深深影響我們的文化,而造成今日科技的趨勢——就是去做沒有任何好處,但是合理的事。這就是問題的根源。就在這兒。許久前我曾經提到菲德拉斯在追求理性的鬼魂。這就是我的意思。理性和良質分家了,而且彼此互相對立,良質被迫居於理性之下。

開始下了一點小雨,但是還不到要停車的地步,只是下小雨之前的一點毛毛雨。

路已經離開高大的森林區,眼前是一片廣闊無垠灰濛濛的天空。

我因而再去讀亞理士多德的著作,想要從其中找到菲德拉斯提過可怕的思想,但是一無所獲。我看到的主要是一堆乏味的分類,從現代的知識來說似乎很難加以評斷。其間的架構非常薄弱,就好像博物館裏希臘人的陶藝品,顯得很原始。我相信如果我了解得更深入,我可以發現它一點也不原始,但是沒有全盤的了解我看不出亞里士多德的著作爲何能稱得上是偉大的書。或者爲什麼會引起菲德拉斯的震怒。很明顯的,我看不出來亞里士多德的作品會讓人有正反的評價。然而偉大的書籍早已爲世人所知,而菲德拉斯的卻沒有出版,所以我的責任之一就是要把他的思想詳細的寫下來。

亞里士多德認爲修辭學是一種藝術，因爲它是一種理性的知識系統。

亞里士多德的說法讓菲德拉斯非常震驚，他已經準備好要深入研究這位被世人視爲偉大的哲學家。了解他極爲複雜的思想體系，看其中深刻的意義。然而卻被他這些話迎頭痛擊了一番，竟然會出現這樣胡說八道的論調。眞讓他大大的吃了一驚。於是他又繼續讀下去：

修辭學可分成特定實證和一般實證。特定實證可分成實證方法和實證種類。實證的方法有人爲的實證方法以及非人爲的實證方法。人爲的實證方法包括道德實證、情感實證、邏輯實證。道德實證有應用知識、美德及善意。特定方法採用道德的人爲實證，包括了善意。而善意需要有情感方面的知識。而針對忘記情感方面內容的人，亞里士多德列了一張清單。它們包括生氣、輕蔑（分成輕視、憎恨和侮辱）、溫柔、愛、友誼、恐懼、信心、恥辱、妒忌、施捨、仁慈、憐憫、義憤、無恥、競爭和忽視。

你還記得我早在南達科他州描述摩托車的情形嗎？我把摩托車的各種零件和功能詳細的列出來。你發現其中相似的地方了嗎？菲德拉斯現在深信，這是用這種方式寫作的起始。亞里士多德一頁又一頁的重複這種文體。就像三流的技術指導員，把所有的都唸出來，然後仔細解說其間的關係，還不時自作聰明的列舉其中一些新的關係，然後就等待下課，這樣他就好在下一堂課重複同樣的述說。

在這些字裏行間菲德拉斯沒有產生任何懷疑，也沒有任何敬畏之心，只有嗅到學究陳腐的氣息。亞里士多德難道相信他的學生讀過這些無數的名詞和彼此之間的關係之後就會變成優秀的修辭學者嗎？如果他不認為，那麼他眞的認為自己在教修辭學嗎？菲德拉斯認為他的確這麼想。從他的文章裏面嗅不出亞里士多德會對自己有任何懷疑。菲德拉斯反倒看見亞里士多德極為滿意，不斷敘述這些名詞，做各種的分類。菲德拉斯一開始讀亞里士多德的作品一直到結束的時候都十分震驚，如果亞里士多德不是早已在二千多年前就已死去，他很可能會痛快的把他給宰了。原因是他發現亞里士多德就好像是個榜樣，在歷史上有數以百萬計無知而自滿的老師，他們運用這種愚笨的分析模式，這種盲目而機械性的命名，無情的把學生的創造力給抹煞了。現在我們進入任何一間教室，你都會聽到老師不斷在分析又分析和解釋其間的關係，然後樹立許多的原則，研究各種方法。你聽到的只不過是亞里士多德數千年前的鬼魂在說話——那是一種缺乏生命力，贊成二元化思想的聲音。

研究亞里士多德的課是在一間暗沈沈的教室裏進行，教室裏有一張非常大的圓桌，在對街有一間醫院。午後的太陽從醫院屋頂上斜射過來，陽光似乎穿不透玻璃窗上厚厚的灰塵和都市裏汚濁的空氣。所以教室給人一種沮喪的感覺。在上課的當中，他發現木桌正中有一道裂痕，好像已經裂了許久，但是沒有人想去修理它。一定是太忙了，有更多重要的事要處理。在快要下課的時候，他終於問老師：「能夠問有關亞里士多德修辭學方面的問題嗎？」

教授告訴他：「如果你讀過他的作品。」他從哲學教授的眼中看到第一天註冊時候相同的神情。其中似乎在警告他：你最好回去把他的作品仔細的讀過。

現在雨下得越來越大，我們必須停下來把頭盔的面罩蓋下來，然後以較慢的速度向前騎去。一路上，我特別留意馬路上的坑坑洞洞還有沙石和被油污染的路面。

第二個體拜菲德拉斯讀過亞里士多德的作品，準備好攻擊認爲修辭學因爲能夠成爲理性的思想體系所以是一種藝術的理論。如果用這種標準來衡量，通用公司所製造的汽車就是一種藝術，而畢卡索的作品反倒不是藝術了。如果亞里士多德的作品果眞有深刻的意義，那麼這正是讓它們顯現出來的大好時機。

但是他的問題一直都沒有提出來，菲德拉斯把他的手舉起來，但是他看到老師的眼睛裏閃過一絲恨意，然後突然有一位學生打岔說：「我想這裏有一些模糊不清的地方。」

教授制止他說道：「先生，我們來這裏不是要來研究你在想什麼，我們來這裏是要研究亞里士多德在想什麼。」教授當面羞辱他，「一旦我們要研究你的思想時，我們會在學校裏開一門課。」

這時沒有人說話，這位學生嚇得說不出話來，別人也是一樣。

然而哲學教授還沒有攻擊完，他手指著這位學生，問他：「根據亞里士多德的說法：特定修辭學分成哪三種？」

大家更沈默了，這位學生不知道答案。「那麼你沒有讀過他的作品了，是不是？」

這時從他的眼神當中可以看出他是故意這麼說，於是哲學教授就指向菲德拉斯。

「你，先生，特定修辭學分成哪三種？」

但是菲德拉斯有備而來，他很平靜又沈穩的回答：「討論的、審議的以及展示的。」

「什麼是展示的技巧？」

「就是分辨異同、讚美、以及詳述的技巧。」

哲學教授慢慢地說：「啊——是的。」然後整個教室一片寂然。

其他的學生嚇了一跳，他們正奇怪究竟發生了什麼事。只有菲德拉斯知道，或許哲學教授也知道。這位無辜的學生替他承擔了原來預備給他的打擊。

現在每一個人的表情都變得小心翼翼，想要預防老師提出更多同類的問題。哲學教授犯了一個錯，他把自己的權威浪費在這名無辜的學生身上。而菲德拉斯這位有意攻擊他的人卻逍遙法外，似乎有越來越囂張的趨勢。由於菲德拉斯沒有問任何問題，所以他無從下手。現在他看到自己提出的問題菲德拉斯是怎樣回答的，所以他一定不願意再繼續問下去。

這位無辜的學生低頭看著桌子，滿臉漲得通紅。然後用雙手蓋著臉。菲德拉斯看到他受窘的情形十分氣憤。他在自己的班上從來不會這樣對待學生。原來這就是他們芝加哥大學教古典文學的方法。菲德拉斯現在認清了哲學教授的面目，但是哲學教授卻不認識他。

天空仍下著雨，而一路上到處可見各種標誌。我們來到加州的新月城（Crescent City），這裏既寒冷又潮濕。克里斯和我看著碼頭和灰色建築那一頭的海洋。我記得這是我們這些天所努力的目標。我們到一間鋪著紅色華麗地毯的餐廳用飯。在鑲著花邊的菜單上，每一道菜的價格都定得非常貴。我們是這裏唯一的顧客。靜靜地用過餐，付過帳我們就上路了。現在我們向南走，一路上很冷而且有不少霧。

在下一堂課這位無辜的學生就沒有來了。這個結果並不令人意外，整個班級都嚇壞了。一旦發生這種情形，這個結果是不可避免的。因此每一堂課哲學教授一個人唱獨腳戲，他自顧自的說著，大家臉上毫無表情，看不出是同意還是反對。

哲學教授似乎很清楚究竟發生了什麼事，原先他對菲德拉斯懷有敵意的眼光，現在帶著一絲恐懼。他似乎了解在目前教室中的情形，時機一到，他很可能會受到相同的待遇。而同學不會有人同情他。所以既然無法避免被攻擊，他就儘可能的不讓這種情況發生。爲了不讓事情惡化，他必須更小心謹愼，所說的都得完全正確。菲德拉斯也了解這一點。他保持沈默的時候，他明白自己處在非常有利的條件下。

這一段期間菲德拉斯很努力的研究，而且學習的速度非常快，但是再也不開口說話了。然而如果認爲他是好學生，那麼你就錯了。一個好學生會用公正的態度去面對學問，但是菲德拉斯卻不然。他別有企圖，所以他要找的資料都是對自己有幫助，以及如何擊倒對方的方法。他對其他人所著的偉大書籍不感興趣。他在這裏的原因只是要寫出一本屬於他的偉大書籍。他對亞里士多德的態度有些不公平，就好像亞里士多德對他的後繼者不公平一樣。因爲亞里士多德的言論破壞他的思想。

亞里士多德如何破壞他的思想呢？他把修辭學放在自己思想體系當中非常不重要的地位。那是實用科學的一支，和理論科學，也就是亞里士多德主要的研究，有些微的關係。作爲實用科學的一支，它和其他主要眞理、善與美之間就隔絕了。所以在亞里士多德的體系當中，良質和修辭學完全分家了。這樣輕視修辭學以及亞里士多德本身修辭方面極美的涵養，讓菲德拉斯在讀亞里士多德的著作時，不得不想辦法輕視他攻擊他。

要做到這一點毫無問題。亞里士多德在歷史上一直受各種挑戰和攻擊。然而攻擊亞里士多德的荒謬和可笑就好像在桶子中射魚，無法讓人滿足。由於菲德拉斯對亞里士多德成見太深，所以他學不到亞里士多德創新知識的方法——這正是委員會存在的目的。然而如果不是對自己研究良質這麼狂熱，那麼一開始他就不會來這裏。所以他實在沒有機會研究亞里士多德的方法。

在哲學教授講課時，菲德拉斯注意聽他所說有關古典形式和浪漫形體的問題。在討論到辯證法的時候，教授似乎非常不安。雖然菲德拉斯如果用古典的說法，他浪漫的直覺告訴他，他聞到了一樣東西——問題的根源。

辯證法嗎？

亞里士多德一開始就用非常神祕的方式討論辯證法，他認爲修辭學是辯證法的一體兩面，他這麼說彷彿它極爲重要，至於爲什麼會這麼重要亞里士多德卻沒有進一步的解釋。接下來有一堆思想並不連貫的議論，讓人覺得似乎有一大堆思想被遺漏了，或是把資料拼錯了，還是印刷的人遺漏了。因爲不論他讀了多少遍也無法完全了解。而唯一讓人明白的是亞里士多德非常注意修辭和辯證之間的關係。就菲德拉斯看來，他發現其中有和教授一樣的不安。

哲學教授也曾爲辯證法下定義，而菲德拉斯專心聽著，但左耳進右耳出，又好像是一些不完整的哲學敍述必然有的現象。後來有一位學生和他有同樣的困擾，於是要求哲學教授替辯證法下定義。這時教授瞄了菲德拉斯一眼，仍然有些害怕，所以變得非常急躁。菲德拉斯開始懷疑辯證法是否有一些特殊的意義，才會造成它的重要性——能夠左右論點的成立與否。的確它有。

辯證法一般的意義是有對話特質的，也就是在二個人之間的對話。在今天來說它表示二人之間會邏輯的討論，經由交互盤問而找到眞理。這正是蘇格拉底和柏拉圖在《對話錄》裏的討論方式。柏拉圖深信辯證法是追求眞理的唯一方法，唯一的一種。

這就是爲什麼辯證法是個關鍵字。亞里士多德攻擊這種信念認爲辯證法只適用於某些場合

——柏拉圖認爲它適合追尋人類的信仰，找到事物永遠的形式，也就是眞理。它是固定不變的，也就是柏拉圖所謂的眞實。亞里士多德認爲還有一種科學方法，它能研究物質的現象，然後找到本質的眞理。但是它是變動的，而這種形式與本質的二元化思想，以及運用科學方法找到本質的事實，是亞里士多德的中心思想。於是把辯證法從蘇格拉底和柏拉圖所認爲的崇高地位拉下來，對亞里士多德絕對需要的，然而辯證法仍然是關鍵字。

菲德拉斯猜測亞里士多德矮化辯證法，也就是把柏拉圖認爲它是找到眞理的唯一方法，變成修辭學的另一面，很可能會激怒現代的柏拉圖主義者。甚至會激怒柏拉圖本人。由於哲學教授並不清楚菲德拉斯的角色，因而使他十分不安。他很可能害怕菲德拉斯和柏拉圖的擁護者會攻擊他。如果眞是如此，他倒可不必擔心。因爲菲德拉斯並不會因爲辯證法被拉下來與修辭學平等而憤怒。他氣憤的是修辭學反倒被拉下來與辯證法平行。這就是當時二者的狀況。

而把這個狀況釐淸的當然就是柏拉圖。很幸運的是在南芝加哥這個暗沈沈的教室中，下一個會出現在中間裂掉的圓桌上的是柏拉圖。

我們現在沿著海岸前行。空氣不但寒冷而且潮濕，讓人的情緒無法提振。雨偶爾停了下來，但是看天色仍然會繼續下雨。由某一個地點，我看到了沙灘，有一些人在上面走動。我覺得有些累了就停下來。

克里斯下來之後他說：「我們停下來做什麼？」

我說：「我累了。」迎面吹來的海風十分寒冷，而且在沙灘上形成了不少沙丘。現在因爲下雨的關係，天色十分昏暗而潮濕。我想必須在這裏停下來。於是我找了一個地方躺下來，才覺得溫暖些了。

但是我卻睡不著。有一個小女孩站在沙丘上望著我，似乎希望我過去和她玩。過了一會兒她自己走開了。

這時克里斯回來要我繼續向前走。他說他在岩石上看到一些很有意思的植物，碰到它們的時候觸鬚會動。我就和他一起去看。在海邊的岩石中間有海葵。牠們是動物不是植物。我告訴他海葵的觸角會讓小魚昏過去，潮水一定完全退了，否則我們不會看到這些動物。我這麼告訴他。當時我瞥見那個小女孩站在岩石的另外一邊，手上拿著一個海盤車，她的父母手裏也拿了一些。

我們又騎上摩托車朝南前去。之後雨下大了，於是我把面罩拉下來，讓雨不會打在臉上。但是我不喜歡這樣，所以雨一變小，我就把面罩打開來。傍晚之前我們必須要抵達阿卡他(Arcata)，但是在潮濕的路上我不想騎得太快。

我想是柯立芝曾經說過：「每一個人要不是柏拉圖的信徒，就是亞里士多德的信徒。」不能忍受亞里士多德永無止盡的分析，必然會喜好柏拉圖天馬行空的概念。不能忍受柏拉圖高遠的理想主義，必然歡迎亞里士多德的實際。柏拉圖認為得道非常重要，在每一代這樣的人都不斷出現，上窮碧落下黃泉的尋找宇宙之間存在的源頭。而亞里士多德則代表了維修摩托車的技術人員，他喜歡萬象。從這個角度而言，我自己就屬於這一派，喜歡從生活周遭的事實中找到佛性。然而菲德拉斯天生的氣質就是柏拉圖，所以課堂上開始討論柏拉圖的時候，他覺得愉快多了。他所謂的良質和柏拉圖所謂的善非常相似，要不是他留下不少的筆記，我很可能以為二者是相同的。但是他否認這一點，而且我及時發現這個差別有多麼重要。

然而在課堂上大家所討論的並非柏拉圖的善，而是有關柏拉圖對修辭學的看法。柏拉圖認為修辭學與善無關，它是屬於惡的一部分。也就是柏拉圖最恨的人，除了暴君之外就是修辭學家。

他一直覺得自己被某一種未知的力量向前推送──彌賽亞的力量。十月來了又去，日子變得十分縹緲，而且斷斷續續的。除了談到良質的時候之外，對他而言什麼都不重要。重要的是他有一個全新足以粉碎許多學說而讓世界大為震撼的眞理將要產生了。不管世界喜不喜歡它，都必須接受它。

在《對話錄》當中高吉阿斯（Gorgias）是一名詭辯家⑰，他接受蘇格拉底反覆的盤問。蘇格拉底非常了解高吉阿斯靠何為生，以及如何運用營生的手段，但是他在《對話錄》的二十個問題當中一開始就問高吉阿斯什麼是修辭學。高吉阿斯回答他是有關事物的討論。在另外一個問題裏他回答它的目標就是要說服別人。在回答另外一個問題的時候他說明修辭學在法院和其他場合的地位。在另一個回答當中他說它所探討的問題就是公正與否的問題。這些都是一般人所稱詭辯家的工作。現在因爲蘇格拉底運用辯證法而把它轉化成別的東西。修辭學變成了物體。物體就必然劃分成各個部分，而各部分之間必然互相有關，而這些關係是無法改變的。你可以很明顯的從這些對話當中看見蘇格拉底如何運用分析的刀把高吉阿斯的藝術劈成碎片。而更重要的是你可以看到這些碎片就是亞里士多德修辭學的基礎。

蘇格拉底曾經是菲德拉斯幼時心目中的英雄，當他看到這樣的對話時他不但很震驚而且很氣憤。他在書旁寫下自己的答案。這些對話一定讓他非常沮喪，當對方回答了之後，你不知道對話會如何接下去。有一次蘇格拉底問高吉阿斯修辭學家所用的字彙和哪一等級的事情相關？高吉阿斯回答最偉大的和最好的。菲德拉斯立刻了解答案之中蘊藏著良質。於是在旁邊寫下「說得沒錯」。但是蘇格拉底的反應卻認爲這樣的回答模稜兩可，含混不清。他仍然無法明白。菲德拉斯在旁邊憤怒的寫道：「騙子！」於是他找到另外一頁蘇格拉底很明白的地方，他一點兒都沒有不清楚之處。

---

⑰ Sophist：詭辯家。古希臘的修辭和演說老師。他們教導的是人類所有的知識來自於感官，由於感官經驗人人不同，所以「人是衡量一切的標準」，眞理只是各種不同的意見，道德也是相對的。他們強調要在政治和社會上獲得成就，因而收取高昂的學費教導人們文法和修辭學。

蘇格拉底並沒有運用辯證法去了解修辭學，他運用辯證法去摧毀修辭學，最起碼去破壞修辭學的名譽，所以他的問題根本不是眞正的問題——它們只是言語的陷阱，讓高吉阿斯和他的同道掉進去的陷阱。菲德拉斯對這一點非常痛恨，希望自己當時就在現場。在課堂上的時候，哲學教授注意到菲德拉斯良好的表現和勤奮，於是認定他很可能不是一位壞學生。這是教授犯的第二個錯。於是他決定要開菲德拉斯一個小玩笑，問他對烹飪的看法。蘇格拉底曾經告訴高吉阿斯修辭學和烹飪都是煽動人的學問——是很卑微的思想——因為它們所訴求的是人的情感而非眞正的知識。

在回答教授的問題時，菲德拉斯以蘇格拉底的回答為準。

這時從教室後面傳來一位婦人偷笑的聲音。菲德拉斯十分不高興，因為他知道教授想要用辯證法來打擊他，正像蘇格拉底打擊他的對手一樣。所以他的回答一點也不好笑，只想擺脫教授的陰謀罷了。菲德拉斯早已準備好要朗讀蘇格拉底的論點。

但是這並不是教授所要的，他想在教室裏進行一場辯證法的討論，而菲德拉斯就是那位修辭學家，然後被辯證法玩弄。教授皺皺眉然後又試著問：「不是，我的意思是你眞的認為在最好的餐廳裏一頓豐盛的美食是我們應該拒絕的嗎？」

菲德拉斯問：「你是問我個人的意見嗎？」好幾個月來由於那名無辜的學生不再來上課，已經許久沒有人敢在班上表達個人的意見了。

教授說：「沒錯。」

菲德拉斯不吭氣，想要找出答案。全班都在等待。他的思想在飛馳，不斷過濾辯證法，彷彿一直在開棋局，發現這一手輸了，然後又開另外一局，速度越來越快。但是全班的同學都靜默無聲。最後讓他很難堪的是教授放棄等待開始上課。

但是菲德拉斯聽不進去，他的心思不斷在思索。藉用辯證法他不斷探測各種事物，發現新的分枝和其他的分枝。於是在不斷發現辯證法中間所隱藏的邪惡和低級之後，他十分憤怒。教授看到他臉上的表情嚇了一跳，然後有點惴惴不安繼續上他的課。菲德拉斯仍然繼續不斷的搜索。他終於發現有一種邪惡深深的根植在他自己身上。就是假裝想要去了解愛、美和眞理以及智慧，但是他眞正的目的不是去了解而是利用，然後讓自己登上寶座。而辯證法——就是這個篡位者。這就是他所看到的。這個暴發戶和所有所謂的美善相鬥，想要涵蓋它然後加以控制，這就是他邪惡之處。教授提早下課，然後火速的離開教室。

在學生靜靜地離開教室之後菲德拉斯獨自坐在大圓桌旁一直到太陽下山。教室裏逐漸暗下來了。

第二天他到圖書館等它開門，他一進去就開始仔細的回頭讀柏拉圖的書，然後又去找一向不被人了解而且爲他所輕視的修辭學家的書。而他所發現的開始證實他直覺的念頭是對的。

已經有許多學者對柏拉圖詛咒詭辯學家十分不安，委員會的主席自己就曾經提出不能確定柏拉圖究竟何所指的批評家同樣對蘇格拉底的反對者所說的也不肯定。亞里士多德曾經說過柏拉圖把自己的話藉用蘇格拉底的名義說出來，所以我們大可以懷疑柏拉圖也可能把他自己的話透過別人的嘴說出來。

其他古代作家的作品似乎對詭辯家提出不同的評價。許多老一輩的詭辯家被選做派駐別國的大使，當然表示他們有崇高的地位。而這一批詭辯家對蘇格拉底和柏拉圖也沒有不敬之處。然而後代的歷史學家曾經認爲柏拉圖之所以將詭辯家恨之入骨是因爲他們無法和他的老師蘇格拉底——這位實際上是最偉大的詭辯家——相比。這種解釋很有意思，但是菲德拉斯並不滿意，因爲你並不會嫌惡老師所屬的宗派。然而柏拉圖眞正的意思究竟是什麼呢？菲德拉斯於是不斷研究在蘇格拉底之前希臘人的思想，想要找到答案。最後終於他發現柏拉圖之所以這麼恨惡修辭學家牽涉到當時一場思想上的爭鬥。代表善的詭辯學家以及代表眞理的辯證學者正在爲人類未來的世界走向而鬥爭。眞理這一方面贏了，而善輸了。這就是爲什麼我們今天在接受眞實很少有困難，而在接受良質的阻力則很大。

想要了解菲德拉斯如何得到這樣的論點需要一些解釋：首先一個人必須放棄認爲在最近的山頂洞人和第一位希臘哲人之間的時間很短。由於這一段時間缺乏歷史的記載，所以往往讓人產生這樣的幻覺。但是早在希臘哲學家出現以前，也就是大約在我們現在所有記錄的五倍時間之前，已經有很文明的社會了。他們有村莊、城市、車輛、馬匹、市場、劃分好的田野、農業的工具和家畜。他們所過的生活和今日農村一樣豐富充滿變化。就像今日活在這些地區的人一樣，他們不明白為何要把生活記載下來，或者他們曾經這麼做，只不過他們的記載人們從未發現，因而我們對他們一無所知。然而這個過著自由自在生活的黑暗時期卻無意中被希臘人給打斷了。

早期希臘的哲學思想代表人類有意識的開始尋求不朽的事物。在當時所謂不朽的事物是在神話的範圍之內。然而現在由於希臘人對周遭世界從冷靜客觀的角度去觀察，因而培養出抽象思考的能力。讓他們可以將古希臘的神話視作想像的產物而非眞理。這種思維的能力從來沒有在世界上出現過，因而將希臘文化提昇到前所未有的境地。

但是神話並沒有結束，毀掉古神話的變成了新神話，而新的神話愛奧尼亞（Ionian）的哲學家將它轉化成哲學。它由新的角度顯現出自身的永恆性，於是永恆不再是神明的專利，同時你也可以由自然法則找到永恆。而我們目前所相信的重力定律就是其中之一。

而這種不朽的定律第一個出現的就是泰利斯⑱學派的學者認為水是萬物的根源。安納薩哥拉⑲學派的學者認為是空氣。畢達哥拉斯⑳學派的學者則認為是數。他們是第一個看到非物質的定

---

⑱泰利斯（Thales, 640?-546? B.C.）：希臘哲學家，奠定幾何學基礎，致力天文學研究，認為水是萬物的根源。

⑲安納薩哥拉（Anaximenes）：西元前五世紀希臘哲學及科學家，認為空氣是萬物之源。

律。海洛克來特斯㉑學派的學者則認爲是火。同時也把火的變化當作是定律的一部分。他認爲宇宙的存在就是一種對立，以及對立二者之間所產生的互動。他認爲宇宙之間存在著一，也存在著萬物，而一是宇宙的定律，隱藏在所有的事物當中。安納薩哥拉則是第一位認爲一就是人類的心靈。

帕米尼德斯㉒說得更淸楚，他第一次提到這個不朽的定律，這個一、眞理、上帝是和現象以及意見分開的。而這種分開獨立的重要性，以及它對後世的影響難以言喩。這是古典的思想第一次承認它浪漫的根源，而宣稱：「善與眞不必然爲一。」然後接納這種獨立的現象。安納薩哥拉和帕米尼德斯有一位信徒叫做蘇格拉底，日後把他們的思想完全實現出來了。

在這裏需要了解直到現在爲止並無所謂的心與物、主體與客體、形式與本質。這些劃分只不過是日後辯證法所發明的玩意兒罷了。現代人很可能會替這二分法辯護：「這種二分法原本就存

⑳畢達哥拉斯(Pythagoras)：西元前六世紀希臘哲學及數學家，相信靈魂不滅和輪迴之法，主張「數」是萬物的根本，萬物因數的關係才產生了秩序。

㉑海洛克來特斯(Heraclitus, 535?-475? B.C.)：希臘哲學家。著有《自然論》(*On Nature*)，主張萬物輪迴，火是不斷變化的典型，是萬物的根源。倡言生命短暫的悲觀論。

㉒帕米尼德斯(Parmenides, 510?-450? B.C.)：希臘哲學家，伊里學派創始人。

在那兒，只等希臘人去發掘。」然後你問道：「在哪兒？請指出來！」現代人很可能會被攪迷糊了，心想究竟這是在幹什麼，然後依然相信這樣的二分法。

但是菲德拉斯認爲它們並不存在，它們只是鬼魂，是現代神話中不朽的神祇，由於我們活在其中，因而會認定它是眞實存在的。事實上它們正如被它們所取代的神人同形同性論一樣，只不過是人的藝術創作。

截至目前爲止所提到這些生於蘇格拉底之前的哲學家都企圖在他們觀察的周圍世界中找出不朽的定律。這些學者可以統稱之爲宇宙學派。他們都承認宇宙中有這樣的定律存在，至於這個定律是什麼則衆說紛紜。海洛克來特斯學派認爲不朽的定律是變與動。而帕米尼德斯的門徒季諾㉓則經由一連串矛盾的議論而證明動與變是幻覺，眞正恆常存在的是寂然不動。

而宇宙學者之間的爭議卻因爲另一派人士的出現而得到解決。那就是菲德拉斯認爲早期的人道主義學者，他們是老師，但是教導的並非定律，而是對人的信仰。他們的主題不是絕對的眞理，而是人的進步。他們認爲所有的定律眞理都互相有關，而人是衡量一切的標準。這些就是著名的智者，古希臘的詭辯家。

對菲德拉斯而言，了解詭辯家和宇宙學者之間的衝突對柏拉圖的《對話錄》有全新的了解。

㉓季諾(Zeno)：西元前五世紀希臘哲學家，爲帕米尼德斯的弟子。

蘇格拉底不僅僅只是在眞空的環境當中陳述他的理想，他是身在二派的鬥爭之下，一派認爲眞理是絕對的，一派則認爲眞理是相對的。他使出渾身解數去戰鬥，而敵人就是詭辯家。

這樣一來柏拉圖對詭辯家的敵意就有意義了。因爲他和蘇格拉底都在爲宇宙學者的不朽眞理進行保衛戰。他們認爲詭辯家是一種墮落，他們所保衛的眞理和知識是超越任何人的思想。這正是蘇格拉底爲之而死的理想。是世界上希臘人第一次單獨擁有的理想。它仍然是一種非常脆弱的學問，很可能會完全消逝。柏拉圖於是毫無顧忌的對詭辯家大加撻伐。並不是因爲他們是卑微而不道德的人——因爲在希臘很顯然還有更低級更不道德的人，他卻完全忽略了。他之所以詛咒詭辯學者因爲他們威脅到人類剛開始想要掌握眞理的意念。情形就是這麼回事兒。

於是蘇格拉底壯烈的犧牲和柏拉圖蹩腳的文章所帶來的世界就是我們今日所知道的西方世界。如果要不是在文藝復興的時候重新發現科學的眞理，我們和史前時代人類的水準差不了多少。而科學思想、科技以及其他人類系統化的作爲就是其中的中心思想。

然而菲德拉斯了解他有關良質的理論和這一切是衝突的。反而與希臘的詭辯學家較爲接近。「人是衡量一切的標準。」的確這就是他所說的良質。人不是一切的源頭，就像唯心主義者所說的。而它也不是被動的觀察者，就如同唯物論以及物質主義者所認爲的。創造世界的良質顯現出來人和他的經驗之間的關係。人類參與所有事情的創造。所以他是衡量一切的標準——這一點很吻合。而他們也教導修辭學——而這也很吻合。

而唯一和他所說有出入的以及和柏拉圖認爲詭辯家有出入的是，他們教導倫理道德（virtue）的職業。所有的情況都顯示，這是他們教導的核心。但是如果他們所教導的倫理道德是相對的，這該如何教導呢？倫理道德如果有任何暗示性的話就暗示在這方面是絕對的，一個人如果對那些是適當的表現每天都不斷在改變，或許值得敬佩他的胸襟寬大，但是他的道德卻不然。這樣一來他們如何從修辭學當中找到倫理道德呢？這一點從來沒有解釋過。其中有一些部分遺失了。

由於他爲了尋找答案又去讀了許多古希臘的歷史。同樣的他也是從尋找對自己有利的條件去翻閱，然後把不利之處都排除掉。他讀到季多（H. D. F. Kitto）所著的《希臘人》（*The Greeks*），這一本藍白相間的平裝書是他花五角錢買的。他讀到一段描述荷馬英雄的精神。他是生在蘇格拉底之前的希臘時代。而這些篇章使他突然開竅。他只需要稍加回憶彷彿就能看見他們仍然活著。

《伊里亞得》（*Iliad*）就是在敍說特洛伊城（Troy）被圍困的故事。這座城最後被攻陷了，而防衛家鄉的人也在戰爭中陣亡了。海克特（Hector）是領袖，他的太太對他說：「你的抵抗必然導致滅亡。你對襁褓中的兒子或是憂鬱的妻子沒有憐憫之心。她很快就會變成寡婦，敵人很快就會把城攻破，把你給殺了。要讓我失去你，還不如死。」

她的丈夫回答她：

「我很清楚這一點，而且很確定的是：聖城特洛伊即將滅亡。包括布萊姆王（Priam）和富裕的百姓。但是我並不會太爲了特洛伊的百姓、赫邱巴（Hecuba）皇后、布萊姆國王以及我那許多高貴的弟兄們而哀傷。他們都會被敵人屠殺然後躺在沙土之中。至於你，深褐色皮膚的敵人會把你帶走，讓你哭著離開，結束自由的日子。之後，你會來到阿哥斯（Argos），然後在另一個女人的主宰之下工作，過著替別的女人挑水砍柴的日子，在監禁之中忍受痛苦：你會受到各種奴役。然後有人看到你在哭泣就會說：『這就是海克特的妻子，他曾經是特洛伊人中最高貴的勇士。』而他們會這樣說：喪夫之後要面對這樣的奴役是另外一種傷痛。但願我在死之後聽到你哭泣之前還有聽到對你施加的暴行，厚厚的黃土早已覆蓋在我身上。」

英姿勃發的海克特這樣說著時，伸出手臂摟著他的兒子，但是孩子嚇得尖叫，拚命的躲回奶媽的懷裏。因爲他看到父親的樣子很害怕——在頭盔上馬毛正晃動得非常劇烈。他的父親大笑起來，他的母親也一樣。於是海克特把頭盔拿下來放在地上。在他親吻兒子的時候，抱在懷裏逗弄。他向宙斯（Zeus）祈求，也向其他的神祈禱：宙斯和其他的神明啊！保佑我的兒子，做所有特洛伊人當中最勇敢的、最孔武有力的勇士，能夠統領這個城市。從戰場上回來的時候願百姓說：「他遠勝過其父。」

「是什麼促使希臘的戰士表現得這樣神勇？」季多提出這樣的疑問。「並不是我們所認爲的責任感——也就是對別人的責任感。反而是對自己的責任感。努力追求的就是我們翻譯成倫理道德的目標。然而在希臘原文卻是指卓越(excellence)……對於這個字眼我們仍然有許多值得討論之處。它貫穿了希臘人整個的生活。」

這一點就是良質的定義，早在辯證學者運用文字的陷阱之前一千年就已經存在了。如果有人還不了解它的意義，那麼無異於在撒謊。因而不值得給他任何解答。菲德拉斯也對這種對自我的責任的動機很感興趣，同時這也幾乎就是印度教所描述的唯一存在。這二者是否可能就是同一位呢？

這時菲德拉斯迫切想繼續讀下去。於是他讀到……這是什麼!?……「我們翻譯成倫理道德的希臘原文是指『卓越』。」

他像被電擊了一樣。

良質！卓越！印度的唯一存在！這正是希臘詭辯家所教導的！並不是倫理的相對主義，也不是原始的道德，而是卓越。早在理性教會之前，早在本體出現之前，早在形式之前，早在心物之前，早在辯證法之前，良質就一直是絕對的存在。他們是西方世界最早的一批學者，就已經在教導良質了。他們所選擇的媒介就是修辭學。這正是他一直在研究的範疇。

雨小多了，所以我們能看到地平線，它明確的分出灰暗的天空和深黑的海水。

季多針對古希臘人所謂的卓越進一步討論。「在我們讀到柏拉圖作品當中這個字眼時，」他說，「已經翻譯成倫理道德，因而完全喪失了它的原意。倫理道德在現在的英文來說完全屬於道德的字眼。而希臘原文幾乎沒有別的意思，只是指卓越而已。」

所以《奧德賽》（*Odyssey*）中的英雄是偉大的戰士，足智多謀，隨時能滔滔不絕的演說。他具有堅強的意志和寬廣的智慧，他知道要承擔神明所指派的工作不可以有太多的抱怨。他也能自己建造並駕駛一艘船。用犁拉出來的痕跡和別人一樣直，他能投擲鐵餅擊敗年輕的吹牛家，而且也會拳擊、摔角和賽跑。同時還會剝牛皮、剁牛肉，把牛煮了吃。同時也會因爲聽到美妙的歌曲而感動流淚。事實上他是一個非常傑出的萬能選手。

這個希臘字的原意暗示著對生活全面以及統合的尊重，因而厭惡過分的專門化。同時也輕視所謂的效率——它具有更高等級的效率，要求不只生活中一部分卓越，而要求生命的本身就很卓越。

菲德拉斯想起梭羅曾經說過：「只有在失去的時候才有所獲得。」這時他才第一次明白人們因爲藉著辯證法了解、統管了世界，結果卻得到令人難以置信的損失。他曾經培養自己科學方面極高的能力，能運用研究成果完成自己的夢想——但是同時，他也付出了巨大的代價：也就是了解自己身爲世界的一部分，而非它的敵人。

一個人只要望著地平線，內心就能得到寧靜。那是一條屬於幾何的線條，完全水平，很穩定而且很明顯。或許歐幾里得對線條的了解就是從這裏得到靈感。或許是第一位天文學家要把星星畫下來的時候，讓他有最原始計算的依據。

現在環繞在蘇格拉底和柏拉圖頭上的光環已經消失了，菲德拉斯發現他們一直在做的事情正是他們批評詭辯學派的人一直在做的事——用情緒化而具有煽動力的語言隱藏自己的目的，使原本居於弱勢的論點，也就是辯證法，能夠逐漸強壯起來。他認爲我們往往指責別人最嚴苛之處，就是我們最害怕自己的地方。

但是爲什麼？菲德拉斯一面不斷的思考爲什麼要毀掉卓越呢？就在他問這個問題的時候很快就想到答案。柏拉圖並不想毀掉卓越，只是把它矮化了，把它塑造成永遠不變而且固定的理念，然後轉化成僵化而無法改變的永恆眞理。他稱卓越爲善，是行事最高的指導原則，是所有理念當中最好的，次於眞理。

這就是爲什麼菲德拉斯在教室裏提到的良質和柏拉圖所謂的善是這樣的接近。柏拉圖所謂的善是從修辭學家得來的。菲德拉斯於是繼續研究，但是找不到任何宇宙學者曾經提過這個字。這是從詭辯學家來的。二者的差異在於柏拉圖的善是一種固定，永遠不變的理念，而對修辭學家來說它根本不是一種理念。善不是眞實的形式。它是眞實的本體，是不斷在改變的，如果由任何僵化或固定的方法是完全無法了解的。

爲什麼柏拉圖要這樣做呢？菲德拉斯看見柏拉圖的哲學是二種綜合的結果。

第一種綜合是想要解決海洛克來特斯和帕米尼德斯學派之間的差異。二派宇宙學者之間都支持不朽的眞理。爲了讓卓越臣服於眞理的這一方贏得勝利，柏拉圖必須先解決眞理的內部衝突，才能抵禦眞理臣服於卓越的學派。爲了要做到這一點，他聲明不朽的眞理會改變，就像海洛克來特斯學派所說的，而且它也不僅僅只是寂然不動的存在，就像帕米尼德斯學派所認爲的。這二種不朽的眞理同時以不變的理念方式以及變動的現象方式存在。這就是爲什麼柏拉圖發現二者需加以分離。比如說把馬性和馬分離，而認定馬性是眞實存在的，而且是固定不會改變的觀念，而馬則是毫不重要的一時現象。馬性是純粹的理念。而一般人所看到的馬只不過是集合了馬不斷改變的現象。所以一匹會排泄，會隨意四處走動的馬甚至倒地就死亡的馬，並不會影響到馬性，因爲馬性是不朽的理念，會永遠存在。

柏拉圖的第二種綜合則是把詭辯家所謂的卓越融入二元論的理念和現象之中。它給卓越最高的地位，單單臣服於眞理，以及藉用達到眞理的方法，也就是辯證法。然而在他企圖融合善與眞的同時，柏拉圖利用辯證法所得到的眞理篡奪了卓越的地位。它一旦被歸類於辯證的理念，那麼另外一位哲學家就很容易藉用辯證法把善歸納出一連串的次序，而和辯證法的規則相容。這樣的哲學家很快就出現了，他的名字就是亞里士多德。

亞里士多德認爲馬的現象，也就是牠會吃草，給人作交通工具以及會生小馬，需要得到更多的重視。他認爲馬並不僅僅只有現象，而這些現象附著於某一種東西，它是獨立的存在，就像理念一樣是不會改變的，這個東西就稱之爲本質。這時現代科學所了解的眞實就誕生了。

因而在亞里士多德的影響之下，讀者缺乏古希臘卓越的觀念，因而讓形式與本質佔據了思想。善的觀念變成一支次要的知識稱之爲倫理學，它主要討論的課題是理性、邏輯和知識。這時卓越已經死了，而今日的大學則以科學和邏輯作爲建校的根基：針對現存世界的實質因素延伸出無窮的形式，然後稱其爲知識。把這些形式傳給下一代就是系統。

而修辭學呢？可憐的修辭學現在已淪落到教授寫作的各種規矩和形式，還有亞里士多德的形式。就寫作來說這些彷佛都十分重要。菲德拉斯記得拼字出了五處錯，句子的結構不完整，或者三個修飾詞放錯了位置，或者……於是這樣的情況層出不窮。任何人有這樣的問題就表示這個學生沒有學好修辭學。畢竟這就是修辭學的範疇不是嗎？當然這就是空洞的修辭學，也就是訴諸情感而不具有辯證的眞理。但我們並不希望情形是這樣，不是嗎？這樣我們就好像欺矇、褻瀆了古希臘人，就是那一羣詭辯學家——還記得他們嗎？我們會在學校其他的課程裏學到眞理，再學一點修辭學，這樣才能寫出優美的文句，得到老闆的青睞，才會提拔我們。

形式和種種的繁文縟節——是被最優秀的學生恨惡的，而卻被最差的學生喜愛。月復一月，年復一年，坐在前排的學生，臉上帶著笑容，輕巧的拿著筆，理應得到他們亞里士多德式的甲等；而那些具有卓越特質的人則靜靜地坐在後排，一面思索究竟自己出了什麼問題，讓他們無法喜歡這個題目。

而現在很少有學校願意再繼續教授古典的倫理學，於是學生便跟隨亞里士多德和柏拉圖的思想，永無止盡的發出古代希臘人永遠不需要問的問題：「善究竟是什麼呢？我們如何去界定呢？由於每一個人都有不同的定義，我們如何才知道哪裏才有善呢？有的人認爲善存在於快樂之中，但我們又怎麼知道快樂是什麼呢？而快樂又該如何界定呢？快樂和善不是客觀的名詞。我們無法用科學的方法研究它們。由於它們不是客觀的存在，它們只能存在於你心中。所以如你想要快樂，只要改變你的心意。哈哈，哈哈。」

這就是亞里士多德式的倫理學，亞里士多德式的定義，亞里士多德式的邏輯，亞里士多德式的形式，亞里士多德式的本質，亞里士多德式的修辭學，亞里士多德式的笑聲……哈哈哈哈。

而詭辯學派人的屍骨早已化爲塵土，他們所說的也和他們一樣煙消雲散。於是這些塵土被埋在毀滅的雅典瓦堆之中，而雅典也消失在覆滅的馬其頓帝國當中。接著而來的是古代羅馬帝國和拜占庭帝國的滅亡，然後接著是奧圖曼帝國，接著就是現代國家——他們被埋得這樣深，而且被蒙上了一層禮法和虛僞的感情和邪惡，以至於只有多少世紀之後在這個出現狂人的時代，才發現可以替他們翻案的線索，很恐怖的看清前人的所作所爲……

路上是一片漆黑，我必須打開頭燈才能順利在雨和霧中行駛。

第三十章

在阿卡他我們走進一間小餐館，渾身上下濕透了，所以感覺特別冷。我們點了咖哩、豆子和一杯咖啡。

然後我們又騎車上路。現在騎上高速公路，車速很快，而且路面又潮濕。我們不必急著趕路，大約一天的光景就可以到達舊金山了。

在雨中我們看到迎面駛來的汽車散發出奇怪的光影，雨滴大得像小子彈一樣打在頭盔上，把車燈折射成奇特的弧形，這是二十世紀的美國。我們現在身處的就是二十世紀，也該結束這個二十世紀非德拉斯的奧德賽之旅。

下一堂哲學課是在南芝加哥的大圓木桌的教室裏上，助教宣佈哲學教授生病了，過了一個禮拜他仍然在生病，因而讓留下來上課的學生有些驚訝，因此人數只剩下三分之一。他們逕自走過街去喝咖啡。

在咖啡店裏有一位非德拉斯一向認爲非常聰明的學生，但是有些自以爲是，他說：「我覺得這是我上過最不愉快的課。」他似乎像女人一樣小心眼，把責任推到菲德拉斯身上，認為是他破壞了他美好的經驗。

菲德拉斯也說：「我完全同意你的看法。」他等著別人對他的攻擊，但是沒有人這樣做。其他的學生似乎也意識到菲德拉斯是原因，但是他們沒有對他怎樣。另外一邊有一位年長的女士問他為什麼要來上這一堂課。

菲德拉斯說：「我也在思考原因。」

「你是全時間的學生嗎？」她問。

「不是。我在海軍碼頭那邊當專任老師。」

「你教的是什麼？」

「修辭學。」

她住口不再問下去。桌上的每一個人都看著他，大家都不發一語。

十一月逐漸過去。十月已經轉成像太陽一樣的黃色葉子也落了。只剩下光禿禿的樹枝，抵禦從北方吹來的寒風。已經開始落雪了，初雪融化，只剩下單調無聊的城市等待冬的降臨。

在哲學教授缺席的這一段時間，討論了另一段柏拉圖式的對話。它的主題稱為菲德拉斯。這個名字和我們的菲德拉斯毫不相關，因為當時他並不是用這個名字。這位希臘的菲德拉斯並不是詭辯家，他是一位年輕的演說家。在對話當中，他用來襯托蘇格拉底。這個對話是討論愛的本質以及哲學修辭的可能性。菲德拉斯顯而易見並不是非常聰明，而且在修辭方面相當笨拙。他引用了演說家來西阿斯(Lysias)的一段很糟的講詞。你很快就會發現，這不過是替蘇格拉底鋪路，反襯出蘇格拉底接著的演說有多精采。再接下來的更精采，可以算是柏拉圖《對話錄》當中最好的一段。

除此之外菲德拉斯比較特出的就是他的個性。柏拉圖常常根據這些人的特性稱呼他們。在高吉阿斯裏有一位年輕、愛說話、天眞又性情好的次要角色，他稱之爲寶勒斯(Polus)，希臘原文的意思就是小馬(colt)。而菲德拉斯的個性和他不同，他不屬於任何宗派，他喜歡鄉林的寧靜勝過都市的吵雜。他的個性很激進，幾乎到達危險的邊緣。有一次他差一點用暴力威脅蘇格拉底，所以菲德拉斯就希臘文來說就是狼(wolf)。在這個對話當中，他被蘇格拉底所提出的愛深深吸引，因而被馴服了。

我們的菲德拉斯讀了這一段對話之後被其中詩意的意象所感動，但是他並沒有被馴服，因爲他同時在其中找到一絲虛僞的氣息。這一場對話本身並不是目的，而是用來批判修辭學所訴諸情感的世界。熱情被視爲毀滅了解的始作俑者，而菲德拉斯在想是否這次嚴厲的批判就開始深深埋藏在西方思想之中。在古希臘人之間的衝突，思想和情感在其他地方也曾被描述成希臘人的性格和文化，這一點很有趣。

下一個禮拜哲學教授仍然沒有出現，於是菲德拉斯利用這一段時間加緊伊利諾大學的工作。

再下一個禮拜他在芝加哥大學對面的書店裏，他正準備去上課，看到兩顆黑碌碌的眼睛穿過書架望著他。當他看到臉的時候，他知道那就是早先在教室裏替他受過的無辜學生，後來就沒有來上課了。從他臉上的表情似乎透露出菲德拉斯不知道的事。菲德拉斯想要走過去和他說話，但是他轉身走開，留下困惑的他。這時他只覺得很疲倦，在伊利諾大學的教課以及在芝加哥大學和整個西方思想體系抗衡，逼得他每天必須研究二十個鐘頭左右，因而對飲食和運動疏於注意。或許只是疲勞，所以他才覺得對方的表情很怪異。

但是當他過街走到教室去上課，對方卻尾隨在後面二十步之遠。似乎有什麼事要發生了。

菲德拉斯到了教室等教授進來，很快那位學生也跟進來了，但是經過這許多禮拜，他悄悄在教室後面坐下來，他現在不可能得到任何學分了。他似笑非笑的看著菲德拉斯，似乎對著什麼微笑。

從門口傳來一陣腳步聲，菲德拉斯突然明白了——於是他的腿緊綳起來，雙手也在顫抖。在門口出現了一副仁慈的笑臉，站在那兒的正是委員會的主席，由他來接替下面的課程。

這就對了。這就是他們把菲德拉斯趕出去的地方。

這位主席大方的在門口站了一會兒，然後和一位似乎認得他的學生談了一會兒話。他面露微笑，然後視線從這個學生身上轉開，巡視了大家一下，似乎在找尋他熟悉的面孔，然後點點頭又低聲笑了一下，等待上課鐘響。

這就是那個學生又回來上課的原因，他們已經向他解釋過為什麼會突然攻擊他。然而為了表現他們是好人，所以讓他坐在旁邊看他們攻擊菲德拉斯。

他們要怎樣進行呢？菲德拉斯早已知道了。首先他們會在學生面前運用辯證法，顯示他對柏拉圖和亞里士多德的了解是多麼薄弱。要做到這一點並不困難。很明顯的他們比菲德拉斯了解柏拉圖和亞里士多德上百倍，因為這是他們一生的研究。

然後當他們運用辯證法把他完全擊倒之後，會告訴他要不就乖乖聽話，要不就滾出去。然後他們又會再問一些問題，而且他也不可能知道答案。於是他們就會宣佈他的表現太差勁，根本不需要再來上課。只要立刻離開教室。很可能會有一點變化，但是這是基本模式。要做到這一點非常容易。

然而他畢竟已經學了許多，這正是他來這裏的用意。他可以用其他方法表達他的論點，這樣一想他就不再緊張而平靜下來了。

在上次看到主席之後，菲德拉斯把鬍子留了起來，所以主席尚未認出他來。好景沒有多久，主席很快就會發現他。

主席小心謹慎的把大衣放下，在大圓桌的另一邊拿了一張椅子，然後拿出一隻舊菸斗，把菸絲塞進去。塞菸絲的動作足足有半分鐘之久。你可以看出來他常常吸菸。

在他注意班上同學的時候，他用一種微笑幾近催眠的眼神注視每一個人的臉孔。他感受到教室裏的氣氛，覺得似乎有些不對勁，於是他又再加一些菸絲，一點兒都不慌張。

很快那一刻就來臨了，他把菸斗點燃。不久整個教室充滿了菸味。

最後他開口了：「根據我的了解，」他說：「我們今天要開始討論不朽的菲德拉斯。」他一個一個地看著學生：「對嗎？」

班上的學生有些羞怯的點頭。他的個性十分具有震懾力。

於是主席爲哲學教授的缺席很抱歉。然後提出他如何講課的方式。因爲他自己已經研究過這一段對話，所以他會提出許多問題，由同學的回答中去了解他們研究的情形。

菲德拉斯認爲這個方法不錯。由這種方法教授很快就會認識每一位學生。很幸運的，菲德拉斯研究得很透徹，幾乎要把它背下來了。

主席說得沒錯，這是一個不朽的對話。一開始可能會覺得很奇怪而不解，但是它會給你越來越強的衝擊，就像眞理一樣。而菲德拉斯所提出的良質蘇格拉底似乎將其形容爲靈魂，自動自發的能力，以及所有一切的源頭。這二者之間沒有衝突，因爲在一元論的哲學思想當中是不可能產生任何這樣的衝突的。在印度的一元思想當中和希臘的一元思想是一樣的，如果不一樣，那你就有二元。而在一元論之間所產生的差異主要在於「這一位」的特性而非「這一位」的本質。由於「這一位」是萬物的源頭，包含了一切，所以它不可能由這些事物來定義，因爲不論你用什麼去定義它，你所用來定義的事物都無法達到「這一位」的層次。「這一位」只能藉著比喻來描述，而蘇格拉底則選擇用天地的比喻讓人明白如何利用二匹馬拉的車把人拉向「這一位」。

但是主席現在要菲德拉斯旁邊的同學回答問題，他是在用餌引誘他，刺激他反擊。然而他因爲問錯了人，所以這個學生對他並沒有攻擊。而主席覺得很生氣，於是責怪他下回應該把材料研究清楚。

現在輪到菲德拉斯了，他已經保持很冷靜，現在該由他來解說這一段對話。

「是否能讓我用自己的方法開始，」他說，一面爲了掩飾他沒有聽到前面那位學生所說的。主席認爲他這麼說無異於是對前一位同學的指責，就笑著但是語帶輕蔑的說：「這個主意不錯。」

菲德拉斯繼續說：「我想在這一段對話裏的菲德拉斯他的特徵就和狼一樣。」他說的時候很大聲，口氣也有些憤慨。主席幾乎被激得跳起來了。

「沒錯！」主席說的時候，由他的眼神你可以知道他現在認清楚這個留了鬍子的學生就是要攻擊他的人。「菲德拉斯在希臘文裏的意思的確是狼。這種觀察很對。」他開始恢復平靜：「繼續說下去。」

「菲德拉斯見蘇格拉底的時候，當時蘇格拉底只熟悉城市的生活，於是菲德拉斯就帶他到鄉間去，然後開始背誦一段他崇拜的演說家來西阿斯的講詞。蘇格拉底要他唸出來，而他照著做了。」

主席說：「且慢！」這時他早已完全恢復了冷靜，「你提出來的是情節而非對話。」於是他叫另外一位同學回答。然而似乎沒有任何人知道怎樣的回答才能令主席滿意。於是主席帶著略爲悲哀的口吻說他們下次必須把教材準備好，這一次只好由他來替他們扛起解釋的責任。於是他巧妙地造成的緊張終於得到紓解，而整個班級也在他的股掌之間了。

主席於是繼續專心的解說對話的意義，菲德拉斯也十分注意的聽。過了一會兒有一件事使他分心，因爲有某一種錯誤的思想悄悄的溜進來，剛開始他不知道究竟是什麼，然後他才知道是主席完全忽略蘇格拉底對「這一位」的描述而直接跳到馬與車的比喻上。

在這個比喻裏追尋的人想要接近「這一位」，他由二匹馬拉著，一匹是高貴的白馬，性情溫馴，而另外一匹當然是頑固熱情的黑馬。這匹白馬永遠幫助他奔向天堂之門，而黑馬則永遠帶給他挫折。主席還沒有說出來，但是他即將宣稱這匹白馬就是溫馴的理性，而這匹黑馬就是黑色的熱情。

他正要進一步說明，但是突然錯誤的思想湧現出來了。

他坐正了然後重複地說：「現在蘇格拉底向神明發誓他所說的都是眞的。他已經發誓所說是實話，如果接下來說的不是實話，那麼他就無異於喪失了自己的靈魂。」

這是陷阱！他用對話來證明理性的神聖，如果這個論點得以建立，他就可以直接研究理性究竟爲何物，然後看哪我們又落入亞里士多德的國度之中了。

菲德拉斯舉起手來，手掌面向前，手肘放在桌上，在他的手發抖之前，現在顯得很平靜。菲德拉斯知道他這麼做無異於簽署了自己的死亡宣言。但是他也知道如果把手放下無異於簽署另外一種死亡宣言。

主席看到他舉起手有些驚訝，有些困惑。但是還是讓他發言。

菲德拉斯這樣說：「這一切只不過是比喻。」

大家都沒有說話，主席很困惑的問：「什麼？」他行爲的法力已經被破解了。

「有關整個車子和馬的描述都是比喻。」

「什麼？」他又說了一句，然後他大聲的說：「它是眞理。蘇格拉底曾經向神明發誓它是眞理。」

菲德拉斯回答說：「蘇格拉底自己說這是比喻。」

「如果你讀過對話就會發現蘇格拉底特別強調它是眞理！」

「是的，在這個之前……我想是二段……他說過這是一個比喻。」

教材就放在桌上可以參考，但是主席十分明白在這個節骨眼不可以去參考，如果去翻閱了，而證明菲德拉斯是對的，那麼他在班上的顏面就完全掃地了。他曾經對同學說沒有人仔細的研究過這本書。

修辭學得一分；辯證法得零分。

菲德拉斯想太棒了，他記得蘇格拉底這麼說過。他完全貶低了辯證法的地位，這正是重頭戲所在。它是一個比喻，所有的一切都是比喻，但是辯證學家不知道這一點，這就是爲什麼主席忽略了蘇格拉底的這一段話。菲德拉斯抓出這一點然後想起它，因爲假使蘇格拉底沒有說是比喻，他就沒有說眞話了。

還沒有人看清楚這一點，但是他們很快就會明白。主席在自己班上被攻擊得體無完膚。現在他無話可說，在剛上課的時候建立起形象的沈默，現在反倒把他給毀了。他不知道攻擊究竟從何而來，他從來沒有遇到過活著的詭辯家。只有死去的詭辯家。

現在他想要抓住什麼，但是沒有東西可以讓他攀附。他自己的動力把他拖向深淵，當他最後找到可以說的話時，聽起來好像來自於另外一個人；像是忘記要背誦的課文，希望我們能放他一馬。

他想要藉著指責班上沒有人好好的研究這段對話來嚇唬同學，但是坐在菲德拉斯右手邊的人朝著他搖搖頭，很明顯的有人仔細讀過。

於是主席支支吾吾的猶疑起來，似乎有些害怕同學，同時在心理上和他們保持距離。菲德拉斯在想這一場戲究竟會怎樣收場。

然後發生了一件不妙的事。那位曾經被攻擊的學生現在已經不再天眞。他開始嘲諷主席，然後問他一些諷刺的問題。主席原先就已經被菲德拉斯攻擊得瘸了腿，現在可以說被打倒在地……但是菲德拉斯了解這一切都是衝著他來的。

他不覺得難受，只是很厭惡。當一個牧羊人殺了一匹狼，然後帶著牧犬去看狼的屍體時，他就要小心謹慎，避免犯任何錯，因爲這隻牧犬和狼之間仍然有某種血源，是牧羊人不該忘記的。

一位女孩子替主席緩頰，問了他一些比較容易的問題。他很感激的接納了這些問題，回答的時候用非常冗長而緩慢的語調想要恢復自己的神態。

然後又問他，「什麼是辯證法呢？」

他想了一下然後轉向菲德拉斯，問他是否願意回答。

「你是問我個人的意見嗎？」菲德拉斯問。

「不是……就算是從亞里士多德的角度吧。」

現在他不再閃躲了，他就是要把菲德拉斯拉到自己的國度中，然後再攻擊他。

「就我所知……」菲德拉斯說，然後停下來。

主席面帶笑容的說：「然後呢？」這一切都已經設計好了。

「就我所知，亞里士多德認爲辯證法先於所有的一切。」

主席臉上的表情由原先的感激變爲震驚，然後再變爲暴怒。說得沒錯！你可以由他的表情知道他心裏在吶喊，但嘴裏沒有說出來。菲德拉斯又落入他的陷阱。他不能因爲菲德拉斯由《大英百科全書》當中引用了他所寫的文章之中一句話而攻擊他。

修辭學得二分；辯證法得零分。

「然後由辯證法產生形式，」菲德拉斯繼續說道，「然後由……」但是主席打斷他的話，因爲他發現菲德拉斯並沒有按著他的路子走，於是就結束這一段對話。

菲德拉斯自己在想他不應該打斷的。如果他是眞正追尋眞理的人，而不是專門宣傳某一種觀點，就不應該打斷他的話，而終究會學到一點東西。一旦這麼說：「辯證法先於所有的一切。」這句陳述本身就變成了辯證的實體，隸屬於辯證的問題。

菲德拉斯原本想要這樣問：「藉用辯證法問與答的模式而能夠達到眞理，這種方法先於所有的一切，究竟有何支持的證據？」然而毫無根據，所以一旦把這句話孤立起來接受嚴密的檢視，它就會變得荒唐可笑。而這個像牛頓重力定律一樣的辯證法，下面沒有任何支撐的根據，卻是宇宙一切的根源，嘿！這眞是愚不可及的事。

而辯證法是邏輯的源頭，但是卻來自於修辭學。而修辭學則是神話和古希臘詩學的傳承。這在歷史上和常識上確有其事。而詩與神話則是史前的人對周遭世界的反應，而是以良質爲其根基，所以是良質而非辯證法醞釀了我們所知的這一切。

下課的時候主席站在門口回答問題，菲德拉斯也想過去說幾句話，但是他沒有這樣做。這一生他受了無數的打擊，因而對可能帶來更多打擊的討論興趣缺缺。主席對他說的話並不友善，甚至連暗示都沒有，反而對他有相當的敵意。

菲德拉斯是匹狼，這個形象頗爲適合。他輕巧的走回公寓，發現他越來越適合。如果他們對這樣的論點過分開心，他也不高興。他最主要的個性就是敵意。眞的是這樣。菲德拉斯這匹狼從山上下來就是要獵殺知識領域當中這批天眞的居民，他完全符合狼的形象。

理性的教會就像所有有組織的機構一樣，並非根源於個人的優點而是源自個人的弱點。理性教會要求的並非能力，而是無能。一個無能的人才容易受教。而一個眞正有能的人總會帶給別人威脅感。菲德拉斯明白他已經錯過融入這個組織的機會，因爲他拒絕臣服於亞里士多德的思想。但是這種思想似乎不值得他的尊敬，因爲它是一種劣質的生活方式。

對他而言在雪線以上的良質比這兒煙塵滿佈的窗戶以及聽不完的言語要好多了。他明白自己所說的永遠無法被這裏的人接受。因爲要接受他的思想，這個人就必須擺脫社會的權威，而這裏到處都充滿了它。要綿羊過怎樣的生活決定權在牧羊人，如果你把一隻羊晚上放到雪線以上，狂風吹來時，羊可能會嚇得半死，然後會一直哀嚎到牧羊人找到牠爲止。然而，來的也可能是狼。

在上下一堂課的時候，他想表現和善一點，但是主席似乎並沒有這種意圖。菲德拉斯要求他解釋一處他自己不甚明白的地方。他想這樣可以緩和二人之間的對立。

然而得到的回答卻是：「這下你可累了吧！」主席儘可能的損他，但是卻傷不到他。因爲主席只不過是把自己最害怕的地方讓菲德拉斯來頂罪。在課堂上菲德拉斯望著窗外，對這位老牧人、教室裏的羊和狗而悲哀，而且也爲他永遠不可能成爲他們的一份子而悲哀。然後下課鈴響的時候，他離開永遠不再回來了。

然而在伊利諾州的學習卻像野火一樣，學生現在非常專心的聆聽這位奇特而留著鬍鬚的人物，他從山上來，告訴他們宇宙間有所謂良質的存在。而他們知道他說的究竟是什麼，但是他們不知道該怎樣形容，所以有些不確定。有一些人則對他有些畏懼，他們知道他有點危險，但是大家都深深爲他著迷，想要聽更多的訊息。

但是菲德拉斯並不是牧羊人，如果想要故意去扮演這樣的角色，無異是把他給毀了。這時班上經常會讓他有一種很奇怪的感覺。坐在後排比較不守規矩的學生往往對他所說的十分投入，而且也是他心愛的學生。坐在前排像小羊一樣柔順的學生卻常常被他所說的嚇住了。雖然學期結束的時候，這些像小羊一樣的學生總是能通過考試，而後排的朋友卻無法通過。菲德拉斯雖然到現在仍然不想承認，但是直覺上他做牧羊人的日子快結束了。他越來越好奇，接下來究竟會發生什麼事。

他害怕教室裏會出現沈寂，就是把主席給毀了的沈默。根據他的本性他並不喜歡連續幾個鐘頭不斷講話，這種方式讓他很疲勞。然而現在沒有其他的事引起他的注意，於是他轉而注意這種恐懼。

他來到教室的時候，上課鐘響了。菲德拉斯坐在那兒一言不發。上課整個鐘點他都靜靜地，有些學生想要刺激他，使他清醒些。但是他們也不說話了。有許多學生因爲驚慌過度而不知所措。下課鐘一響，全班同學立刻衝出教室，於是他又去上下一堂課，重複同樣的情形。然後接下來的幾堂課他都是用同樣的方法去上。然後他就回家了。他越來越想知道接下來究竟會發生什麼事。

感恩節到了。

他連睡四堂課的本事已經縮減成二堂課，然後是一堂課也沒有了。所有的一切都結束了，他既不會回去上亞里士多德的修辭學，也不會回伊利諾大學教這門課。所有的一切都結束了。他走過街道，內心在翻攪著。

現在城市的身影籠罩在他身上，他奇怪這個城市變成他所信仰的一種對照，並不是良質的大本營，反而是形式與本質的大本營。像鋼架、水泥鋪的船塢和道路、磚塊、柏油路、零件、老舊的收音機、鐵軌、動物的屍體；形式和本體，沒有良質。這就是這個城市的靈魂。盲目、巨大、邪惡而沒有人性：在夜裏你可以看到南方有大火爐燃起熊熊的火焰，而在啤酒、披薩和洗衣店招牌之間是濃厚的煤灰。然後沿著街邊則是許多不知名而沒有意義的招牌。

如果到處都是磚塊和水泥，物質的純粹形式，既淸楚且開闊，他就有可能存活。正是出自對良質所做一切卑微的、悲慘的努力，始足以致人於死地。就拿那間公寓中石膏製的假壁爐來說，它被塑造成是用來包含那從來不曾存在過的火焰。或者像在公寓與樹籬之間，有一片數呎平方的青草地。在蒙大拿州之後，數呎平方的青草地。如果他們略過樹籬或青草地，那就沒事。現在它的作用就只在提醒人們去注意那些已然失去的事物。

沿著公寓附近的街道，他無法從磚頭、水泥，或霓虹燈的間隙中看到任何東西，但他確知在其中埋藏的是怪異的、扭曲的心靈，始終要藉一些作態來證明其擁有良質，那是從夢幻雜誌或其他媒體上學來的各種奇怪的姿態與神色，而且還要花錢支付給物體的賣方。他在夜裏儘想著這些，連同豪華炫目的鞋子、網襪，以及褪去的褻衣等，注視著被煤煙燻黑的窗戶，露在旁邊的奇形怪狀的貝殼，當浮面的表態逐漸減弱而眞相愈見分明時，此地僅存的眞理就是——哭喊天堂，上帝啊！這裏只有死氣沈沈的霓虹燈、水泥，以及磚塊。

他對時間的感覺逐漸消失，有時候他的思想快得像光速一樣，但是一旦要他在周遭的環境做任何決定的時候，卻又好幾分鐘想不出任何事來。有一個念頭在他心裏出現，是從他讀菲德拉斯的對話當中抽出來的一部分。

「寫作的好壞我們需要向來西阿斯請教，或是向任何一位詩人和演說家請教嗎？」

什麼是善，菲德拉斯，什麼又是惡——我們需要別人來告訴我們答案嗎？

這就是他在幾個月前在蒙大拿州的教室裏說的，這是自柏拉圖之後的每一位辯證學家所忽略的。他們每一個人都想要從知識的角度去界定良質，但是他現在發現自己和良質的距離非常遙遠，因爲他自己也在做同樣的事。他原來的目標是不要讓良質被界定，但是在他和辯證學家對抗的時候，他曾經提出許多論點，每一個論點都是他在良質旁邊所建立的磚牆。任何想要經由系統的思考去界定良質，都會破壞它最原始的目標，所以他所做的實在是一樁愚不可及的事。

到了第三天他在一條不知名的十字路口眼睛突然看不見，等他恢復視覺的時候，他躺在行人道上。旁邊有人在走動，好像完全無視於他的存在。他很疲憊的爬起來，然後費力的回想回公寓的路。他的思路越來越慢，越來越慢。這時他正要和克里斯去買孩子們睡的床。之後他就沒有離開公寓過了。

他雙腳交叉，望著牆壁。在一間沒有床鋪的房間內，地上鋪著毛毯。所有的橋都斷了，沒有回去的路。而現在連前進的路也沒有了。

菲德拉斯看著臥房的牆壁三天三夜，他的思緒既未前進也未退後，只停留在那一刹那。老婆問他是否生病了，他沒有回答。她很生氣，但是菲德拉斯聽她說話卻沒有任何反應。他知道她在說什麼，但是無法回答。不只他的思考停頓下來，他的慾望也止住了。最後變得一團糟。他覺得這樣沈重、疲憊，但是並不想睡。他覺得自己好像是巨人，有好幾百萬哩之高。同時覺得自己永無止盡的融入宇宙之中。

他開始丟東西，把帶了一生的東西都丟了。他告訴太太要她跟小孩一塊走，去替自己打算。當他的尿液流滿了房間的地板上，他也不覺得討厭和羞愧。香菸燒到燙到手指，然後手指起了水泡，水泡破了才把香菸給弄熄了。對他而言一點都不痛苦。他太太看到他受傷的手和地上的尿液，就趕快打電話求救。

但是在別人趕到之前，菲德拉斯的整個意識開始慢慢地毫無知覺的整個瓦解……然後他不再思索接下來究竟會發生什麼事。因為他知道接下來要發生的事。於是為他的家人、為他自己和為這個世界而流下淚來。這時他想起一首聖詩裏的片段，「你必須要經過那死蔭的幽谷。」這句話把他向前推進。「你必須要獨自經過那死蔭的幽谷。」這首詩還提到沒有人能替你去走。它的暗示似乎超過了字面的意義，「你必須要獨自經過那死蔭的幽谷。」

他走過了這一段死蔭的幽谷，走出神話，彷彿像從夢境中走出來。他整個的意識就像是一場夢，不是別人的夢而是他自己的夢，是他現在必須獨自支撐的夢。然後他自己也消失了，只剩下他的夢和在夢中的他。

而他曾經這樣辛苦的保衛、犧牲，從來沒有背叛過的良質，當時他從來不曾了解，現在卻讓他十分了然，他的靈魂得到安息了。

這時路上的車很少，路面一片黝黑，頭燈似乎很難透過雨水照射到路面。這眞是非常危險的狀況。任何事情都可能發生——突然的煞車，或是路上有漏油和動物的屍體……但是如果你騎得太慢，你會被後面的車給逼死了。我不知道爲什麼我們繼續走著。我們早就該停下來了。我也不知道爲什麼要一直騎下去。我想我一直在找汽車旅館的招牌，但是因爲思想不集中而沒看到，如果我們一直這樣騎下去，它們都會關門了。

我們從高速公路的下一個出口下去，希望能通往某處。但是很快的我們就騎到顚簸不平的柏油路，上面有一些碎石子，我慢慢地騎著。頭上的街燈透過雨水散發出來的黃色光暈在搖晃著。我們一會兒身在亮處，一會兒又在暗處，一會兒在亮處，一會兒又在暗處。沒有看到任何旅館的招牌。在我們左邊有一個暫停的標誌，也沒有指示該由何處轉彎。每一條路都一樣漆黑，我們很可能永無止盡的騎下去，什麼也找不到。現在甚至連高速公路都找不到了。

克里斯喊著問我：「我們到哪裏了？」

「我也不知道。」我的心思變得十分疲憊而緩慢下來。我似乎連正確的回答也想不出來……或者接下來該做什麼事。

現在我看到前面有一盞白色的燈光，而且有加油站醒目的標誌，就在過去一點的路上。它還開著。我們在路旁停下來。服務生看了看克里斯的年紀，很奇怪的打量了我們一下。他不知道汽車旅館在哪裏。於是我就走到電話簿旁邊，找到一些汽車旅館的地址，然後告訴服務生。他想指引我們方向，但是他也說不清楚，於是我就打電話到他說的最近的一間旅館，訂下房間，然後向對方確定路該怎麼走。

在雨中由於漆黑一片，即使有對方的指引，我們也差一點找不到旅館的位置。因爲他們把燈關了。當我們登記過後，沒有說什麼。

旅館的房間是三〇年代的佈置，但是已經有些破敗和骯髒，看得出來是由一位不了解木工的人佈置的。但是裏面還算乾燥，而且有暖爐和床舖，這就夠了。我把暖爐打開，坐在前面，很快的刺骨的寒意和濕氣就不見了。

克里斯沒有抬頭看我，只是瞪著牆上的暖爐格子。然後過了一會兒他說：「什麼時候回家？」

「當我們到舊金山的時候，」我說，「爲什麼要問？」

「我一直坐著，坐得很厭煩了……」他的聲音逐漸小下來。

「然後怎麼樣？」

「我……我不知道……只是坐著……好像我們哪裏也不去。」

「我們應該去哪裏呢？」

「我不知道，我怎麼會知道？」

「我也不曉得。」我說。

「那麼你爲什麼不知道呢？」他說。然後哭了起來。

「克里斯，怎麼回事？」我問他。

他沒有回答我，他把頭埋在手裏。然後前後搖擺，這給我一種很奇怪的感覺，過了一會兒，他停下來又說：「當我小的時候，情形不是這樣。」

「怎麼樣？」

「我不知道。我們總是一起做事情，都做我想做的事。現在我什麼事都不想做。」

他又開始很奇怪的前後搖擺著，臉埋在手裏。我不知道該怎麼辦，這是一種很奇怪，無法形容的搖擺，是一種把別人摒棄在外的自我封閉，像是回到了我不知道的地方……海洋的深處。

現在我知道曾經在哪裏看過他這樣了，在醫院的地板上。

我不知道該做什麼。

過了一會兒，我們爬上床，我已經想睡了。

然後我問克里斯：「在我們離開芝加哥之前情形比較好嗎？」

「是啊。」

「怎樣好法？你記得情形是怎樣？」

「很有意思。」

「有意思？」

「是啊，」他說，然後靜下來。之後他又說：「記得我們一起去找床鋪的事嗎？」

「這很有意思嗎？」

「當然，」他說，然後又沈默了好長一段時間。之後他說：「你不記得了嗎？你要我由各個方向去找回家的路……你過去常常和我玩遊戲，告訴我各種故事，然後我們一起騎車出去。但是現在你什麼都不做了。」

「我有在做。」

「沒有，你沒有。你只是坐著發呆，你什麼事都不做！」我又聽他哭了起來。

窗外的雨突然下大了，這時我覺得有一種非常沈重的壓力。他是在爲自己哭泣。他想念的是他自己。這就是那個夢，在夢裏……

我似乎有好長一段時間都在聽牆上暖爐裏的聲音，還有風雨吹打屋頂和窗戶的聲音。然後雨逐漸小了下來。除了因爲偶爾風吹過，雨從樹上滴下來打在屋頂上的聲音之外，什麼聲音都沒有了。

第三十一章

早上一醒來的時候我看到地上綠色的蛞蝓嚇了一跳。每一隻大約有六吋長，四分之三吋寬，而且全身像橡皮一樣柔軟。表面覆蓋著一層黏液，好像動物的內臟。

我的四周是一片潮濕，而且霧氣很重。但是視線還算良好。可以看見旅館是坐落在小山坡上，下面有一些蘋果樹，樹下有青草和野草。上面綴著露珠。我又看到另一隻蛞蝓，然後又有一隻——天哪！整個地面都爬滿了蛞蝓。

當克里斯出來的時候我指給他看。它像蝸牛一樣慢慢爬過一片樹葉，但是克里斯什麼話也沒說。

我們離開這家旅館，然後到路旁的一座小鎮威歐特(Weott)吃早點。我看他仍然有些冷淡的樣子，不十分想說話，所以我就隨他去。

在來格特(Leggett)我們看到有一個開放給觀光客的野鴨池，我們買了餅乾丟給鴨子吃。克里斯丟餅乾的時候是我看過最不快樂的神情。於是我們又沿著崎嶇的海岸前行。突然間遇到了大霧，溫度立刻降下來，我知道我們又靠近海邊了。

離開霧區之後，我們從一座高崖上望海，海是那樣深沈而遙遠。我們一路騎去，我變得越來越冷。

於是就停下來拿出夾克穿上。我看克里斯走到懸崖邊上，懸崖起碼有一百呎高，這樣太危險了！

我大聲喊他：「克里斯！」但是他沒有回應。

我走上前去，很快的抓著他的襯衫把他拉回來。

「不要過去。」我說。

但是他用很奇怪的眼神瞄了我一眼。

我又拿出他的衣服交給他，但是他拿著一直沒有穿上。

由於沒有必要催他，所以我就讓他自己決定要不要穿。

但是他遲遲不肯穿上。十分鐘過後，接著又過去了十五分鐘。

我們似乎在比賽耐性。

吹了三十分鐘的冷風之後，他問我：「我們要往哪裏走？」

「往南，沿著海岸走。」

「那我們回去。」

「回哪兒？」

「回比較溫暖的地方。」

這樣又要騎好幾百哩。「我們現在必須往南走。」我說。

「爲什麼？」

「因爲要走回頭路程太遠。」

「我要回去。」

「不行。把你的衣服穿上。」

他不肯，只是坐在地上。

又過了十五分鐘他說，「那我們回去。」

「克里斯，騎摩托車的人不是你，是我。我們要往南走。」

「爲什麼？」

「因爲回去太遠。而且這是我的決定。」

「那麼爲什麼我們不回家算了？」

我生氣了，「你並不眞想知道，是不是？」

「我想回家，告訴我爲什麼我們不回家。」

我的脾氣快要爆發了，「你眞正想要的不是回家，是把我給激怒，你再這麼搞，我可眞要生氣了。」

這時他有一點兒恐懼，這就是他要的。他想恨我，因爲我不是他。

他很氣惱的望著地面，然後把衣服穿上。我們走回車子，又沿著海岸繼續騎下去。

我能假裝他理想的父親形象，但是在潛意識裏他眞正的父親並不在這兒。在這一趟肖托夸之旅當中，我們曾經攻擊過虛僞。我不斷的提醒要消除主客觀的二元觀念，然而最大的對立，也就是他和我之間的對立尙未面對。一個和自己對立的心靈。

但是是誰造成的？不是我。現在沒有方法解開它……我現在在思索到海底究竟有多深……

我們來到曼多希諾(Mendocino)的海岸邊，這裏的景觀十分原始，而且遼闊，可算是相當美麗。山坡上有不少草地。但是在山坡的凹處，還有岩石下有一些很奇怪的灌木叢被下面吹上來的風雕塑成奇怪的形狀。我們經過一些老舊的木籬笆，被風雨吹打成灰褐色。遠處有一座灰色的老農莊，怎麼有人會在這兒蓋農莊呢？籬笆有許多地方都已經破損了。眞可憐。

路開始從高崖上降到海岸的時候，我們停下來休息。我把引擎關掉，克里斯說：「我們停下來做什麼？」

「我累了。」

「但是我不累，我們繼續走。」他仍然在生氣。我也生氣了。

「你到海邊去玩，我在這裏休息。」我說。

「讓我們繼續走。」他說。但是我走開了，不管他。他坐在摩托車旁邊的石頭上。

這時由吹來的海風聞到一股生物腐朽的氣味。冷風吹得人無法休息。我來到一片大岩石後面休息，還可以曬到太陽。我把注意力放在暖洋洋的陽光上，對眼前的情景我已很感激了。

我們又繼續往南騎。現在我明白他是另外一位菲德拉斯，像他過去一樣的思考模式，也像他一樣的行爲，不斷的找麻煩，被他自己內心一股莫名的力量驅使著。這些問題……同樣的問題……他想要了解一切。

如果他得不到答案，他就會打破砂鍋問到底，直到他滿意爲止。而這又導致另外一個問題的出現，於是他又一直追問下去……永無止盡的在追尋答案，也不去看看這些問題永遠沒有止盡。這裏面遺漏了什麼，他知道，如果想要找到答案，可能會因此而喪命。

我們在一座高崖上轉了一個大彎，眼前的海洋永無止盡的向前伸展出去。寒冷而且湛藍的海很奇怪的卻讓我有絕望的感覺。住在海邊的人永遠沒有辦法了解海洋對住在內地的人的意義——它代表了多麼遙遠而龐大的夢想，雖然在眼前，但是從最深的潛意識而言，你卻看不見它。然而他們到達海洋的時候，意識與潛意識的夢境比起來，覺得是一場挫敗。海洋的深度你永遠無法探知。它是一切的源頭。

過了許久，我們來到一座小鎮，在街上起了一層薄霧。在海上看起來十分自然的現象，卻出現在小鎭上。經陽光一照，所有的一切都蒙上了一層古老的情調，彷彿讓人回到許多年以前。

我們在一間擁擠的餐廳前停下來，只剩下最後一張桌子，靠著窗邊，我們望著街道上的燈光。克里斯低著頭，不想說話，或許他已經意識到我們剩下的旅程有限。

「我不餓。」他說。

「你不介意我吃的時候你在旁邊等？」

「我們繼續走，我不餓。」

「但是我餓了。」

「但是我不餓，我的胃在痛。」這又是他的老把戲。

於是我在隔壁桌的談話還有刀叉聲中吃午餐。我看見窗外有一個人騎腳踏車經過，我覺得好像到了世界的盡頭。

我抬起頭來看到克里斯在哭。

我說：「現在又怎麼了？」

「我的胃在痛。」

「就是這樣嗎？」

「沒有，我眞的好恨這裏的一切……我很抱歉，我不該來的……我很討厭這次旅行……我原本以爲會很有意思，但是完全不是……我很抱歉我來了。」他像菲德拉斯一樣誠實，而且像他一樣對我的恨意越來越深。時候到了。

「克里斯，我一直在想你可以從這裏搭巴士回家。」

他臉上沒有表情，然後有些驚訝和失望。

我又接著說：「我會自己繼續騎下去，然後一兩個禮拜之後再和你會面。沒有必要強迫你跟我一起走。」

現在輪到我驚訝了，他的表情一點兒都沒有釋懷，他越來越憂傷，然後低下頭來什麼話也不說。

他現在心理似乎失去平衡，而且很害怕。

他抬起頭來，「那我要住哪裏？」

「你現在不能住在我們原先的房子，因爲有別人住進去了。你可以跟爺爺奶奶住。」

「我不要跟他們住。」

「你可以跟姑姑住。」

「她不喜歡我，我也不喜歡她。」

「那你就去跟外公外婆住。」

「我不要。」

我又提了其他幾個人，但是都被他否決了。

「那麼你要跟誰住呢？」

「我不知道。」

「克里斯，我想你自己很清楚問題在哪裏。你不想去旅行，你討厭它。然後又不想和他們住一起，我提的這些人，不是你討厭他們，就是他們討厭你。」

他默不作聲，眼框裏的淚珠在打轉。

坐在另外一張桌子的女人很生氣的看著我，她張開口想說什麼，但是我瞪了她好一會兒，一直到她閉嘴繼續吃她的東西。

現在克里斯放聲哭了起來，別桌的客人都看著我們。

於是我說：「讓我們散步去。」然後起身去付帳。在結帳的地方女服務生說：「眞不巧孩子不舒服了。」我點點頭，付了帳就出來了。

我在找一張凳子，但是沒找到。然後我們騎上車，繼續往南前進。想要找一個可以休息的地方停下來。

馬路又開始向海洋的方向伸展，可以通往一處高點，它很明顯突出在海洋之上，但是現在四周是一片濃霧。過了一會，我從散開的露中看到有一些人在沙灘上休息，但是很快霧又湧上來。那些人又看不清楚了。

我看了看克里斯，看見他眼睛中空洞而又困惑的表情，但是當我要他坐下來時，他的怒氣和恨意又出現了。

他說：「爲什麼？」

「我想我們該好好地談一談了。」

「好吧，談就談，」他說，所有的憤怒都湧上來了。他不能忍受我這樣溫和的態度，因爲他知道這些溫和都是假象。

「未來會怎樣？」我說。這樣問眞愚蠢。

「什麼事？」他說。

「我的意思是你對將來有什麼打算？」

「順其自然。」他有些輕蔑的口吻。

霧又散開了一會兒，顯出我們站著的高崖，然後霧又湧過來。這時我覺得該發生的事還是必然會發生。我被推向什麼東西，而眼角的事物和眼中央的事物，現在完全一樣重要了，完全融合爲一。於是我說：「克里斯，我想我們該談一些你不知道的事。」

他聽了一會兒，知道有事要發生。

「克里斯，你眼前的父親曾經精神錯亂過好長一段時間，現在他又快要發病了。」

並不是快要發病了，根本就已經發病了。像海一樣的深。

「我要把你送回家並不是因爲我生你的氣，而是我害怕我和你繼續旅行下去，不知道會發生什麼事。」

他臉上的表情沒有任何變化，他還不明白我在說什麼。

「所以我現在就要和你說再見。克里斯，我不確定我們是否還會再相見。」

我把該說的話都說了，現在讓該發生的就讓它發生吧。

他很奇怪的看著我，我想他仍然不明白，那種眼神……我曾經在哪裏看過……在哪裏……在哪裏……

在晨霧當中沼澤裏有一隻小鴨子，牠是一種小凫，牠的眼神就像這樣……我射到牠的翅膀，所以現在不能飛，我跑過去抓住牠的脖子，在把牠弄死之前我停下來，然後似乎受到宇宙之間某種神祕力量的驅使，我看著牠的眼睛。它們就像克里斯這時的神情一樣……這樣平靜毫不知情……然而卻又十分明白。然後我用手把牠的眼睛遮住，扭斷牠的脖子，在我手指間可以感覺到斷裂的震動。

然後我把手掌打開，小鴨子的眼睛仍然看著我，但是眼神呆滯，不再隨著我的動作而轉動。

「克里斯，他們在說你。」

他看著我。

「這些問題你自己都很明白。」

他搖搖頭否認我說的。

「他們所說的似乎是眞的，感覺也像是眞的，但實際上不是。」

他的眼睛張得大大的，然後還是搖頭否認我的看法。但是多少有一些了解我的意思。

「現在事情越來越糟，你在學校裏有問題，和鄰居也處不來，和家人和朋友，到處都有問題。克里斯，是我在替你擋回去，告訴他們你沒有問題。但是現在不會有人替你擋了。你明白嗎？」

他很驚訝。從他的眼神知道他有些畏懼。我沒有給他力量，我從來沒有給過，我像對待那隻小鴨子一樣慢慢地把他給扼殺了。

「克里斯，這不是你的錯。從來都不怪你。你要了解這一點。」

這時他似乎意識到什麼，於是閉上眼睛，哭了起來。哭聲很奇怪，好像從很遙遠的地方傳來。他在路上跌跌撞撞的走著，有時候又跌坐在地上。然後又把身子彎起來跪在地上，一面前後搖擺著，頭擱在地上。四周的微風吹著他身旁的青草。有一隻海鳥在旁邊停下來。

我聽到霧裏有一輛卡車駛近的聲音，心裏有些害怕。

「克里斯，你得站起來。」

他哭的聲調很尖銳，幾乎不像人在哭，好像來自遙遠的水妖。

「你一定要站起來。」

他還是賴在地上搖擺不肯起來。

我現在不知道該怎麼辦，一點都沒有頭緒。這一切都結束了。我必須先把他送上巴士，離開懸崖邊就好了。

克里斯，現在一切都沒有關係了。

這不是我的聲音。

我不會忘記你。

克里斯停了下來。

我怎麼會忘記你呢？

克里斯抬起頭來看著我，他透過看著我的薄霧不一會又聚攏了。

我們將會在一起了。

卡車的聲音來到我們身邊。

現在站起來！

克里斯慢慢地坐起來望著我，這時候卡車出現了，但是停下來，司機探出頭來問我們是否需要載一程。我搖搖頭，然後揮揮手叫他繼續走。他點點頭，然後就消失在霧中，只剩下克里斯和我。

我把夾克罩在他身上，他把頭埋在膝蓋中間，又哭了起來。現在他只是啜泣，比較像人的聲音，而不像剛才哭得很奇怪。我兩手很濕，覺得額頭也濕了。

過了一會兒，他哭著問我，「你爲什麼離開我們？」

什麼時候？

「在醫院的時候！」

沒有辦法，警察把我帶走。

「難道他們不讓你出來嗎？」

不讓我出來。

「那麼，你為什麼不開門？」

什麼門？

「那扇玻璃門！」

這時我覺得像被電擊了一般，他在說什麼玻璃門？

「難道你不記得？」他說：「我們站在門這邊，你站在門那邊，媽媽在旁邊哭。」

我從來沒有告訴他那個夢，他怎麼知道的呢？喔，糟糕了。

我們在另外一個夢裏。這就是為什麼我的聲音聽起來這麼奇怪。

那扇門我打不開，他們不讓我打開它。我必須照著他們的話做。

「我以為你不想見我們。」克里斯說，他把頭低了下來。

他眼中出現了這些年來一直存在的恐懼。

現在我看到那扇門了，它是在一座醫院裏。

這是我最後一次看到他們。我就是菲德拉斯，我就是他，而他們因我說實話而想把我給毀了。

這一切都對上了。

現在克里斯哭的聲音漸漸小下來，但是還是沒有止住。海風吹在我們四周長長的野草上，霧逐漸散去。

「克里斯，不要哭了。只有小孩子才哭。」

過了好久我給他一塊破布擦臉。我們把東西收拾好，然後放上摩托車。現在霧突然散去，我看到他臉上的陽光，在他臉上我看到以前從未見過的表情。他戴上頭盔，然後繫上帶子，抬起頭來。

「你眞的精神錯亂過？」

他爲什麼這樣問呢？

沒有！

他吃了一驚，但是眼睛裏閃爍著光芒。

「我就知道，」他說。

然後他爬上摩托車，我們就出發了。

第三十二章

我們現在沿著曼沙尼塔(Manzanita)的海岸前進，路旁是葉子像塗了蠟的灌木叢，這時我又想起克里斯說「我就知道」的表情。

車子很不費勁地轉著彎，不論轉彎的角度如何，總是能順利的彎過去。路的兩旁到處是野花，還有令人訝異的景色。一個接著一個的大轉彎出現，整個世界好像不斷在旋轉，山坡也不斷地起伏著。

他說：「我就知道。」這句話不斷出現在我腦際，好像釣魚線頭有東西上鈎了，想引起我的注意。這件事埋藏在他心裏已經好久，有許多年了。他所製造的問題現在想起來比較容易諒解了。他說：「我早就知道了。」

很久以前他一定就聽過什麼，在他小時候把這一切都弄混了。這就是菲德拉斯經常說的——我經常說的——許多年以前，克里斯一定相信，然後一直埋在心底。

我們彼此之間的關係往往連我們自己都無法了解。他就是我要出院的眞正理由，因爲讓他獨自長大是不對的，而且在夢裏他總是想把門打開。

我根本沒有把他帶到哪裏，是他在帶我。

他說：「我早就知道了。」仍然有東西上鈎，輕拉著魚線，表示我以爲嚴重的問題可能並不嚴重。因爲答案就在眼前。看在老天的份上，卸下他的重擔吧！我又成了一個完整的人了！

我們嗅到清新的空氣還有野花和灌木叢散發出來的香氣。離開海岸邊，寒意就消失了。我們覺得又熱起來，把夾克和衣服裏的濕氣都蒸發掉了。原來潮濕而沈重的手套也變輕了。似乎我好像被海洋的濕氣冷得太久，因而忘了溫暖是怎麼一回事。我覺得有些睡意，然後在前面一條小溪旁，我看到一個轉彎還有野餐桌，當我們經過的時候我關掉引擎停了下來。

我告訴克里斯：「我很想睡一覺。我先睡一下。」

他說：「我也是。」

於是我們睡了一下，醒來的時候覺得很舒暢。許久都沒有這種感覺了。我拿起克里斯和我的夾克，把它們夾在車子上綁東西的繩子中間。

天氣太熱，我想把頭盔拿下來。我想起來在這種天氣下是不需要戴頭盔的。於是我就把頭盔綁在繩子上。

克里斯說：「把我的也放在那兒。」

「你要戴它才安全。」

「你也沒有戴啊。」

「好吧，」於是我就把他的頭盔也收起來。

眼前的路仍然永無止盡的向前伸展著，而風也從樹林裏吹來，我們又轉了許多大彎，然後眼前不斷出現新的景觀。於是我們看到前面出現一座峽谷。

我大聲叫克里斯：「你看好美啊！」

「你不需要用吼的！」他說。

「喔，」然後我笑了起來。把頭盔拿掉之後，你就可以恢復一般談話的音量，這麼多天之後終於可以把頭盔拿掉了。

我說：「不過還是很美。」

我們又經過了許多樹林、灌木叢。天氣越來越暖和。克里斯靠著我的肩膀，我把頭轉過去就可以看見他站在踏板上。我說：「這樣有點危險。」

「不會危險，我自己會注意。」

他可能會注意，但是我還是說：「還是小心點。」

過了一會兒，我們在樹下來了一個大轉彎，「喔，」他說，然後又叫：「啊，」然後又是：「哇。」一路上的樹枝非常低矮幾乎要打到他的頭。

我問他：「怎麼回事？」

「風景太不一樣了。」

「什麼?」

「所有的一切都變了。我以前都沒有辦法從你的肩上看出去。」

我們看到一路上樹枝在陽光下顯出奇怪而美麗的圖案。它倏地在我眼前忽明忽暗的閃過。然後我們又來了一個大轉彎,然後才擺脫了這些樹影。

沒錯,我從來沒有了解這一點,這些日子以來,他都坐在我背後,我問他:「你看到什麼?」

「情形眞的太不一樣了。」

我們又來到了一座小樹林,他說:「難道你不怕嗎?」

「不怕,你已經習慣了。」

過了一會兒他說:「等我長大我可以擁有一台摩托車嗎?」

「如果你會照顧它的話。」

「那要怎樣照顧呢?」

「要做許多事情。你看過我一直做的就是。」

「你會全部教我嗎?」

「當然。」

「很難嗎?」

「如果你有正確的態度就不會難。事實上難的是要有正確的態度。」

「哦。」

過了一會兒，我看他又坐下來，然後他說：「爸？」

「什麼事？」

「我會有正確的態度嗎？」

「我想會吧，」我說，「我想不會有任何問題。」

於是我們又騎過優克加(Ukiah)、荷普蘭(Hopland)，以及克勞勃代爾(Cloverdale)，一直來到美酒的家鄉。高速公路這時十分順暢。載我們幾乎橫跨過半個大陸的摩托車依然低低地吼著。於是我們又經過亞斯提(Asti)和聖塔羅莎(Santa Rosa)、巴達魯馬(Petaluma)和諾瓦多(Novato)，現在高速公路變得更寬闊，車流也增加不少，到處都是汽車、卡車和巴士。不一會兒路旁就出現住家、船隻和海灣了。

當然試煉永遠沒有了結，人只要活著就會發生不愉快的事和不幸的事。但是我現在有一種以前沒有的感覺，這種感覺並不是停留在表面，而是伸入內在：我們戰勝了。情況會逐漸改善的。我們大致可以這樣期待。

附錄

《萬里任禪遊》略圖

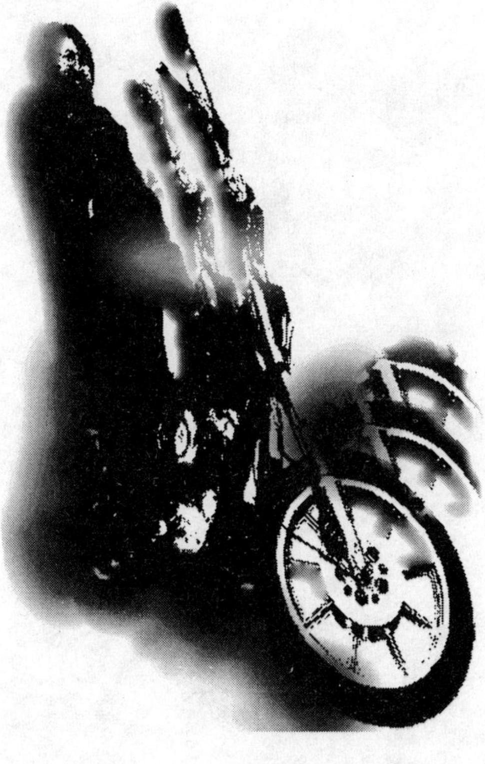

圖(一)

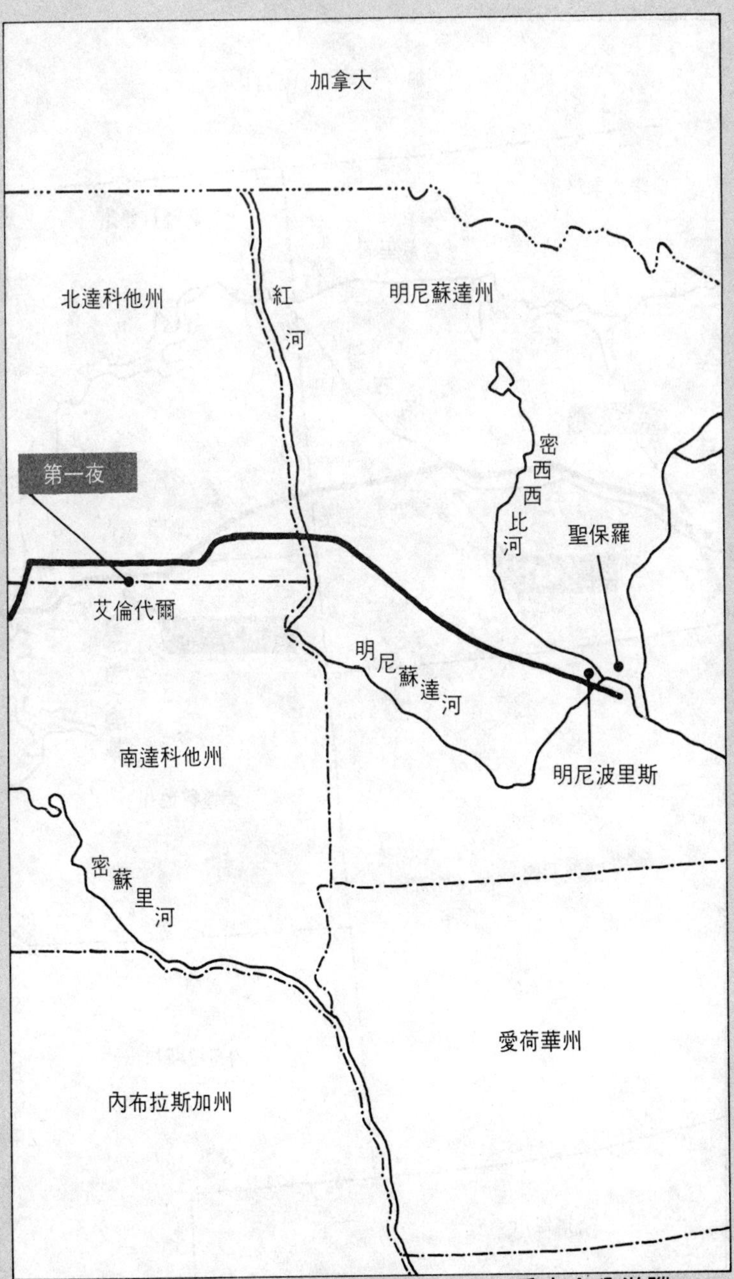

—‥—爲國界 —·—爲州界 ▬▬爲主人翁遊蹤

圖(二)

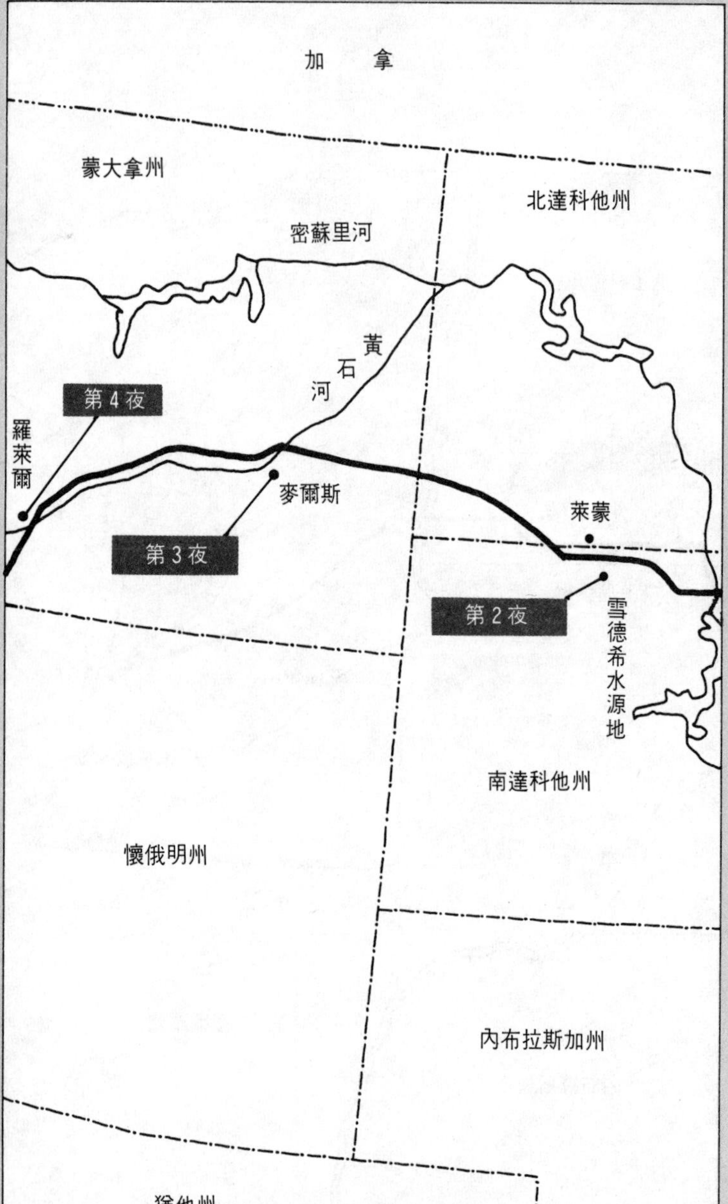
加　拿
蒙大拿州
北達科他州
密蘇里河
黃
石
河
第 4 夜
羅
萊
爾
麥爾斯
第 3 夜
萊蒙
第 2 夜
雪
德
希
水
源
地
南達科他州
懷俄明州
內布拉斯加州
猶他州

圖(三)

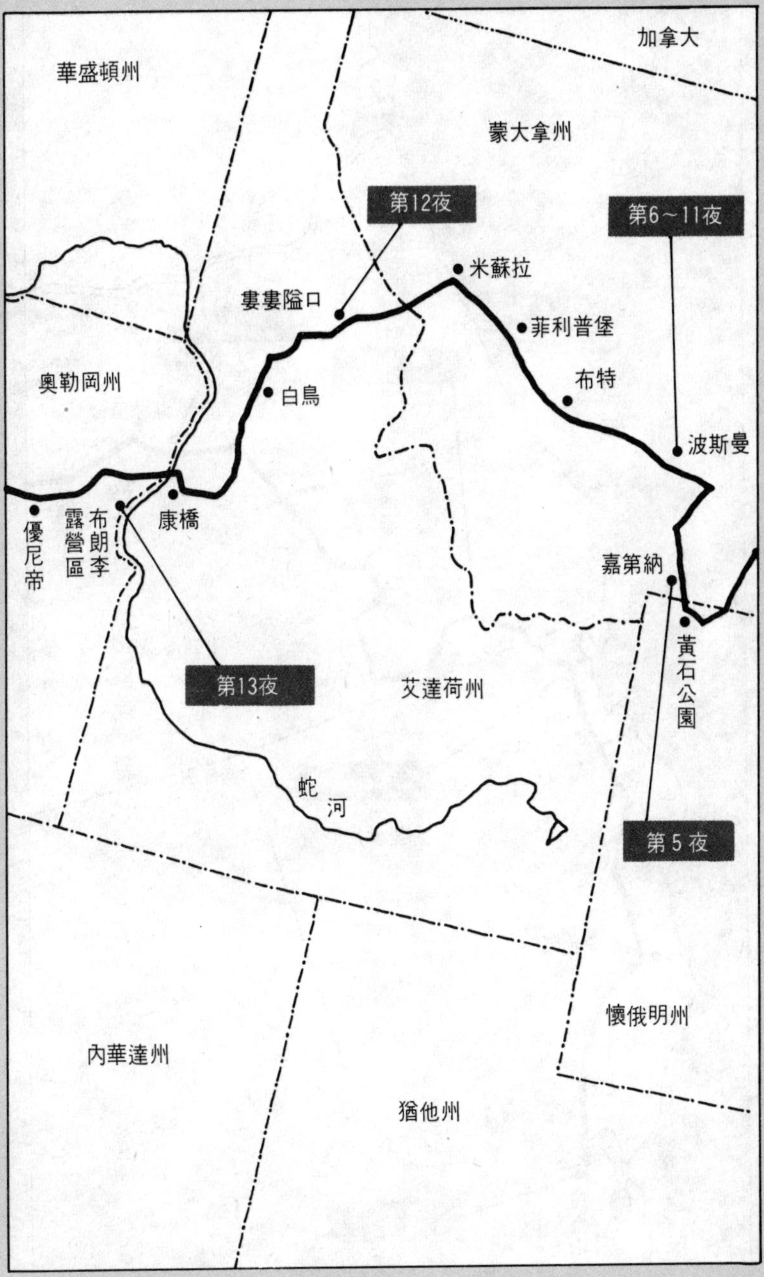
加拿大
華盛頓州
蒙大拿州
第12夜
第6～11夜
米蘇拉
婁婁隘口
菲利普堡
奧勒岡州
白鳥
布特
波斯曼
優尼帝
布朗李露營區
康橋
嘉第納
黃石公園
第13夜
艾達荷州
蛇河
第5夜
懷俄明州
內華達州
猶他州

圖(四)

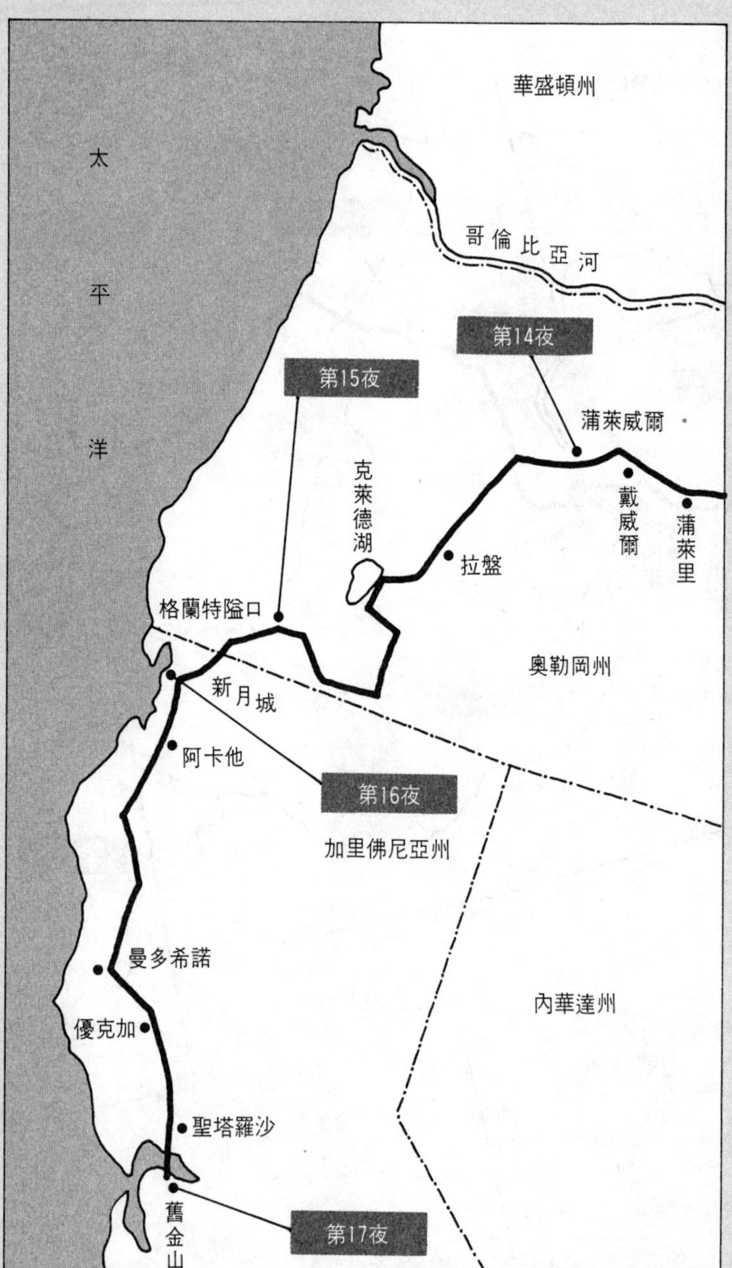
華盛頓州
太
平
洋
哥倫比亞河
第14夜
第15夜
蒲萊威爾
克萊德湖
戴威爾
蒲萊里
拉盤
格蘭特隘口
奧勒岡州
新月城
阿卡他
第16夜
加里佛尼亞州
曼多希諾
優克加
內華達州
聖塔羅沙
舊金山
第17夜

大師名作坊⑰

萬里任禪遊

原　著——羅勃・梅納德・波西格
譯　者——李昆圳・羅若蘋
發行人——孫思照
出版者——時報文化出版企業有限公司
台北市108和平西路三段二四〇號四樓
發行專線——(〇二)三〇六六八四二
讀者服務專線——(〇二)三〇二四〇九四
(如果您對本書品質與服務有任何不滿意的地方，請打這支電話。)
郵撥——〇一〇三八五四～〇時報出版公司
信箱——台北郵政七九～九九信箱

主編——吳繼文
編輯——高桂萍
校對——易水雲
排版——正豐電腦排版有限公司
製版——源耕製版有限公司
印刷——華展彩色印刷有限公司
初版一刷——一九九三年五月十五日
定價——新台幣三五〇元

◎行政院新聞局局版台業字第〇二一一四號

ISBN 957-13-0668-1
Printed in Taiwan

國立中央圖書館出版品預行編目資料

萬里任禪遊 / 羅勃・梅納德・波西格著 ; 李昆圳,羅若蘋譯. -- 初版. -- 臺北市 : 時報文化, 1993[民82]
面 ; 公分. -- (大師名作坊 ; 17)
譯自 : Zen and the art of motorcycle maintenance
ISBN 957-13-0668-1(平裝)

874.6 82003076

請沿虛線摺下裝訂，謝謝！

Master Piece

大師名作坊

世界一流作家名作精粹

寄回本卡，大師名作將優先與您分享

（下列資料請以數字塡在每題前之空格處）

______ 您從哪裏得知本書／

1書店 2報紙廣告 3報紙專欄 4雜誌廣告
5親友介紹 6DM廣告傳單 7其它／______

______ 您希望我們爲您出版哪一類的大師作品／

1長篇小說 2中、短篇小說 3詩 4戲劇
5其它／______

您對本書的意見／

______ 內容／1滿意 2尙可 3應改進
______ 編輯／1滿意 2尙可 3應改進
______ 封面設計／1滿意 2尙可 3應改進
______ 校對／1滿意 2尙可 3應改進
______ 翻譯／1滿意 2尙可 3應改進
______ 定價／1偏低 2適中 3偏高

您希望我們爲您出版哪一位大師的作品（請註明國籍）／

1______ 2______ 3______

您的建議／

廣 告 回 郵
北區郵政管理局登
記證北台字1500號
免 貼 郵 票

時報出版
CHINA TIMES PUBLISHING COMPANY
尊重智慧與創意的文化事業

地址：台北市108和平西路三段240號 4 F
電話：(02)3024094‧(02)3086222轉8412～13(企劃部)
郵撥：0103854-0時報出版公司

請寄回這張服務卡(免貼郵票)，您可以 ——
- 隨時收到最新的出版訊息。
- 參加專爲您設計的各項回饋優惠活動。

編號：AA17	書名：萬里任禪遊
姓名：	性別：①男 ②女
出生日期： 年 月 日	身分證字號：

學歷：①小學 ②國中 ③高中 ④大專 ⑤研究所(含以上)

職業：①學生 ②公務(含軍警) ③家管 ④服務 ⑤金融 ⑥製造 ⑦資訊 ⑧大眾傳播 ⑨自由業 ⑩農漁牧 ⑪退休

地址： 縣/市 鄉鎮/區 村 里 鄰 路(街) 段 巷 弄 號 樓

郵遞區號：

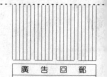